家藏文库

陆游诗文选

〔宋〕陆游 著　　李之亮 注析

中州古籍出版社
·郑州·

图书在版编目（CIP）数据

陆游诗文选 /（宋）陆游著；李之亮注析. —郑州：中州古籍出版社，2019.6
（家藏文库）
ISBN 978-7-5348-8483-2

Ⅰ.①陆… Ⅱ.①陆… ②李… Ⅲ.①古典诗歌–诗集–中国–南宋②古典散文–散文集–中国–南宋 Ⅳ.①I214.422

中国版本图书馆CIP数据核字（2019）第032440号

家藏文库：陆游诗文选

选题策划	卢欣欣　赵发杰
约稿统筹	卢欣欣
责任编辑	翟羽佳
责任校对	钟　舟
封面设计	王　歌
版式设计	曾晶晶

出　版	中州古籍出版社
	地址：郑州市郑东新区祥盛街27号6层
	邮编：450016
	电话：0371-65788693
经　销	新华书店
印　刷	河南省四合印务有限公司
版　次	2019年6月第1版
印　次	2019年6月第1次印刷
开　本	640毫米×960毫米　1/16
印　张	22.25印张
字　数	280千字
定　价	46.00元

前 言

陆游是大家十分熟悉的南宋诗人，越州山阴（今浙江绍兴）人，字务观，号放翁。他出生于北宋徽宗宣和七年（1125）十一月十三日，可以说是靖康之变的前夜，也可以说正是金人的铁蹄踏进中原之时。他父亲名叫陆宰，当时担任京西路转运副使，因战事发展急骤，陆宰来不及把家属撤离，便在荥阳暂时寓居下来。直到高宗即位的建炎元年（1127），他才带着家眷辗转南归，在寿春短暂停留后，又到东阳避乱，绍兴二三年间总算回到了山阴老家。绍兴十三年（1143），十九岁的陆游到临安府参加乡试，未能考中。次年，与其舅舅的女儿唐婉儿结婚。唐婉儿是个非常聪慧的女子，但恰恰是这种聪慧把她害了。陆游之母见小夫妻二人终日卿卿我我，很看不惯，强令陆游将婉儿休弃另娶。陆游与唐婉儿过了两年多甜蜜的日子后，被迫分手。绍兴十六七年间，陆游再娶继室王氏，并在绍兴十八年生下了一个儿子。绍兴二十三年（1153），陆游再度赴临安参加乡试，两浙主考官将他列为第一，陆游成了那一年临安乡试的解元。谁知事情并不那么简单，据《四朝闻见录》载："陆务观绍兴间已为浙漕锁厅第一，有司竟首秦埙，置公于末。"明明陆游考了第一名，却因秦桧孙子也参加这次考试，结果是秦桧之孙被排到了第一，而陆游则被移到了最末。

这还不算什么，到次年会试时，情况就更糟了：秦桧对陆游甚为反感，理由是陆游"喜论恢复"，踌躇满志的陆游遭到了无端的黜落。不过这次考试也给陆游带来了很高的人气，故而秦桧死后，他被朝廷破例授予敕令所删定官，迁大理司直兼宗正寺主簿，算是踏入了仕途。绍兴三十二年（1162）高宗禅位给孝宗赵昚后，三十八岁的陆游被孝宗赐予进士出身。

孝宗隆兴元年（1163），陆游曾短时间担任过镇江府通判。乾道元年（1165），调任隆兴府通判。在隆兴府任上，陆游遭到了言官的弹劾。言官称其曾鼓动枢密使张浚进行北伐，致使宋朝军队打了败仗，陆游因此遭到罢免，回到了山阴老家。乾道五年（1169），起为夔州通判，次年到达夔州。乾道八年（1172），孝宗命丞相虞允文前往兴元（今陕西汉中）督军，并与他约定次年兵分两路北攻中原。身在夔州的陆游得到这个消息后十分振奋，立刻应募为四川宣抚使王炎的幕僚，前往南郑，担任四川宣抚使司干办公事兼检法官。这段日子成了他一生中最为辉煌、也是他认为最有价值的一段经历。在这半年里，他先后到过仙人原、金牛驿、定军山、大散关等多处军事要地，可以说方圆几百里的地域，他都走遍了。这段时日他除不断草拟军书外，还写了很多慷慨激昂的诗歌。就在陆游认为大举进攻长安近在眼前时，朝廷内部发生了很大变化，主和大臣以张浚招惹金人致宋金关系骤然紧张为由，逼迫孝宗放弃北伐计划。王炎等人筹备了很久的进攻方略因此化为泡影，王炎回朝进了枢密院，陆游则只好回到蜀中，暂时担任成都府路安抚司参议官。此后几年里，陆游先后当过蜀州通判、嘉州知州、荣州知州，游宦于蜀中一带。淳熙二年（1175），陆游的旧相知范成大入蜀担任四川制置使，陆游成了他的幕僚。谁知好景不长，他受命再度担任嘉州知州时，言官弹劾他以前在嘉州任上纵饮无度，荒废州政，陆游第二次被罢官，改为主管台州崇道观，成了个坐食祠禄的闲人。

淳熙五年（1178），陆游奉召回到临安，被授予提举福建常平茶盐公事，一年后改为提举江西常平茶盐公事。没过多久，再度奉祠，直到淳熙十三年（1186），才得到了个严州知州的职位。任满后回到临安，次年孝宗禅位给其子赵惇，是为光宗。陆游解除祠禄，被授礼部郎中，然而当年十一月再遭罢免，开始了又一轮闲居山阴的田园生活。此后的岁月里，他虽然当过几天秘书监之类的闲官，但很少能站稳脚跟。嘉泰三年（1203）自请致仕，彻底离开官场，回到山阴直至辞世。他离世的准确日期是宁宗嘉定二年（1209）十二月二十九日，享年八十五岁。

人们习惯于称陆游为"伟大的爱国主义诗人"。这个称呼符合不符合事实呢？答案是肯定的。陆游一生写过九千多首诗，还有相当数量的散文和词，其中不少都是具有强烈爱国情怀的佳作。他从年轻时起就有个夙愿，希望能像汉朝窦宪等人那样，为国家的光复喋血沙场，求取真正意义上的功名，但因南宋朝廷的主旋律一直是求和，这就与陆游的志向南辕北辙。尽管如此，他心里一刻也没把家国耻辱放在一旁，只要有机会就会大声疾呼，甚至多次在梦中梦见国家的统一和金人的灭亡。他这种情怀和志向，与当时南宋士大夫不愿、不敢与金人抗争的风气是背道而驰的，于是有人讽刺他是故意邀取时名，以打击他的抗战爱国之情。清人赵翼《瓯北诗话》卷七说："放翁生于宣和，长于南渡。其出仕也在绍兴之末，和议久成，即金海陵南侵溃归，孝宗锐意出师，旋以宿州之败，终归和议。其时朝廷之上，无不以画疆守盟、息事宁人为上策；而放翁独以复仇雪耻，长篇短咏，寓其悲愤。或疑书生习气，好为大言，借此为作诗也。今阅全集，始知非尽虚矫之气。"这个评价基本上符合陆游的本心。令人感动的是，陆游临终前那首《示儿》诗："死去元知万事空，但悲不见九州同。王师北定中原日，家祭无忘告乃翁。"几乎成了千百年来人人能诵的爱国主义代表诗作。其实翻一翻陆游的诗集，此类篇什所在多有，难怪梁启超《读陆放翁集》感慨道："诗界千年靡靡风，兵魂销尽国魂空。集中什九从军乐，亘古男儿一放翁！"把陆游提到如此高度，没有谁会觉得过分。这一点在这里说实在有些多余，还是把真切的感受留给读者去体会吧。

陆游不仅是一位可敬的诗人，还是一位了不起的史学家，一位高出众人的散文大家，一位非常出色的词人。人们都知道陆游有好诗，有好词，殊不知他撰写的历史著作《南唐书》，在中国史学史上也占有相当重要的地位。宋代以来著《南唐书》者共有六家，其中多数著作已经散佚，现在所存比较完整的《南唐书》，只剩马令、陆游两家。《四库全书提要》说这两部书可以互相参考，各有所长。它们无疑为我们留下了相当丰富翔实的南唐资料。

陆游的诗，就其源流来说，最直接的老师是南宋初期的曾几，看似走的是江西诗派之路，但陆游勤于思考，不为窠臼所限，故而形成了自己独特的诗风。他的诗作绝大多数是现实主义作品，他称杜甫为"先师"，说明他写诗的精髓是评论现实和批判现实，这就从根本上脱离了江西诗派的拘泥。赵翼《瓯北诗话》卷七说："放翁诗凡三变。宗派本出于杜，中年以后，则益自出机杼，尽其才而后止。"这里所说的"三变"，就是指陆游诗从江西诗派转入以杜甫为宗、进而颉颃于诸名家之间，成为独树一帜、无可替代的"陆诗"。赵翼是一位对陆诗相当有研究的清代学者，他把陆游的诗和苏轼的诗做了比较，得出的结论是："宋诗以苏、陆为两大家。后人震于东坡之名，往往谓苏胜于陆，而不知陆实胜苏也。盖东坡当新法病民时，口快笔锐，略少含蓄，出语即涉谤讪。'乌台诗案'之后，不复敢论天下事。及元祐登朝，身世俱泰，既无所用其无聊之感；绍圣远窜，禁锢方严，又不敢出其不平之鸣，故其诗止于此，徒令读者见其诗外尚有事在而已。放翁则转以诗外之事尽入诗中。时当南渡之后，和议已成，庙堂之上方苟幸无事，讳言用兵，而士大夫新亭之泣固未已也。于是以一筹莫展之身，存一饭不忘之谊，举凡边关风景、敌国传闻悉入于诗。虽神州陆沉之感已非时事所急，而人终莫敢议其非。因得肆其才力，或大声疾呼，或长言永叹，命意既有关系，出语自觉沉雄。此其诗之易工一也。东坡自黄州起用后，扬历中外，公私事冗，其诗多即席、即事随手应付之作，且才捷而性不耐烦，故遣词或有率略，押韵亦有生硬。放翁则生平仕宦凡五佐郡、四奉祠，所处皆散地，读书之日多，故往往有先得佳句，而后标以题目者。"

这段话颇有得罪苏东坡之嫌，但仔细阅读，却发现赵翼之说确有根据，也不乏道理。在赵翼看来，陆游的诗歌成就实际上应在苏轼之上，只是人们囿于苏轼名气太大，不敢把陆游置于苏轼之上而已。为什么这么说呢？赵翼认为，第一，陆游一生的经历比较闲散，苏轼的经历比较繁复，所以陆诗写得从容镇定，而苏诗则难免是在匆忙之间率意而作。第二，苏轼受"乌台诗案"打击过重，以至在很长一段时间里都缄口不言，有所言也是谨小慎微，没能把胸中垒块尽情吐出。而陆游则没有受过如此严重的打击，故而"举凡边关风景、敌国传闻悉入于诗。虽神州陆沉之感已非时事所急，而人终莫敢议其非。因得肆其才力，或大声疾呼，或长言永叹，命意既有关系，出语自觉沉雄。此其诗之易工一也"。他的这种说法至今并没有得到学界的认可，但却给我们提供了另一个研究陆诗的角度，这些评论究竟如何，读者自可甄别，大可不必囿于古人的议论。不过有一点我们是必须要承认的，那就是陆游的诗作数量甚巨，再加上他一生中有很大一部分时间都用来读书，故而其好诗俯拾皆是，要知道像唐人张若虚《春江花月夜》那种以孤篇压全唐的作家作品毕竟是凤毛麟角。"腹有诗书气自华"，"读书破万卷，下笔如有神"，这些话都是极有道理的。所以赵翼说："放翁万首诗，遣词用事，少有重复者。惟晚年家居，写乡村景物，或有见于此，又见于彼者。"这个评价固然有些偏爱，但陆诗用语之丰富，确为古来诗人所罕见，则是不争的事实。当时有这样一种记载："孝宗一日御华文阁，问周益公（必大）曰：'今代诗人亦有如唐李白者乎？'益公以放翁对。由是人竞呼为'小李白'。"（《宋人轶事汇编》）

陆游的词也被后人所称颂，特别是那首《卜算子·咏梅》，为人们所熟知，很多狷介者更是把此词作为自己出尘绝世的写照。还有那首《钗头凤·红酥手》，更令历代相爱而不能相守的痴男怨女唏嘘不已。陆游在词坛上地位崇高。清人沈雄《古今词话》说："花庵词客曰：放翁词纤丽处似淮海，雄快处似东坡。"在沈雄看来，陆词起码能与北宋的秦观、苏轼相伯仲。清人陈锐《褒碧斋词话》则说："宋以后无词，犹之唐以后无诗，词故诗之余也。晏、范、欧、苏、后山、山谷、放翁，皆极一时之盛。"这里陈锐列举了北宋顶尖的大词人晏殊、范仲淹、欧阳修、苏轼、陈师道、黄庭坚六家，而能够登堂入室的南宋词人，却只提到了陆游一人。这并非陈锐的疏忽，恰恰说明在他的心里，南宋只有陆游词可以代表整个南宋词坛。南宋末刘克庄评陆游词说："放翁长短句，其激昂感慨者，稼轩不能过；飘逸高妙者，与陈简斋、朱淑真相颉颃；流丽绵密者，欲出晏叔原、贺方回之上。"这个评价的高明之处在于，它打破历来人们所谓的婉约派、豪放派之说，甚至根本就不承认有什么婉约派和豪放派的藩篱。也就是说，陆游的词是没有人为限定的，他想怎么写就怎么写，怎么写能够抒发心中的真情就怎么写。这种认识是很到位的，其实何止是陆游词,其他很多名家的词作都有这样的特点。记得我在为中州古籍出版社撰写《苏轼词选》前言时就曾经说过:"苏轼同时也写过很多柔丽美艳的词,所以我说他'开创豪放一派或许最初并不是出于理性的思考',他只是认为词不应该仅仅限于一种格套不准越雷池一步而已。苏轼的婉约词写得并不比其他名家差,这是因为他的性格中既有大江东去的万丈豪情,又有怜香惜玉的柔情万种,是个感情最丰富最完整、行事最磊落最坦诚的真男人。"那些把词分为豪放派、婉约派的人,思想和眼界未免过于狭隘了。

陆游的散文也写得非常出色,只不过他的诗和词成就太大,无形中反倒把他的散文成就压低了不少。其实如果我们抛开其诗、词不管,单纯做一部《陆游文选》,相信研习者肯定会拍案叫绝。早有学者认为明人茅坤选"唐宋散文八大家"时忽略了陆游是个很大的失误,这么说我很赞成。以本书所选陆文为例,其记述之文《庐帅田侯生祠记》大开大阖,纵意笔端,既有气势又不乏浓重的感情色彩。再说得远一点,这样的记叙文还能有补于正史之缺呢,这又是此文意外之功吧。《宋史》及宋代大量野史笔记里,关于田琳的记载寥若晨星,然而这位临危不惧保守庐州的有功之臣,难道不值得后人敬仰和纪念吗?类似的文章还有《姚平仲小传》,以更接近于史家的笔触,记载了靖康战将姚平仲很多不为人知的事迹。其意义在于颠覆了正史及部分野史的贬抑性记载,客观上为姚平仲做了一定程度的平反。这种平反对不对,符合不符合历史的真相姑且不论,起码是为我们提供了"两面之词",总比一面之词更全面些吧?

这里还想专门提一提陆游为韩侂胄写的《南园记》。韩侂胄在光宗、宁宗期间力主抗金北伐,加上此人性格比较刚烈,因而受到当时很多保守派大臣的抗拒。其实韩侂胄的主导思想并没有错,仅仅是在战略上犯了轻敌的错误,又因用人不当,才导致开禧北伐以失败告终。在此之前的庆元年间,韩侂胄修建了一座南园,有意请陆游为此园作记。一直主张抗金的陆游对韩侂胄不顾主和派阻挠决意北伐深表钦敬,所以接受了这个请托,为韩侂胄认认真真地写了这篇《南园记》。韩侂胄被史弥远等奸臣残杀后,陆游也受到了牵连。据说陆游的致仕诰词被写得十分不堪。《宋人轶事汇编》卷十七引《浩然斋雅谈》云:"(韩侂胄)败,务观亦以此得罪,遂落次对致仕。章文庄兼外制,行词云:'山林之兴方适,已遂挂冠;子孙之累未忘,胡为改节?虽文人不顾于细行,而贤者责备于《春秋》。某官早著英猷,寖跻膴仕。功名已老,萧然鉴曲之酒船;文采未衰,籍甚长安之纸价。岂谓宜休之晚节,蔽于不义之浮云?深刻大书,固可追于前辈;高风劲节,得无愧于古人。时以是而深讥,朕亦为之慨叹。二疏既远,汝其深知足之思;大老来归,朕岂忘善养之道?'"意思是韩侂胄死后,陆游也被强令致仕,而且给出了一篇相当刻薄的文章,指责陆游晚节不保,为匪人撰写记文,甚不合于《春秋》之义云云。不过此书作者周密也给出了质疑:"放翁谪降必在韩死后,韩死开禧丁卯,先生已八十三矣。"什么意思呢?周密说,韩侂胄死于开禧三年(1207),而陆游早在嘉泰三年(1203)就已经致仕回山阴了,难不成开禧三年还要让他再致仕一次?显然这是那些憎恨韩侂胄并恨及陆游的家伙在编造谣言诋毁正人。如此漏洞百出的谣言,使想相信你们话的人都免不了要哑然失笑!

  有关陆游的话题几天几夜也说不完,限于篇制,这里不再多说,读者大可有自己的心得和感受。以上这些话也未必句句中肯,如有不当之处,还请读者不吝指教。本书选了陆游诗歌九十七首、词二十五首、散文二十篇,因为陆游的佳作实在太多,拾贝遗珠在所难免。散文中的《入蜀记》卷一虽然仅算一篇散文,可此文实在是太长了。为什么要选这么长一篇记文呢?因为我对《入蜀记》的喜爱,超过了宋朝任何一部游记类笔记,它的文字写得太美了,知识点太多了,可谓字字珠玑,读起来令人不忍释卷,所以斟酌再三,决定将此文全部选注,放在全书的最末。

感谢中州古籍出版社领导同志对我的信任,也感谢读者朋友的不弃。因时间仓促,书中肯定还有不少错误之处,诚恳希望读者朋友提出批评,以便再版时改过。

李之亮

2017 年 6 月于盐城师范学院

目 录

陆游诗选

书愤 ………………………………………………………… 3

秋夜将晓出篱门迎凉有感 ………………………………… 5

关山月 ……………………………………………………… 7

十一月四日风雨大作 ……………………………………… 9

游山西村 ………………………………………………… 11

观大散关图有感 ………………………………………… 12

明妃曲 …………………………………………………… 15

长歌行 …………………………………………………… 18

陇头水 …………………………………………………… 20

九月十六日夜梦驻军河外遣使招降诸城觉而有作 …… 22

夜读兵书 ………………………………………………… 24

婕妤怨 …………………………………………………… 25

忆山南 …………………………………………………… 27

夜泊水村 ………………………………………………… 28

篇目	页码
九月晦日作四首	29
军中杂歌八首	32
雀啄粟	36
老翁	38
夜雨	39
两翁歌	40
五月中连夕风雨气候如高秋枕上有赋	43
病雁	45
重九怀独孤景略	47
入瞿唐登白帝庙	48
自咏	51
遣兴	53
胡无人	54
铜雀妓	56
蜀州大阅	59
楼上醉歌	60
估客有自蔡州来者感怅弥日二首	62
园中偶题	64
书怀	65
夜读范至能《揽辔录》言中原父老见使者多挥涕感其事作绝句	66
书感	67
山南行	68

南郑马上作	70
感事	71
临安春雨初霁	74
游锦屏山谒少陵祠堂	77
岳池农家	80
凌云醉归作	81
金错刀行	84
夜闻蟋蟀	85
东窗小酌	87
游昭牛图	88
花时遍游诸家园	90
龙兴寺吊少陵先生寓居	91
沈园二首	92
邻曲有未饭被追入郭者悯然有作	94
自合江亭涉江至赵园	96
蒸暑思梁州述怀	97
马上偶成	99
病起书怀二首	100
剑客行	103
夏夜大醉醒后有感	105
秋兴	107
读书	108
遣兴	111

玉局观拜东坡先生海外画像	112
枕上	116
客自凤州来言岐雍间事怅然有感	117
楼上醉书	119
登城	121
秋晚登城北门	124
大风登城	125
书悲二首	126
中夜起出门月露浩然归坐灯下有赋	129
十月二十六日夜梦行南郑道中既觉恍然揽笔作此诗时且五鼓矣	130
怀南郑旧游	134
连日有雪意戏书	135
落魄	137
戏咏村居	138
老将	139
秋日郊居三首	141
酒熟醉中作短歌	143
九月一日夜读诗稿有感走笔作歌	145
感旧	148
二月一日夜梦	149
九月二十三夜小儿方读书而油尽口占此诗示之	151
五鼓不得眠起酌一杯复就枕	153

村舍杂书五首 …… 154

初夏杂咏 …… 157

即事 …… 158

醉歌 …… 160

五月七日拜致仕敕口号 …… 162

雪中寻梅 …… 164

农家叹 …… 165

山村经行因施药 …… 167

感昔二首 …… 167

夏日杂题二首 …… 169

书戒 …… 170

老马行 …… 173

农家 …… 174

致仕后述怀二首 …… 177

对酒作 …… 179

示儿 …… 180

陆游词选

卜算子（咏梅） …… 185

钗头凤（红酥手） …… 186

诉衷情（当年万里觅封侯） …… 189

谢池春（壮岁从戎） …… 190

破阵子（仕至千钟良易） …… 192

桃源忆故人（题华山图）……193

鹧鸪天（葭萌驿作）……195

长相思（云千重）……197

诉衷情（青衫初入九重城）……198

蝶恋花（桐叶晨飘蛩夜语）……199

谢池春（七十衰翁）……201

极相思（江头疏雨轻烟）……202

水龙吟（春日游摩诃池）……203

汉宫春（初自南郑来成都作）……206

乌夜啼（檐角楠阴转日）……207

乌夜啼（纨扇婵娟素月）……209

双头莲（呈范至能待制）……210

秋波媚（七月十六日晚登高兴亭望长安南山）……212

南乡子（早岁入皇州）……214

南乡子（归梦寄吴樯）……215

鹧鸪天（懒向青门学种瓜）……216

夜游宫（记梦寄师伯浑）……217

夜游宫（宫词）……219

沁园春（三荣横溪阁小宴）……221

沁园春（孤鹤归飞）……224

陆游文选

烟艇记……229

庐帅田侯生祠记 ……………………………… 232

居室记 …………………………………………… 238

盱眙军翠屏堂记 ………………………………… 242

铜壶阁记 ………………………………………… 247

姚平仲小传 ……………………………………… 252

南园记 …………………………………………… 260

书巢记 …………………………………………… 267

放翁自赞二首 …………………………………… 270

傅给事外制集序 ………………………………… 273

跋李庄简公家书 ………………………………… 279

跋傅给事帖 ……………………………………… 282

跋曾文清公奏议稿 ……………………………… 284

跋周侍郎奏稿 …………………………………… 286

书渭桥事 ………………………………………… 289

张芸叟《渔父》诗 ……………………………… 292

王子溶陵侮长官 ………………………………… 295

迁省易印 ………………………………………… 298

东坡省试 ………………………………………… 301

入蜀记卷一 ……………………………………… 303

陆游诗选

书　愤①

早岁那知世事艰②，中原北望气如山③。楼船夜雪瓜洲渡④，铁马秋风大散关⑤。塞上长城空自许⑥，镜中衰鬓已先斑⑦。《出师》一表真名世⑧，千载谁堪伯仲间⑨！

[注释]

①书愤：书写内心的愤懑之情。　②早岁：年轻时。此处特指孝宗隆兴二年（1164）和乾道八年（1172）那两个时期。隆兴二年时作者四十岁，时任镇江府通判，曾亲眼见到宋朝的军舰列队待发。孝宗即位之初，颇有恢复中原之志，起用当时主战派大臣张浚为尚书右仆射，并命其"都督江淮东西路军马"。隆兴二年三月，诏张浚视师于淮上。乾道八年，作者四十八岁，在西北南郑为官。当时孝宗命宰相虞允文前往西北整顿军队，并与其相约次年两军同时北上，光复中原。《宋史·虞允文传》载："（虞允文）陛辞，上（孝宗）谕以进取之方，期以某日会河南。上曰：'若西师出而朕迟回，即朕负卿；若朕已动而卿迟回，即卿负朕。'上御正衙，酌酒赋诗以遣之，且赐家庙祭器。"为此，作者感到异常振奋。那知：即哪知。世事艰：朝廷大事之艰难。具体指的是每当主战大臣有所行动时，总会有主和大臣从中作梗，千方百计地掣肘，阻挠北伐大计。③中原北望："北望中原"的倒装。气如山：意谓当时北望中原故土豪情万丈。　④楼船：古代一种大型战船，船身高而船头宽，可以远攻也可以近战。因其外观似楼，故称楼船。此处泛指宋朝的舰船。瓜洲渡：古代渡

口名,在今江苏镇江对岸,属扬州。清顾祖禹《读史方舆纪要》卷二十三:"宋时瓜洲渡口,犹十八里。今瓜洲渡至京口,不过七八里。渡口与江心金山寺相对。" ⑤铁马:披有铠甲的战马。大散关:古关隘名,在今陕西宝鸡西南,当时为宋金相持的战略要塞。《读史方舆纪要》卷五十二:"散关在凤翔府宝鸡县西南五十二里。汉中府凤县东北百二十五里有大散岭,置关岭上,亦曰大散关,为秦、蜀之喉。南山自蓝田而西,至此方尽。又西则陇首突起。" ⑥塞上长城空自许:即空自许为塞上长城。这是作者自比为塞上长城,如今人所说"我在阵地在"之意。 ⑦衰鬓已先斑:日渐衰老,双鬓已经变得花白。 ⑧《出师》一表:三国时蜀国丞相诸葛亮写的《出师表》,是诸葛亮北伐前写给后主刘禅的一篇文字。表中以恳切委婉的言辞规劝刘禅要广开言路、严明赏罚、亲贤远佞、励精图治,同时表达了自己以身许国、忠贞不贰的坚定决心。名世:名声流传于后世。 ⑨伯仲间:本指兄弟之间。此处喻可以与之比肩的佳作。

[解析]

这是作者于孝宗淳熙十三年(1186)家居山阴时所写的《书愤五首》之一,是千百年来为人们广泛传诵的名篇。另外的四首分别是:"白发萧萧卧泽中,只凭天地鉴孤忠。厄穷苏武餐毡久,忧愤张巡嚼齿空。细雨春芜上林苑,颓垣夜月洛阳宫。壮心未与年俱老,死去犹能作鬼雄!""镜里流年两鬓残,寸心自许尚如丹。衰迟罢试戎衣窄,悲愤犹争宝剑寒。远戍十年临的博,壮图万里战皋兰。关河自古无穷事,谁料如今袖手看。""山河自古有乖分,京洛腥膻实未闻。剧盗曾从宗父命,遗民犹望岳家军。上天悔祸终平虏,公道何人肯散群?白首自知疏报国,尚凭精意祝炉熏。""清汴逶迤贯旧京,宫墙春草几番生。剖心莫写孤臣愤,抉眼终看此虏平。天地固将容小丑,犬羊自惯渎齐盟。蓬窗老抱横行路,未敢随人说弭兵。"这一年作者六十二岁。

全诗感情激越,包含的内容也十分丰富。前四句主要回忆自己于隆兴二年和乾道八年两度亲临前线时的壮阔情景。开篇一句很耐人寻味,作者自嘲说:那时只知道北伐中原、驱除金虏是天经地义的好事,举凡国人,都应该为此感到振奋,可事情远远不是那么简单,朝廷里的争斗从来就没有停止过!接下来作者抑制不住内心的冲动,不由自主地回忆起当时的壮观景象:大宋的军队何等威猛,排列在江边渡口,随时可以乘风破浪直捣金贼老巢;边塞之上,草茂马肥,而自己就在那里等待着杀敌的一声军令。身处在那样一种氛围里,明知可能的结局是马革裹尸,作者依然抑制不住冲向敌群洗血国耻的豪情壮志。从第五句开始,作者情绪骤然低沉下来:为国杀敌的豪情一天天地被摧挫,眼看着岁华如水却一事无成,当年自许为塞上长城的宏愿,换来的却是如今的两鬓斑白,这是多么令人摧折肝肠、欲哭无泪的结果啊。经过了这番伤感,作者在第七句想到了当年的诸葛亮,他那篇不朽的《出师表》,总能激励有志之士抗敌复国,自己不就是受到《出师表》激励的人之一吗?人可以老去,但抗金复国的英雄之气却永远不能有丝毫的消磨,这就是作者对自己的要求。

秋夜将晓出篱门迎凉有感①

三万里河东入海②,五千仞岳上摩天③。遗民泪尽胡尘里④,南望王师又一年⑤。

[注释]

①秋夜：光宗绍熙三年（1192）的秋夜。此时作者罢归山阴闲居。篱门：又叫柴门，古指用竹或树枝扎成的简陋院门。 ②三万里河：指黄河。 ③五千仞岳：这里指西岳华山。一说指东岳泰山、西岳华山、北岳恒山、中岳嵩山。当时除南岳衡山外，其他四岳都已沦陷于金。仞，长度单位，古以周尺八尺为一仞，一尺相当于今二十三厘米左右。上摩天：言山岳峭立，直插云霄。摩天，迫近高天。 ④遗民：沦陷于金的原宋朝人民。胡尘：胡地的尘土，代指胡人。古代多用来指西北、东北的少数民族。 ⑤王师：宋朝的军队。

[解析]

这首诗是作者罢归闲居时的作品。淳熙十六年（1189）二月，孝宗禅位其子赵惇。赵惇登基，史称光宗。作者由军器少监改官礼部郎中。当年十一月罢官，即回老家山阴闲居，到写此诗时，已经过了两年有余。当时作者一共写了两首感怀诗，这里选取的是第二首。第一首是："迢迢天汉西南落，喔喔邻鸡一再鸣。壮志病来消欲尽，出门搔首怆平生。"

此时作者的心情是非常沉重的，第一首感慨自己壮志未酬却疾病缠身，第二首前两句为曾经属于大宋王朝的山山水水沦于敌手而痛心疾首，紧接着跳出自我，换位到沦陷区人民的位置上，书写了他们备受侮辱欺凌、终日以泪洗面的悲惨生活，还有切盼着大宋雄师尽早解其倒悬的渴望之情，字字句句真切灼人。这后面两句看似在写北方遗民的凄惨哀怨和金国统治者的残忍跋扈，实则是在通过遗民之口讽刺南宋朝廷的昏弱无能。几十年过去了，遗民们早也盼、晚也盼，望穿双眼，却怎么也盼不到祖国的军队杀回中原收复失地，眼睁睁看着子孙们无休无止地过着暗无天日的亡国奴生活。此时作者的心与遗民的心是互通的，也是紧紧连接在一起的，他们都对南宋朝廷不敢用兵北伐、辜负臣民期望而感到羞耻和无奈。

此诗中很自然也很巧妙地嵌入了一个"望"字，表达出遗民及作者本人对收复中原还抱着一线希望。遗憾的是，时光的车轮年复一年地过去，这点希望却一再落空，这或许正是作者最为纠结的情感所在。

关山月①

和戎诏下十五年②，将军不战空临边③。朱门沉沉按歌舞④，厩马肥死弓断弦⑤。戍楼刁斗催落月⑥，三十从军今白发。笛里谁知壮士心⑦，沙头空照征人骨⑧。中原干戈古亦闻⑨，岂有逆胡传子孙⑩？遗民忍死望恢复⑪，几处今宵垂泪痕⑫。

[注释]

①关山月：古代横吹曲辞名，多用来抒写人们离别哀伤之情。《乐府古题要解》："《关山月》，伤离别也。"自唐李白作《关山月》"明月出天山，苍茫云海间"之后，历代文人都喜欢以此为题进行创作。　②和戎：与夷狄之邦订立议和的盟约。诏下十五年：孝宗隆兴元年（1163），宰相汤思退派吏部侍郎王之望为宋金通问使，知阁门事龙大渊为副使出使金国，以割让淮南四州之地为条件与金国订立合约。自隆兴元年至今正好十五年。　③将军不战：谓前线将军不与金人交战。临边：戍守边关。④朱门：古代达官显贵家的大门都是红漆大门，故称朱门。沉沉：深邃幽远之貌。指歌舞之声从庭院深处袅袅传出。按歌舞：弹琴跳舞。按，敲击，弹奏。《文选》宋玉《招魂》："陈钟按鼓，造新歌些。"刘良注：

"按,犹击也。" ⑤厩(jiù)马:马圈里喂养的马。弓断弦:指弓箭放在仓库里时间太久,弓弦已经腐烂断裂。 ⑥戍楼:边境上观望敌情的小楼。刁斗:古代行军时用的器具,斗形,有柄,一般由铜制作而成。此器物白天可以用作炊具,夜晚击之以巡更。《史记·李将军列传》:"不击刁斗以自卫。"裴骃集解:"以铜作鐎器,受一斗,昼炊饭食,夜击持行,名曰刁斗。" ⑦笛里:笛声之中。《关山月》为古笛曲,故云。壮士心:壮烈之士的真心。此处是作者自指。 ⑧沙头:沙滩边,沙洲边。征人骨:以往战死士卒的白骨。 ⑨中原干戈古亦闻:自古以来,中原地区发生战争之事就屡屡听说过。干戈,代指战事。 ⑩逆胡:夷狄胡人。此为中原人对金侵略者的蔑称。传子孙:长期占领乃至在大宋领土上传宗接代。 ⑪忍死:忍受煎熬苟且不死。望恢复:盼望宋朝大军收复故疆,使之重回大宋王朝的怀抱。 ⑫几处今宵垂泪痕:就在今宵,会有多少遗民在那里暗自垂泪。

[解析]

这首诗作于孝宗淳熙四年(1177),此时作者五十三岁,在成都任四川制置使司参议官。不久范成大为四川制置使,举荐作者为嘉州(今四川乐山)知州。还没到任,作者便遭到奸人的污谤而罢官,改授主管台州崇道观闲居,作者自此号为"放翁"。

全诗写得悲壮雄浑,读之令人扼腕叹息。作者从十五年前宋朝与金人订立和约说起,以行进式的表述方式记录了这些年来朝廷上上下下苟且偷安的不堪场景:边境上的将军们成了摆设,他们多年没有与金贼交战,每天都处在醉生梦死的状态,拿着朝廷大把的俸禄,居住在深宅大院里听听唱歌,看看舞蹈,根本没有心情去管边疆的战况。本该驰骋疆场的战马撑死了,本该射杀敌人的弓箭腐朽无用了。奇怪的是,这些触目惊心的情景,竟似与守边将军毫无关系,他们连问都不去问一句!观望敌情的小楼上刁斗之声虽然还按时响起,却早已失去了它应有的作用,变成了催促月亮西沉的玩意儿。不少士卒三十从军,如今已经成了白发苍苍的老者,令人悲叹。往年里战死的士卒更是可怜,一具具白骨暴露在荒野之间,居然没人为他们掩埋。这究竟是为什么呢?究其根源,还是因为朝廷采取了屈辱的和戎之策,极大地摧折了将士们抗击敌人的决心和信心,对此作者既感到愤懑,又感到无奈,更为金贼长期盘踞中原感到无比的愤恨,他几乎呐喊般地呼号道:自古以来对中原逐鹿不是没有耳闻,但像今天这样沦于敌手,任凭他们作威作福,而且这一盘踞就是四五十年,连他们的子孙都在那里扎下了根,岂不让人悲愤交集?更可怜的是那些生活在敌占区的宋朝遗民,无休无止地忍受着强盗的摧残压迫,却久久盼不到自己的军队前来杀敌。作者最后那句"几处今宵垂泪痕",其中无疑也包括自己的眼泪。

十一月四日风雨大作

僵卧孤村不自哀①,尚思为国戍轮台②。夜阑卧听风吹雨③,铁马冰河入梦来④。

[注释]

①自哀:自怨自艾,自我哀伤。 ②轮台:古地名,故址在今新疆维吾尔自治区轮台县,汉武帝时曾发兵戍守此地。后来文人多以此地代指边关。 ③夜阑:夜深。 ④铁马:披挂铠甲的战马。冰河:北方冰冻的河

流。此句指在北方战场上与敌人厮杀的场景。

[解析]

作者自淳熙十六年（1189）罢官之后，一直在山阴闲居，到写作此诗的绍熙三年（1192），已过去两三年的时间。此时的作者，已经是个六十八岁的老者。

此诗原是一组两首，这里选的是第二首。为了更全面地体味作者当时的思想和心境，我们不妨再看看第一首："风卷江湖雨暗村，四山声作海涛翻。溪柴火软蛮毡暖，我与狸奴不出门。"很显然，这首诗的立意和基调并不太高：前两句说当时刮起了大风、下起了大雨，紧扣题目；后两句写在这样的风雨天里，自己和老猫都不肯出门了——完全是一幅写生的退隐图画。

陆游的组诗有个特点，他往往在落笔时并不显露出高昂的激情，而是娓娓道来，如泣如诉，这大概是作者在酝酿情绪吧？第二首顿起狂澜，第一句便大声告诉人们：陆某虽然已老，但并没有自怨自艾，也没有自暴自弃，我还棒着呢！怎么个棒法呢？"尚思为国戍轮台"，你看厉害不厉害？说这句话的时候还在白天，到了夜里，这位可敬可爱的老人虽然躺下，却久久不能入睡。即便睡着了，梦里也是杀声阵阵的"铁马冰河"。何等的激越，何等的气派！直到这里，诗的高潮才真真切切地出现。哪怕仅仅是在梦中，也让作者着实畅快一番！

游山西村

莫笑农家腊酒浑①,丰年留客足鸡豚②。山重水复疑无路,柳暗花明又一村。箫鼓追随春社近③,衣冠简朴古风存。从今若许闲乘月④,拄杖无时夜叩门⑤。

[注释]

①腊酒:腊月里酿的酒,指陈酒。浑:浑浊。宋代以前的酒都是米酒,饮用之前过滤掉残渣,被称为清酒。此处意谓农家所饮的酒没有经过充分的过滤,酒里还有些渣滓,但同样十分香醇。 ②足鸡豚:鸡肉、猪肉十分丰富,可以随便吃。豚,小猪。 ③箫鼓:吹箫击鼓。春社近:距春社越来越近了。古人把立春后第五个"戊"日叫作春社,立秋后第五个"戊"日叫作秋社。逢到社日,人们都要拜祭社公土地之神,祈求当地五谷丰登。 ④闲乘月:趁着月光闲游。 ⑤无时:随时,不定时。

[解析]

这首诗作于何时难以考证,但据诗中"拄杖"一词,基本可以确定其写作年代应该在作者老年闲居山阴的那段时间里。全诗展示的是"农家乐"的场景。那种安详和谐,那种古朴闲适,越读越令人神往,恨不得跟在作者身后,去品尝农家那些充满醇香的美酒佳肴!开篇一句"农家腊酒",把场景一下拉到了远离嚣尘的村落农家,令人顿感荡涤心灵的舒适。陆游和今天的我们一样不喜欢喧嚣的城市,因此这首诗的基本格调便确定下来:欢快,单纯,心中无垢。没经过精心过滤的腊酒又如何?照样是又香又醇。没经过大厨调理的鸡豚又如何？反倒更加接近于自然的醇香。人追求的是一种精神的愉悦，腊酒也好，鸡豚也好，不过是精神愉悦的附带品罢了。

诗的颔联用了"山重水复疑无路，柳暗花明又一村"十四个字，将游山西村的"游"之快乐传神地表现出来，成为后人津津乐道的千古名句。我们跟随着作者的脚步，似乎也看到了山山水水的盘绕蜿蜒，看山时能听到潺潺流水之声，行走时却不知前方如何，这种外在环境与内心的感知，在此时达到了完美的统一，这才是真正的"融入自然"。当时作者想表现的，无非是山山水水间的娴雅与美丽，没想到后人借题发挥，将这两句话的内涵加以延伸，使之成了励志的座右铭：即便是遇到再多的艰难险阻，也要锲而不舍，总会达到豁然开朗的那个时刻。颈联写进入到农家生活的画面，作者看到的是民风的醇厚和古朴，村民待人毫不设防的真诚和坦荡，还有对简简单单的节日热切的期盼。对于一直在官场上奔走的陆游来说，这种古朴和真诚，这种简单和热烈，才是最令他感到轻松且难以忘怀的，以至到了尾联，作者意犹未尽地告诉老乡：假如你们不嫌我烦，我可要时不时地前来搅扰了！这种由衷的真诚和热盼，竟然是由一个"夜"字点染出来的：情之所钟，言之欲吐，何妨像晋朝名士王子猷雪夜访戴那般任性，哪里还顾得上是在白天还是在深夜？

观大散关图有感[①]

上马击狂胡[②]，下马草军书。二十抱此志，五十犹癯儒[③]。大散陈仓间[④]，山川郁盘纡[⑤]。劲气钟义士[⑥]，可与共壮图[⑦]。坡陀咸阳城⑧，秦汉之故都⑨。王气浮夕霭⑩，宫室生春芜⑪。安得从王师，汛扫迎皇舆⑫？黄河与函谷⑬，四海通舟车。士马发燕赵⑭，布帛来青徐⑮。先当营七庙⑯，次第画九衢⑰。偏师缚可汗⑱，倾都观受俘⑲。上寿大安宫⑳，复如正观初㉑。丈夫毕此愿，死与蝼蚁殊㉒。志大浩无期㉓，醉胆空满躯㉔。

[注释]

①大散关：古关隘名，在今陕西宝鸡西南，南宋时为宋金交界的争夺之地。 ②狂胡：猖狂暴虐的金人。胡，古代对北方少数民族的蔑称。 ③二十抱此志，五十犹癯（qú）儒：二十岁时就抱定"上马击狂胡，下马草军书"的雄心壮志，如今年已五十，却还是个抱病而活的无用书生。 ④陈仓：古地名，在今陕西宝鸡，西与甘肃清水相邻，是秦岭与关中平原、黄土高原的过渡地区。 ⑤盘纡：屈曲迂回。 ⑥劲气：豪杰壮烈之气。钟义士：深入到这些义士的血液中。钟，集中。义士，指驻守在此处的壮士们。 ⑦可与共壮图：完全可以和他们共谋抗金杀敌的壮烈之举。 ⑧坡陀：高低不平之貌。咸阳：在今陕西咸阳。 ⑨秦汉之故都：秦朝都城在今咸阳，汉朝都城在今西安，两地相距甚近，都在渭川平原。 ⑩王气：帝王之气。浮夕霭：漂浮在夕阳烟霭之中。言咸阳、长安一带最宜建都。 ⑪春芜：春天的杂草。 ⑫汛扫：洒扫。迎皇舆：迎接帝王的銮舆。 ⑬函谷：古关隘名，在今河南灵宝，紧临黄河，地处长安、洛阳两京古道之上。因关在谷中，深险如函，故名。 ⑭士马：兵马。燕赵：代指北方地区。 ⑮青徐：古青州和古徐州。青州在今山东，徐州在今江苏北部、安徽东部。 ⑯营：修建。七庙：古代传统庙制，天子有七代祖庙。此处意谓将宋朝皇室的祖庙建在这里。 ⑰次第画九衢：依次规划出

皇城的大道。九衢，本义为纵横交叉的大道，通常指繁华的街市，后亦多代指都城。唐韦应物《长安道》诗："归来甲第拱皇居，朱门峨峨临九衢。" ⑱偏师：非主力的部队。缚可汗：生擒敌首。可汗，古代对西北、东北少数民族首领的通称，相当于"国王"。此处特指金主。 ⑲倾都：都城士民倾城出动。观受俘：观看朝廷举行的受降礼。受俘，接受敌方的投降。 ⑳上寿：举酒祝寿。大安宫：唐代大内宫殿名。此处代指宋朝的皇城宫殿。 ㉑正观：即"贞观"，唐太宗的年号，公元627年至649年。㉒丈夫毕此愿，死与蝼蚁殊：大丈夫能够得伸此愿，生命才能有意义，不与蝼蚁相等同。 ㉓志大浩无期：志气虽壮，等待杀敌的战斗岁月却遥遥无期。浩，远。 ㉔醉胆空满躯：虽然满身是胆，但是只能终日饮酒，来浇灌这个无用之身。

[解析]

　　这首诗作于孝宗乾道九年作者在南郑从军之时。作者偶然看到了一幅《大散关图》，顿时热血沸腾，写下此诗。前四句叙说自己由来已久的报国之情，作者已经跨越了几十年时间，好不容易来到南郑从军，勉强了却了从戎的愿望。遗憾的是，如今近五十岁了，还没能亲临战场，扫灭强胡，名义上已经从军，实际上仍是个百无一用的穷书生而已。四句二十字，把少年时的热血沸腾和中年时的失望遗憾都宣泄了出来。随后四句以大散关的地理形势之险要，还有驻守此关的义士之勇猛，表达出自己强烈希望朝廷尽快发布伐金之命的愿望，因为这里并不缺少敢死的壮士，也不缺少险要的关塞。

　　接下来的数句进入想象之中。作者先强调了长安、咸阳自古以来就是具有王气的宝地，千年以来，多少王朝都在这里定都。话虽这么说，毕竟从唐昭宗东迁之后，长安就再也没有做过帝王之都。这两句话是什么意思呢？内中体现的是作者对近代帝王不重视长安的叹息：昭宗迁都并没有阻止唐朝的灭亡，随后的五代小皇帝们，哪里有秦皇汉武的大气象？大宋开国以后，太祖皇帝以其雄才大略，打算将都城定在关中，谁知遭到大臣们的一致反对，只好另选都城。可惜他在位十几年，还没把偏国、伪国一一收复便撒手人寰。面对这些历史上留下的遗憾，作者认为，如今朝廷猛醒还不算晚。此时作者的思绪再度进入到幻象和渴望之中：安得从王师，汛扫迎皇舆？迎来天下一统，还我原有版图，让"黄河与函谷，四海通舟车"，让"士马发燕赵，布帛来青徐"。到了那一天，大宋的官民就可以"营七庙""画九衢"了。失地复得，贼酋就缚，皇帝在城门上举行受降之礼，引得全城市民前往观看，然后臣民举杯为帝王上寿，那将是多么激动人心的场景啊！身为七尺男儿，只有为这一天贡献了全部力量，才能免于死得轻如鸿毛！全诗有回忆，有感叹，有实写，有幻象，有期待，有失落，把一个矢志报国却无法伸其志的爱国文士形象刻画得十分饱满。最后两句是对现实的感喟：盼也没用，想也没用，现在能做的，竟然只有借酒浇愁，这是多么无奈！

明妃曲①

汉家和亲成故事，万里风尘妾何罪？掖庭终有一人行②，敢道君王弃蕉萃③？双驼驾车夷乐非④，公卿谁悟和戎非⑤！蒲桃宫中颜色惨⑥，鸡鹿塞外行人稀⑦。沙碛茫茫天四围⑧，一片云生雪即飞。太古以来无寸草⑨，借问春从何处归？

[注释]

①明妃曲：古曲名，是以汉代王昭君出塞和戎为故事编成的歌曲。明妃，即王昭君。　②掖庭终有一人行：后宫总得有一个女子出行远嫁。掖庭，古代皇宫内嫔妃所居的宫室。代指后宫。　③蕉萃：通"憔悴"。此句言，谁敢说此举是帝王抛弃姿色不好的女子呢？　④双驼驾车：谓匈奴的车驾由两匹骆驼拉着。夷乐非：意谓去到匈奴地界，就再也听不到正宗的中原音乐了。夷乐，夷狄的音乐。　⑤公卿谁悟和戎非：满朝公卿谁能晓得用这种方法与夷狄讲和是没有益处的，也是起不到任何作用的。　⑥蒲桃宫：汉代宫殿名。唐皎然《送梁拾遗肃归朝》诗："天开芙蓉阙，日上蒲桃宫。"颜色惨：面容惨淡。此句意谓汉成帝误将王昭君送到匈奴后，终日闷闷不乐。　⑦鸡鹿塞：古关隘名，为汉代通往塞北之隘口，在今内蒙古西部磴口县西北、狼山西南。峡谷贯通狼山南北，以石砌成。　⑧沙碛（qì）：沙漠。茫茫天四围：满眼看不到别的景物，所见皆是沙漠，好像把天都包裹起来。　⑨太古以来无寸草：亘古以来连一棵小草都不能生长。太古，远古。

[解析]

　　这首诗作于光宗绍熙五年（1194），作者在山阴老家闲居。《明妃曲》是古代文人很喜欢写的一个题目，在这里略举几例。欧阳修《明妃曲和王介甫作》："胡人以鞍马为家，射猎为俗。泉甘草美无常处，鸟惊兽骇争驰逐。谁将汉女嫁胡儿，风沙无情貌如玉。身行不遇中国人，马上自作思归曲。推手为琵却手琶，胡人共听亦咨嗟。玉颜流落死天涯，琵琶却传来汉家。汉宫争按新声谱，遗恨已深声更苦。纤纤女手生洞房，学得琵琶不下堂。不识黄云出塞路，岂知此声能断肠。"王安石《明妃曲二首》其一："明妃初出汉宫时，泪湿春风鬓脚垂。低徊顾影无颜色，尚得君王不自持。归来却怪丹青手,入眼平生几曾有。意态由来画不成,当时枉杀毛延寿。一去心知更不归,可怜着尽汉宫衣。寄声欲问塞南事,只有年年鸿雁飞。家人万里传消息,好在毡城莫相忆。君不见,咫尺长门闭阿娇,人生失意无南北。"其二:"明妃初嫁与胡儿,毡车百两皆胡姬。含情欲语独无处,传与琵琶心自知。黄金杆拨春风手,弹看飞鸿劝胡酒。汉宫侍女暗垂泪,沙上行人却回首。汉恩自浅胡恩深,人生乐在相知心。可怜青冢已芜没,尚有哀弦留至今。"刘敞《公是集》卷十八《同永叔和介甫昭君曲》:"汉家离宫三十六,宫中美女皆胜玉。昭君更是第一人,自知等辈非其伦。耻捐黄金买图画,不道丹青能乱真。别君上马空反顾,朔风吹沙暗长路。此时一见还动人,可怜怏怏使之去。早知倾国难再得,不信傍人端自误。黄河入海能却来,昭君一去不复回。青冢消摧人迹绝,惟有琵琶声正哀。"

这些诗大都是感慨古代君王御敌无能,被迫采取和亲方式平息夷狄的进攻。作者们无不感叹,为了了却君王之忧,无辜的女子牺牲了自己的一切,成为政治的工具和牺牲品。从这个意义上说,这些作者内心都闪烁着人性的光辉,陆游也不例外。

诗的开篇一语道破:"汉家和亲成故事,万里风尘妾何罪?"治理国家、保卫朝廷,为什么非要一个弱女子作为牺牲品?既然这样,还要那满朝文武做什么用?然而在事情完全没有转机之时,昭君也只能牺牲自我,去换取汉朝的暂时安宁了。后半部分写昭君来到匈奴后看到的景物和感受:这是一个什么样的国度啊?沙碛茫茫,好像把天都围裹住了,好不容易见到一片云,随之而来的却是漫天的大雪。放眼望去,看不到一棵小草,真不知道这里的春天是怎么来又怎么去的?

这些看似具体的描写,隐含的却是作者对朝廷无能的哀叹。汉朝以昭君换和平,本朝以土地换和平,本质上没有任何区别,甚至拿土地做交易比拿美人做交易更加无耻,损失也更加惨重。作者正是通过对昭君的哀叹,表达出自己浓浓的爱国之情,还有对那些一味主张与金国议和的无耻大臣们深深的轻蔑。

长歌行

人生不作安期生①,醉入东海骑长鲸。犹当出作李西平②,手枭逆贼清旧京③。金印煌煌未入手,白发种种来无情。成都古寺卧秋晚,落日偏傍僧窗明。岂其马上破贼手,哦诗长作寒螀鸣④?兴来买尽市桥酒,大车磊落堆长瓶⑤。哀丝豪竹助剧饮⑥,如巨野受黄河倾⑦。平时一滴不入口,意气顿使千人惊⑧。国仇未报壮士老,匣中宝剑夜有声⑨。何当凯还宴将士,三更雪压飞狐城⑩。

[注释]

①安期生:传说中的神仙名。刘向《列仙传》:"安期先生者,琅琊阜乡人也。卖药于东海边,时人皆言千岁翁。秦始皇东游,请见,与语三日三夜,赐金璧度数千万。出于阜乡亭,皆置去,留书以赤玉舄一双为报,曰:'后数年求我于蓬莱山。'" ②李西平:唐代名臣李晟。德宗时曾平定朱泚之乱,收复长安,立功甚多,被封为西平王。 ③手枭逆贼清旧京:《旧唐书·德宗纪》:"李晟自渭北移军于光泰门外。贼来薄,我军争夺击,大败之,蹙入光泰门,斩馘数千计。……我军争栅,云合电击,

与贼血战,贼党大败,追击至白华,朱泚、姚令言率众万余遁去。晟收复京城。……李晟上《收京城露布》,上览之,涕下沾襟。泾州田希鉴斩姚令言,幽州军士韩旻于彭原斩朱泚,并传首至行在。……己酉,加李晟司徒、兼中书令。" ④哦(é)诗长作寒螀(jiāng)鸣:意谓作诗要作慷慨悲歌之诗,岂能情思细微如秋蝉啼鸣?哦诗,吟诗。寒螀,一种体形较小的蝉,墨色,有黄绿色斑点,秋天始出,鸣声甚哀。 ⑤大车磊落堆长瓶:大车上堆满了硕大的酒瓶。 ⑥哀丝豪竹:发声哀怨的丝弦和发声雄豪的竹笛,泛指酒宴上的乐声。助剧饮:为痛饮助兴。 ⑦如巨野受黄河倾:有如巨野泽承受黄河的倾泻。巨野,古湖泽名,在今山东巨野。 ⑧意气顿使千人惊:意气上来痛饮如虹,惹得千人叹为观止。 ⑨匣中宝剑夜有声:《乐府诗集》无名氏诗:"闻道烽烟动,腰间宝剑匣中鸣。"表示急于杀敌立功,连匣中的宝剑都按捺不住发出了鸣响。 ⑩飞狐城:古关隘名,在今山西代县至河北涞源之间。《读史方舆纪要》卷三十九:"飞狐峪,飞狐关,在蔚州南四十里。其地两崖峭立,一线微通,逶迤蜿延,百有余里。"

[解析]

这首诗作于孝宗淳熙元年(1174),当时作者刚从南郑回到蜀中。全诗以夸张的手法,抒写了自己急于立功杀贼的豪情壮志,读来令人感到荡气回肠。具体来说,此诗应作于一场酒席宴上,入手便异乎寻常地激昂,大言自己决不会做安期生那样的神仙,要做就做为国立下殊勋的李晟,手刃朱泚,光复京城,青史留名,焜耀千载。

紧随其后的大段描写,都在说自己的豪饮。你看,此君一举买空市桥之酒,大车上酒瓶装得满满的。宴席之上,丝竹管弦各显其能,那都是在为陆某的豪饮助兴呢!如今的老陆虽然年事已高,却不服老,不信你们等着看，有朝一日歼敌得胜，我还要再设大宴犒赏将士呢！

  读起来的确感觉他是饮酒过量了，此时的作者说起话来极度夸张：你们看见老陆怎么饮酒了吗？那就像滔滔黄河直灌巨野泽呀。这种夸张，真能和李白有一比了。这些看似游戏的笔墨，隐含了作者对报国无门的极度烦闷，正是这种烦闷，使他失去了常态，把丝竹管弦也赋予了人的感情：丝弦的声音是哀怨的，代表了作者内心的哀怨；竹笛之声是豪迈的，代表了作者内心的豪放。凡读诗，尤其是名家名作，总感到越读越有味道，此诗也是如此。

陇头水[①]

  陇头十月天雨霜，壮士夜挽绿沉枪[②]。卧闻陇水思故乡，三更起坐泪数行。我语壮士勉自强，男儿堕地志四方。裹尸马革固其常[③]，岂若妇女不下堂？生逢和亲最可伤，岁辇金絮输胡羌[④]。夜视太白收光芒[⑤]，报国欲死无战场！

[注释]

  ①陇头水：古横吹曲名。郭茂倩《乐府诗集·汉横吹曲一》引《三秦记》："其坂（陇山）九回，上者七日乃越。上有清水四注下，所谓陇头水也。" ②绿沉枪：用绿沉竹为杆制成的长枪。赵令畤《侯鲭录》卷一："绿沉事，人多不知。老杜云：'雨抛金锁甲，苔卧绿沉枪。'又皮日休《竹》诗云：'一架三百本，绿沉森冥冥。'始知竹名矣。又见吴淑《事类弓赋》云：'绿沉亦复精坚。'注引《广志》曰：'绿沉，古弓名。'

又引刘劭《赵郡赋》曰:'其器用则六弓四弩,绿沉黄间,堂溪、鱼肠、丁令、角端。'" ③裹尸马革:即"马革裹尸",用马皮把尸体包裹起来,指军人战死于沙场。固其常:原本就是寻常事。 ④岁辇金絮输胡羌:每年都用车子把金钱和丝绢运往金国。南宋与金人议和之后,每年都要向其缴纳岁贡银二十万两、绢二十万匹。 ⑤太白:金星。《史记·天官书》:"察日行以处位太白。"司马贞索隐:"太白晨出东方,曰启明。"古代星象家以为太白星主杀伐,故多以喻兵戎。收光芒:收敛其光芒,喻宋朝宁可向金国缴纳大量钱财,也不敢与金人作战收复旧疆。

[解析]

　　这首诗作于宁宗庆元二年(1196),此时作者在山阴闲居。全诗基调悲凉沉郁,是一首凝结着作者满怀愤懑的悲歌。

　　开篇把地点定位在西北前线,作者联想到内地转凉后,西北已经是严霜满地的寒冷天气了。在那里苦苦戍守的战士们时刻紧握着手中的长枪,却因闻听陇水而生思乡之情,忍不住半夜坐起,垂泪数行。作者扮演的是一个激励将士的角色,他告诉战士们,好男儿打呱呱坠地起,就注定要胸怀广大,志在四方,为了国家安危,马革裹尸乃是司空见惯的事,怎能像女人一样连门都不出?全诗写到这里还是很激昂向上的,体现了将士们宁可忍受天寒地冻和妻离子散的悲怆,也要誓死保卫国家。

　　接下来笔锋一转,写到了比陇头寒霜还要冰冷的现实:可怜煌煌大国,毫无锐气,面对敌人,只管一味求和、苟且偷安,这真是最令人悲愤的事了。朝廷每年都要用车子把如山之多的金钱和丝绢运往金国,哪里还像有尊严的大国所为?生当此世最大的悲哀就是:你想为国杀敌、马革裹尸,却没人为你提供战场!所以说这首诗"基调悲凉沉郁,是一首凝结着作者满怀愤懑的悲歌"。

九月十六日夜梦驻军河外遣使招降诸城觉而有作①

杀气昏昏横塞上,东并黄河开玉帐②。昼飞羽檄下列城③,夜脱貂裘抚降将。将军枥上汗血马④,猛士腰间虎文韔⑤。阶前白刃明如霜,门外长戟森相向。朔风卷地吹急雪,转盼玉花深一丈⑥。谁言铁衣冷彻骨⑦,感义怀恩如挟纩⑧。腥臊窟穴一洗空⑨,太行北岳元无恙⑩。更呼斗酒作长歌⑪,要遣天山健儿唱⑫。

[注释]

①河外:黄河以外,指黄河以北的地区。遣使招降诸城:派遣使节前往各个敌占城邑劝降金人。 ②东并(bàng)黄河开玉帐:东面傍着黄河扎下营帐。并,通"傍",依傍。玉帐,主帅所居的帐幕,取如玉之坚之意。北齐颜之推《观我生赋》:"守金城之汤池,转绛宫之玉帐。" ③昼飞羽檄下列城:大白天里传檄诸城金人赶快投降。羽檄,插着鸟羽的檄文军书,谓十万火急之书。 ④枥(lì):喂马的槽。汗血马:古代良马名,出自西域大宛。这种马耐力和速度都十分惊人,能日行千里,奔跑时会从肩部流出像血一样的汗液。故称"汗血马"。 ⑤虎文韔(chàng):绘有虎皮纹的弓套。 ⑥转盼:四处看。玉花深一丈:雪花已经有一丈深了。 ⑦铁衣:铠甲之衣。 ⑧感义怀恩如挟纩(jiā kuàng):谓士卒们感激将军的关爱,心怀恩义如同包裹着温暖的棉絮。挟纩,披着绵衣,喻受人抚慰而感到温暖。 ⑨腥臊窟穴:指金人曾盘踞过的城邑。北方民族喜食羊肉,故称其为腥臊。一洗空:一扫而空。 ⑩太行北岳:太行山和

北岳恒山。元无恙：原来还算安好。元，义同"原"。　⑪长歌：篇幅较长的诗歌。　⑫天山：在今新疆维吾尔自治区境内。

[解析]

　　这首诗作于乾道九年（1173），当时作者已从南郑回到了蜀中，被授予嘉州知州。虽然当了官，作者并没有丝毫的欣喜，因为他一直魂牵梦绕的，依然是祖国失地何时才能收复，金人何时才能被驱逐。乾道九年，朝廷不再向金国发兵，就意味着作者朝思暮想的杀敌立功宏愿化为了泡影，这种极大的落差，使他更加留恋那段金戈铁马的军旅生涯，更期盼着有朝一日能收复失地，重回大宋一统，于是便有了在梦中"遣使招降诸城"的喜人场景。作者绘声绘色地描写了一个完整的梦境：大宋王师威风凛凛，杀气腾腾挺进塞上，黄河边已经扎好了将军的营帐。道道檄文飞也似地传到了金人盘踞的城邑，众多金酋纷纷来降，威武的大将向他们宣布宽赦之命，甚至把貂裘披在了战战兢兢的金酋身上。看我大将的汗血马，再看猛士腰间的弓箭，阶前白刃、门外长戟，这令人扬眉吐气的阵势，使作者高兴得不知所以。他满怀深情地察看被金人占领太久的大小城邑，又放眼北望，发现太行还是原来的太行，北岳还是原来的北岳，回归了，回到自己祖国的怀抱了！面对这一切，作者兴高采烈地"更呼斗酒作长歌"，甚至点名"要遣天山健儿唱"。

　　可惜如此激动人心的场面并不是真的，不过是一场好梦而已！我们真为作者担心，一旦醒来，见到的仍然是旁午于道路的宋朝求和之使，仍然是"遗民泪尽胡尘里"的凄惨情景，他会是怎样地痛心疾首啊！

夜读兵书

孤灯耿霜夕①,穷山读兵书。平生万里心②,执戈王前驱③。战死士所有,耻复守妻孥④。成功亦邂逅⑤,逆料政自疏⑥。陂泽号饥鸿⑦,岁月欺贫儒。叹息镜中面,安得长肤腴⑧?

[注释]

①耿霜夕:在秋夕发出光亮。　②万里心:立功于万里之外的决心。③执戈王前驱:要当保卫国家的前驱之士,即今言冲锋在前之意。　④耻复守妻孥(nú):以厮守妻子儿女过安稳日子为耻。　⑤成功亦邂逅:建立功业要碰到合适的机会。　⑥逆料:预料。政自疏:恰恰正是自己的薄弱之处。此句意谓兵书里的精髓,恰恰是自己所缺乏的,故而要在年轻时充实自我。　⑦陂(bēi)泽号饥鸿:乡野之间到处都是垂死的饥民。陂泽,湖泽。饥鸿,取哀鸿遍野之意。　⑧安得:哪能。长肤腴:长久地年轻。

[解析]

此诗作于绍兴二十六年(1156),是陆游年轻时的作品。绍兴二十四年(1154),陆游参加进士考试,因受到秦桧排斥而落第。此后他回到家乡,刻苦研读兵书,以待报国之机。全诗颇显意气风发,此时作者所想到的,一是要认真读书,为将来报国杀敌做好充分的知识储备。二是哀怜百姓的艰辛,日后如果当了官,一定要为劳苦大众谋福祉。现在虽然还年轻,但毕竟岁月不饶人,绝不能懒散蹉跎。全诗表现了一个力求上进的年轻人应有的品格。

婕妤怨①

妾昔初去家②,邻里持车箱③。共祝善事主④,门户望宠光⑤。一入未央宫⑥,顾盼偶非常⑦。稚齿不虑患⑧,倾身保专房⑨。燕婉承恩泽⑩,但言日月长⑪。岂知辞玉陛⑫,翩若叶陨霜⑬。永巷虽放弃⑭,犹虑重谤伤。悔不侍宴时,一夕称千觞⑮。妾心剖如丹,妾骨朽亦香。后身作羽林⑯,为国死封疆⑰。

[注释]

①婕妤(jié yú):宫中女官名,汉武帝时始置。 ②昔初去家:当初离开家的时候。 ③邻里持车箱:邻居们抓住车厢(与我告别)。 ④共祝善事主:他们齐声劝告我一定要好好侍奉皇帝。 ⑤门户望宠光:故乡人都盼望着你能带来光耀和荣誉。 ⑥未央宫:汉代宫名,为皇帝所居之处。 ⑦顾盼:目光转盼。偶非常:意外地得到了帝王非同寻常的宠幸。 ⑧稚齿:少年之齿,指女子自谓从少女之时起。不虑患:从不考虑人世的险恶。 ⑨倾身保专房:用尽心思、倾尽全力希图保住专房之宠。专房,指后宫女子得到帝王的独宠。 ⑩燕婉:仪态优美柔和。承恩泽:承受帝王的宠幸。 ⑪日月长:谓帝王恩泽天长地久永不改变。 ⑫辞玉陛:告别了玉阶,指被帝王逐出了未央宫。 ⑬翩:飘飘而落之貌。叶陨霜:枯叶在严霜中黯然陨落。 ⑭永巷虽放弃:虽放弃永巷。意谓如今虽然被抛弃在长巷冷宫。永巷,汉代宫中的长巷,用于安置失宠的女子。放

弃，抛弃。 ⑮悔不侍宴时，一夕称千觞：后悔当初为帝王侍宴的时候，没能一晚痛饮千杯（以求帝王欢心）。 ⑯羽林：羽林军，古代皇帝的禁卫军。 ⑰封疆：边疆。

[解析]

这首诗作于孝宗淳熙六年（1179），作者从蜀中回到临安，授官提举福建路常平茶盐公事。这一年作者五十五岁。

这是一首以宫怨为题材的古乐府诗，作者细腻地刻画了一个少女入宫前后的情景：刚刚得到朝廷征召时，莫说是自己，就连乡亲邻里都为此感到无比荣幸，他们死死地抓住车厢，喋喋不休地叮嘱她务必要尽心伺候君王，家乡人还等着长久地分享这份宠光呢。此时女子的内心是充满憧憬的。随后写她进宫之后，很快得到了君王的青眼，女子自然要倾尽全力地侍奉君王。每每倾倒在君王怀里时，她都会拿出十二分的努力，以求保持住这来之不易的专房之宠。她会轻轻地附在君王耳畔，婉转娇嗔地告诉君王：这份恩爱一定要天长地久。遗憾的是，终于有一天，女子得到了一个惊天噩耗，她被君王抛弃到了永巷之中，再也不可能得到宠幸！即便如此，她心里仍是战战兢兢，生怕还有人对她进行诽谤和中伤。此刻女子虽然悲心欲碎，虽然还在自诉"妾心剖如丹，妾骨朽亦香"，然而一切都为时已晚，没有人再听她的表白，事情完全无法补救了。绝望中的女子暗自发誓：下辈子如果还能托生为人，决不再做女儿身，一定要当个热血男儿，手持长戟扈卫在君王的陛阶之前。

后宫女子失宠，是封建社会再寻常不过的事，在这一点上作者并没有更多的突破。难得的是在本诗的结尾，作者通过女子之口告诉读者，我虽然失去了君王的宠爱，忠于君王的赤心却永远不会变。自己的失宠并不能都怪君王薄情，要怪只能怪女儿的美艳难得长久。既然如此，下辈子不如托生为男儿,或许能够长久地扈卫在君王身边。这种想法看上去实在有些愚忠,但作者要表达的忠诚,并非针对真正意义上的君王,而是以君王为标志的大宋王朝。这样理解,愚忠的色彩就淡去了很多。

忆山南①

貂裘宝马梁州日②,盘槊横戈一世雄③。怒虎吼山争雪刃④,惊鸿出塞避雕弓⑤。朝陪策画清油里⑥,暮醉笙歌锦幄中⑦。老去据鞍犹矍铄⑧,君王何日伐辽东⑨?

[注释]

①山南:终南山以南,指作者从军的南郑。 ②貂裘宝马梁州日:指作者从军后的凛凛威风。貂裘,貂皮制成的皮裘。 ③盘槊(shuò):挥舞长矛。 ④争雪刃:争相亮出锋利的刀剑。 ⑤惊鸿出塞避雕弓:惊恐的鸿雁出塞时小心翼翼地避开弓箭的射杀。 ⑥朝(zhāo)陪策画:白日里与将帅共同谋划作战之事。清油:当作"青油",用青油涂饰的帐幕,多指将帅的军帐。 ⑦锦幄:锦制的帷幄,指华美的帐幕。 ⑧老去:这一年作者已经四十八岁,故自称"老去"。据鞍犹矍铄(jué shuò):骑马挽缰还是那么神采奕奕。矍铄,形容老年人精神健旺。 ⑨君王何日伐辽东:敢问君王何时能够征伐辽东。此句意谓不知等到何日,朝廷才能下令北伐。辽东,指辽河以东地区,即今辽宁省东部、南部地区。此处代指金国。

[解析]

这是一首意气高昂的诗歌,从头到尾没有哀叹和怨愤。开篇点明时间和地点:时间,乾道八年(1172);地点,南郑前线。随后用"虎"和"鸿"作为铺垫,来渲染当时士气的高昂。接下来一联过渡到自己:白日在军帐中与将帅共同谋划军务,晚来与将士们饮酒笙歌,那种日子既紧张又惬意,畅快淋漓。作者十分得意的是,自己虽然年届五十,但筋力尚健,骑马据鞍仍与年轻人没什么不同。在作者看来,战前的一切都已经准备充足,只等朝廷一声令下,便可长驱直入,杀向金人的老巢。

夜泊水村

腰间羽箭久凋零①,太息燕然未勒铭②。老子犹堪绝大漠③,诸君何至泣新亭④?一身报国有万死,双鬓向人无再青⑤。记取江湖泊船处,卧闻新雁落寒汀⑥。

[注释]

①腰间羽箭久凋零:意谓南郑从戎的岁月已经过去很久了。 ②太息:叹息。燕然未勒铭:尚未能在异域立功。《后汉书·窦宪传》:"(窦宪率)精骑万余,与北单于战于稽落山,大破之,虏众崩溃,单于遁走,追击诸部,遂临私渠比鞮海。斩名王已下万三千级,获生口马牛羊橐驼百余万头。……遂登燕然山,去塞三千余里,刻石勒功,纪汉威德,令班固作铭。"燕然,古山名,即今蒙古国境内的杭爱山。 ③犹堪:尚能。绝大漠:横穿大漠。 ④诸君何至泣新亭:用晋代王导的典故。《世说新

语·言语》:"过江诸人,每至美日,辄相邀新亭,藉卉饮宴。周侯中坐而叹曰:'风景不殊,正自有山河之异!'皆相视流泪。唯王丞相愀然变色曰:'当共戮力王室,克复神州,何至作楚囚相对?'"　⑤双鬓向人无再青:双鬓已经变白,不可能重回年轻之时了。　⑥新雁:刚刚南飞过来的大雁。汀(tīng):水边的平地或小洲。

[解析]

　　这首诗作于作者退归山阴闲居之时,起首便说腰间的羽箭凋零已久,数年过去,立功异域的愿望始终没能实现,这不能不说是他一生中最大的憾事。颔联用"老子犹堪绝大漠,诸君何至泣新亭"两句铿锵话语,表达出作者不甘老去,还希望能有杀敌报国机会的强烈愿望,同时表达出对那些一味感叹国事日蹙却只能忍辱偷生之臣极大的轻蔑和鄙视。颈联作者依然保持昂扬的斗志,称自己早年曾立下誓言,为了祖国的统一,"虽九死其犹未悔"。尾联是对大半生壮志未酬的感慨:寻寻觅觅了一生,如今也只能"卧闻新雁落寒汀",真是时光易过,事业难成啊!这种"无可奈何花落去"的悲怆,时时敲击着作者的心灵。

九月晦日作四首①

　　菊枝倾倒不成丛,柯叶凋零已半空②。自是老来多感慨,不应萧瑟为秋风③。

　　山路清寒近探梅④,振衣高处兴悠哉⑤。飞鸿杳杳江天阔,一片愁从万里来⑥。

　　锦城谁与寄音尘⑦,望断秋江丈六鳞⑧。正使倾家供曲糵⑨,定知不解醉愁人⑩。

炊烟漠漠衡门寂，寒日昏昏倦鸟还。数树丹枫映苍桧，天工解作范宽山⑪。

[注释]

①晦日：古人以每月的第一天为朔日，每月最后一天为晦日。 ②柯叶：草木的枝叶。 ③萧瑟为秋风：战国宋玉《九辨》："悲哉秋之为气也，萧瑟兮，草木摇落而变衰。"此句意谓看到眼前的萧瑟，并不怨秋风之起，而是内心本来已经感到悲凉。 ④近探梅：接近寻访梅花的时日了。 ⑤振衣高处：在高处整理衣裳，抖落灰尘。 ⑥一片愁从万里来：一点烦愁来自万里之外。此处万里指的是北方沦陷区。 ⑦锦城：成都的别称。音尘：书信，消息。 ⑧丈六鳞：本指佛化身的长度，此处极言鱼之肥硕。 ⑨倾家供曲糵（niè）：倾家荡产地买酒。曲糵，本指酿酒所用的酒曲，此处代指酒。 ⑩不解醉愁人：不能理解忧愁之人因何而醉。 ⑪天工：上天。解作：懂得制作。范宽山：画家范宽所画的山。郭若虚《图画见闻志》卷四："范宽字中立，华原人，工画山水。理通神会，奇能绝世。……天圣中犹在，耆旧多识之。有《冒雪高峰》《四时山水》并故事、人物传于世。"

[解析]

这四首小诗格调娴雅，虽然其中不乏作者的感叹，但总体来看情绪平和，表达的是一种悯秋的感喟。

第一首前三句并无奇特之处，但却为最后一句做了充分的铺垫。作者眼前见到的是：菊花已经无力地倾倒，再也看不到丛丛簇簇的美艳；树木的枝叶也早就开始凋零，剩下的大概不足一半了。"自是老来多感慨"也是直抒胸臆，绝无婉曲之笔，说起来悲秋的情绪到此完全可以煞笔了，作者却于平淡之中突然抛出一句"不应萧瑟为秋风"，使本来毫无波澜的文字陡然生发出新的意境：你们不要以为陆某是在无病呻吟，其实陆某悲秋是另有缘由的！什么缘由？当然是对此生未能遂愿的不甘：人老了，国家仍处在偏安一隅的悲凉之中，这种萧瑟之感，岂是阵阵秋风所能致之？

第二首在结构上与前一首大体相似，前三句平和淡雅。由于已到深秋，作者很自然想到不久便可上山寻梅了。想到寻梅他便兴奋起来，登高振衣，兴致盎然。仰首一望，忽见南来的大雁在天空高高飞翔。这不也是助兴的景致吗？然而作者心里想到的却是大雁所来的北方，那里原本是大宋朝的北方，如今六七十年过去，却仍在金人铁蹄的蹂践之下，这份愁难道不是大雁"惹的祸"吗？

第三首回忆曾经长久居处的蜀中，那段记忆非但无法抹去，到老来反而更加清晰，于是作者发出轻轻的感叹：蜀中的人们，你们不会把山阴这位老者忘掉吧？如果还没有忘掉，为什么就不能捎个信来？陆某还清清楚楚地记得，蜀中家家可以酿酒，那酒又香又醇，市肆之中卖酒者随处可见。可你们了解陆某为何在那里落下一个酒徒的称号吗？这最后一句，又把自己的情感与报国无门的遗憾联系起来，而且说得那么悲怆，那么深沉。

第四首依然是"三加一"模式，前三句实写炊烟、衡门、寒日、倦鸟、丹枫、苍桧，尽管暗淡，却也天然。作者似乎也意识到如此写法过于平淡，于是接着来了个比喻，不过这个比喻很特别，他是拿眼前的实景与前人的图画作比较——如此美景，难道是天公在还原范宽那幅名画吗？这就比拿范宽的画来比喻眼前的景致要有情趣得多。

军中杂歌八首

三受降城无壅城①，贼来杀尽始还营。漠南漠北静如扫②，清夜不闻胡马声。

秦人万里筑长城，不如壮士守北平③。晓来碛中雪一丈④，洗尽膻腥春草生。

匈奴莫复倚长戈⑤，来款军门早乞和⑥。铁骑如山尚可避，飞将军来汝奈何⑦？

名王金冠玉踸踔⑧，面缚纛下声呱呱⑨。藁街未遽要汝首⑩，卖与酒家钳作奴⑪。

三月未春冰塞川⑫，冬月苦寒雪暗天。紫髯将军晓射虎⑬，吓杀胡儿箭似椽⑭。

北面行台号令新⑮，绣旗豹尾渡河津⑯。檄书才下降书至⑰，不用儿郎打女真⑱。

渔阳儿女美如花⑲，春风楼上学琵琶。如今便死知无恨，不属番家属汉家⑳。

北庭茫茫秋草枯㉑，正东万里是皇都㉒。征人楼上看太白㉓，思妇城南迎紫姑㉔。

[注释]

①三受降城：古代军事建筑群。唐景龙二年（708）张仁愿筑，西受

降城在今内蒙古杭锦后旗乌加河北岸狼山口南,中受降城在今包头西,东受降城在今托克托南。三受降城体系是唐朝建立的进攻型军事重镇体系,有效地控制了漠南广大地区,使后突厥汗国的政治、军事、经济中心为唐朝所控制。瓮城:即瓮城,大城外的小城,用于作战回旋之用。　②漠南:指蒙古高原大沙漠以南地区,此处代指被金人霸占的西北广大地区。　③北平:指汉代右北平郡。其治所屡有变更,先后在无终(今天津蓟州区)、平刚(今内蒙古宁城西南)等地设立郡治。　④碛(qì):不生草木的戈壁沙漠地带。　⑤匈奴:汉代对西北少数民族的称呼,此处代指金人。莫复倚长戈:休想再靠着长枪。意谓金人不要再想依靠锋利的武器继续霸占宋朝疆土。　⑥来款军门早乞和:赶紧到军门之前乞求言和投降。款,真心诚意。军门,军帐的大门。　⑦飞将军:指西汉时大将李广,当时匈奴人称之为"飞将军"。　⑧名王:匈奴诸王中名位尊贵者。《汉书·宣帝纪》:"匈奴单于遣名王奉献。"颜师古注:"名王者,谓有大名,以别诸小王也。"此处指金国贵族。金冠:金饰的帽子。玉蹀躞(diéxiè):美玉装饰的腰带。　⑨面缚纛(dào)下声呱(gū)呱:谓敌酋被绑缚押到大将旗下,他们被吓得呱呱求饶。纛,古代军中的大旗。　⑩藁(gǎo)街:汉时街名,在长安城南门内,为属国使节馆舍所在地。后代凡外国使节集中居住的街区均叫藁街。未遽(jù)要汝首:不会很快砍掉你的头。　⑪钳作奴:施以钳刑把你变成奴隶。钳,古刑具,束人颈项的铁圈,亦指钳刑。　⑫三月未春冰塞川:已经到了阳春三月,西北地区却依旧是满川的冰凌。　⑬紫髯将军:三国吴国孙权。《三国志·吴书·吴主传》注引《献帝春秋》:"张辽问吴降人:'向有紫髯将军,长上短下,便马善射,是谁?'降人答曰:'是孙会稽。'"晓射虎:《三国志·吴书·吴主传》载,汉献帝建安二十三年十月,孙权率兵入吴,"亲乘马射虎于废亭。马为虎所伤,权投以双戟,虎却废"。 ⑭吓杀胡儿箭似橡:箭似橡吓杀胡儿,意谓箭杆粗壮如橡子,把胡人都快吓死了。 ⑮行台:"行台省"的简称,魏晋时期始设的尚书台驻外临时机构。后亦指将帅出征时于驻地设立的临时性指挥机构。 ⑯豹尾:古代将帅旌旗上的饰物。或悬以豹尾,或在旗上刺绣豹文。河津:古称绛州龙门,今属山西运城。因其地当黄河要津,故名。 ⑰檄书才下降书至:讨伐金兵的檄文刚刚发下,敌人投降的文书便传到了宋营。 ⑱女真:古代东北地区少数民族名,即金国的祖先女真部落。 ⑲渔阳:古地名。秦代置渔阳县,在今北京密云区西南。隋、唐均设渔阳郡,治所在今天津蓟州区。 ⑳不属番家属汉家:(渔阳儿女)不再属于金国,而是属于大宋了。 ㉑北庭:唐玄宗先天元年所设的都护府名,下辖庭、伊、西三州,于庭州设瀚海军,于伊州设伊吾军,于西州设天山军,通称北庭。此处亦代指广大西北地区。 ㉒正东万里是皇都:正东万里便是大宋朝的皇都汴京。 ㉓征人:征戍北边的士卒。太白:星名,即金星。此星在西方出现时称长庚,在东方出现时称启明。 ㉔迎紫姑:中国传统民俗活动。紫姑是民间传说中一个善良贫穷的姑娘。正月十五,紫姑因穷困而死。百姓同情、怀念她,不少地方便出现了正月十五迎紫姑之俗。晚间人们用稻草布头扎成真人大小的紫姑像,女人们来到紫姑常做事的厕所、猪圈和厨房旁迎接她,流泪安慰她。此句意谓中原遗民妇女终于可以恢复传统的旧俗了。

[解析]

这组诗全都作于作者从军南郑之时。组诗一共八首,这里全部选录。总体来说,这些诗属于亦写实亦浪漫的混合之作,其中大部分文字描述的都是作者想象中的情景,但娓娓道来,又颇似实情实景,单就这一点来说就很有味道。

第一首想象大宋王师已经攻占了三受降城，还用生动的语言告诉读者，这几座受降城的修筑很有特色，它们都没有修筑瓮城。此时敌军反扑，宋军奋勇冲杀，直到把敌军彻底击退，才回到了受降城中。

第二首回顾秦代修筑长城，作者认为这是惧怕敌人、轻视猛将的做法。如果朝廷能起用李广那样的大将镇守边关，何须费尽财力修建长城？表达出作者重视人的力量、主张主动进攻的策略。他认为只要用人得当，扫平北庭轻而易举。

第三首想象金人气数已尽，想靠金戈铁马维持现状已经不再可能。就算大宋铁骑如山可以回避，遇到飞将还能躲到何处去？写尽王师猛将的英雄气概。

第四首更有意思，作者想象出一幅金国名王被俘的场景：只见那名王穿金戴银，看上去豪贵无比，一旦落入宋人之手，所有的尊显和颜面一扫无余。他被宋军捆绑着押到大帅面前，呜哩哇啦一通求饶。宋将呵呵大笑道："你用不着害怕，即使被押回大宋京城，我们也不会马上杀了你，留着你还有别的用处呢。等给你用过钳刑之后，卖给酒家当个苦力，不是很好吗？"整个场景写得绘声绘色，尽管出于想象，也能给读者带来畅快淋漓的感受。

第五首写的是大宋名将出猎的情景，那粗壮的箭杆，竟把金兵吓得缩项吐舌。

第六首写有朝一日朝廷正式向金国宣战，发下檄文。谁知早已吓破胆的金人闻风之后，忙不迭给宋军送来了投降的文书。这种想象可谓干净彻底，连仗都不用打直接受降，那将是多么鼓舞人心！

第七首写北方沦陷区全部收复，曾经备受金人折磨凌辱的北方女子，可以安安详详地坐在楼上学弹琵琶了。见到此景，哪怕当即便死也绝无遗憾，因为这些女子，现在是大宋臣民，再也不是金人的玩物了。

第八首回归宁静，写北方的敌人全部被王师消灭，戍守在边关的军人们终于可以登上楼头观看天星，女人们也恢复了往昔的旧俗，可以无忧无虑地迎接紫姑了。

真难为作者如此丰富的想象力。作者是把所有美好的愿望都写进这些小诗里了。

雀啄粟

坡头车败雀啄粟①，桑下饷来乌攫肉②。乘时投隙自谓才③，苟得未必为汝福④。忍饥蓬蒿固亦难⑤，要是少远弹射辱⑥。老农辍耒为汝悲⑦，岂信江湖有鸿鹄⑧？

[注释]

①车败：车子损坏，此处指运粮的车坏在半路无法走走。雀啄粟：鸟雀飞过来啄食车上的粮米。 ②桑下饷来乌攫肉：桑树之下有饭食拿来，乌鸦便会不失时机地抓取其中的肉。 ③乘时投隙：趁机，伺机。《列子·说符》："投隙抵时，应事无方，属乎智。"自谓才：自称有才。 ④苟得未必为汝福：侥幸获取未必真是福气。 ⑤忍饥蓬蒿固亦难：忍饥挨饿被困在蓬蒿之间活下去的确很难。 ⑥要是：要紧的是。少远弹射辱：尽量避开被弹弓和箭射中的耻辱。 ⑦老农辍耒（lěi）为汝悲：田间老农放下农具，深深为你感到悲哀。耒，耕地用的农具。 ⑧岂信江湖有鸿鹄：谁相信江湖之中真有鸿鹄。鸿指大雁，鹄指天鹅。这两种鸟飞得

很高,后人遂用来比喻志向远大的人。

[解析]

这首诗是作者联想到鸟雀趁车子毁坏之机啄食粮米、乌鸦见到桑树之下送来菜饭便趁势抓肉的普遍现象,悟出人世间的道理也是如此。鸟雀、乌鸦趁机获取食物,一定认为自己很有才能,人世间那些"苟得"富贵者必然有着相通的心理。在作者看来,这些获得未必真能算作福气。作者认为"忍饥蓬蒿"的滋味固然不好受,因而不顾一切抓紧机会获得食物完全是出于求生的本能。但它们是否想过这种冒险苟得行为背后的凶险?果腹固然是生存的必要条件,可惜这种侥幸获得的机会并不多,更多的是螳螂捕蝉黄雀在后。俗话说两害相权取其轻,究竟是果腹重要呢,还是保住性命更重要?一旦被人用弹弓或暗箭射死,连命都没有了,还果什么腹?作者看似在说鸟雀,实际上讲的是人世的道理:那些自恃"有才"攫取财宝的人,总有一天会被人逮住,到那时恐怕连命都难保了。作者在官场上混迹多年,看到这类"人才"太多,有已经倒霉的,有即将倒霉的,当然也有还没倒霉的,但这只是少数,况且既然埋下了隐患,能否安然度过一生真的很难说。作者庆幸自己头脑清醒,面对利益诱惑从没有丧失底线。这样做的结果是:年纪老大,生活依然贫穷,但毕竟没有性命之忧。

诗的最后,作者用了一个老农的话语做结:哎呀老陆啊,想你为官多年至今还这么贫穷,真够可怜的。千万别信什么鸿鹄之志之类的胡言乱语啦,鸟雀啄食、乌鸦抢肉才是硬道理!作者如此说,其实是正话反说,他坚信自己就是那为数不多的鸿鹄,宁可忍饥蓬蒿生计艰难,也决不做鸟雀、乌鸦之类没出息的丑事。中国有句古话叫"人为财死,鸟为食亡",司马迁《史记·货殖列传》也有"天下熙熙皆为利来,天下攘攘皆为利往"的说法，难道所有人都是如此吗？我却不然。如果我也像啄食的鸟雀和攫肉的乌鸦那样，我就不是陆游了！

老 翁

老翁睡少知遥夜①，贫士衾单怯苦寒②。闷里不嫌村酒薄，瘦来偏觉旧衣宽。篱门遇健时能出，书卷乘闲亦取看。深愧野人怜寂寞③，放锄相唤共朝餐④。

[注释]

①睡少知遥夜：觉少了才知道夜的漫长。 ②贫士衾（qīn）单怯苦寒：穷人衾被单薄故最怕寒冷。衾，被子。 ③深愧野人怜寂寞：田间野老可怜我过于寂寞，我为此深感惭愧。 ④放锄相唤共朝餐：放下锄头唤我与他共进早餐。

[解析]

这首诗是作者晚年回归山阴闲居时所作。此时作者年事已高，觉也少了。越是如此，就越感到长夜漫漫，好不难捱。生活困顿，身体消瘦，饮酒只能饮村酿的劣酒，穿衣只能穿破旧的衣裳。缩居在柴门之内，只有觉得精神稍好时才能外出走走，平日里连门都不敢轻易出。空闲的时间太多，就取些书来读一读，算是打发时间吧。这一天大概是感觉精神不错，作者再次走出家门来到田间，见到一个耕地的汉子，那汉子放下锄头，用怜悯的眼神看着他，问道："老儿，你是不是太闷得慌？那就跟我一起吃点饭吧！"

一个"当年万里觅封侯"的热血男儿,如今落到受田夫野老垂怜赠饭,作者心里什么滋味,还用多想吗?这不是说作者看不起农夫,恰恰相反,如今的陆某,能有野老搭腔,已经是大幸之事了。他哀叹的是,倾尽毕生的报国杀敌之想,如今早已化为烟云,再也寻不到了!

夜　雨

空阶雨声夜转急,壁疏窗破凄风入①。一灯袅袅吹欲灭,老生独傍书架立②。取书欲读辄复休,却行出门搔白头。市楼卖酒日千斛③,众人皆乐君胡忧④?

[注释]

①壁疏:屋子的墙壁单薄简陋。　②老生:作者自称。　③市楼:集市中的酒楼,又称旗亭。斛(hú):古代量器名。一斛本为十斗,后来改为五斗。　④众人皆乐君胡忧:众人都很快乐,你有什么忧虑呢?

[解析]

这是一首言愁之作,也是陆游诗中最常见的题材。作者回到家乡闲居,时常处在一种既安于现状又对过往岁月深感不平的状态,本诗也是如此。

又是一个无眠的长夜,作者站在书架旁,静静地听着窗外的雨声,谁知这雨越下越大,大到把墙壁都打出了缝隙,冷风随之而入,吹得灯烛都快熄灭了。它下它的,老夫还想看几眼书呢。可这疾风暴雨竟然弄得自己连书都读不下去了。作者自叹年纪已老,想到出门就习惯性地抓挠头上的白发，还有时不时前往市楼买酒，惹得路人都感到好笑：别人都过得欢天喜地，你哪儿来这么多愁？

这首诗写得比较隐晦，作者的"愁"无须否认，但他究竟为何发愁却没有点明，可能的答案有好几个：一，为现在的贫穷发愁；二，为天气发愁；三，因精神抑郁无法自控地发愁；四，还在因没能报效祖国而发愁。贫穷对于一个胸怀远大的人来说，根本不会放在心上，否。天气历来都是如此，这雨并不是今天才下个不停，否。因精神抑郁无法自控，这倒有点沾边儿，可这抑郁从哪儿来的呢？究其原因，还是因第四点"没能报效祖国而发愁"。我们必须让作者把愁拉回到原点，才能真正理解"众人皆乐君胡忧"的原因所在。俗话说对症下药，遗憾的是，这种病确实无药可医。

两翁歌

君不见塞上失马翁①，马去安知不为福？又不见新丰折臂翁②，臂废身全老乡国③。陆翁多难类两翁④，著书满屋身愈穷⑤。十年力耕遇水旱⑥，老不能耕年始丰。人言翁穷可闵笑⑦，藿食鹑衣天所料⑧。翁方自谓实幸民，对人抱膝惟清啸⑨。即今群公佐明主⑩，长剑拄颐来接武⑪。向非老病又不才⑫，纵欲归休宁见许⑬？

[注释]

①塞上失马翁：《淮南子·人间》："近塞上之人有善术者，马无故亡而入胡。人皆吊之。其父曰：'此何遽不为福乎？'居数月，其马将胡骏

马而归。人皆贺之。其父曰：'此何遽不能为祸乎？'家富良马，其子好骑，堕而折其髀。人皆吊之。其父曰：'此何遽不为福乎？'居一年，胡人大入塞，丁壮者引弦而战，近塞之人，死者十九，此独以跛之故，父子相保。故福之为祸，祸之为福，化不可极，深不可测也。"　②新丰折臂翁：白居易《新丰折臂翁》："新丰老翁八十八，头鬓眉须皆似雪。玄孙扶向店前行，左臂凭肩右臂折。问翁臂折来几年，兼问致折何因缘。翁云贯属新丰县，生逢圣代无征战。惯听梨园歌管声，不识旗枪与弓箭。无何天宝大征兵，户有三丁点一丁。点得驱将何处去，五月万里云南行。闻道云南有泸水，椒花落时瘴烟起。大军徒涉水如汤，未过十人二三死。村南村北哭声哀，儿别爷娘夫别妻。皆云前后征蛮者，千万人行无一回。是时翁年二十四，兵部牒中有名字。夜深不敢使人知，偷将大石捶折臂。张弓簸旗俱不堪，从兹始免征云南。骨碎筋伤非不苦，且图拣退归乡土。此臂折来六十年，一肢虽废一身全。至今风雨阴寒夜，直到天明痛不眠。痛不眠，终不悔，且喜老身今独在。不然当时泸水头，身死魂孤骨不收。应作云南望乡鬼，万人冢上哭呦呦。老人言，君听取。君不闻开元宰相宋开府，不赏边功防黩武。又不闻天宝宰相杨国忠，欲求恩幸立边功。边功未立生人怨，请问新丰折臂翁。"　③臂废身全老乡国：胳膊虽然残疾，身体还算健全，得以终老于家乡。　④陆翁：作者自称之词。多难类两翁：一生多难，与以上这两位老翁都有相似之处。　⑤著书满屋身愈穷：著作满室，日子却越过越穷。　⑥十年力耕遇水旱：回乡十年努力耕种，不是遇上水灾就是遇上旱灾。　⑦闵笑：怜悯嘲笑。闵，通"悯"。　⑧藿食：当作"藋食"，指粗劣的饭食。《韩非子·五蠹》："（尧）粝粢之食，藜藋之羹。"鹑衣：鹌鹑尾巴秃，像补丁一样。喻衣服破烂。　⑨对人抱膝惟清啸：面对世人，双手抱膝，只剩清越悠长的啸鸣。　⑩群公：满朝公卿。佐明主：辅佐圣明的天子。　⑪长剑拄颐：长剑顶到面颊，形容剑身甚长。《战国策·齐策六》："齐婴儿谣曰：'大冠若箕，修剑拄颐，攻狄不能，下垒枯丘。'"苏轼《武昌铜剑歌》："君不见凌烟功臣长九尺，腰间玉具高拄颐。"接武：足迹前后相接，指相继而行。　⑫向非老病又不才：日前如果不是因为又老又病又无才。　⑬宁见许：哪里能够获得应许。

[解析]

　　这是一首人到晚年自我抚慰的哀歌。作者列举历史上或曾存在的两位老翁，一位是安知非福的塞翁，一位是白居易笔下的新丰折臂翁。这两位老翁有个共同的特点，就是吃亏在前，后面发生的事却好得出乎意料。你看，塞翁丢了一匹马，几个月后不但自己家的马回来了，还带来不少匹胡地的骏马，怎么样？得便宜了吧？可惜人世间的事总有个"得便宜处失便宜"的规律：塞翁家的儿子骑马不小心摔了下来，把大腿骨摔断了，倒霉吧？别急，人世间的事还有"失便宜处得便宜"的规律：一年后胡人进犯，朝廷征兵急如星火，举凡青壮之人必须上前线，塞翁的儿子因为腿瘸无法打仗，留在了家里。这场大战中，被征的壮丁十个有九个死于战场，这瘸儿子却侥幸存活了下来，怎么样？又得便宜了吧？无独有偶，唐朝这位折臂翁，面对朝廷征兵南下，一狠心把自己的胳膊砸断，躲过了惨烈的厮杀。"骨碎筋伤非不苦，且图拣退归乡土。此臂折来六十年，一肢虽废一身全。至今风雨阴寒夜，直到天明痛不眠。痛不眠，终不悔，且喜老身今独在。不然当时泸水头，身死魂孤骨不收。应作云南望乡鬼，万人冢上哭呦呦。"是啊，硬生生把胳膊砸断能不痛苦吗？可这些痛苦换来的却是八十余岁的阳寿，比比看哪个更值得？

　　作者为什么说他"多难类两翁"呢？我们接着看，作者说，一辈子没做过贪渎之事，在别人眼里我陆某当官不为自己捞实惠，是失吧？可到老来落得个心安理得，你说这是失还是得？你别看"即今群公佐明主，长剑拄颐来接武"的诸公今天自鸣得意，说不定哪一天就被贬到天涯海角去了，这样的例子还少吗？而我陆某，屡屡请求致仕归乡，自称多病无才，在别人看来这又是失了，哪有放着官不做偏偏要求退休的呢？不，我陆某如今看山看水看古书，优哉游哉，这还不算得吗？其实人活在世上，就应该像陆游一样想开些，别整天琢磨着升官发财，那真的未必是好事，诸君切记吧！

五月中连夕风雨气候如高秋枕上有赋

拥被微吟短鬓秋，孤灯残漏共悠悠①。雨声不贷三更梦②，酒力宁禁万里愁③？身寄湖山邻剡曲④，心游河岳过关头⑤。世间可恨知多少⑥，虚弊当年季子裘⑦。

[注释]

①残漏：有气无力的滴漏声。漏，古代计时器名。共悠悠：同显悠长。　②雨声不贷三更梦：雨声遮不住三更的梦。意思是说雨声难以替代梦境。　③酒力宁禁万里愁：酒力怎能拴系住万里之愁。意思是喝再多的酒，也无法开解无限的愁闷。　④身寄湖山：寄身于湖山之间，指隐居。邻剡曲：紧靠着剡溪。剡溪是嵊州境内的主要河流。《世说新语·任诞》："王子猷居山阴，夜大雪，眠觉，开室，命酌酒。四望皎然，因起仿徨，咏左思《招隐诗》。忽忆戴安道，时戴在剡，即便夜乘小船就之。经宿方

至,造门不前而返。人问其故,王曰:'吾本乘兴而行,兴尽而返,何必见戴?'"后因以剡溪或剡曲代指隐居之处。 ⑤心游河岳过关头:神游河岳却已飞过大散关头。河岳,黄河和五岳的并称。《诗经·周颂·时迈》:"怀柔百神,及河乔岳。"孔颖达疏:"言高岳岱宗者,以巡守之礼必始于东方,故以岱宗言之,其实理兼四岳。"后亦泛指高山大川。 ⑥世间可恨知多少:人世间值得遗憾的事有多少。恨,抱憾。 ⑦虚弊当年季子裘:用战国苏秦典故。苏秦,字季子。《战国策·秦策一》:"(苏秦)说(shuì)秦王,书十上而说不行。黑貂之裘弊,黄金百斤尽,资用乏绝,去秦而归。"

[解析]

这首诗是作者晚年感慨平生之作,带有浓厚的沧桑感。"拥被微吟短鬓秋,孤灯残漏共悠悠。雨声不贷三更梦,酒力宁禁万里愁"四句,是眼前的真实写照,人到老年会变得懒散,故而躺在被里不想起床,那能做什么呢?百无聊赖之间,静静地听着滴漏之声,傻傻地看着半明半暗的灯头,再听听窗外的雨声,再回味昨天饮酒的余兴——如此而已。

后四句就不那么平静了,作者在想自己虽然寄身于湖山剡曲之间,内心却时时想到中原的关山,而后感叹:这个人世会给人留下多少遗憾?想当年万里迢迢从军南郑,为抗击金兵出谋划策,如今看来,那是多么可笑而毫无价值的行径啊。还记得战国时那位苏季子吗?他前往秦国游说,"黑貂之裘弊,黄金百斤尽",那副狼狈相,莫说他自己感到无颜,"归至家,妻不下纴,嫂不为炊,父母不与言。苏秦喟叹曰:'妻不以我为夫,嫂不以我为叔,父母不以我为子,是皆秦之罪也。'"看见了吗?苏秦回到家,妻子连织机都不下,嫂子连顿饭都不给做,父母连句话都不跟他说。我陆某虽然没落到苏秦的份儿上,也算是白忙活了吧?真后悔呀,后悔自作多情反遭羞辱,图的是个什么呀?

病　雁①

芦洲有病雁②,雪霜摧羽翰。不辞道路远,置身湖海宽。稻粱亦满目③,鸣声自辛酸。我正与此同,百忧双鬓残。东归忽十载④,四忝侍祠官⑤。虽云幸得饱,早夜不敢安。乃知学者心,羞愧甚饥寒⑥。读我《病雁篇》,万钟均一箪⑦。

[注释]

①病雁:作者自注:"祠禄将满,幸粗支朝夕,遂不敢复有请,而作是诗。"　②芦洲:芦苇丛生的沙洲。　③稻粱亦满目:眼前还有不少的粮食。　④东归忽十载:从蜀中回到浙江,倏忽间已经十年之久。　⑤四忝侍祠官:被授祠禄官四任。宋代的祠禄官是特有的一种官,最初时人员极少。王安石变法时,不少官员对新法持反对或不赞同态度,但他们又没有其他违反朝纲的行为,于是朝廷便以祠禄官安置他们,给予他们相应的俸禄,也还在朝官序列,只是想让他们离开现职,不要妨碍新法的施行。往后就形成制度,凡朝廷不想继续使用,又没有明显过错的官员,均以祠禄官待之。《宋史·职官志十》:"宋制设祠禄之官,以佚老优贤。先时员数绝少,熙宁以后乃增置焉。在京宫观,旧制以宰相、执政充使,或丞、郎、学士以上充副使,两省或五品以上为判官,内侍官或诸司使、副政和改武臣官制,以使为大夫,以副使为郎。为都监,又有提举、提点、主管。其戚里、近属及前宰执留京师者,多除宫观,以示优礼。时朝廷方经

理时政,患疲老不任事者废职,欲悉罢之。乃使任宫观,以食其禄。王安石亦欲以此处异议者,遂诏:'宫观毋限员。并差知州资序人。以三十月为任。'又诏:'杭州洞霄宫、亳州明道宫、华州云台观、建州武夷观、台州崇道观、成都玉局观、建昌军仙都观、江州太平观、洪州玉隆观、五岳庙自今并依嵩山崇福宫、舒州灵仙观置管干或提举、提点官。''奉给,大两省、卿、监及职司资序人视小郡知州,知州资序人视小郡通判,武臣仿此。'"陆游自淳熙九年被授主管成都府玉局观至此时,已经四度被授祠禄之官。　⑥乃知学者心,羞愧甚饥寒:乃知有廉耻的官员,吃祠禄比忍受饥寒更觉羞愧。　⑦万钟均一箪:意谓在这些人看来,食禄万钟和一箪之食没什么区别。

[解析]

　　这首诗作于宁宗庆元四年(1198),当时作者已经四食祠禄,深感无功受禄而寝食不安,于是决定不再申请继续吃祠禄,表现出把道德看得比天还大、有廉耻的士大夫洁身自好的高尚品格。宋代自神宗熙宁以后,为官者坐食祠禄的现象十分普遍,像司马光、辛弃疾等人,都是一生中吃祠禄十几二十年之久。他们的行为无可厚非,因为他们不再当官,如果连这点俸禄都没有,几乎无法生活,而宋朝又是个很讲人性的朝代,故而很少有人把吃祠禄当成什么大不道的事。陆游则不然,他居然把别人认为天经地义的小事也放在心上,体现了他人格的高贵。这是本诗要表达的主要思想,客观上显露出作者性格的狷介:自己毕生誓死报国却不得重用,干脆连朝廷这点恩赏也不要了!从这个意义上说,此诗颇有点与朝中那些主和大臣置气的味道。

重九怀独孤景略①

昔逢重九日,初识独孤君。并辔洮河马②,联诗剑阁云③。已悲吴蜀远④,更叹死生分⑤。安得持卮酒⑥,浇君丈五坟。

[注释]

①独孤景略:生平不详,当是作者在南郑时结识的友人。　②并辔洮河马:意谓在洮河前线曾并辔而行。并辔,并马而行。　③联诗:古时格律诗的联句。剑阁:剑门关,在今四川剑阁。此处代指南郑前线一带。　④已悲吴蜀远:如今我在吴地你在蜀地已经令人感到悲伤了。独孤景略当是蜀中人。　⑤更叹死生分:更可悲可叹的是,我还活在人世,而你却已成古人。此时陆游已经得到独孤景略的死讯。　⑥卮(zhī)酒:一盏酒。卮,古代盛酒的器皿。

[解析]

这是一首怀人诗,所怀对象是作者曾经的战友独孤景略,而此时独孤景略已经不在人世了。重九是个特殊的日子,人们往往登高怀远,寄托自己对亲人或友人的思念之情。在这一天,作者不由记起当年在南郑时结交的一位友人,那也是一个重阳佳节,他与独孤景略相谈甚欢,二人彼此勉励,也曾经豪情万丈地在洮河边并辔,也曾任情肆意地在剑阁联诗,那些时光是何等令人留恋啊。俗话说人生难得一知己,有了独孤景略,又在南郑前线,随时可以跃马扬鞭直冲敌阵,一个热血男儿置身在如此令人振奋、令人陶醉的环境里,实在是太难得了!他多么希望这种日子永远地延续下去，直到自己喋血疆场、含笑九泉。可惜人生往往难称心愿，不仅是可与人言无二三，更可悲的是不如意事常八九：朝廷仅仅因为泗州一败便将北伐大计搁置在一边，前线不复是前线，陆游不复是陆游了！更可哀悯的是，自己还留在这无趣的人世，而独孤景略却过早地离开了自己。到如今我在吴越君在蜀，阴阳相隔，怎不令人痛断肝肠？作者满怀悲怆和凄哀，来到一个象征独孤景略的坟前，将一杯酒缓缓浇洒，以寄托对故友的无限思念。全诗写得哀婉动人，特别是后半部分，既没有声嘶力竭的呐喊，也没有痛不欲生的老泪，有的只是对二人理想一再破灭而产生的深深的遗憾。

入瞿唐登白帝庙①

晓入大溪口②，是为瞿唐门。长江从蜀来，日夜东南奔。两山对崔嵬，势如塞乾坤③。峭壁空仰视，欲上不可扪④。禹功何巍巍⑤，尚睹镌凿痕⑥。天不生斯人，人皆化鱼鼋⑦。于时仲冬月⑧，水各归其源。滟滪屹中流⑨，百尺呈孤根⑩。参差层颠屋⑪，邦人祀公孙⑫。力战死社稷，宜享庙貌尊⑬。丈夫贵不挠⑭，成败何足论？我欲伐巨石，作碑累千言⑮。上陈跃马壮⑯，下斥乘骡昏⑰。虽惭豪伟词，尚慰雄杰魂。君王昔玉食⑱，何至歆鸡豚⑲。愿言采芳兰⑳，舞歌荐清尊㉑。

[注释]

①瞿唐：瞿塘峡，在今重庆奉节县东三十里。参本诗注⑨。白帝庙：东汉公孙述的庙。公孙述于东汉建武元年（25）据蜀中称帝，建武十二年兵败身死。后人依据五行兴替之说，称其为白帝。《后汉书·公孙述传》："公孙述字子阳，扶风茂陵人也。哀帝时，以父任为郎。……二年秋，更始遣柱功侯李宝、益州刺史张忠将兵万余人徇蜀汉。（公孙）述恃其地险众附，有自立志，乃使其弟恢于绵竹击宝、忠，大破走之。由是威震益部。功曹李熊说述曰：'方今四海波荡，匹夫横议。将军割据千里，地什汤、武，若奋威德以投天隙，霸王之业成矣。宜改名号，以镇百姓。'述曰：'吾亦虑之，公言起我意。'于是自立为蜀王，都成都。……（建武十二年十一月，公孙述）自将数万人攻汉，使延岑拒宫。大战，岑三合三胜。自旦及日中，军士不得食，并疲，汉因令壮士突之，述兵大乱，被刺洞胸，堕马。左右舆入城。述以兵属延岑，其夜死。明旦，岑降吴汉。乃夷述妻子，尽灭公孙氏。"　②大溪口：在重庆瞿塘峡附近。《读史方舆纪要》卷九十二提到此地，但没有言明其具体位置。陆游《入蜀记》卷六："二十五日晴后，至大溪口泊舟。二十六日，发大溪口，入瞿唐峡。两壁对耸，上入霄汉。"据此可知大溪口应是个可以泊船的港口。③势如塞乾坤：其势好像要把乾坤堵塞，极言其势崔嵬高显。　④欲上不可扪（mén）：想要登上去，却没有可以抓持之处。扪，持。　⑤禹功何巍巍：大禹的功业何等光辉。　⑥尚睹镌凿痕：还能看见当年大禹治水时留下的斧凿痕迹。　⑦天不生斯人，人皆化鱼鼋（yuán）：假如上天不降生大禹，华夏之民都会变成鱼鳖了。鼋，大鳖。　⑧仲冬月：古人把四季中的每一季分为孟、仲、季。仲冬，即十一月。　⑨滟滪（yàn yù）屹中流：滟滪堆屹立在大江中流。滟滪，长江奉节段的巨石。《读史方舆纪

要》卷六十六:"瞿唐关在夔州府城东八里,以瞿唐峡而名,峡在城东三里,或谓之广溪峡,三峡之一也。……瞿唐峡为三峡之门,两崖对峙,中贯一江,滟滪堆正当其口,于江心突兀而出。《水经注》:白帝城西有孤石,冬出水二十余丈,夏即没,秋时方出。谚云:滟滪大如象,瞿唐不可上,滟滪大如马,瞿唐不可下。盖舟人以此为水候也。" ⑩百尺呈孤根:指(滟滪堆)百尺之高,根底都露出了水面。 ⑪参差层巅屋:高低错落山顶上的那座庙宇。指白帝庙建在山顶,上山的路盘曲不平。 ⑫邦人祀公孙:奉节这地方的老百姓祭祀他们崇仰的英雄公孙述。 ⑬力战死社稷,宜享庙貌尊:谓公孙述亲率万人与刘秀大将吴汉硬拼,宁死不屈,是个有气节的人,理所应当地享受庙中塑像的尊荣。庙貌,庙中的塑像。 ⑭丈夫贵不挠:大丈夫贵在百折不挠。 ⑮我欲伐巨石,作碑累千言:我真想伐一块巨石,为他写一篇千字的碑文。 ⑯上陈跃马壮:仰视公孙述的英伟之态。《文选》左思《蜀都赋》:"公孙跃马而称帝。" ⑰下斥乘骡昏:蔑视乘骡而降的蜀后主刘禅。《三国志·蜀书·后主传》赞:"刘禅乘骡车诣(邓)艾,不具亡国之礼。" ⑱玉食:佳美的食物。 ⑲歆(xīn)鸡豚:享受后人丰美的祭祀。鸡豚,鸡与猪。 ⑳愿言采芳兰:愿意采择芳香的兰草。言,古汉语词缀,无义。 ㉑舞歌荐清尊:唱着歌、跳着舞,献上祭奠英雄的清酒。

[解析]

这是一首很特别的诗。为什么这么说呢?因为公孙述本是个趁天下大乱割据一方的军阀,称不上什么雄主,更不是什么明主,不值得后人如此仰慕。修建白帝庙,仅仅是当地百姓的一厢情愿,并不属于国家认可的行为。陆游为什么对这个偏王如此礼敬呢?思来想去,理由只有一个,那就是不管公孙述在历史上功过如何,最起码有一点,面对刘秀大军压境,他始终不肯投降,最终在战斗中坠马而死。从个人气节上讲,他应该算得上是个宁死不屈的大丈夫,与蜀汉后主刘禅相比,一个天上,一个地下,所以作者特别用两句话点明"上陈跃马壮,下斥乘骡昏"——对不畏强敌宁可死于战阵之上也决不投降的英雄就该景仰,而刘禅那种没骨头的昏君,就应该受到后人的鄙视。于是乎我们终于寻到了此诗的根本:作者是在强调,连公孙述那样的偏王尚有誓死不降的气节,堂堂大宋之主,怎么可以软弱得像刘禅,一而再再而三地向金贼求和呢?这些心底的话,作者是不可能直言道尽的,他只能以崇仰公孙述的壮烈来映衬对南宋王朝的轻蔑。可以想见,作者在写这首诗的时候,内心是何等的酸苦,他绝不希望自己的祖国软弱可欺,然而残酷的现实却一再证明,那些力主和议的大臣们,又是何等误国!

自　咏

朝衣无色如霜叶①,将奈云安别驾何②?钟鼎山林俱不遂③,声名官职两无多④。低昂未免闻鸡舞⑤,慷慨犹能击筑歌⑥。头白伴人书纸尾⑦,只思归去弄烟波⑧。

[注释]

①朝衣无色如霜叶:朝廷颁发的官服已经褪色,好像霜打过的叶子一样暗淡。　②云安:宋代夔州的郡名。《宋史·地理志五》:"夔州,都督府,云安郡,宁江军节度。州初置在白帝城,景德三年,徙城东。"别驾:汉代郡中的副职名。陆游任夔州通判,其职类似于汉代的别驾,故喻之。

③钟鼎：钟鸣鼎食，喻高官。山林：山林薮泽，指隐居之士。俱不遂：意谓自己当官当不上高官，隐居又难以做到。 ④声名官职两无多：名气和官位都很平庸。 ⑤低昂：俯仰之间。闻鸡舞：用晋代祖逖、刘琨闻鸡起舞的典故，意思是说自己还时常有着闻鸡起舞的激情。 ⑥击筑歌：《史记·刺客列传》："荆轲既至燕，爱燕之狗屠及善击筑者高渐离。……（荆轲将去刺杀秦王，）太子及宾客知其事者，皆白衣冠以送之。至易水之上，既祖，取道，高渐离击筑，荆轲和而歌，为变徵之声，士皆垂泪涕泣。又前而为歌曰：'风萧萧兮易水寒，壮士一去兮不复还！'" ⑦书纸尾：在文书之末签署自己的名字。古代州郡主要官员在文书上签名后，还要通判联名签书，文书才能行下。而通判签名，只是例行公事而已，故称"书纸尾"。 ⑧只思归去弄烟波：一心只想回家乡当个烟波钓叟。

[解析]

这首诗作于乾道六年（1170）作者任夔州通判时，表达的是他对这个官职的不满足，这倒不是他嫌弃此官太小，而是觉得憋在深山老林之中，无法实现报国杀敌的宏大愿望。

开篇直抒郁闷不乐之情，朝衣褪色倒在其次，关键是年纪老大，能甘心于当一个毫无生气的夔州通判吗？这难道就是自己的人生价值吗？接下来两句，表现出作者身为封建士子的局限性：做官做不到大官，出名出不了大名，这样的人生有何趣味？大概是作者担心有人误解他的心志，于是立即跟上两句："低昂未免闻鸡舞，慷慨犹能击筑歌。"明确地告诉读者：我的牢骚，决不是在埋怨得不到朝廷重用，我真正渴望的是闻鸡起舞、击筑悲歌那样有血有肉的生活罢了。如果只能憋屈在穷乡僻壤间当什么通判知州，我宁可回到家乡做个烟波钓叟。表现的是作者不甘于过平淡无奇的日子，希望自己能有大作为的心气。

遣 兴

貂裘破弊色凄凉①,塞上归来路更长②。老骥嘶鸣常伏枥③,寒龟藏缩正支床④。雕零客路新霜鬓⑤,扫洒先师旧草堂⑥。九折阪头休绝叹⑦,世间何地不羊肠⑧?

[注释]

①貂裘破弊色凄凉:用战国苏秦游说秦国不成的典故。《战国策·秦策一》:"苏秦始将连横说秦惠王。……书十上而说不行。黑貂之裘弊,黄金百斤尽,资用乏绝,去秦而归。嬴縢履蹻,负书担橐,形容枯槁,面目犁黑,状有归色。归至家,妻不下纴,嫂不为炊,父母不与言。"②塞上归来路更长:从南郑前线回到蜀中,路途显得尤其漫长。 ③老骥嘶鸣常伏枥:曹操《龟虽寿》诗:"老骥伏枥,志在千里。烈士暮年,壮心不已。"此句感叹自己虽有千里之志,却只能长久地伏枥而已。 ④寒龟藏缩正支床:《史记·龟策列传》:"南方老人用龟支床足,行二十余岁,老人死,移床,龟尚生不死。龟能行气导引。"后用此典喻身处困境内心落寞。 ⑤雕零客路:指从南郑回蜀中的路途。新霜鬓:鬓角增添了不少白发。 ⑥扫洒先师旧草堂:来到先师杜甫的草堂洒扫祭奠。杜甫草堂在成都浣花溪旁。《蜀中广记》卷一○一:"杜少陵在成都有两草堂,一在万里桥之西,一在浣花,皆见于诗中。万里桥故迹湮没不可见。"⑦九折阪:《蜀中广记》卷一○一:"九折坂在邛崃,今百丈驿是。"休绝叹:不要绝望地哀叹。按,陆游此处所说的"九折阪",未必是指邛崃县

的九折坂，中国境内被称为九折坂的地方不止一处，皆言其山路崎岖险阻而已。　⑧世间何地不羊肠：人世间什么地方不是布满羊肠小道，令人行走艰难？

[解析]

　　这首诗作于作者从南郑回成都之时，当时作者的情绪异常低落沮丧，所以拿自己与当年的苏秦相比，如同苏秦之不遇，以至"貂裘破弊色凄凉"。往返于南郑和成都之间，作者却觉得归来的路程远比去时的路更加遥远漫长，尽管这只是一种感觉，表现的却是作者极不情愿从前线撤回的心情。他认为自己如今好比曹操所说的老骥，虽然志在千里，却很难得到一伸其志的机会，剩下的只有伏枥再伏枥！心情郁闷，客旅无聊，来到杜甫草堂拜谒先师，也算是一点寄托吧。果然，这样做了之后，心情稍稍缓和了些。作者自警道：休要遇到艰难险阻便感叹前途无路，人世间到处都是不如意，难道可以就此裹足不前吗？这样的诗句，表明作者对朝廷还抱有一丝丝希望，哪怕走更多的羊肠小道，只要最终能够践行自己的诺言，就满足了。

胡无人①

　　须如猬毛磔②，面如紫石棱③。丈夫出门无万里④，风云之会立可乘⑤。追奔露宿青海月⑥，夺城夜蹋黄河冰⑦。铁衣度碛雨飒飒⑧，战鼓上陇雷凭凭⑨。三更穷虏送降款⑩，天明积甲如丘陵⑪。中华初识汗血马⑫，东夷再贡霜毛鹰⑬。群阴伏⑭，太阳升。胡无人，宋中兴。丈夫报主有如此，笑人白首蓬窗灯⑮。

[注释]

①胡无人：古乐府名，又名《胡无人行》，郭茂倩《乐府诗集》编入《相和歌辞》。唐聂夷中、李白等均有作。此处作者取其为诗题是一语双关，表面上是采用古乐府题，实则正是要写胡地无人（金人被灭）的畅快。　②须如猬毛磔（zhé）：胡须像刺猬毛一样直立。磔，张开。　③面如紫石棱：面色如同紫苏石一般，意谓面色黝黑。《晋书·桓温传》："温豪爽有风概，姿貌甚伟，面有七星。少与沛国刘惔善。惔尝称之曰：'温眼如紫石棱，须作猬毛磔，孙仲谋、晋宣王之流亚也。'"　④丈夫出门无万里：大丈夫出门立功，不以万里为远。　⑤风云之会：《周易·乾卦》："云从龙，风从虎。"谓龙得云而升天，虎长啸而风生。即所谓"风云际会"之意。立可乘：意谓只要有风云际会的那一天，实现理想就是很快的事。　⑥追奔露宿青海月：追奔逃敌，夜宿青海之滨。　⑦夜蹋黄河冰：夜色中踏过黄河之冰。蹋，通"踏"。　⑧铁衣度碛（qì）：身穿铁甲跨越沙漠。碛，沙漠。　⑨战鼓上陇：战鼓已经在陇上擂响。雷凭凭：擂鼓的声音。李白《远别离》诗："皇穹窃恐不照余之忠诚，雷凭凭兮欲吼怒。"　⑩穷虏送降款：无路可逃的敌兵送来降书。　⑪积甲如丘陵：（投降敌人的）铠甲堆积如山。　⑫汗血马：古良马名，出自西域大宛。这种马能日行千里，奔跑时会从肩部流出像血一样的汗液，故名。　⑬东夷：古代对东方和北方少数民族的称呼。《礼记·王制》："东曰夷，西曰戎，南曰蛮，北曰狄。"此处指金国。再贡霜毛鹰：再度向大宋进贡霜毛的鹰。金国产一种鸷鸟名叫海东青，十分名贵。霜毛鹰即指此鸟。　⑭群阴：此处以群阴喻以金国为首虎视中原的异族。　⑮白首蓬窗灯：直到白头仍蓬窗苦读的书生。

陆游诗文选 | 55

[解析]

这又是一首"畅想曲"。作者想象自己变成了黑脸长须的猛士,去家万里为国杀敌。这一次真可谓风云际会,可以任情肆意地冲锋陷阵了。你看我追赶逃敌不顾路途遥远,一直追到青海湖边,为夺取敌占的城池,不惜趁夜踏过黄河的冰凌。战鼓咚咚,铁衣飒飒,好不威武!穷途末路的敌兵不得不在我们攻城之前送来了投降书,天明时再看场院里,铠甲兵器堆成了山丘。自此以后,中原人才真正看到了什么叫汗血马,什么叫海东青。自此以后,胡地再没有凶残的敌人敢于进犯煌煌大宋,如同太阳升起、群阴蛰伏。我陆游终于实现了毕生的抱负,实现了把金人赶尽杀绝的愿望。大丈夫一生有如此辉煌的一页,不强似皓首穷经求取什么功名?纸上得来的功名与沙场上得来的功名,实在是不可同日而语!

尽管这只是作者近乎痴狂的想象,也令我们为他那颗炽热的报国之心深深地感动和敬服。

铜雀妓[①]

武王在时教歌舞[②],那知泪洒西陵土[③]。君已去兮妾独生,生何乐兮死何苦。亦知从死非君意[④],偷生自是惭天地[⑤]。长夜昏昏死实难,孰知妾死心所安[⑥]。

[注释]

①铜雀妓:古乐府题名。《乐府诗集》卷三十一《相和歌辞六·平调曲二》:"《铜雀台》,一曰《铜雀妓》。《邺都故事》曰:'魏武帝遗命诸

子曰：吾死之后，葬于邺中西冈上，与西门豹祠相近，无藏金玉珠宝。余香可分诸夫人，不命祭吾。妾与伎人，皆著铜雀台，台上施六尺床，下穗帐，朝晡上酒脯粻糒之属。每月朝十五，辄向帐前作伎。汝等时登台，望吾西陵墓田。'故陆机《吊魏武帝文》曰：'挥清弦而独奏，荐脯糒而谁尝？悼穗帐之冥漠，怨西陵之茫茫。登雀台而群悲，伫美目其何望。'按铜雀台在邺城，建安十五年筑。其台最高，上有屋一百二十间，连接榱栋，侵彻云汉。铸大铜雀置于楼颠，舒翼奋尾，势若飞动，因名为铜雀台。《乐府解题》曰：'后人悲其意，而为之咏也。'"　②武王：指曹操。曹丕当了皇帝后，追封其父曹操为魏武帝。　③那知泪洒西陵土：此句连上句，意思是说当年曹操教习歌舞，只想着为帝王演奏，哪会想到如今眼泪抛洒在西陵？西陵，魏武帝曹操的陵寝。在今河北临漳县西。《彰德府志·地理志》曰："操且死，令施穗帐于上，朝晡上酒及糇粮，使宫人歌吹帐中，望吾西陵。西陵即高平陵也，在县西南三十里，周回一百七十步，高一丈六尺。"　④亦知从死非君意：也知道跟从你（曹操）死去不是你的本意。　⑤偷生自是惭天地：如此苟且偷生，有什么脸面对天地？⑥孰知妾死心所安：有谁知道妾只有死掉才能心安。

[解析]

《铜雀妓》是古人借以感慨世事兴亡、人生无常常用的古调。仅《乐府诗集》就辑录了南朝以来很多文人的作品，我们比较熟悉的诗如谢朓诗："穗帷飘井干，樽酒若平生。郁郁西陵树，讵闻歌吹声？芳襟染泪迹，婵娟空复情。玉座犹寂寞，况乃妾身轻。"江淹诗："武王去金阁，英威长寂寞，雄剑顿无光，杂佩亦销烁。秋至明月圆，风伤白露落。清夜何湛湛，孤烛映兰幕。抚影怆无从，惟怀忧不薄。瑶色行应罢，红芳几为乐。徒登歌舞台，终成蝼蚁郭。"何逊诗："秋风木叶落，萧瑟管弦清。望陵歌对酒，向帐舞空城。寂寂檐宇旷，飘飘帷幔轻。曲终相顾起，日暮松柏声。"刘长卿诗："娇爱更何日，高台空数层。含啼映双袖，不忍看西陵。漳河东流无复来，百花辇路为苍苔。青楼月夜长寂寞，碧云日暮空徘徊。君不见邺中万事非昔时，古人何在今人悲。春风不逐君王去，草色年年旧宫路。宫中歌舞已浮云，空指行人往来处。"高适诗："日暮铜雀迥，幽声玉座清。萧森松柏望，委郁绮罗情。君恩不再重，妾舞为谁轻。"沈佺期诗："昔年分鼎地，今日望陵台。一旦雄图尽，千秋遗令开。绮罗君不见，歌舞妾空来。思共漳河水，东流无重回。"王勃诗："妾本深宫妓，曾城闭九重。君王欢爱尽，歌舞为谁容。锦衾不复襞，罗衣谁再缝。高台西北望，流涕向青松。""金凤邻铜雀，漳河望邺城。君王无处所，台榭若平生。舞筵纷可就，歌梁俨未顷。西陵松槚冷，谁见绮罗情。"罗隐诗："强歌强舞竟难胜，花落花开泪满缯。只合当年伴君死，免教憔悴望西陵。"应该说，陆游这首诗的境界，并没有超出古人多少，但作为一个颇具历史人文情怀的诗人，对这个传统题材发表个人的感慨，表明自己的心迹，也在情理之中。如果我们细细开掘此诗的深意，可以发现，作者的视野似乎比我们引用的那些诗更加活泼生动。他对那些尚在懵懂之中的小女子给予了动态的描写：最初这些女子还以为武王教习歌舞是件很愉快的事，哪个女子不喜欢唱歌跳舞？紧接着笔锋一转回到冷酷的现实：谁能料到时隔未久，却落得"泪洒西陵土"，而且永无出头之日！这些无辜的少女发出绝望的哀叹："君已去兮妾独生，生何乐兮死何苦。"没有了正常人的生活，就算活着，还有什么滋味？可惜的是，处在这样的环境里，就算是死，也成了最奢侈的愿望。武王啊武王，你知道不知道，长夜昏昏，让我们无休无止地陪伴着你那冰冷无比的灵魂，其实比让我们死去更加残忍！

蜀州大阅①

晓束戎衣一怅然②，五年奔走遍穷边③。平生亭障休兵日④，惨澹风云阅武天⑤。戍陇旧游真一梦⑥，渡辽奇事付他年⑦。刘琨晚抱闻鸡恨⑧，安得英雄共著鞭⑨。

[注释]

①蜀州：宋代州名，在今四川崇州。大阅：大规模地检阅军队。②晓束戎衣：大清早穿上军人的衣甲。怅然：不愉快的样子。　③五年奔走遍穷边：作者自孝宗乾道六年从山阴西行，先在夔州担任通判，后到南郑，乾道八年返回成都，授权通判蜀州。淳熙元年，再次回到蜀州。前后有五年之久。穷边，荒远的边地，指蜀中。　④平生亭障休兵日：意谓当年在南郑积极修筑亭障，等来的却是朝廷下达的罢兵之命。亭障，古代边塞要地设置的堡垒。　⑤惨澹风云阅武天：这一天检阅军队，却遇到了个风云惨淡的日子。此句一语双关，言外之意是这种毫无意义的例行阅兵，并不能令自己振奋精神，反倒会使自己感到心情郁闷。　⑥戍陇旧游：指从军南郑那段日子已成往事。　⑦渡辽奇事：渡过辽河直击金人老巢的幻想。作者曾在梦中梦见宋军渡过辽河，将金人彻底击败。　⑧刘琨晚抱闻鸡恨：《晋书·祖逖传》："（祖逖）与司空刘琨俱为司州主簿，情好绸缪，共被同寝。中夜闻荒鸡鸣，蹴琨觉曰：'此非恶声也。'因起舞。逖、琨并有英气，每语世事，或中宵起坐，相谓曰：'若四海鼎沸，豪杰并起，吾与足下当相避于中原耳。'"此句意谓刘琨若生在今日，也找不到报效

国家的机会,只能把闻鸡起舞当成终生的遗憾。 ⑨安得英雄共著鞭:何时能遇到真正的英雄豪杰,与他一起跃马扬鞭奋勇杀敌。著鞭,加鞭。

[解析]

这首诗作于作者从南郑回到蜀中担任蜀州通判时。当时作者因浴血沙场的报国之情受到无情打击,情绪十分低落。担任远小州郡的通判本来就不是他所愿的,偏偏又赶上州里举行大阅兵,令他哭笑不得,而且情绪越发地烦闷:该出兵时不出兵,那索性就别再装模作样了,远在剑南的蜀州,煞有介事地举行阅兵仪式,有什么实际意义?阅给谁看?从某种意义上说,作者甚至认为这场阅兵纯粹是对他的羞辱和取笑。眼看着这些不能上战场杀敌的士卒胡乱比画,作者的心早就飞了。飞到了何处?自然是不久之前令人振奋的南郑前线,只不过这种回忆产生在面对蜀州士卒的眼下,更令他百般无奈。"戍陇旧游真一梦,渡辽奇事付他年"——眼前的无聊"阅兵"才是现实,身穿戎装准备杀敌的往事,不过是一场好梦罢了,还曾梦想渡过辽水直捣金贼巢穴,那就更不知要等到何年何月了!尽管如此,作者仍然对赶走金贼的那一天抱有希望,仍在渴望能遇到志同道合的战友,像当年祖逖遇见刘琨一样同赴疆场。至于眼前这场所谓的"阅兵",算了吧,你们演给朝廷看吧,演给百姓看吧,我陆某是不会看的,因为这样的阅兵仅仅是演戏,没有人会把这种游戏当真。实在可笑!

楼上醉歌

我游四方不得意,阳狂施药成都市①。大瓢满贮随所求②,聊为疲民起憔悴③。瓢空夜静上高楼,买酒卷帘邀月醉。醉中拂剑光射月④,往往悲歌独流涕。划却君山湘水平⑤,斫却桂树月更明⑥。丈夫有志苦难成,修名未立华发生⑦。

[注释]

①阳狂:即"佯狂",假装发狂。施药成都市:在成都市肆中施舍药物。 ②大瓢满贮随所求:大瓢里装满药物,任凭来者随便取用。 ③聊为疲民起憔悴:权且为生病的百姓解除病痛。起憔悴,脱离憔悴,即病愈。 ④拂剑光射月:拂拭宝剑,剑光映照着冷月。 ⑤划(chǎn)却君山湘水平:将洞庭湖上的君山铲掉,湘水便会更加流畅。《读史方舆纪要》卷七十五:"洞庭湖中有君山,亦名洞庭山,在岳州府西南十五里,在湖中心,方六十里。《巴陵志》:'湘君所游,故曰君山。'"划,同"铲",削除。 ⑥斫却桂树月更明:将月亮上的桂花树砍掉,月亮便会更加明亮。杜甫《一月五日夜对月》:"斫却月中桂,清光应更多。" ⑦修名:美名。华发生:白头发却长出来了。

[解析]

这是一首言志的狂歌,作于淳熙初年作者在成都时。全诗迸发出超越常人的慷慨和悲壮,用语也极为夸张,似乎不如此就无法宣泄心中的块垒。

开篇直言"我游四方不得意",于是有了"阳狂施药成都市"的行为。怎样佯狂呢?你看,我老陆把药材装满大瓢摆在街市之上,任凭来往行人随意取用,既不收钱也不限量!我知道如今很多人都在抱病,那就来吧,想要多少就取多少,如今的老陆,也只有这点能耐了。接下来写施药之后,作者拿着空瓢走上酒楼,肆意地自斟自酌,再来一个"举头望明月",真是畅快淋漓!不过我老陆举头望明月,可不是为"低头思故乡",

而是将宝剑掣出,细细摩挲,知道这是为什么吗?很简单,谁不知道宝剑是用来杀敌的?可它现在无敌可杀,只能摩挲而已。你以为我心里很高兴吗?错!看看我脸颊上的老泪,你会明白我有多想让宝剑派上用场,哪怕它现在无法杀敌,还可以"划却君山"让湘水平流、"斫却桂树"让月光更明吧?读到这里,我们可能会觉得陆游的情绪有些失控,是在说些不着边际的话吧?其实他心里明镜儿一般,他没醉,他只不过是借着酒劲儿大胆了一把:谁是阻遏湘水畅流的君山?谁是遮挡月光的桂树?呵呵,我不说,你懂的!就因为君山不倒,桂树难除,弄得老夫大志难成,华发早生,施药饮酒,老泪纵横!

估客有自蔡州来者感怅弥日二首①

洮河马死剑锋摧②,绿发成丝每自哀。几岁中原消息断③,喜闻人自蔡州来。

百战元和取蔡州④,如今胡马饮淮流⑤。和亲自古非长策⑥,谁与朝家共此忧⑦?

[注释]

①估客:商贾。蔡州:宋代州名,在今河南汝南。靖康后沦于金人之手。 ②洮(táo)河马死剑锋摧:意谓西北前线的战马已经死去,战事也已成为往事,朝廷不再提起。洮河,黄河上游支流,发源于青海省河南蒙古族自治县,在甘肃永靖汇入黄河。此处代指宋朝的边疆。 ③几岁中原消息断:来自中原的消息已经中断数年之久。 ④百战元和取蔡州:指

唐宪宗元和年间收复蔡州的典故。公元814年，淮西节度使吴少阳病死，其子吴元济未向朝廷报丧，自称节度，占据了蔡州一带三个州郡并发动叛乱。宰相李吉甫建议尽早收复蔡州，以免将来形成大患对朝廷不利。宪宗当即决定派十六路大军共九万兵马攻打淮西，但战事进行得并不顺利，官军在淮西打了几年，仍未能平定叛乱。新任宰相裴度力主继续用兵，于是宪宗决定继续派兵攻打。公元816年年底，又命李愬为唐、随、邓三州节度使前往唐州，趁敌不备偷袭蔡州，生擒吴元济，蔡州终于得以收复。事见新、旧《唐书·裴度传》。 ⑤如今胡马饮淮流：如今金人仍在淮滨之地饮马。意谓淮南之地仍在金人统治之下，未能收复。 ⑥和亲自古非长策：自古以来采用和亲的办法向戎狄求和并非上策。和亲，指中原王朝将公主或后妃送给少数民族统治者结亲以建立友好关系。汉代的昭君出塞、唐代的文成公主入藏等，都属于和亲。 ⑦谁与朝家共此忧：有谁肯真心地为朝廷分忧。意谓那些主和大臣只管自身利益，有谁肯真心实意地替朝廷分担忧患？不过是拿和亲之策蒙蔽人主、搪塞一时罢了。

[解析]

这两首小诗的背景说来有趣，按照常理，当时宋、金两国之间是禁止民间往来的，官方的往来也仅限于外交途径，那些内容是绝密，一般人不可能知晓。可巧作者遇到了一个从淮南蔡州前来贸易的商人，于是两人聊了起来。从商人嘴里作者得知了敌占区人民的生活现状，不由感慨兴怀，写下这两首诗。

第一首依然是旧调重弹，作者对朝廷无端罢兵深感夺气，所以用"洮河马死剑锋摧"的惨状形容当今大宋的无能与无力。朝廷如此，使矢志报国的自己也失去了往昔的激情，每每为日渐衰老感到悲哀。接着道出见到中原商贾的惊喜：多少年来极少听到中原人民的消息，如今总算能亲耳听一听此人怎么说了。其实作者也明白,很多情景,即使商人不说,也能猜出个八九不离十,因此见到蔡州来的人,也仅仅是心理上得到一点安慰罢了。

第二首开篇用了唐宪宗时期收复蔡州的典故,证明蔡州原本就是中原的州郡。可这又能说明什么呢?把这番道理讲给金人听,他们就能把中原归还大宋吗?可恨的金贼还不是照样日复一日地饮马淮河!咨嗟之中,作者提出一个见解:自古以来中原王朝靠和亲求得北狄罢兵,终归只是权宜之计,而且是屈辱的权宜之计。这个道理并不难理解,可为什么这些中原之主却总在使用这种方法以求"和戎"呢?根本原因在于那些当权大臣的无能与无耻。大宋朝并不是没有力量,也不是没有机会,更不是没有人才,关键是总把力量消耗在内斗之中,把机会一再错过,把真正的人才压制埋没在粪土之中。真不知道这种局面还要持续多久?

园中偶题

春深无处不春风,数树桃花乃尔红①。莺蝶纷纷自常事,不应也著白头翁②。

[注释]

①乃尔红:如此地红。 ②不应也著白头翁:谓(莺蝶)不该在我这个白头老翁头上飞来争去。

[解析]

这首绝句是作者在山阴闲居时的即兴之作,读来饶有兴味。前两句概言在春深之际的小园里,和风煦煦,令人陶醉,睁眼看时,数株桃树开满了鲜艳的花朵,红得使人心醉神迷。更有趣的是,这些花朵引来了无数的黄莺、蝴蝶,它们纷纷攘攘围着花树不停地忙碌,大概也是不想错过这难得的美景吧。接下来传神之笔跃然纸上:按说在这大好春光里,莺蝶穿飞本是寻常事,可这些莺蝶好像还没过瘾,飞到老头儿脑袋上又叫又啄,真是一场恶作剧。作者哭也不是,笑也不是,只能任凭这些小精灵随意戏耍,谁叫他现在正是"人面桃花相映红"呢!

书 怀

老死已无日①,功名犹自期。清笳太行路②,何日出王师?

[注释]

①老死已无日:距离老死已经没剩几天了。 ②清笳:凄清的胡笳之声。太行:山名,即今河北、山西交界的太行山。此时已在金人控制之下。

[解析]

这首五绝作于作者晚年。作者认为自己离死期不远,但还是抓紧时间继续表明心志:尽管老夫就要离开这个世界,但内心还在渴望着为国立功,这可是我毕生的宏愿啊!字句无多,却能感受到作者时时刻刻关心着祖国的命运。这种爱国情怀,在当时那个醉生梦死的腐败时代,究竟有几个人能够理解他?或许连他自己也明白,说这几句废话,的确只能是"书怀"罢了。

夜读范至能《揽辔录》言中原父老见使者多挥涕感其事作绝句①

公卿有党排宗泽②,帷幄无人用岳飞③。遗老不应知此恨④,亦逢汉节解沾衣⑤。

[注释]

①范至能:范成大,字至能。乾道六年出使金国。事亦见本书所选《入蜀记》卷一,可参看。《揽辔录》:范成大出使金国时所作的一部笔记名。　②公卿有党排宗泽:公卿大夫结成死党,共同排抑忠臣宗泽。高宗建炎初年,东京留守宗泽力主出兵抗金,尽快收复失地。当时对高宗赵构有恩的汪伯彦、黄潜善相与勾结,主张避开敌锋向南逃窜。宗泽忧愤成疾,次年病卒于汴京,临终前大呼三声:"渡河!渡河!渡河!"　③帷幄无人用岳飞:没有人肯重用名将岳飞。这里主要指秦桧对岳飞的陷害。④遗老:尚留在金国统治区的宋朝遗民。　⑤亦逢汉节解沾衣:你们还算碰到了理解你们为何痛哭流涕的宋朝使节。汉节,此处代指宋使范成大。

[解析]

这首诗作于光宗绍熙三年(1192),那时距范成大出使金国已经过去了二十多年,所以作者读到的《揽辔录》已是一部"历史著作"了。然而时间的流逝,并不能淡化作者对奸佞之臣向金人奴颜婢膝、在国内残害忠良的无耻行径的痛恨。作者对建炎名臣宗泽、绍兴名将岳飞的不幸罹难表示了极大的同情和惋惜,直言为他们的不幸遭遇鸣不平,义愤之情溢于言表。后两句既有欣慰又有遗憾，欣慰的是，这次出使金国的范成大是个有爱国之心的大臣，中原遗民向他表白思念故国之情，还算是找对了人。作者借中原遗民之口，把人们痛恨奸臣误国的悲愤倾泻出来，并使这种痛恨之情有所交代。遗憾的是，时至今日，朝廷还把希望寄托在与金人和谈上，而范成大充当的，恰恰是与金人和谈的角色，这大概才是作者写这首诗最深的用意。

书　感

壮岁功名妄自期①，晚途流落鬓成丝。临风画角晓三弄②，酿雪野云寒四垂③。金锁甲思酣战地④，皂貂裘记远游时⑤。此心炯炯空添泪⑥，青史他年未必知⑦。

[注释]

①壮岁功名妄自期：壮年时很渴望建立功名，也自认为能够建立功名。　②画角：古乐器名，相传来自羌族。其形如竹筒，以竹木或皮革制成，外加彩绘，故称画角。一般在黎明和黄昏时吹奏。晓三弄：清晨吹奏三遍。　③酿雪野云：制造了雪的云。四垂：四面低垂。　④金锁甲：以金线连缀甲片而成的锁子甲。杜甫《重游何氏》诗之四："雨抛金锁甲，苔卧绿沉枪。"　⑤皂貂裘：即黑貂之裘。《战国策·秦策一》："（苏秦）说秦王，书十上而说不行。黑貂之裘弊，黄金百斤尽，资用乏绝，去秦而归。"　⑥炯炯：光明。杜甫《逼仄行赠毕曜》："徒步翻愁官长怒，此心炯炯君应识。"　⑦青史他年未必知：本欲青史留名，但我的作为，未必

能留在青史之中。

[解析]

陆游是个很看重功名的人，所以到了老年回忆起大半生的奋斗，不免感慨万千。他自认为初心完全没错，只可惜生不逢时，数十年里竟没遇到一个可以建功立业的好机会，如今只落得僵卧孤村，无人理会。好在不负初心的还有几件事，比如从军南郑，给自己建立战功创造了很好的机会，遗憾的是那只是过眼云烟，朝廷一纸圣命，便将北伐大计搁在了一边，自己的梦想也随之成为泡影，与当年苏秦黑貂之裘弊、去秦而归有什么两样？

全诗充满了一个封建士子对国家民族的赤诚之情，还有因无法实现远大抱负而感到无能为力的深深抱憾。

山南行①

我行山南已三日，如绳大路东西出。平川沃野望不尽，麦陇青青桑郁郁②。地近函秦气俗豪③，秋千蹴鞠分朋曹④。苜蓿连云马蹄健⑤，杨柳夹道车声高。古来历历兴亡处⑥，举目山川尚如故。将军坛上冷云低⑦，丞相祠前春日暮⑧。国家四纪失中原⑨，师出江淮未易吞。会看金鼓从天下⑩，却用关中作本根⑪。

[注释]

①山南：终南山以南。　②郁郁：繁茂之状。　③函秦：函谷关以西的故秦地。气俗豪：谓该地的人崇尚豪侠之气。　④蹴鞠（cù jū）：古代

的一种踢皮球运动,类似今日的足球,也是世界足球运动的源头。分朋曹:分为两队。　⑤苜蓿(mù xu):俗称金花菜,多年生开花植物,可食,亦可作为饲料喂马喂鱼。连云:言苜蓿长得高大肥壮,上接云天。　⑥古来历历兴亡处:谓此处是历朝历代都十分看重的战略要地,见证了很多朝代的兴衰。　⑦将军坛:汉代刘邦拜韩信为大将的坛,故址当在南郑城南,此时已经不存在,这是作者想象之词。冷云:让人感到寒冷的阴云。　⑧丞相祠:三国时期蜀国丞相诸葛亮祠,故址在今陕西勉县城西四公里处,与勉县武侯墓隔江相望。　⑨四纪:古代将十二年称为一纪。四纪,四十八年。如果从靖康二年起计,至乾道八年,恰好将近四十八年。失中原:指靖康之变后,中原地区沦丧于金人之手。　⑩会看:将要看到。金鼓:古代战事中承担指挥任务的鼓,以金装饰,故称金鼓。从天下:天下军民尽皆跟从。　⑪却用关中作本根:还当选取关中之地作为天下根本。意即光复中原后,大宋应在关中长安建立都城。

[解析]

这首诗作于孝宗乾道八年(1172),当时作者从四川广元北行,经大安军、金牛堡向南郑行进,走在秦岭之中,写下此诗。前一部分从开篇直到"丞相祠前春日暮",几乎全在描绘所见的景色。作者最先交代写此诗时已经在秦岭之中行走了三天,来到了一处平坦之地,放眼看去,平川沃野上到处是生长茂盛的麦子和郁郁葱葱的桑树。这里的人们崇尚豪侠之气,胆气十足,蹴鞠时分成两队各不相让,踢得天昏地暗以较胜负。大概是心情畅快的缘故吧,作者看到、听到的一切,都是那么令人振奋:喂马的苜蓿长得又高又壮,足够成群的战马吃上很久;大路上的车子吱吱呀呀,行走在杨柳遮蔽的道路上,那声音似乎带着特有的激情。就是这片土地,见证了多少王朝的兴衰更替,唯一不变的,是这里的山川,山还是那般地雄浑，水还是那般地流泻，由此想到当年韩信拜将的土坛、纪念武侯的祠庙，也还在向人们诉说着当年鏖战的激烈吧？

后一部分只有四句，明显地回到了现实当中。作者感慨道：中原沦丧已经近五十年，若从江淮出兵抗金，恐怕难度太大，莫如从西北挥师北上，一举夺回重镇长安，再往东进，便进可以攻、退可以守了。作者甚至想到，此番战胜金人后，应该汲取历史的教训，一定要把都城迁到长安来。在他看来，大宋朝当年定都汴京本身就是一个错误，那里一马平川，金人只要渡过黄河，整个中原便没有任何要塞、屏障可以御敌了。长安则不同，它处在平原与山地之间，东面又有函谷关、潼关为屏障，敌人要想攻下这里绝非易事。

这首诗总体情绪激昂振奋，没有哀叹和遗憾，让人感到中原光复似乎就在不远的将来。这虽然只是个美好的期许，也能让作者本人和读者从中感受到胜利的喜悦。

南郑马上作

南郑春残信马行，通都气象尚峥嵘①。迷空游絮凭陵去②，曳线飞鸢跋扈鸣③。落日断云唐阙废④，淡烟芳草汉坛平⑤。犹嫌未豁胸中气⑥，目断南山天际横。

[注释]

①通都：四通八达的大都会、大城市。这里是指西北大镇南郑。峥嵘：巍峨宏壮而充满生机。 ②凭陵：高峻巍峨。 ③曳线飞鸢（yuān）：拽着

丝线飘飞的风筝。　④断云：一片一片的云。唐阙：唐代都城长安的宫阙。　⑤汉坛：汉代刘邦拜韩信为大将的拜将坛。平：谓已经荒废成为平地。　⑥未豁胸中气：未能尽舒胸中豪气。

[解析]

　　这首诗作于作者从南郑东行的路上。作者先写了南宋北大门南郑的峥嵘气象，并为此感到自豪和欣慰。举目而望，满天的飞絮飘飘摇摇，令人感到春色将晚，又看到空中布满了自由飞翔的风筝，这一切都那么令人陶醉。然而随着行程的变化和心境的变化，他想到的却是古都长安如今沦陷在金人之手，那里的春色究竟如何？那里有没有人在充满平和的气氛中放着风筝？不会的！不用说，在落日断云笼罩下的长安城，肯定是一片荒芜，人民忍受着金人的摧残，哪里还会有心情去放风筝？那曾经拜将的土坛如今何在？也早已湮灭在淡烟荒草之中了！面对此情此景，作者没有消极和颓丧，他要纵情吟唱，以消胸中的悲愤。他坚信只要朝廷一声令下，大宋的天兵一定会很快收复旧京。

　　全诗主调积极，但作者也有着深深的忧虑，尤其是最后一句"目断南山天际横"，隐隐地表达出作者对朝廷决心的怀疑，这种情绪，为其激愤之情增添了浓重的沧桑之感。

感　事

　　陋巷何须叹一瓢①，朱门能守亦寥寥②。衲衣先世曾调鼎③，野褐家声本珥貂④。若悟死生均露电⑤，未应富贵胜渔樵⑥。千年回首俱陈迹，不向杯中何处消⑦？

[注释]

①陋巷何须叹一瓢：用孔子弟子颜渊安贫守素的故事。《论语·雍也》："贤哉，回也！一箪食，一瓢饮，在陋巷，人不堪其忧，回也不改其乐。"　②朱门：豪贵之家。能守亦寥寥：谓豪门望族的子孙能守其祖上勋业者寥寥可数。　③衲衣：僧人的衣裳。先世：指这位僧人的祖上乃开国元勋沈伦。沈伦，本名沈义伦，因避太宗光义名讳而单名伦。此句作者自注："沈义伦丞相裔孙为僧。"意思是沈伦的后代如今沦落到出家为僧的地步。调鼎：喻担任宰相治理国家。《韩诗外传》卷七："伊尹，故有莘氏僮也，负鼎操俎调五味，而立为相。"据《宋史·沈伦传》载，五代后周时，沈伦便在太祖赵匡胤帐下供职。太祖建隆年间，为陕西转运使。宋朝征讨后蜀，沈伦为随军水陆转运使。太祖开宝六年，拜中书侍郎、平章事、集贤殿大学士兼提举荆南、剑南水陆发运事。太宗太平兴国初，入相为右仆射兼门下侍郎、监修国史。太宗征太原，沈伦为东京留守。太宗回銮，加尚书左仆射（首相）。　④野褐：草野之民穿的麻布衣衫。珥貂：插戴貂尾。汉代侍中、中常侍于冠上插貂尾为饰。后借指皇帝近臣。曹植《王仲宣诔》："戴蝉珥貂，朱衣皓带。入侍帷幄，出拥华盖。"此句作者自注："刘仁赡侍中裔孙为道人，皆孤身死。"刘仁赡，五代南唐人。《十国春秋》卷二十七本传说，仁赡字守惠，历任黄、袁二州刺史，所至称治。元宗时，拜武昌军节度使。周世宗柴荣围攻寿州，数道进攻，填堑陷壁，昼夜不停，如是者累月，仁赡意气弥壮。后因寡不敌众死在寿州前线。　⑤若悟死生均露电：如果参透了，（会发现）人生都不过像晨露、闪电一样瞬间即逝。　⑥未应富贵胜渔樵：生于富贵之家，其结局未必比渔父、樵夫强上多少。　⑦不向杯中何处消：不在酒中消磨时

光还能怎样？

[解析]

　　这是一首立意并不奇绝却意味深长、发人深省的诗，是作者对人生的一种别样感悟。生于富贵之家，未必能永享富贵，这些豪门子孙只要不再努力，总有一天家业会败落下去，有时候他们的结局甚至还比不上渔父、樵夫。作者举了两个例子，一个是宋朝开国元勋沈伦，一个是五代南唐侍中刘仁赡。遥想当年，沈、刘都是国家的栋梁柱石，然而沧海桑田，百多年过去，他们的子孙却落得孤身而死的下场，全然没有了"高干子弟"的尊严。作者自注说："绍兴中，二公之后遂绝。"看来作者对这样的结局颇感痛心和遗憾，所以将这种感慨形之于诗，用以警醒类似之人珍惜门庭，加倍努力，千万不可沦落到如此悲惨的地步。宋人赵与时《宾退录》卷七在谈到这首诗时曾说："虽然有位于朝，不守其业，而忘其所，甚至公侯之家降在皂隶，则筚门圭窦得以陵之。此岂独上之人之罪也哉？"意思是说名门望族的子弟不守其业，忘乎所以，等到沦为身份低微的人，任何人都敢欺凌于你，这难道也怪朝廷对你不提携吗？

　　话虽如此说，现实中真正能保有家声的子孙的确寥寥，更多的后人都很难守住并发扬祖宗的基业，这可能就是民间所谓"富不过三代"之意吧？在我看来，后世子孙沦为乞丐、流民还算好的，怕就怕子孙并不懂得珍惜祖上的名声，做出完全对不住祖宗的坏事。这样的例子莫说是在当今，就是在宋朝也不乏其例。南宋初年爱国名臣李光之孙李知孝，完全背弃了祖宗的遗愿，竟然跟着佞臣大肆贪渎，坏事做绝，被称为南宋"四凶"之一；南宋末年奸臣贾似道，也彻底背叛了其父贾涉，成为葬送南宋王朝的关键人物。这里不得不忍痛说一说陆游之幼子陆子遹，他也是个背弃父辈的不争气之徒。据宋人俞文豹《吹剑录》载，陆子遹为了巴结权相史弥远,将他所在的溧阳(今江苏溧阳)福贤乡六千余亩农田献给了史弥远。史弥远为了表现自己的清廉,以十千钱一亩作为酬答。在此之前,陆子遹已经向农田主索要地契,约定每亩地补偿五百文钱,而史弥远给他的"意思"则是每亩十千钱,仅此一项,陆子遹不但巴结了史弥远,还得到了二十倍的土地补偿。此事后来被揭穿,有农民向他追索赔款,却被他统统关进了监狱。不知读者看了这段文字后有何感想?这就是爱国名臣陆游教育出来的好儿子吗?

纵观全诗,作者还有另一层意思,那就是劝人善于调整自己的心态。诗的开篇四句,就是在说人在世上,能够达到调鼎珥貂地位的毕竟是凤毛麟角,更多的人不过是芸芸众生。即便如此,也大可不必为自己的贫困和不遇感到纠结和不平,当年的沈伦、刘仁赡已经达到了位极人臣的地步,后世子孙还不是因贫困而死,连下一代子孙都没有留下?其实人的存在原本就是个偶然,人的境遇更是无法被改变的,达官显贵就一定比渔父、樵夫过得快乐吗?那也未必。明白了这些,你就会把自己的存在看得淡一些,达观一些,闲来无事,尽可喝点小酒,懒散一下,免得整天为自己不得其用而焦灼万分。

临安春雨初霁[①]

世味年来薄似纱[②],谁令骑马客京华[③]。小楼一夜听春雨,深巷明朝卖杏花。矮纸斜行闲作草[④],晴窗细乳戏分茶[⑤]。素衣莫起风尘叹[⑥],犹及清明可到家[⑦]。

[注释]

①初霁（jì）：雨刚停。霁，雨雪后天色放晴。 ②世味：处世的况味，即今所谓世态炎凉。年来：近些年来。薄似纱：谓人情非常寡薄，像细纱一样。 ③谁令骑马客京华：谁叫自己还要骑着马来到京城客居呢？意谓自己完全可以不到临安来，但还是满怀着希望，期求从朝廷那里得到令自己满意的任用。 ④矮纸：短纸。古人写什么样的文字应选用什么样的纸张，都是有规矩的。通常写信及上疏，都用一种形制较为短小的纸。《老学庵笔记》卷三："（笺启）用一二矮纸密行细书，与札子同，博封之，至今犹然。"此处指作者在得到朝廷任命新官（严州知州）后，按照常规给朝廷草写谢表。斜行：斜行书写的文章，亦泛指文章。闲作草：像消闲一样地草写上表。表示没有太多凝重之感，像嬉戏玩耍一样随意。 ⑤细乳：茶中的精品。古人称煮茶之水为乳。分茶：宋代煎茶的一种方法，注入汤水后用茶筅搅动茶乳，使汤水的波纹变幻成各种不同的形态，是文人的一种雅趣。煎茶与分茶的区别在于：煎茶看的是茶乳上面出现的气泡（当时人称为"蚌珠"）灭而又生；分茶则是在茶煮好后用茶筅搅动后出现的各种图案，如同今天说白云一会儿像大象，一会儿像公鸡。宋代的茶都要煎煮后才饮用，与今天只用水泡（沏茶）完全不同。宋杨万里《澹庵座上观显上人分茶》诗："分茶何似煎茶好，煎茶不似分茶巧。蒸水老禅弄泉手，隆兴元春新玉爪。二者相遭兔瓯面，怪怪奇奇真善幻。纷如擘絮行太空，影落寒江能万变。银瓶首下仍尻高，注汤作字势嫖姚。不须更师屋漏法，只问此瓶当响答。"可以帮助我们体会什么叫"分茶"。 ⑥素衣莫起风尘叹：此句反用晋代陆机《为顾彦先赠妇》诗中"京洛多风尘，素衣化为缁"之义，反衬自己并不想再在京城待下去。陆诗的本义是说尽管京城充满了风尘污垢，但为了谋官，还得继续驻留。陆游则

表示事到如今，也用不着再发风尘、素衣之叹，赶紧离开这块污浊之地才好。　⑦犹及清明可到家：清明之前就能回到家中了。

[解析]

　　这首诗作于孝宗淳熙十三年（1186），这一年陆游六十二岁。作者淳熙五年受孝宗之召离开蜀中回到临安，次年被授予提举江西路常平茶盐公事，一年后改授提举淮南东路常平茶盐公事，遗憾的是，淳熙八年三月二十七日，刚刚接到淮东常平委任的他，圣旨还没握热便遭到弹劾罢了"新任"，从此开始了长达五年之久的乡野村居生活。直到淳熙十三年，朝廷像是偶然间想起了他，把他召到临安，给了他一个严州（今浙江建德）知州的差使。这首诗就是作者在临安接受朝廷任命期间写的。

　　从此诗的风格来看，与作者在南郑所写的大量慷慨激昂之诗有了很大的不同，在这首诗中，我们很难再看到他热血沸腾、引吭高歌，取而代之的已是"小楼一夜听春雨，深巷明朝卖杏花"的宁静与闲适，初读时可能会令人感到它并不像陆游的诗作。其实这只能说是我自己"小气"，因为真正的鸿儒巨擘本来就不应该只保持一种诗风，比如苏轼，既有"大江东去"的豪情万丈，又有"细看来，不是杨花，点点是、离人泪"的柔情百转。辛弃疾这个山东大汉同样如此，既有"平生塞北江南，归来华发苍颜"的烈士情怀，同样也有"七八个星天外，两三点雨山前"的宁谧与空灵。这番道理很简单，一个人，特别是一个内涵丰富的诗人，他的精神生活自然会涵盖他百样人生的方方面面。

　　据宋人编纂的《严州图经》记载，陆游实际到严州的日期是淳熙十三年的七月初三。从清明节前到七月初这段时间，他依旧是在家乡山阴度过的。这是因为宋代地方官上任，须等到其前任任满才能接替，所以作者说"素衣莫起风尘叹，犹及清明可到家"——总算不必再在临安熬下去了，清明之前一定能回到家乡了。这两句包含的情感很复杂，一是明显地表达了作者厌倦"京洛多风尘，素衣化为缁"的无聊生活，二是表现了他对人生旅途的种种无奈，具体来说，他认为到地方上当个为百姓办实事的官员，虽与平生宏愿相差甚远，毕竟朝廷还没有将他彻底抛弃。

这首诗中最出彩的是"小楼一夜听春雨，深巷明朝卖杏花"一联，平实无华的词语，却营造出一种不同寻常的醇美意境。据说这两句诗传到孝宗皇帝那里，孝宗对此大为称赏，可以猜想，这首诗在当时就已经成为家喻户晓的名篇，难怪千百年来一直为人们津津乐道，而且赋予它最清新最富生活意趣的积极意义。不过细细揣摩，内中还是有些奥妙的，首先，作者一夜听春雨，说明他一夜都未曾成眠，究竟是什么原因造成他彻夜听雨呢？他当时在想什么呢？关于这一点，此前有人解说为：陆游不能成眠的根本原因还是由于"国事家仇"在内心的激荡冲腾。我倒觉得未必如此，客观地说，除去对"薄似纱"的人情冷暖厌倦之外，作者此时的心境相对来说还是不错的，他对朝廷起用他担任京城左近的知州还是有一定满足感的——复国大业无法完成，利民的小事认真做一些，总比赋闲有意义得多，正是基于这种感受，他才能在即将牧民的前夜惬意地欣赏着淅淅沥沥的春雨，聆听着少女清甜美妙的卖花之声，并由此产生了更加浓厚的思乡情绪，如此理解，全诗的韵味就一气贯通了。

游锦屏山谒少陵祠堂[①]

城中飞阁连危亭[②]，处处轩窗临锦屏。涉江亲到锦屏上，却望城郭如丹青[③]。虚堂奉祠子杜子[④]，眉宇高寒照江水[⑤]。古来磨灭知几人⑥，此老至今元不死⑦。山川寂寞客子迷⑧，草木摇落壮士悲⑨。文章垂世自一事⑩，忠义凛凛令人思⑪。夜归沙头雨如注⑫，北风吹船横半渡⑬。亦知此老愤未平，万窍争号泄悲怒⑭。

[注释]

①锦屏山：在今四川阆中。《读史方舆纪要》卷六十八："锦屏山，（阆中）府南三里嘉陵江南岸，两峰连亘，壁立如屏，四时花木，错杂如锦，与郡治对峙，因名。一名阆中山。"少陵祠堂：当在锦屏山上。少陵，唐代诗人杜甫自号少陵野老，后代诗人多以少陵称之。　②飞阁：翘檐的楼阁。危亭：高亭。此处特指锦屏山上的阆峰亭。《蜀中广记》卷二十四："（锦屏）山上有玛瑙寺；罗汉、昼锦、西桥三院，后又筑阆峰亭以眺望焉。"　③城郭如丹青：谓阆中城郭宛如一幅水墨丹青。　④虚堂：空荡荡的祠堂。子杜子：杜甫。作者尊称杜甫为杜子，前面再加一个"子"字，表示非常崇敬。　⑤高寒：高古森然。照江水：映照着山下的嘉陵江水。　⑥古来磨灭知几人：古来有几个人不被时光所磨灭。此句与李白《将进酒》"古来圣贤皆寂寞"意思相同。　⑦元不死：从来就没死过。元，义同"原"。　⑧客子：指杜甫。安史之乱后，杜甫长期客居奔走于各地，故称其为客子。杜甫《遣兴》诗："客子念故宅，三年门巷空。怅望但烽火，戎车满关东。生涯能几何，常在羁旅中。"　⑨草木摇落壮士悲：壮士，亦指杜甫。杜甫《朝二首》诗："病身终不动，摇落任江潭。"　⑩文章垂世自一事：文章名垂后世仅仅是他人生成就之一。

⑪忠义凛凛令人思：意谓杜甫毕生的忠义之心更加令人凝思和赞叹。凛凛，这里是指从杜甫塑像感受到的凛凛气节。　⑫沙头：代指陆游暂宿之处。作者还有《沙头》诗说："游子行愈远，沙头逢暮秋。"　⑬北风吹

船横半渡：西北风吹得舟船难以前行，横在了江心。　⑭万窍争号：无数的洞穴发出怒号之声。《庄子·齐物论》："夫大块噫气，其名为风。是唯无作，作则万窍怒号。"

[解析]

这首诗作于乾道八年（1172），作者北行路过阆中，登锦屏山瞻仰前贤杜甫，感慨于杜甫的飘零身世和凛凛忠义之心，故而行诸笔端。杜甫是国人皆知的唐代大诗人，几乎没有人不能背诵几首杜诗，但作者认为，杜诗流传千古，仅仅代表了杜甫生命中的一个方面，更加令人敬佩的，应该是他始终不渝的爱国热情。杜甫生当安史之乱，国家危蹙之际，他想尽一切办法报效祖国，终因局势不许而流落天涯。这期间他写下了大量的爱国诗篇，表达自己对朝廷、对祖国至死不变的忠诚。在陆游心目中，杜甫永远是他景仰的前哲和榜样。

全诗用了四句话进行铺叙，随后进入正题："虚堂奉祠子杜子，眉宇高寒照江水。古来磨灭知几人，此老至今元不死。"这四句是作者看到杜甫塑像后发出的感叹，古往今来有几个人能永远受到后人的怀念？而杜甫便是永远活在人们心中的一个偶像。望着他眉宇之间那凛凛风骨，作者不由想到老人颠沛流离的艰难一生。默默凭吊完这位可敬的古人，作者返回沙头，船却被大风刮得无法前行，停在了江心。面对狂风，作者首先想到的不是能否顺利回到歇宿之处，而是联想到如此万窍怒号的烈风，代表着杜甫难以宣泄的愤懑之情。这种愤懑，自己不正有相同的感受吗？

岳池农家①

春深农家耕未足②,原头叱叱两黄犊③。泥融无块水初浑,雨细有痕秧正绿。绿秧分时风日美,时平未有差科起④。买花西舍喜成婚,持酒东邻贺生子。谁言农家不入时⑤?小姑画得城中眉⑥。一双素手无人识⑦,空村相唤看缫丝⑧。农家农家乐复乐,不比市朝争夺恶⑨。宦游所得真几何⑩?我已三年废东作⑪。

[注释]

①岳池:宋代县名,在今四川岳池。 ②春深农家耕未足:春意浓郁,农民们都开始辛勤地耕作。 ③原头:平原尽头。叱叱(chì chì):农夫赶牛的声音。黄犊:黄牛。 ④时平:太平之时,风调雨顺的年月。差科:官府派下的差役。 ⑤谁言农家不入时:谁敢说农家的装扮不讲究时尚? ⑥小姑:年轻姑娘。画得城中眉:所画的眉和城里人没什么两样,指农家女子也在赶城里女子的时髦。 ⑦素手:雪白的手。无人识:没有人关注欣赏。 ⑧空村相唤:全村百姓倾家而出。缫(sāo)丝:将蚕茧浸泡在沸水里抽取蚕丝。 ⑨市朝:朝廷官府,指争权夺利的官场。 ⑩宦游:古代地方官员的调动十分频繁,做官的人要花费很多时间行走在赴任或离任途中,宛如游览,故称宦游。所得真几何:得到了多少? ⑪三年废东作:三年没有做过春耕之事了。

[解析]

乾道八年正月(1172),作者从夔州赴南郑担任四川宣抚使司干办公事兼检法官，途经岳池，亲眼见到当地农家的恬静生活，写下此诗。

这首诗真可以称为"农家乐"，作者以明快欣悦的笔触，细致地描写了岳池农家忙碌而恬静的生活。你看，春深之际，这些勤劳的农民抓紧时间耕种着土地，畅意地吆喝着缓慢行走的耕牛，走在已经融化的泥水当中。蒙蒙细雨飘飘洒洒地落在地上，把秧苗洗得绿油油惹人喜爱。插秧的时节里风和日暖，太平日子里还没有官府派下的徭役。西家买花喜气洋洋地备办婚礼，东家正在大摆宴席频频举酒庆贺喜得贵子，整个村子里处处弥漫着和谐喜庆的气息，惹得作者也不由钦羡并为他们祝福。人们常说农家女子不懂得打扮，这话实在是无知，看看这里的少女们，个个都画着与城里女人没有区别的秀眉，尽管姑娘们洁白灵巧的纤手无缘得到城里人的欣赏，但在这小小的村子里，却能引得全村人前去观看她们熟练无比的缫丝手法，那真是一种艺术的享受。

在用了如此大的篇幅描绘农家乐之后，作者拿自己与这里的人们相比较：陆某奔走于充满尔虞我诈的官场之中已整整三年，这三年一点农活都没有干过，可细细想来，又得到了什么呢？

这首诗格调清新，用语天然，描绘的景象和人物自然天成，栩栩如生，为读者展现了一幅风情淳美的图画，读来令人感到心静如水，荡涤尘凡。末句回到自身，感慨自己的生活与这些尽享田园之乐的农民们相比，竟是那么没有情趣，没有意义。

凌云醉归作①

峨嵋月入平羌水②，叹息吾行俄至此③。谪仙一去五百年④，至今醉魂呼不起。玻璃春满琉璃钟⑤，宦情苦薄酒兴浓⑥。饮如长鲸渴赴海⑦，诗成放笔千觞空⑧。十年看尽人间事⑨，更觉曲生偏有味⑩。君不见蒲萄一斗换得西凉州⑪，不如将军告身供一醉⑫。

[注释]

①凌云：山名，在今四川乐山以东，与城区相隔岷江。《蜀中广记》卷十一："九顶山在（嘉州）城左，有九峰。……唐会昌已前峰各有寺，今惟存凌云一寺，又名大像寺。《墨庄漫录》云：'嘉州凌云寺大像记，韦皋文，张绰书，其碑甚丰，字画雄伟。'"　②峨嵋月入平羌水：峨眉山上的月光倒映在平羌水中。平羌，水名，又叫青衣江，流经乐山，汇入大渡河。《蜀中广记》卷十四："平羌江源出西徼，绕（乐山）西北郭，谓武侯平羌夷于此。"　③吾行俄至此：我行走未久便来到此地。俄，不长时间。　④谪仙一去五百年：谓李白已经去世五百年。李白入长安，太子宾客贺知章读罢他写的《蜀道难》，非常赞赏，叹道："此谪仙人也！"　⑤玻璃春：此句作者自注云："玻璃春，眉州酒名。"琉璃钟：半透明的酒盅。李贺《将进酒》："琉璃钟，琥珀浓，小槽酒滴真珠红。"　⑥宦情苦薄：为官的兴味很淡薄。意谓自己并不以当官为荣。　⑦饮如长鲸渴赴海：喝起酒来就如鲸鱼甚渴奔向大海一样。　⑧诗成放笔千觞空：诗歌写完放下笔，千杯已经饮尽。　⑨十年看尽人间事：十年来看到了多少人间俗事。此处主要指官员间的勾斗和倾轧。作者认为在这种环境里当官，纯属虚耗生命而毫无意义。　⑩更觉曲生偏有味：更觉得只有酒才有味道。曲生，酒的代称。唐郑繁《开天传信记》载：道士叶法善居玄真观，有朝客数十人来访，解带淹留，满座思酒。突有一人傲睨直入，自称曲秀才，抗声谈论，一座皆惊，良久暂起，如风旋转。法善以为是妖魅，伺其

复至,密以小剑击之,随手坠于阶下,化为瓶榼,酾酝盈瓶。坐客大笑饮之,其味甚佳。"坐客醉而揖其瓶曰:'曲生风味,不可忘也。'" ⑪蒲萄一斗换得西凉州:东汉末,宦官专权,孟佗以葡萄酒一斛献宦者张让,张让遂以孟佗为凉州刺史。凉州,古地名,治所在今甘肃武威。 ⑫将军告身:将军的任命文书。

[解析]

这首诗作于乾道九年(1173),当时作者已从前线南郑回到蜀中,春间从成都至嘉州(今四川乐山),四十天后返回成都。当年夏,授蜀州通判,旋即摄嘉州知州事。

此诗表达的是作者离开前线后的落寞心情。在陆游的一生中,"当年万里觅封侯、匹马戍梁州"那段生活是最振奋人心的,可惜半年之后,奔赴前线杀敌的理想便成了泡影,怏怏回到成都等待新的任命。对陆游来说,什么蜀州通判啊,什么嘉州摄知州啊,都无法再激发他的热情,他认为这些官位对他来说非但没有意义,甚至给他带来颇多烦恼,他不愿将大好年华消耗在无谓的官场之中,所以这段时间里他十分苦闷。人一苦闷,很自然就想到借酒浇愁,陆游也不例外。这期间他的确嗜酒如命,以致后来遭人弹劾,也是因为"耽酒"。殊不知陆游的"耽酒"绝非天生,实在是由于报国无门,不得不沉溺在饮酒之中暂时麻醉自己的神经。全诗毫不掩饰地写自己好酒成痴,只有最后两句"蒲萄一斗换得西凉州,不如将军告身供一醉",才道出如此嗜酒的原委:如今朝廷无心抗金,即便是用酒博得个凉州刺史,也不过是张毫无意义的告身而已!

金错刀行①

黄金错刀白玉装,夜穿窗扉出光芒。丈夫五十功未立,提刀独立顾八荒②。京华结交尽奇士③,意气相期共生死。千年史册耻无名,一片丹心报天子。尔来从军天汉滨④,南山晓雪玉嶙峋⑤。呜呼!楚虽三户能亡秦⑥,岂有堂堂中国空无人⑦!

[注释]

①金错刀行:古乐府题名。金错刀,黄金装饰的刀。 ②八荒:八方荒远之地。《汉书·项籍传》:"并吞八荒之心。"颜师古注:"八荒,八方荒忽极远之地也。" ③京华结交尽奇士:在京城时结交的都是慷慨悲歌、勇于殉国的勇士。 ④尔来:近来。从军天汉滨:指作者从军到汉中南郑。⑤南山:终南山,在今陕西渭河平原以南。嶙峋:山石参差重叠之貌。晓雪玉嶙峋:谓一场雪后,整个南山成了一座白玉之山。 ⑥楚虽三户能亡秦:战国时,秦国攻打楚国,占领了楚国大片土地。楚人激愤,有楚南公云:"楚虽三户,亡秦必楚。"意谓楚国即使只剩下三户人家,也一定能灭掉秦国。三户,指楚国大族屈、景、昭三家。 ⑦中国:中原大国。

[解析]

此诗作于乾道九年(1173)。朝廷对金的作战计划宣告流产后,作者也奉命回到蜀中,担任嘉州知州。全诗分成了三个层次,第一层从开篇到"提刀独立顾八荒",以对金错刀的咏叹想到自己年纪老大仍一事无成,寄托了作者深深的愤懑之情。第二层从"京华结交尽奇士"到"南山晓雪玉嶙峋",写的是自己自年轻以来始终不渝的报国热情,只要有从军杀敌的机会,自己是决不会错失的。他真心希望自己能做个青史留名的壮烈之士。第三层即全诗的最后两句,扣紧了全诗的主旨。想当年楚国人豪情万丈地说:"即使楚国只剩三户人家,也一定能消灭敢于来犯的强秦!"末句"岂有堂堂中国空无人",既是对当下战局的清醒分析,也是对朝廷大臣一味向金国求和的懦弱表示极大的轻蔑。

夜闻蟋蟀

布谷布谷解劝耕①,蟋蟀蟋蟀能促织②。州符县帖无已时③,劝耕促织知何益④?安得生世当成周⑤,一家百亩长无愁⑥。绿桑郁郁暗微径⑦,黄犊叱叱行平畴⑧。荆扉绩火明煜煜⑨,黍垄饁饭香浮浮⑩。耕亦不须劝,织亦不须促;机上有余布,盎中有余粟⑪。老翁白首如小儿,鼓腹击壤相从嬉⑫。

[注释]

①布谷:鸟名,其叫声如在说该布谷了,该布谷了,故名。布谷,即种植五谷之意。解劝耕:懂得劝人勤劳耕种。 ②促织:蟋蟀的别名。《古诗十九首·明月皎夜光》:"明月皎夜光,促织鸣东壁。" ③州符县帖:州县里发下的征收赋税的公文。无已时:没完没了。 ④知何益:有什么好处。 ⑤成周:周朝。成周本为西周的东都,在洛阳王城东,周公所筑,后遂以成周指周朝。 ⑥一家百亩:周代对农家田地的规定。郭沫

若《中国史稿》第二编第三章第二节:"周制百步为亩,一夫百亩(约合今31.2亩),称为一田,是井田的基本单位。" ⑦绿桑郁郁暗微径:碧绿的桑叶形成浓荫,遮蔽着田家小径。 ⑧黄犊:黄牛。叱叱:赶牛者的叫声。平畴(chóu):平坦的田地。 ⑨荆扉:即柴门,柴荆编制的门。绩火:夜间纺织时照明的灯火。煜(yù)煜:明亮貌。 ⑩黍垄:田垄。馌(yè)饭:往田里送饭。《诗经·豳风·七月》:"同我妇子,馌彼南亩。"朱熹集传:"馌,饷田也。"香浮浮:香气往上冒。 ⑪盎(àng)中有余粟:米罐里有余粮。盎,腹大口小的罐子。 ⑫鼓腹:鼓着肚子,形容饱食无忧。《庄子·马蹄》:"夫赫胥氏之时,民居不知所为,行不知所之,含哺而熙,鼓腹而游,民能以此矣。"成玄英疏:"夫行道之时,无为之世,心绝缘虑,安居而无所为;率性而动,游行而无所往。既而含哺而熙戏,与婴儿而不殊;鼓腹而遨游,将童子而无别。此至淳之世,民能如此也。"击壤:古杂戏名。把一块鞋子状的木片侧放于地,在三四十步外用另一块木片去击打它,击中就算得胜。《艺文类聚》卷十一引皇甫谧《帝王世纪》:"(帝尧之世)天下大和,百姓无事,有五十老人击壤于道。"

[解析]

　　这首诗用今昔对比的手法描述了三代之时和当今之世百姓截然不同的生活状况。上古三代时,老百姓家有百亩之田,家有余粮,能够自给自足,闲暇时间里便可随意游戏,日子过得轻松惬意。如今却不是这样,州县官吏们无时无刻地到农家催租,经常弄得鸡犬不宁,百姓生活十分艰辛,动辄因未能足额缴纳租税而遭到鞭抽棍打。作者对百姓的遭遇深表同情,难免想到上古时期的欢乐景象,其实质还是在于鞭挞当今朝廷不顾百姓死活的残酷剥削行为。

其实自古以来，统治者与被统治者就是一对难以调和的矛盾体。在《孟子·梁惠王上》中孟子就曾劝告梁惠王："五亩之宅，树之以桑，五十者可以衣帛矣；鸡豚狗彘之畜，无失其时，七十者可以食肉矣；百亩之田，勿夺其时，八口之家可以无饥矣；谨庠序之教，申之以孝悌之义，颁白者不负戴于道路矣。老者衣帛食肉，黎民不饥不寒，然而不王者，未之有也。"遗憾的是，这样美好的愿景，几千年来都没能变成现实。尽管陆游发出如此呐喊，终究改变不了统治阶层弱肉强食的野蛮本性。

东窗小酌

乌帽翩仙白苎凉①，东窗随事具杯觞②。流年不贷世人老③，造物能容吾辈狂④。藤叶成阴山鸟下⑤，桧花满地蜜蜂忙⑥。何人画得农家乐，咿轧缫车隔短墙⑦。

[注释]

①乌帽：黑色的纱帽。翩仙：同"翩跹"，飘逸飞舞之貌。白苎（zhù）：苎麻布制成的衣服，夏天穿起来十分凉爽。　②随事具杯觞：随意备办一桌酒席。　③流年：流逝的岁月。不贷世人老：意谓即使人们想要借贷些时光保持年轻也做不到。　④造物能容吾辈狂：天公能容我们这些人暂时张狂。　⑤藤叶成阴山鸟下：青藤的叶子长得十分茂盛，引得山上的鸟儿飞到这里。　⑥桧花：桧树的花。桧，又名刺柏、圆柏，常绿乔木。⑦咿轧：轮轴滚动的声音。缫车：缫丝所用的器具。隔短墙：隔着一面矮墙，即隔壁。

[解析]

这首诗格调欢快,语言清新,描绘的是一幅静谧祥和的农家景色。作者先写自己的装束,乌帽在微风中微微飘动,身穿白苎纱衣,感到阵阵清凉。就在如此惬意的状态下,作者饶有兴致地备办了一杯小酒慢慢品尝。随后对人生易老天难老的自然规律发出轻轻的感慨,还好,上天并没有过于苛刻,尚能容得我这个老者再有几分轻狂。这种人生态度还算积极,并没有怨天尤人的意味。颈联和尾联继续保持了这种欢快的气氛,作者看到山鸟飞到藤阴之下,蜜蜂飞到桧花之上,宁静天成。接着,缫车的咿呀之声为整个画面增添了人文的气息,使自然和人世有机而自然地融合为一,富有情趣却不失恬静,难怪作者叹道:"何人画得农家乐?"

作者是在人世间奔走大半生的匆匆行客,如今回到家乡回到自然,备感内心的宁静与安详,这也是自古及今很多有类似经历的人共同的期求。这种期求既是人的一种本能,也是一种心力交瘁后的最佳归宿。

游昭牛图①

游昭木石师李唐②,画牛乃自其所长。出栏初听一声笛,意气已无千顷荒③。客居京口老益困④,衣不掩胫须眉苍⑤。时时弄笔眼力健⑥,蹄角毛骨分毫芒⑦。我无沙堤金络马⑧,拂拭此幅喜欲狂。乞骸幸蒙优诏许⑨,置身忽在烟林傍⑩。日落饮牛水满塘,夜半饭牛天雨霜⑪。俚医灌药美水草⑫,老巫诃禁祓不祥⑬。愿我孙子勤农桑,愿汝生犊筋脉强。碓声惊破五更梦⑭,岁负玉粒输官仓⑮。

[注释]

①游昭：镇江人，南宋初年画家，工山水，尤善画牛。　②木石：水木山石。李唐：北宋徽宗朝画家，善画山水木石，又善画人物。《画史会要》卷三："李唐字晞古，河阳三城人。徽宗朝，曾补入画院。建炎间，太尉邵渊荐之，奉旨授成忠郎、画院待诏，赐金带，时年近八十。善画山水、人物，笔意不凡。尤工画牛。高宗雅爱之，尝题《长夏江寺》卷上云：'李唐可比唐李思训。'"　③意气已无千顷荒：意谓此牛甚为健壮，对开垦千里荒地毫无怯意。　④客居京口老益困：谓游昭老年时客居在镇江，生活十分困窘。京口，江苏镇江的旧称。　⑤衣不掩胫：衣裳连小腿都遮盖不住。掩，遮蔽。　⑥时时弄笔眼力健：谓游昭经常搦笔作画，眼力极佳，一点儿也不眼花。　⑦蹄角毛骨分毫芒：指游昭所画的牛非常逼真，牛蹄、牛角乃至毛骨，都画得精细入微，连毫毛都能表现出来。　⑧沙堤：唐代新拜宰相专用的路，私家府第直到城东大街，都用沙子铺地，以防污染马蹄。金络马：戴有金络头的马，指装饰得十分华贵的马。此句意谓自己并非什么高官。　⑨乞骸："乞骸骨"的简称。古代官吏年老请求致仕，对朝廷谦称为"乞骸骨"。嘉泰三年，作者由秘书监兼实录院同修撰之职请求致仕，当年五月，归山阴老家。幸蒙优诏许：我致仕的请求有幸得到了天子的同意。　⑩置身忽在烟林傍：谓致仕之后，已成为身在烟雨丛林旁的普通人。　⑪饭牛：喂牛。　⑫俚医：医术粗浅的民间医生。　⑬诃（hē）禁：对牛的呵斥和禁咒。祓（fú）不祥：祓除灾殃和不祥。　⑭碓（duì）声：舂米之声。　⑮岁负玉粒输官仓：年复一年地驮着美玉般的米送进官府的粮仓。

[解析]

此诗作于宁宗嘉泰四年（1204）作者归乡闲居时。全诗共分两部分，上半部分从首句至"蹄角毛骨分毫芒",主要在赞赏游昭所画的牛如何逼真传神。作者开门见山地点明,游昭画牛师从的是前代名家李唐,这似乎是在为游昭正名,表示其丹青有自,绝非一般画匠信笔涂鸦。接下来具体说明此画中的牛强健有力,怎见得呢?想象一下,即便是让它开垦千里荒田,它也绝对能够胜任,这正是传统画论中所说的"于画外求其真趣"——画本身并没有办法表现牛的强劲,观画者却能透过纸背感受到它力量的存在。随后点出游昭晚年生活并不如意,衣不蔽体,箪食瓢饮,但他从来没有停止对艺术的追求且一旦沉醉在创作之中,外界的一切在他眼中都显得无足重轻。这两句真实地表现了一个纯粹的艺术家所具有的定力。只有如此,才能画出传神的精品。

下半部分进入到自我中,这也是陆游诗最常见的处理方式:我虽然没有"沙堤金络马",但看到牛也会欣喜若狂。接着说我这个一般小官请求归田致仕,竟然得到了皇帝的恩准,于是乎如愿以偿地回到了烟林之间,可以更真切地与牛为伍了。看着兽医为牛灌药,听着巫婆对牛大声呵斥,又感到一阵阵心疼,于是生发出另一层意思:但愿我的后代勤于农桑,把牛养得健健康康的,过那种既勤于官又勤于己的逍遥生活。这些话听起来既有渴望又有无奈,充满了作者对人生的思考,却又没有准确的答案。

花时遍游诸家园

为爱名花抵死狂[①],只愁风日损红芳。绿章夜奏通明殿[②],乞借春阴护海棠。

[注释]

①抵死：至死。 ②绿章：旧时道教徒祭天时所写的奏章，用朱笔写在青藤纸上，故名。通明殿：传说中玉帝所居的宫殿。

[解析]

这首小诗作于作者自南郑回到成都之后的淳熙初年，此时作者担任成都府路安抚司参议官兼四川制置司参议官。题目中的诸家园，指不止一家的园林。诗虽然只有短短二十八个字，感情却极为浓烈，甚至不惜用"抵死狂"这样极端的字眼来表达对花的热爱，真可谓"花痴"了。爱花就不愿见到暮春花谢的凄凉景象，于是作者又想象出，为了让这些美丽的尤物经久不衰，莫如给玉帝老儿打个报告，请求他老人家开恩，尽最大努力让海棠花开得再长久些。这些看上去近乎癫狂的话，恰恰表现出作者对美好事物的无比珍爱。

龙兴寺吊少陵先生寓居①

中原草草失承平②，戎火胡尘到两京③。扈跸老臣身万里④，天寒来此听江声⑤。

[注释]

①龙兴寺：在忠州（今重庆忠县）北八十里。唐代宗永泰元年（765），杜甫曾寓居于此。杜甫有《题忠州龙兴寺所居院壁》诗云："忠州三峡内，井邑聚云根。小市常争米，孤城早闭门。空看过客泪，莫觅主人恩。淹泊仍愁虎，深居赖独园。"少陵：杜甫自号少陵野老。 ②中原

草草失承平:意谓当年繁盛的中原倏忽之间便失去了以往的和平。唐玄宗时,渔阳节度使安禄山起兵反叛,挥师南下,短时间内便打到了黄河以南。 ③戎火:战火。胡尘:夷狄的征尘。两京:唐代有两京,长安为西京,洛阳为东京。天宝十四载,安禄山攻陷洛阳,次年攻破长安,玄宗仓促逃往蜀中。 ④扈跸老臣:为皇帝扈驾的老臣,指杜甫。身万里:奔波万里之遥。长安沦陷后,杜甫来到凤翔,后流落到忠州艰难度日。 ⑤天寒来此听江声:寒冬之时来到这里(忠州),倾听大江奔流之声。此句作者自注云:"以少陵诗考之,盖以秋冬间寓此州也。寺门闻江声甚壮。"

[解析]

这是一首怀古诗,作者亲见了当年杜甫寓居的寺庙,不由触景生情,写下此诗用以自况。全诗并无难懂词语,史实也是众人皆知,读起来没有障碍。古人的咏史、吊古诗,通常是通过对前史的咏叹和思考,寄托自己的感慨和思索,此诗也是如此。唐代的天宝之变,与宋朝的靖康之变虽然不尽相同,但具有很强的可比性,那就是正当举国一片繁荣之际,突然间遭到北方夷狄的大举进攻,山河沦陷,百姓流离。作者正是通过前代惨痛无比的教训,表达出自己对当朝帝王朝臣仓皇南逃、致使北方沦于敌手的哀叹,字里行间涌动着对山河破碎的痛心疾首,还有誓死报国而无力回天的深深感喟。

沈园二首①

城上斜阳画角哀②,沈园非复旧池台。伤心桥下春波绿,曾是惊鸿照影来③。

梦断香消四十年④,沈园柳老不吹绵。此身行作稽山土⑤,犹吊遗踪一泫然⑥。

[注释]

①沈园:故址在今浙江绍兴西南禹迹寺南。 ②画角:饰有花纹的牛角。 ③惊鸿:喻女子窈窕的身姿。曹植《洛神赋》:"翩若惊鸿。"照影:影像倒映在水中。 ④梦断香消四十年:作者首次在禹迹寺遇到唐婉儿是在高宗绍兴二十五年(1155),其后不久,婉儿郁郁而死。作者写此诗时,距那次邂逅已经过了四十四年,此处举其成数。香消,指唐婉儿亡故。 ⑤此身行作稽山土:陆某很快也会成为稽山上的一把土,意谓自己不久也将死去。稽山,山名,在今浙江绍兴东南。 ⑥犹吊遗踪:还来凭吊你曾经的踪迹。泫(xuàn)然:流泪之貌。

[解析]

这两首诗作于宁宗庆元五年(1199)作者赋闲家居时,当时作者七十五岁。陆游年轻时与唐婉儿结婚,二人甚是相得,却被陆母无情拆散。几年后他游沈园,偶然间邂逅了婉儿,于是写下了那首流传千载的《钗头凤》。此后陆游对唐婉儿始终不能忘怀,几十年间他曾数度重游沈园,每次到那里,都以满怀的激情写诗作词表示对唐婉儿的怀念,这两首诗也是如此。

第一首开篇用了一个"哀"字,准确地将本诗做了定位。接着说此番来沈园的深切感受:"沈园非复旧池台。"作者于光宗绍熙三年(1192)六十八岁时曾写过一篇《禹迹寺南有沈氏小园序》:"禹迹寺南有沈氏小园,四十年前尝题小词壁间,偶复一到,园已三易主,读之怅然。"四十年间,沈园虽然还在,却早已不是当年模样了。这里包含的哀切,是没有如此经历的人很难体会的。作者独自来到小桥之上俯首而视,这荡漾的春波,是曾经映照婉儿身影的见证。可以断定,此时作者的心又回到了四十年前,那虽然也是一场悲情的相遇,毕竟还能见到她的身影,而今却完全不可能了。

第二首情绪依旧,作者哀哀自语:你我梦魂断绝已经整整四十年了,看那当年青葱的柳树,如今老得连柳絮都没有了。然而陆某的心却始终没变,永远地怀念着亲爱的亡妻。如今陆某也已是风烛残年,依然来到你我二人相遇的地方来看望你,向你诉说什么叫人间真情!

这两首诗情真意切,特别是了解作者那段爱情悲剧内幕的人,读起来更觉感人至深。这种挚爱,能否对今天动辄离婚的青年男女有些启发呢?

邻曲有未饭被追入郭者悯然有作①

春得香粳摘绿葵②,县符急急不容炊③。君王日御金华殿④,谁诵周家《七月》诗⑤。

[注释]

①邻曲:邻居。未饭被追入郭:尚未吃饭便被驱赶入城。悯然:哀怜之貌。　②香粳:清香的粳米。绿葵:青绿的葵菜。葵菜又名冬葵,民间称冬苋菜或滑菜,锦葵科植物。李时珍称:"葵菜,古人种为常食,今种之者颇鲜。"王祯《农书》称:"葵为百菜之主,备四时之馔,本丰而耐旱,味甘而无毒。"此句意谓粳米收割之时,农家却不得食,只能去采野菜充饥,因为不管粳米如何清香,都要上缴官府以偿租税。　③县符急急

不容炊：县里下发的文书十万火急，农民连饭都没吃，就被驱赶进城缴纳租税。　④金华殿：汉代宫殿名。《汉书·叙传》上："郑宽中、张禹朝夕入说《尚书》《论语》于金华殿中。"颜师古注："金华殿在未央宫。"⑤周家《七月》诗：指《诗经·豳风·七月》，是一首歌咏奴隶生活的写实之作。

[解析]

　　这是一首悯农诗。作者深深感慨：农民辛辛苦苦劳作一年，眼看着喷香的粳米已经收割，却只能吃野菜度日。这也就罢了，更可哀悯的是，官府催租的文书急如星火，丝毫耽搁不得，以至农民连饭都没顾上吃，就被吏人驱赶进城了。

　　南宋时期，朝廷每年要向金国缴纳大量的金银丝绢，官员们的贪腐之风又十分猖獗，大大加重了下层百姓的负担。加之那个时期官员考核十分严格，而最重要的考核指标就是是否完成了朝廷下达的税赋征收，于是造成一种很不正常的局面：州官为达标，不惜严苛县官，县官为达标，不惜严苛乡镇，层层相扣。而他们在中间还都要剥一层皮，遂使下层百姓的负担极为沉重。有些农民被逼得无路可走，只能入山为盗，故而南宋时期的盗贼十分猖獗，所谓的起义此起彼伏。最高统治者并非不了解实情，只是积弊太深，难以自拔，往往只能采取"救火"的方式，哪里闹事就派官军前往那里镇压。这首小诗真实地反映了那个时期国内矛盾的尖锐和百姓生活的艰辛。

自合江亭涉江至赵园①

政为梅花忆两京②,海棠又满锦官城③。鸦藏高柳阴初密,马涉清江水未生。风掠春衫惊小冷,酒潮玉颊见微赪④。残年飘泊无时了⑤,肠断楼头画角声。

[注释]

①合江亭:成都名胜之一,始建于唐朝。入宋后渐渐荒废,郡守吕大防重修,遂使旧亭面貌一新。吕大防《合江亭记》说:"唐高骈斥广其秽,遂塞糜枣故渎,始凿新渠,缭出府城之北,然犹合于旧渚。旧渚者,合江故亭,唐人宴饯之地,名士题诗往往在焉。久茀不治,余始命葺之,以为船官治事之所。俯而观之,沧波修阔,渺然数里之远。东山翠麓与烟林筼竹列峙于其前,鸣濑抑扬,鸥鸟上下,商舟渔艇,错落游衍,春朝秋夕,置酒其上,亦一府之佳观也。" ②政:同"正"。两京:北宋时期的东京汴梁和西京洛阳。 ③锦官城:成都的别称。杜甫《春夜喜雨》:"晓看红湿处,花重锦官城。" ④酒潮玉颊:酒把两颊染得潮红。赪(chēng):红色。此处指饮酒后面色发红。 ⑤残年飘泊无时了:晚年还在漂泊,不知何时算个了结。

[解析]

这首诗作于作者从南郑回到成都之后,他当时的心境并不欢愉,即便在春色满园的合江亭游览,也不过是借酒浇愁。报效祖国、奋勇杀敌的夙愿已无法实现,剩下最多的就是乡愁了。作者虽然努力要使自己深入到眼前的美景中去,但浓浓的乡愁和对故国的思念却挥之不去。你看,这里的海棠花开得多么繁盛,到处飘着芬芳之气。这本来很好,作者却不由自主地想到:这里虽然好,可沦于敌手的旧京汴梁和洛阳的梅花,何时才能重入眼帘?"鸦藏高柳阴初密,马涉清江水未生。风掠春衫惊小冷,酒潮玉颊见微赪",这种感觉难道不惬意吗?同时作者又想到:这里再好,毕竟不如家乡那一幅幅烟雨画卷。去家万里,原本想的是走上前线抗击金敌,如今既然做不到,留在蜀中还有多大意义?所以他感叹一声"残年飘泊无时了"后,袭上心头的便是那令人肠断的画角之声了。全诗感情浓郁,满满都是令人扼腕的家国之思。

蒸暑思梁州述怀①

宣和之末予始生②,遭乱不及游司并③。从军梁州亦少慰,土脉深厚泉流清。季秋岭谷浩积雪,二月草木初抽萌④。夏中高凉最可喜⑤,不省举手驱蚊虻⑥。藏冰一出卖满市⑦,玉璞堆积寒峥嵘⑧。柳阴夜卧千驷马⑨,沙上露宿连营兵。胡笳吹堕漾水月⑩,烽燧传到山南城。最思出甲戍秦陇⑪,戈戟彻夜相摩声⑫。两年剑南走尘土⑬,肺热烦促无时平⑭。荒池昏夜蛙阁阁⑮,食案白日蝇营营⑯。何时王师自天下⑰,雷雨浈洞收欃枪⑱。老生衰病畏暑湿,思卜鄠杜开柴荆⑲。

[注释]

①蒸暑：天气闷热如蒸的酷暑。梁州：古州名，即今陕西汉中一带地区。也即陆游从军的南郑。　②宣和之末予始生：陆游出生于徽宗宣和七年（1125），宣和七年之后紧接着就是靖康元年。　③遭乱：遭逢靖康之乱。不及游司并：没有机会游览司州和并州。司州，晋代所设州名，大致在今河南洛阳一带。并州，古州名，大致相当于今山西全境。　④抽萌：草木长出嫩芽。　⑤夏中高凉：夏季里宜人的凉爽。南郑地形较高，故夏天比较清凉。　⑥不省：不用考虑。举手：抬起手来。驱蚊虻：驱赶蚊虻。　⑦藏冰：古人于冬季将冰块深埋地下，叫作藏冰。等到天热，再将冰块取出降暑。卖满市：满市场里到处都是卖冰块的。　⑧玉璞堆积寒峥嵘：冰块堆积在一起，寒气袭人。玉璞，没有经过加工雕琢的玉，此处喻冰块。　⑨千驷马：极言马匹之多。古人称四匹马为驷。　⑩胡笳（jiā）：古代乐器名，一般用于军中，因来自胡地，故称。吹堕漾水月：吹得月亮好像掉进了漾水之中。漾水，汉江上游的支流。《尚书·禹贡》："嶓冢导漾，东流为汉。"　⑪出甲：出兵。秦陇：位于宋朝边境的地区，在今陕甘地区。　⑫戈戟彻夜相摩声：整夜都能听见刀枪剑戟相互磕碰摩擦的声音。意谓当时备战甚勤。　⑬两年剑南走尘土：两年以来回到成都行走于尘埃之中。陆游乾道九年从南郑回到蜀中，至此约为两年。　⑭肺热烦促无时平：肺热咳嗽，心烦气促几乎没有平复的时候。　⑮蛙阁阁：青蛙的叫声。　⑯食案：饭桌。蝇营营：苍蝇嗡嗡叫。　⑰王师自天下：大宋王师自天而降。　⑱澒（hòng）洞：弥漫无际。《淮南子·精神》："古未有天地之时，惟像无形，窈窈冥冥，芒芠漠闵，澒濛鸿洞，莫知其门。"高诱注："皆无形之象。"欃（chán）枪：古代对彗星的称呼。古人认为彗星出现预示着有战争之事。　⑲思卜鄠（hù）杜开柴荆：愿在鄠杜一

带结庐卜居。鄠杜，指今陕西西安市鄠邑区、杜陵一带。

[解析]

这首诗作于孝宗淳熙元年（1174），当时作者从南郑回到成都已将近两年，由于天气太热，不由回想起当年在南郑时夏天的凉爽，写下此诗。其实思念南郑的凉爽仅仅是个由头，作者真正渴念的，还是那段军旅生涯带给他的振奋。回到成都，看上去生活安逸，物质丰足，但缺少了人生的目标和激情，这才是他永远难忘南郑的关键。诗的末几句终于介入正题："何时王师自天下，雷雨顿洞收欃枪！"这种激情之后，再次回到当前，酷热之下，真渴望能在鄠杜隐居于柴门之中。表面上看是作者希望过隐居的清净生活，以避开眼下的烦热，内里却并不这简单，其妙处在哪里呢？就隐藏在两个普普通通的地名中：户县，在关中平原，现在沦于金贼之手；杜陵，在长安，现在也沦于金贼之手。只有这些地方归入了大宋的版图，他才能心安理得地在那里隐居呀！看似寻常的"鄠杜"二字，竟是全诗的点睛之笔。

马上偶成

城南城北紫游缰①，贵日闲行看似忙。刺水离离葛叶短②，连村漠漠豆花香③。夕阳有信催残角④，春草无情上燎墙。我亦人间倦游者，长吟聊复怆兴亡⑤。

[注释]

①紫游缰：紫色的马缰。　②刺水离离葛叶短：谓葛麻的叶子纷纷插

入水中,露出水面的部分反倒显得很短。离离,清晰分明之貌。 ③连村漠漠豆花香:村连着村的豆花飘着清香。漠漠,一望无边的样子。 ④夕阳有信催残角:夕阳西下,好像给画角传递出夜晚将临。残角,声音呜咽的画角声。 ⑤长吟聊复怆兴亡:谓自己所吟的长歌,依然在感叹着家国的兴亡。

[解析]

这首诗作于成都,是作者骑马而行的途中随口之作,这种诗也叫"口占",即没有经过修饰加工的即兴之作。最令作者感到刺眼的一景是什么呢?是城里随处可见的"旅游者"。这些人骑着宝马拽着紫缰,貌似对时光十分珍惜,来来往往十分匆忙,其实他们都是些闲得发慌到处寻求刺激的富贵之徒,在他们心里,只有花酒流连、金迷纸醉才算是享受,真真可悲而又可叹!不管他们了,人各有志嘛。作者再度看到的,则是水边田野的自然景象:葛麻叶子垂入水中,豆花连片飘出清香。按理说这些美景也很醉人,作者应该流连欣赏才是,但他明白地道出:再美的景致也无法引起他的兴趣,因为他知道,在这国破山河在、城春草木深的当口,始终萦绕内心的,还是国家的兴亡。在山河破碎风飘絮的时刻,哪里还能像那些手抓紫游缰、闲行看似忙的人们一样没有心肝?

病起书怀二首

病骨支离纱帽宽①,孤臣万里客江干②。位卑未敢忘忧国,事定犹须待阖棺③。天地神灵扶庙社,京华父老望和銮④。出师一表通今古⑤,夜半挑灯更细看。

酒酣看剑凛生风，身是天涯一秃翁。扪虱剧谈空自许⑥，闻鸡浩叹与谁同⑦？玉关岁晚无来使⑧，沙苑春生有去鸿⑨。人寿定非金石永⑩，可令虚死蜀山中⑪？

[注释]

①支离：松散。犹今言"骨头架子都散了"之意。纱帽宽：头上的纱帽也显得旷了。此句极言病弱之貌。　②孤臣万里客江干：小臣不远万里来到蜀地，客居在蜀江之滨。　③事定犹须待阖（hé）棺：即今言"盖棺方能论定"之意。《晋书·刘毅传》："大丈夫盖棺事方定。"　④京华父老：尚留在故都汴京的父老们。望和銮：盼望着皇帝的车驾。此句意谓沦陷于金国的宋朝遗民日日夜夜盼望着朝廷收复中原。和銮，古代车上的铃铛。挂在车前横木上的叫"和"，挂在轭首或车架上的叫"銮"。此处代指宋朝帝王的车驾。　⑤出师一表：即三国时蜀国丞相诸葛亮写的《出师表》。通今古：可以鉴古通今。　⑥扪虱剧谈：边搔着虱子边高谈阔论。　⑦闻鸡：听到鸡叫就起来舞剑，喻有志报国之士及时奋起。《晋书·祖逖传》："与司空刘琨俱为司州主簿，情好绸缪，共被同寝。中夜闻荒鸡鸣，蹴琨觉曰：'此非恶声也。'因起舞。逖、琨并有英气，每语世事，或中宵起坐，相谓曰：'若四海鼎沸，豪杰并起，吾与足下当相避于中原耳。'"与谁同：和谁是同道之人呢？　⑧玉关：玉门关。　⑨沙苑：古地名，在今陕西大荔县洛、渭河之间。《水经注》："洛水东经沙阜北，其阜东西八十里，南北三十里，俗名之曰沙苑。"去鸿：即归鸿，归来的大雁。　⑩人寿定非金石永：人的寿命不可能像金石那样永远不朽。⑪可令虚死蜀山中：难道能让自己毫无意义地白白死在蜀山之中吗？

[解析]

　　这两首诗作于孝宗淳熙三年（1176）五月，当时作者被免去成都制置司参议官，因心情极度烦闷很快病倒，大病初愈后写下了这两首诗。回想乾道末年，作者从夔州前往南郑投笔从戎，当时心情非常激动，恨不得立刻走上战场。然而半年多后等来的却是令他极度失望的坏消息，朝廷决定不再北伐，制置使王炎调回临安到枢密院供职，作者也只能怏怏回到成都。最初被命为蜀州通判，后改官嘉州知州。淳熙元年（1174），除成都安抚使司参议官。淳熙三年，再除嘉州知州。还没到任，便遭到言官弹劾，言官称其以前在嘉州时纵酒颓放，于是他再度被罢官，暂居于成都西南的浣花村。

　　第一首开篇点明这场病非常严重，初愈之后，觉得浑身像散了架，连头上的帽子都显得旷了。这样的开头本身就带着浓厚的烦闷色彩，随后作者以"位卑未敢忘忧国，事定犹须待阖棺"两句，表明了自己矢志报国无愧于心的烈士之志，同时对那些不实的指责发出了抗争：现在说什么都为时过早，等到盖棺的那一天，我陆某是何等人物才能有公允的定论。如果说这些文字还是在为自己申辩，接下来的几句则完全是忧国忧民的呐喊了：但愿天地神明保佑大宋的宗庙社稷，尽快光复中原，要知道中原遗民每时每刻都在切盼着重归大宋的那一天啊。作者很自然又想起诸葛亮那篇《出师表》，那是何等催人奋进啊。这里字面上说的是《出师表》，实则表达的是作者压抑在心里多年的爱国激情，能想象此时作者内心的澎湃几乎已经不可遏止。

　　第二首的情绪又回到压抑状态，作者最为感慨的就是年华易逝、老大无成。尽管酒酣耳热之时看到的还是寒光闪闪的宝剑，但它们久久不能被派上用场。作者自叹：如今沦落天涯的一个老人，除"扪虱剧谈""闻鸡浩叹"外，还能做些什么呢？人生苦短，不可能像金石那样永不磨灭，而日子就这样一天天虚度，难道真的要让陆某老死在巴山蜀水之中吗？

这两首诗中，作者满怀的激愤灼然可见，即便是在仕途蹭蹬、老病交加的情况下，仍能说出"位卑未敢忘忧国"这样激励自己的话，可见其襟怀之旷达和对祖国人民的无比忠诚。这句话也成为后世许多忧国忧民的寒门子弟自励自强的座右铭，激励和鼓舞了一代又一代英烈之士。

剑客行

我友剑侠非常人①，袖中青蛇生细鳞②。腾空顷刻已千里，手决风云惊鬼神③。荆轲专诸何足数④，正昼入燕诛逆虏⑤。一身独报万国仇⑥，归告昌陵泪如雨⑦。

[注释]

①我友剑侠非常人：我的剑客朋友绝对不是寻常之辈。剑侠，身怀绝技专以行刺为事的勇士。　②青蛇：古宝剑名。白居易《汉高皇帝亲斩白蛇赋》："彼戮鲸鲵与截犀兕，未若我提青蛇而斩白蛇。"生细鳞：闪耀着细细的鳞片。即今言"寒光闪闪"之意。　③手决风云：手挥利剑与风云对决。这是一种拟人化的描写，把风云比成强大的敌人。　④荆轲：战国时著名的刺客。公元前227年，荆轲前往秦国刺杀秦王。临行前，燕太子丹、高渐离等人为他送行，荆轲吟出了"风萧萧兮易水寒，壮士一去兮不复还"的壮烈之句。荆轲入秦后，秦王在咸阳宫召见他，荆轲趁交出督亢地图之际刺杀秦王，未能如愿，被秦王击成重伤后，为秦宫侍卫

所杀。专诸：春秋时吴国棠邑人。公元前515年，吴国公子光乘内部空虚，与专诸密谋，以宴请吴王僚为名，藏匕首于鱼腹之中进献，当场刺杀吴王僚，专诸也被吴王僚侍卫杀死。 ⑤正昼：大白天里。入燕：进入燕地，这里指进入敌国的皇宫。 ⑥一身独报万国仇：以一人之力报了万国之仇。万国，万邦，天下。《周易·乾卦》："首出庶物，万国咸宁。"杜甫《垂老别》诗："万国尽征戍，烽火被冈峦。" ⑦昌陵：宋太祖赵匡胤的陵墓，故址在今河南巩义。

[解析]

　　这是一篇颇带浪漫色彩的作品，开篇作者虽然称这位剑客是自己的朋友，实际上只是个假托和化身，真正的主人公其实正是作者自己。他幻想着能够成为上天入地无所不能的剑侠之士，只身入虎穴诛杀金酋，以一人之力报万邦之仇，然后来到太祖昌陵之前，泣诉国仇已报的悲喜之情。

　　开篇含混地交代了自己这位"朋友"非同常人，他的本事有多大呢？作者告诉你，他"腾空顷刻已千里，手决风云惊鬼神"，还不够厉害吗？中国古代不乏剑客，荆轲刺秦王、专诸刺杀吴王僚，都是人们熟知的故事。而诗中这位剑客，似乎并没有把荆轲、专诸放在眼里：荆轲虽然有勇却没能成就大事，专诸刺杀的不过是个小小的吴王，而这位"朋友"的目标，却是虎狼之邦金国的皇帝！作者畅快淋漓地想象着，这位剑客青天白日里大摇大摆地进入金国皇城，将金国皇帝一剑刺死，那情景真令人感到无比痛快！更奇的是，这位剑客朋友完成了如此惊天地泣鬼神的壮举之后，竟然还能全身来到巩县皇陵，向太祖皇帝奏报了诛杀金酋已成事实，大宋痛失半壁江山的大仇已经报了。这个场面不光是令读者感动，连剑客自己也忍不住泪飞如雨！全诗包含的内容并不复杂，但人物情感和人物特质描写得却非常丰富，内中除惊、险、奇、特、勇、健外，更有激动、感动、畅快、绵永、出神入化、入地升天，表现出作者无比的激情和娴熟的文字驾驭能力，是一首别开生面、令人荡气回肠的好诗。

夏夜大醉醒后有感

少时酒隐东海滨①，结交尽是英豪人。龙泉三尺动牛斗②，《阴符》一编役鬼神③。客游山南夜望气④，颇谓王师当入秦⑤。欲倾天上河汉水⑥，净洗关中胡虏尘。那知一旦事大缪⑦，骑驴剑阁霜毛新⑧。却将覆毡草檄手⑨，小诗点缀西州春⑩。素心虽愿老岩壑⑪，大义未敢忘君臣。鸡鸣酒解不成寐，起坐肝胆空轮囷⑫。

[注释]

①酒隐：喜好饮酒不以出仕为意的隐士。东海滨：作者家乡山阴东临东海，故称山阴为东海之滨。　②龙泉三尺动牛斗：用晋代雷焕的典故。《晋书·张华传》："初，吴之未灭也，斗、牛之间常有紫气，道术者皆以吴方强盛，未可图也，惟华以为不然。及吴平之后，紫气愈明。华闻豫章人雷焕妙达纬象，乃要焕宿，屏人曰：'可共寻天文，知将来吉凶。'因登楼仰观，焕曰：'仆察之久矣，惟斗牛之间颇有异气。'华曰：'是何祥也？'焕曰：'宝剑之精，上彻于天耳。'……华大喜，即补焕为丰城令。焕到县，掘狱屋基，入地四丈余，得一石函，光气非常，中有双剑，并刻题，一曰龙泉，一曰太阿。其夕，斗、牛间气不复见焉。"　③《阴符》：《阴符经》，古代兵书名，相传为太公吕望所作。役鬼神：可以驱使鬼神为己所用。　④客游山南：指作者乾道八年应邀到南郑从军之事。望气：

古代星相家有望气之术，据说能通过观望天象而测吉凶。　⑤王师当入秦：宋朝的官军应该攻入秦地。意谓北伐大战即将开始。　⑥河汉：银河。　⑦一旦事大缪：一日之间北伐大计便彻底改变了。大缪，大大地乖违。　⑧剑阁：古关隘名，即剑门关，今属四川广元，地处四川、陕西、甘肃三省接合部。李白《蜀道难》："剑阁峥嵘而崔嵬，一夫当关，万夫莫开。"　⑨覆毡草檄：将毛毡铺在马背上草拟檄文军书。　⑩小诗点缀西州春：只能写小诗来点缀成都的春意。西州，指成都。　⑪素心：固有的心愿。老岩壑：老于山水之间，即隐居山林。作者自称这是自己一向都有的心愿。　⑫轮囷（qūn）：盘曲之貌。

[解析]

　　这首诗作于孝宗淳熙三年（1176），当时作者还留在蜀中，过着"小诗点缀西州春"的无聊生活。全诗表达出作者对山河破碎却无力回天的深深遗憾和无奈。作者从少年时说起，当年还是布衣的他，交结的全是豪杰之士，大家都有一颗勇于为国献身的火红之心。他们一起练武，一起研读兵书，时刻准备奔向前线为国尽忠。遗憾的是，就在他认为"欲倾天上河汉水，净洗关中胡虏尘"的时候，迎来的却是"事大缪"，朝廷收回了北伐抗金的决心，作者自然也就成了"小诗点缀西州春"的闲散文人，完全失去了人生应有的价值。

　　冷静下来的他实话实说，早年的确有过"愿老岩壑"的出尘之想，但一直没有忘记君臣大义，并把这种大义放在唯此为大的位置上，压抑了浓浓的避世之愿。如今倒好，人家并不稀罕你的君臣大义，只让你安居蜀中写写诗、填填词，优哉游哉。这种生活是自己渴望得到的吗？看上去和早年"愿老岩壑"有点相似，但本质却迥然不同——早知如此，何必非要万里迢迢到这偏于一隅的蜀中来？在山阴渔钓隐居不是更理想、更惬意吗？这些无法解开的心结，令作者夜不成寐，愁肠百结。

秋　兴

成都城中秋夜长，灯笼蜡纸明空堂①。高梧月白绕飞鹊，衰草露湿啼寒螀②。堂上书生读书罢，欲眠未眠偏断肠。起行百匝几叹息③，一夕绿发成秋霜④。中原日月用胡历⑤，幽州老酋著柘黄⑥。荥河温洛底处所⑦，可使长作旃裘乡⑧？百金战袍雕鹘盘⑨，三尺剑锋霜雪寒。一朝出塞君试看，旦发宝鸡暮长安⑩。

[注释]

①明空堂：灯笼照亮了空空的堂室。　②寒螀（jiāng）：寒蝉。　③百匝：百个来回，言其多。几叹息：数度叹息。　④一夕绿发成秋霜：一夜之间乌黑的头发变成了白发，即今"一夜头白"之意。　⑤中原日月用胡历：中原之地如今使用的竟还是金国历法。　⑥幽州老酋著柘黄：意思是盘踞幽州的老贼酋居然也穿上了皇帝的黄袍。幽州，古九州之一，以今河北为中心的一带地区。柘黄，柘木染黄的衣服。　⑦荥河：荥泽、黄河。温洛：洛水。《周易乾凿度》："帝圣德之应，洛水先温。"底处所：怎样的地方。意思是说那里本是我大宋朝的中原腹地。　⑧可使长作旃（zhān）裘乡：怎么可以长期成为金人的领土。旃裘，毛毡皮裘，古代北方少数民族的用品和服装。代指北方少数民族。旃，通"毡"。　⑨百金战袍雕鹘（gǔ）盘：价值百金的战袍上刺绣着凶猛的雕和鹘。鹘，一种鸷鸟，又叫隼。　⑩旦发宝鸡暮长安：清晨从宝鸡出征，傍晚便能达到

长安。宝鸡,在今陕西宝鸡。

[解析]

这首诗作于孝宗淳熙四年(1177),作者在成都守宫祠之时。全诗以夜间空寂的堂室为背景,堂室中只有作者一人。他先描写了堂外的夜景,月光皎洁,高高的梧桐树上鹊鸟飞绕,地上满是枯黄的草,已经被露水打得十分潮湿,寒蝉还在哀哀地啼叫。这两句中既有静态也有动态,但总体意境还是相当宁谧。

作者在干什么呢?他在读书,却怎么也读不下去了,想睡却无法成眠,因为内心的焦灼实在难以遏制,于是起身在堂中踱步,至于走了多少个来回,他实在记不清了。这种描写不但表现出长夜漫漫,更表现出作者的焦思难以宣泄。叹息、头白,都是在加重衬托作者内心的愁闷。接下来话题回到了焦虑愁思的根本上来:堂堂中华大地,怎能容忍胡人小丑长期盘踞?想我陆某万里迢迢来到蜀中,不就是为了杀敌立功吗?看看战袍,看看宝剑,早已经准备停当,单等朝廷一声令下,到那时陆某跟随王师奋勇出征,一日之内便能收复长安!

悲愤、叹息,随后是振奋精神,这几乎成了陆游诗的套路,本诗也是沿着这个套路写的。不过陆游的诗,哪怕在格套上常有重复,读起来却都能给人耳目一新的感觉,因为这些诗无不具有真情实感,读之令人振奋。

读 书

读书四更灯欲尽,胸中太华蟠千仞[①]。仰呼青天那得闻,穷到白头犹自信。策名委质本为国[②],岂但空取黄金印[③]?故都即今不忍说④,空宫夜夜飞秋磷⑤。士初许身辈稷契⑥,岁晚所立惭廉蔺⑦。正看愤切诡成功⑧,已复雍容托观衅⑨。虽然知人要未易⑩,讵可例轻天下士⑪?君不见长松卧壑困风霜⑫,时来屹立扶明堂⑬。

[注释]

①胸中太华蟠千仞:胸中的太华山盘曲千仞之高,即壮志凌云之意。太华,山名,在今陕西渭南。 ②策名委质:《左传·僖公二十三年》:"策名委质,贰乃辟也。"杜预注:"名书于所臣之策。"孔颖达疏:"古之仕者于所臣之人书已名于策,以明系属之也。"意思是将姓名写在书册之上,并献上带给天子的礼物。后多用来指因求仕而献身于朝廷。 ③岂但空取黄金印:岂止是单纯为了得到黄金之印。 ④故都即今不忍说:至今不忍提及故都汴京。意谓故都至今还没能收复。 ⑤空宫:空荡荡的皇宫。秋磷(lín):秋天里的萤火虫。磷,小火,指萤火虫发出的微弱光亮。 ⑥许身辈稷契(xiè):以身相许,力争与稷、契功业相等。稷契,稷和契的并称,二人均为尧舜时代的贤臣。稷即后稷,曾教民稼穑;契,舜时掌管民治的大臣。杜甫《自京赴奉先县咏怀五百字》:"许身一何愚,窃比稷与契。" ⑦岁晚:年事已高。所立:所建立的功业。廉蔺:战国时期赵国大将廉颇和文臣蔺相如。二人都曾为赵国建立过特殊的功勋。此句意谓到了晚年比照廉颇、蔺相如,深感羞愧。 ⑧愤切诡成功:化用杜甫《北归至凤翔墨制放往鄜州作》诗中"东胡反未已,臣甫愤所切"之意,意谓东胡小丑仍然霸占着大宋的国土,令人悲愤无比,难道就没有趁其薄弱之时出奇制胜的可能吗?诡成功,出其不意攻其无备的成功。 ⑨已复:已经开始。雍容托观衅:胸有成竹地观察敌人的弱点。观衅,窥伺敌人的疏漏。《左传·宣公十二年》:"会闻用师,观衅而动。"陆德明

释文:"衅,间也。"白居易《策林·议兵》:"相时观衅,取乱侮亡,不为祸先,敌至而应,谓之应兵。" ⑩知人要未易:了解和信任一个人是件很不容易的事。 ⑪讵(jù)可例轻天下士:怎能因此便看轻天下所有的士子。 ⑫长松卧壑困风霜:高大的青松生长在沟壑之内为风霜所困。古人常以松树生于涧底表示人才不得为时所用。晋左思《咏史》诗:"郁郁涧底松,离离山上苗。" ⑬时来屹立扶明堂:遇到合适的时机,他们就会应运而出,为朝廷建立奇功。明堂,古代帝王宣明政教、举行大典的殿堂。《木兰诗》:"归来见天子,天子坐明堂。"后多代指朝廷。

[解析]

这首诗作于孝宗淳熙九年(1182),作者提举武夷山冲祐观闲居山阴老家,彻夜读书,难以成寐,再次想起当年在南郑时的一幕幕,忍不住慨然兴怀,写下此诗。前四句抒发心中郁勃之气,谓自己一向以来壮志凌云,发誓要为光复中原抛洒热血和头颅,多少次仰面吁天,却一直寻不到机会。即便如今满头白发,依然痴心不改。当年匹马来到南郑,难道仅仅是为邀取功名吗?

接下来数句感叹故国沦丧的悲哀,当年笙歌鼎沸的皇城之内,如今却只有萤火虫飞来飞去,好不令人痛断肝肠。面对国家蒙受的耻辱,想想自己老大无成,只剩下无穷的羞愧了。接着回忆乾道末年前线的情景:那时候大宋军人豪情满怀,且已做好了各方面的准备,也瞅准了金贼的薄弱之处,只需要一声令下,便可长驱直入捣毁敌巢。遗憾的是,由于朝廷内部意见不一,前线的将帅虞允文、王炎也各怀己见互不相让,遂使大好的机会擦肩而过,功败于垂成。最后"虽然知人要未易,讵可例轻天下士?君不见长松卧壑困风霜,时来屹立扶明堂"四句,抒写的是作者对当时战况的分析和前方将帅龃龉不合的感愤,还有对自己出谋献策得不到采纳的深深喟叹。那时候孝宗皇帝派虞允文前往兴元前线，王炎是虞允文手下的前敌大将，二人对敌情的分析多有偏差，致使王炎数度给朝廷上书请求辞去现职。巧的是虞允文未久也因病去世，造成了功亏一篑的惨痛局面。作者无疑是站在直接领导王炎一边的，他对自己的谋策得不到朝廷认可非常愤懑，这口气至今不能平息。数年过去，他还在感叹自己如同困卧涧底的苍松，没有出头之日。想想当年赵国的蔺相如，不过是个身在底层的宦者令门客，遭逢国家急需，他不也为赵国立下了不朽的功业吗？这几句写得比较含混，是因为虞允文一直受到朝廷和百姓的肯定和爱戴，自己当然不能说他有多么不该，但事实的确是由于将帅不和错失良机，这一点作者不吐不快，所以用感慨自己遭逢不偶的形式将其记录下来。

遣　兴

耆旧日凋谢①，将如此老何②？懑拈如意舞③，狂叩唾壶歌④。郡县轻民力⑤，封疆恃虏和⑥。功名莫看镜，吾意已蹉跎⑦。

[注释]

①耆（qí）旧：年高望重的老人。日凋谢：渐渐地都去世了。　②将如此老何：不知上天如何对待我这个老人。意思是我已经很老，却还健在，不知日后如何。此老，作者自指。　③懑（mèn）拈（niān）如意舞：愤懑时便拿起如意起舞。如意，古之爪杖，用骨、角、竹、木、玉、石、铜、铁等制成，长三尺许，前端作手指形。脊背有痒，手所不到，用以搔抓，可如人意，因而得名。　④狂叩唾壶歌：《世说新语·豪爽》：

"王处仲每酒后,辄咏:'老骥伏枥,志大千里。烈士暮年,壮心不已。'以如意打唾壶。" ⑤郡县轻民力:郡县官员全然不顾休养生息。 ⑥封疆恃房和:巩固边防全靠与金国讲和来维持。 ⑦吾意已蹉跎:我的志气已被消磨殆尽。

[解析]

　　这首诗写作者自己到了晚年,眼看着一代老者先后离去,而自己还健康在世,因此发出感慨。人都是有感情的,作者当然也不例外,只要活在世上一天,就要对外界事物发出自己的声音。不过此诗所发还算比较平和,作者先说国内,到处都是郡县官员催督赋税之声,逼得百姓生不如死。对外政策却格外地柔弱,为了保住仅有的半壁江山,朝廷对金国一味退让,似乎和平只能靠与敌人讲和才能维持,丝毫没有振起之象。作者认为这种对敌和、对己狠的怪现象令人气愤,但又无可奈何,自己大半生为抗击金贼、光复中原奔走呼号,然而几十年过去,情况没有丝毫的改变。如今年岁已高,就是再有雄心壮志,也为时已晚,不可能有什么作为了。

　　全诗充满了作者对朝廷的失望,对百姓的哀怜,对朝臣的憎厌和对时局的无奈,表现了一个爱国爱民的老者一贯的情怀以及"无可奈何花落去"的悲叹。

玉局观拜东坡先生海外画像①

　　商周去不还,盛哉汉唐宋。苏公本天人②,谪堕为世用③。太平极嘉祐④,珠玉始包贡⑤。公车三千牍⑥,字字岌飞动⑦。气力倒犀象⑧,律吕谐鸾凤⑨。天骥西极来⑩,矫矫不受鞚⑪。飞腾上台阁⑫，废放落云梦⑬。至宝不侵蚀⑭，终亦老侍从⑮。晚途迁海表⑯，万里天宇空。岂惟骑鲸鱼，遂欲跨蟾蜍⑰。心空物莫挠⑱，气老笔愈纵⑲。秕糠郊祀歌⑳，远友清庙颂㉑。我生虽后公，妙句得吟讽。整衣拜遗像，千古尊正统㉒。

[注释]

①玉局观：宋代著名道观名，在今四川成都市北。《资治通鉴·后唐庄宗同光六年》："蜀主诏于玉局化设道场。"胡三省注引宋彭乘《修玉局观记》："后汉永寿元年，李老君与张道陵至此，有局脚玉床自地而出，老君升坐，为道陵说《南北斗经》，既去而坐隐地中，因成洞穴，故以玉局名之。"宋代为祠禄官名。苏轼被贬海南，遇赦北归，初授提举成都府玉局观。东坡先生海外画像：苏轼流放海南后的画像。　②苏公本天人：苏轼本是天上的神仙。　③谪堕为世用：遭到贬谪来到人间，为世所用。　④太平极嘉祐：指北宋盛极在仁宗嘉祐年间。嘉祐，公元1056至1063年，共八年，是仁宗使用的最后一个年号。　⑤珠玉始包贡：贡献到朝廷的都是珍珠美玉，喻这几年里朝廷科举所获大都是杰出的人才。苏轼参加的是嘉祐二年礼部会试。包贡，进贡。此处指为朝廷贡献人才。《尚书·禹贡》："厥包橘柚锡贡。"谓包裹橘柚进贡天子。后遂以"包贡"指进贡于朝廷。　⑥公车三千牍：指参加礼部会试的答卷三千言。公车，汉代有公车上书，指给皇帝上书献策。宋代的科举考试题目一般都是议论时政之类的，与今天的所谓考试完全不同。　⑦字字岌（jí）飞动：每个字都那么高妙，如同飞动一般。岌，指事物之高。　⑧气力倒犀象：谓苏轼的策论写得十分有力，可以扳倒犀牛大象。谓其笔力遒劲。　⑨律吕谐鸾凤：声律与鸾凤鸣声相和谐，指苏轼的诗文音律也很和谐。律吕，古代音乐范

陆游诗文选 | 113

畴的专用语，又为古代乐律的统称。　⑩天骥西极来：喻苏轼如天马来自西极。《汉书·郊祀志》："天马来，从西极，涉流沙，九夷服。"　⑪矫矫：翘然出众之貌。不受鞚（kòng）：不受羁绊，卓尔不群。鞚，带嚼子的马笼头。　⑫飞腾上台阁：指苏轼仕途顺利时曾登台阁为高官。哲宗元祐中，苏轼曾官翰林学士、尚书礼部郎中等职。　⑬废放落云梦：遭到贬黜则被流放到云梦之泽。此指苏轼元丰初年因诗谤遭贬，为黄州团练副使、不签书州事。黄州（今湖北黄冈）在古云梦泽范围之内，故云。　⑭至宝不侵蚀：心中的至宝永远都不会受到侵蚀。意谓苏轼永葆一颗纯真之心，不受外界的干扰和侵蚀。　⑮终亦老侍从：最终也只是个侍从之官，指苏轼毕生没有当上宰辅之臣。　⑯晚途迁海表：指苏轼晚年时被流放岭外。《东坡先生年谱》："（绍圣四年）再贬宁远军节度副使、惠州安置。……以十月三日到惠州，寓居嘉祐寺。"又："（绍圣四年）五月，先生责授琼州别驾、昌化军安置。"海表：海外。指苏轼被贬到海南儋州昌化军（今海南儋州）。　⑰螮蝀（dì dōng）：彩虹。《诗经·鄘风·螮蝀》："螮蝀在东，莫之敢指。"毛亨传："螮蝀，虹也。"　⑱心空物莫挠（náo）：内心虚空，外物难以搅扰其中。挠，扰乱。　⑲气老笔愈纵：越到老年笔力越健。气，指苏轼胸中的浩然之气。　⑳秕糠郊祀歌：将《郊祀歌》看作秕糠。意谓苏轼的诗歌成就远在《郊祀歌》之上。《郊祀歌》，古乐府歌曲名。《汉书·礼乐志》载汉武帝定郊祀之礼，立乐府，以李延年为协律都尉，命司马相如等作《郊祀歌》十九章，用于朝廷郊祀时演唱。这些歌曲大都保存在《汉书·郊祀志》中。　㉑远友清庙颂：而与上古时的《清庙》诵诗为友。《清庙》，《诗经·周颂》中的篇名。　㉒千古尊正统：千古以降都会被后人尊为正统之音。

[解析]

　　本诗是作者在成都游玉局观看到苏轼画像后所作。陆游对苏轼一向十分崇拜，此次亲眼见到苏轼画像，不由感慨万端，写下这首诗。

　　诗写得颇有层次，作者先为历史定了调子："商周去不还，盛哉汉唐宋。"夏、商、周三代的兴盛已经成为不可细究的历史，其后称得上盛世的，只有汉、唐和本朝。顺着这个思路继续说道：在大宋盛世中，被称为兴盛极点的是仁宗嘉祐之时。为什么如此说呢？一是历代公认仁宗是宋朝最仁厚的帝王，他在位的四十二年，也是宋朝历史上风俗最醇、人心最朴的年代。二是说仁宗朝里最为得人，大批真正意义上的人才汩汩而出，这就为苏轼中嘉祐二年进士奠下了基础，过渡也很自然。随后铺叙苏轼的一生，从他参加进士考试写《刑赏忠厚之至论》"公车三千牍，字字炭飞动。气力倒犀象，律吕谐鸾凤"说起，又写到他进入仕宦生涯的得意与失意：得意时可以高居台阁，失意时也会贬居云梦（指元丰三年苏轼被贬为黄州团练副使事）。然而不管遇到多大的挫折，苏轼始终怀有一颗金子般的纯美之心，这颗心永远都不会受到外界的侵蚀蠹蛀。即便是晚年被贬到天涯海角，他的胸中仍然像万里晴空一样没有纤尘之染。由于"心空物莫挠"，所以发于诗文，则必然会"气老笔愈纵"，这又很自然地过渡到苏轼的文章功业上来。在作者心目中，苏轼诗歌非常完美，堪称白璧无瑕，他的诗文也为后人树立了光辉的榜样。作者认为，苏公的诗文远比司马相如之流强得多，完全可以远追周代的《清庙》，将苏轼定位在一个后无来者的高度。

　　苏轼的确是中国文化史上的一个奇迹，这一点不论是古人还是今人，几乎没有异词。陆游这首诗对苏轼的评价，也完全不会引起争议。直到今天，苏轼仍然受到我们无比的崇敬，他留下的好诗好文，永远是中华民族的一份骄傲。

枕　上

枕上三更雨，天涯万里游。虫声憎好梦①，灯影伴孤愁。报国计安出②？灭胡心未休③。明年起飞将④，更试北平秋⑤。

[注释]

①虫声憎好梦：谓睡梦中被虫鸣扰醒，好像那些虫子对人的好梦带有敌意，故意将人唤醒一样。　②报国计安出：一心报效祖国，可又有什么良策呢？　③灭胡：消灭金贼。　④飞将：西汉时期著名将军李广。《汉书·李广传》载，汉武帝元光六年，李广以骁骑将军率万余骑兵出雁门击匈奴，因众寡悬殊负伤被俘。匈奴人将其置于两马间，李广佯死，于中趁隙跃起，奔马返回。后任右北平郡太守。匈奴畏之，称其为"飞将军"。　⑤北平秋：《汉书·李广传》："匈奴入辽西，杀太守，败韩（安国）将军。于是上乃召拜广为右北平太守。上报曰：'将军者，国之爪牙也。……将军其率师东辕，弥节白檀，以临右北平盛秋。'广在郡，匈奴号曰'汉飞将军'，避之，数岁不入界。"颜师古注："盛秋马肥，恐虏为寇，故令折冲御难也。"

[解析]

陆游的报国之心十分强烈，自南郑回到成都后，依然对杀敌立功抱有很强烈的期望，这一点在他的很多诗文中都有体现，本诗也是此类作品之一。全诗仍分为前后两部分，前四句写现实：孤灯夜雨，无法成眠，于是想到自己不远万里来到蜀中,谁料抗金的愿望随着朝廷的软弱很快破灭,只得怏怏回到成都。在这种情况下,自己还能拿得出什么报国的良谋呢?没有战场,再高的热情也只是空谈罢了。遗憾的同时,作者仍希望不远的将来还会迎来杀敌立功的机会,到那时他会以汉代飞将军李广为榜样,誓将金国侵略者赶出中原。

全诗体现的仍是作者一以贯之的爱国情结,这种情结并不会随着时间的流逝黯淡下去。

客自凤州来言岐雍间事怅然有感①

表里山河古帝京②,逆胡数尽固当平③。千门未报甘泉火④,万耦方观渭上耕⑤。前日已传天狗堕⑥,今年宁许佛狸生⑦?会须一洗儒酸态⑧,猎罢南山夜下营⑨。

[注释]

①凤州:宋代州名,治所在今陕西凤县,是当时宋金前沿的城邑。岐雍:指今陕西凤翔一带,为秦国早期的都城所在地。 ②表里山河:《左传·僖公二十八年》:"子犯曰:'战也!战而捷,必得诸侯。若其不捷,表里山河,必无害也。'"杜预注:"晋国外河而内山。"古帝京:古代的帝都,指长安。此句意谓长安乃是表里山河的古都,我军出战夺取长安,即使不能立即取胜,也不会造成任何恶果。 ③逆胡数尽固当平:残暴的金人气数已尽,早已到了应当一鼓荡平他们的时候。 ④千门未报甘泉火:指驻守长安的金人并没有见到战争的烽燧,即言金人没有做好迎战宋

军的准备。千门,指长安城里。甘泉,汉代甘泉宫,故址在今陕西三原甘泉山,距离长安二百余里,地近边境。甘泉燃起烽燧,长安就可以看到。

⑤万耦(ǒu)方观渭上耕:如今历历可见渭河平原上到处都是耕田的农夫。此句也是在强调金人没有进入战备状态。耦,两人一起耕地,泛指耕种。　⑥天狗堕:此句作者自注:"去年十一月天狗堕长安,声甚大。"天狗,星名。古人认为天狗堕落,必有战事。《史记·天官书》:"天狗,狀如大奔星,有声,其下止地,类狗。所堕及,望之如火光炎炎冲天。其下圜如数顷田处,上兑者则有黄色,千里破军杀将。"此句意谓上天已经示现了克敌的征兆。　⑦宁许:怎能允许。佛狸:北魏太武帝拓跋焘小名佛狸。他打败王玄谟后,追击至长江北岸的瓜步山(在今江苏六合东南),并在此山上建了一座行宫,后称此宫为佛狸祠。辛弃疾《永遇乐·京口北固亭怀古》说:"可堪回首,佛狸祠下,一片神鸦社鼓。"意思是说当年属于中原王朝的佛狸祠下,如今却满是吃庙食的乌鸦和金人的祭神娱乐。陆游这里是说金贼欢舞中原的局面不能继续存在下去。　⑧会须:应当。儒酸态:酸腐的文人之态。　⑨猎罢南山夜下营:在终南山狩猎夜归,回到一眼望不到边的宋军营帐。

[解析]

这首诗作于孝宗淳熙三年(1176),作者已经回到成都很久了。一次偶然的机会作者碰见了从凤州来的熟人,听他讲述了前方凤州一带的近况,重新激起了他抗敌必胜的豪情。开篇二句直言长安一带原本就是华夏古都,金贼强行霸占数十年之久,如今气数也该尽了。何以见得?你看,那里的守军早已没有了斗志,烽燧久熄,农夫耕种,完全想不到大宋王师正在虎视眈眈,很快就会攻取其地。随后写到上天垂象,天狗堕地,意在告诉人们,大战即将开始,敌酋即将陨灭。有了这么吉祥的先兆,今年定会大举北攻,夺回关中。最后两句是作者情不自禁写出的豪言壮语,他已经深深地将自己代入到前线中去,宛如还在昨天的南郑一样。"会须一洗儒酸态,猎罢南山夜下营",为国立功的时刻终于就要到了,陆某还是当年的陆某,狩猎南山,回到营帐,做好随时出兵杀敌的准备。这副赳赳武夫的神态,着实令人心生敬意。

楼上醉书

丈夫不虚生世间①,本意灭虏救河山。岂知蹭蹬不称意②,八年梁益凋朱颜③。三更抚枕忽大叫,梦中夺得松亭关④。中原机会嗟屡失⑤,明日茵席留余潸⑥。益州官楼酒如海,我来解旗论日买⑦。酒酣博簺为欢娱⑧,信手枭卢喝成采⑨。牛背烂烂电目光⑩,狂杀自谓元非狂⑪。故都九庙臣敢忘⑫,祖宗神灵在帝旁⑬。

[注释]

①不虚生世间:大丈夫不能白来世上走一遭,必须要有所作为。②蹭蹬(cèng dèng):本意为路途险阻难行,喻人困顿不顺。不称(chèn)意:不如意。 ③八年梁益:谓在南郑及成都左近度过了八年之久。益,北宋益州,后改为成都府。 ④松亭关:古关隘名,故址在今河北宽城西南。此关历来为军事要塞,辽时自燕京至中京(今内蒙古自治区宁城县西),必须取道于此。顾祖禹《读史方舆纪要》卷十一:"松亭关在喜峰口北百二十里。辽人自燕京之中京,每自松亭趋柳河。"同书卷十:"河北一路为天下根本。燕、蓟之北有松亭关、古北口、居庸关,此中原险

要,所恃以隔绝中外也。燕、蓟不收则河北不固。河北不固,则河南不可高枕而卧。"此处是说作者睡觉时梦见王师已经攻占了通往金贼老巢的重要关隘。 ⑤中原机会嗟屡失:光复中原的机会一失再失。 ⑥茵席留余潸(shān):席子上留下了很多泪痕。潸,流泪的样子。 ⑦我来解旗论日买:我来到酒楼将一天的酒全部买下。解旗,拔下酒望子。意思是将酒楼的酒全部买断。 ⑧博簺(sài):古代博戏名,属于棋类游戏,又作"博塞"。《庄子·骈拇》:"问谷奚事,则博塞以游。"郭庆藩注:"行五道而投琼曰博,不投琼曰塞。" ⑨枭卢(xiāo lú):古代博戏樗蒲的两种胜彩名。幺为枭,最胜;六为卢,次之。喝成采:大呼成彩,即赌胜欢叫之意。 ⑩牛背烂烂电目光:意谓自己坐在牛车上目光如电,炯炯有神。《世说新语·容止》:"裴令公目王安丰:'眼烂烂如岩下电。'" ⑪狂杀:即"狂煞",张狂到了极点。自谓元非狂:却自称并非真的张狂(而是心有积郁的缘故)。元,通"原"。 ⑫故都九庙:故都汴京的皇家祖庙。九庙,古代宗庙制度一般为七庙,太祖庙及三昭、三穆。王莽时增为九庙。此处泛指赵氏的宗庙。 ⑬祖宗神灵在帝旁:赵氏祖宗的神灵还在天帝之旁。意谓大宋的运势还远没有完结之象,还在受着天帝和祖宗的护佑。

[解析]

这首诗作于孝宗淳熙四年(1177),当时作者还滞留于成都。

既然是"醉书",那就要拿出个醉的样儿来。不过作者也很谨慎,他先把内心的苦闷交代出来,告诉读者说,以下的醉态,可都源自这些愁闷:不久前做了个梦,梦见自己奋勇杀敌,竟然一举夺取了松亭关,离直捣黄龙府只差几日之功了!或许是梦得太离奇,所以很快醒来,才知道这只是一场美梦。所谓"乐极生悲",作者岂止是怅然若失,真个是悲不自胜，忍不住流下了悲痛的泪。作者又发现，其实还在梦里时，泪水就已经把枕头和茵席打湿了，那可是喜极而泣的泪水啊！

随后笔锋回到当前，由于实在憋闷无处宣泄，于是跑到酒楼，把此楼一天的酒全部买断，让自己能在这里开怀畅饮，这气派真不输给当年"与尔同消万古愁"的李白。光喝酒还不行，还要趁着酒兴博塞呼卢，闹他个天翻地覆。酒也喝足了，赌也赌赢了，该回家了。你们看坐在牛车上的陆某，目光炯炯，如同闪电。你以为此人发狂了吗？不，告诉你，老子没有发狂，只是心里憋闷得慌罢了。陆某终日里想的都是何时才能打到汴京，把金人彻底干净地消灭掉。这件大事不做完，陆某以后还会是这般张狂之态，你们休要感到奇怪。

登　城

我登少城门①，四顾天地接②。大风正北起，号怒撼危堞③。九衢百万家④，楼观争岌嶪⑤。卧病气壅塞，放目意颇惬。永怀河洛间，煌煌祖宗业。上天祐仁圣，万邦尽臣妾⑥。横流始靖康⑦，赵魏血可蹀⑧。小胡宁远略⑨，为国恃剽劫⑩。自量势难久，外很中已慑⑪。籍民备胜广⑫，陛戟畏荆聂⑬。谁能提万骑，大呼拥马鬣⑭。奇兵四面出，快若霜扫叶。植旗朝受降⑮，驰驿夜奏捷⑯。豺狼一朝空，狐兔何足猎⑰？遗民世忠义，泣血受污胁⑱。系箭射我诗⑲，往檄五陵侠⑳。

[注释]

①少城：成都的城门名。曹学佺《蜀中广记》卷一："成都县本治赤里街，秦守张若徙入少城内。少城者，子城也，惟西、南、北三壁，东即大城之西墉。……太城者，今南门城也。……少城者，西南之间，今之锦江楼也。" ②四顾：放眼四望。 ③危堞（dié）：高耸的城墙。堞，城上如齿状的矮墙。 ④九衢：纵横交叉的大道。 ⑤岌業（jí yè）：高耸之貌。 ⑥上天祐仁圣，万邦尽臣妾：上天保佑圣德无涯的仁宗，那时期域外万国纷纷前来朝贡，甘为属国。仁宗在位四十二年，是宋朝最为仁爱的皇帝，故云。 ⑦横流：惨烈的浊流，指金人肆无忌惮的屠杀及宋朝国土的沦陷。始靖康：始于靖康之初。 ⑧赵魏：战国时的两个国家，赵国都城邯郸，魏国都城大梁。此处泛指河北、河南一带富庶之区。躁（dié）：践踏。此句意谓当年金贼攻取中原，杀害了无数的宋朝人民。 ⑨小胡：对金人的蔑称。宁远略：难道还有什么长远的方略吗？ ⑩为国恃剽劫：他们建立国家，靠的全是掠夺强占别国的领土。 ⑪自量势难久，外很中已慑：自度其统治难以持久，对外虽然依旧狠愎，内里却已经没了底气。很，同"狠"，凶恶。慑，恐惧，害怕。 ⑫籍民备胜广：广登户籍，就是防备再出现陈胜、吴广那样的壮士造反。 ⑬陛戟畏荆聂：阶陛之下布满大量卫卒，就是因为惧怕再出现荆轲、聂政那样的刺客。聂政，战国时著名的侠客，曾以屠为业。韩大夫严仲子因得罪韩相侠累而潜逃到濮阳，闻聂政侠名，奉巨金为其母庆寿，与聂政结为好友，央求聂政为己报仇。聂政守孝三年后，为报答严仲子的知遇之恩，仗剑进入韩国都城阳翟，刺杀侠累于阶前。 ⑭马鬣（liè）：马鬃。此处代指骏马。 ⑮植旗朝受降：竖起大旗接受金人的投降。 ⑯驰驿夜奏捷：沿着驿道连夜飞驰入京，向天子奏上消灭金贼的捷报。 ⑰狐兔何足猎：跟随金贼前后奔走的

那些小蟊贼何足挂齿。　⑱遗民世忠义，泣血受污胁：沦落在金国的宋朝遗民都有忠义之心，世世代代忠于朝廷。他们已经受尽了金贼的侮辱和胁迫。　⑲系箭射我诗：将我的诗篇拴在箭杆上射向长安。　⑳往檄五陵侠：传檄长安一带的侠义之人奋勇杀敌。五陵，西汉时在长安左近修建的五个陵墓。汉高祖九年，刘邦接受郎中刘敬建议，将关东地区的高官富商及豪杰并兼之家大量迁徙关中，后遂成为长安最繁华、最热闹的去处。

[解析]

　　这首诗作于成都，一次陆游登上少城城楼，北望兴怀，有感而发。

　　作者在诗中冷静地分析了当前的国势和敌人的处境。在此之前，他还满怀深情地回顾了大宋朝辉煌的历史，仁宗那个时代，国家兴盛，万国来朝，身为大宋之民，都会感到由衷的自豪和荣幸。祖宗奠定的基业是多么坚牢，可惜天生丑类，竟然凶悍地劫夺了大宋的半壁江山，使堂堂中原变成了腥膻之地，靖康之耻，没齿难忘！作者认为，金国原本是个蛮夷小邦，完全没有仁义道德可言，他们的立国，靠的就是四处劫夺，这样的国度注定是没有前途和希望的，是一定要灭亡的。连他们自己也明白，如今已经到了苟延残喘的地步，于是大肆地登记民籍，严防像陈胜、吴广那样的反叛之民将他们推翻，就连皇帝的宫殿前，都布满了执戟的卫士，生怕有人来刺杀他，这不是外强中干又是什么？这样的敌人，也值得煌煌大宋畏之如虎？常言道养兵千日用兵一时，如今朝廷只要能拣选出李广那样的名将之花建号一呼，消灭金国强盗并非难事，更何况中原遗民个个都是忠义之士，王师一到，必能内外呼应，合力推翻金人的统治。此时作者又沉入到了想象之中，他俨然成了军中的参议，挥笔疾书写下檄文，射向关中，他相信关中健儿见到这封激奋人心的檄文，定能跃马扬鞭杀向敌阵，洗雪数十年来的家仇国恨。

秋晚登城北门①

幅巾藜杖北城头②,卷地西风满眼愁。一点烽传散关信③,两行雁带杜陵秋④。山河兴废供搔首,身世安危入倚楼。横槊赋诗非复昔⑤,梦魂犹绕古梁州⑥。

[注释]

①城北门:成都的北城门。 ②幅巾:又称巾帻、帕头,是古人用来束首的布巾,从额前向后包裹头发,然后将巾系紧,余幅自然垂后。藜杖:用山藜老茎制成的手杖,亦泛指拐杖。 ③散关:即大散关,位于今陕西宝鸡南秦岭北麓。此句是作者看到有烟尘飘过,于是想象这就是从前线大散关传来的烽燧。 ④杜陵:西汉宣帝刘询的陵墓,故址在今陕西西安三兆村南。此句是作者抬眼望见空中的大雁,便想象大雁带来的是渭川长安的最新消息。 ⑤横槊(shuò)赋诗:横着长矛而赋诗。指能文能武的英雄豪气。非复昔:已经没有当年的豪壮。苏轼《赤壁赋》:"(曹操)酾酒临江,横槊赋诗,固一世之雄也。" ⑥古梁州:指自己曾经从军的南郑地区,上古时属于梁州之域。

[解析]

这首诗作于作者从南郑回到蜀中之后。他登上成都北城,深秋北风之中,孑然一身目睹着眼前的景象:一阵烟尘飘来,他便以为是大散关传过来的军事信息,那里如今怎么样了?战争开始了没有?我军战胜了没有?抬眼又见到两行南飞的大雁,他立刻想到,大雁一定带回了关中的信息,那里恢复了没有？士卒们攻进杜陵没有？那里的遗民是否欢呼雀跃以迎王师？然而幻想毕竟只是幻想，这一点作者也很清楚，所以他接着说："山河兴废供搔首，身世安危入倚楼。"——刚才的自作多情，不过是想想而已。再看如今的陆某，年纪已老，身体渐衰，南郑那段可歌可泣的岁月，也只能出现在梦中了。

大风登城

风从北来不可当，街中横吹人马僵。西家女儿午未妆①，帐底炉红愁下床。东家唤客宴画堂②，两行玉指调丝簧③。锦绣四合如垣墙④，微风不动金猊香⑤。我欲登城望大荒⑥，勇欲为国平河湟⑦。才疏志大不自量，西家东家笑我狂。

[注释]

①西家：西边的邻居。　②东家：东边的邻居。画堂：修饰华美的堂室。　③玉指：女子纤细白嫩如玉的手指。调丝簧：演奏乐器。丝簧，泛指弦管乐器。《文选》马融《长笛赋》："漂凌丝簧，覆冒鼓钟。"李善注："簧，笙中簧也。大笙谓之簧。"　④锦绣四合如垣墙：谓宴会之处四面都是花木，宛如墙垣包裹。　⑤金猊（ní）：古代香炉名。因其炉盖作狻猊形，焚香时烟从口出，故名。　⑥大荒：边远荒凉的地方。　⑦河湟：黄河与湟水，代指河湟两水间的地区。此处指被金人强占的西北地区。

[解析]

　　这首诗也作于成都。作者亲见如今的成都之民,并没有几个像他这样忧国忧民的,即便在大风狂起的隆冬,他们依然忘不了恣意享乐:西家女儿那般娇痴,太阳晒到屁股了还没起床,更别说晨妆何时才能画完。东家的主人更加潇洒,正在大宴宾客,你看那画堂之上,女子们专心致志地调理着丝竹,演奏着跟国家命运毫不相关的靡靡之音。

　　我们能感觉到,面对此景,作者内心是何等无奈。这些无知的小民,哪里会把国之安危挂在心上?陆某决不能这样没有心肝,陆某登上城楼,看的是远处的大荒,想的是为国建立勋业,平定河湟。可笑吗?在东家女子和西家主人眼里,陆某简直就是个疯子,是个有精神病的狂徒。你陆游算什么人物?也敢视天下安危为己任?不!陆某没有疯,没有国哪有家?你们连这点道理都没弄懂,有什么资格笑我癫狂?

书悲二首

　　今日我复悲,坚卧脚踏壁①。古来共一死,何至尔寂寂。秋风两京道②,上有胡马迹。和戎壮士废③,忧国清泪滴。关河入指顾④,忠义勇折激⑤。常恐埋山丘,不得委锋镝⑥。立功老无期,建议贱茸职⑦。赖有墨成池,淋漓豁胸臆⑧。

　　丈夫孰能穷,吐气成虹霓。酿酒东海干⑨,累曲南山齐⑩。平生搴旗手⑪,头白归扶犁。谁知蓬窗梦,中有铁马嘶⑫。何当受诏出,函谷封丸泥⑬。筑城天山北,开府萧关西⑭。万里扫尘烟⑮,三边无鼓鼙⑯。此意恐不遂，月明号荒鸡⑰。

[注释]

①坚卧：谓睡在床上决不想起。脚踏壁：脚蹬着墙壁。 ②两京：唐代以长安、洛阳为西都、东都，此处代指关河地区。 ③和戎壮士废：谓朝廷力主与金人议和，战斗之士就没了用武之地。 ④关河入指顾：谓境外关山河流都已进入了我们的进攻视野。 ⑤折激：折冲激荡。谓忠义之士早已把生死置之度外，甘心战死在沙场之上。 ⑥常恐埋山丘，不得委锋镝（dí）：时常担心自己平凡死去，不能够血洒疆场。 ⑦建议贱茸职：所提建议，不过如同阘茸之人所言，根本不能引起朝廷重视。贱茸职，微贱的阘茸之职。阘茸，指地位卑微的人。司马迁《报任安书》："为扫除之隶，在阘茸之中。" ⑧淋漓豁胸臆：意谓好在还有墨池之水，能令我写得畅快淋漓，大舒胸臆。 ⑨酿酒东海干：用于酿酒的水已将东海之水用尽了。 ⑩累曲南山齐：剩余的酒糟堆积得与南山一样高了。 ⑪搴（qiān）旗：拔去敌旗。《吴子·料敌》："然则一军之中，必有虎贲之士，力轻抗鼎，足轻戎马，搴旗斩将，必有能者。" ⑫谁知蓬窗梦，中有铁马嘶：有谁知道，即便居住在蓬窗之内，耳边依然回响着金戈铁马的杀伐之声。意谓作者从来就没有忘记过国家的统一大业。 ⑬函谷封丸泥：《后汉书·隗嚣传》："今天水完富，士马最强，北收西河、上郡，东收三辅之地，案秦旧迹，表里河山。（王）元请以一丸泥为大王东封函谷关，此万世一时也。"意谓以很少的兵力驻守函谷关，即能御敌。 ⑭开府：建立军府。萧关：古代西北边地的重要关隘，在今宁夏固原东南，是三关口以北、瓦亭峡以南的一段险要峡谷。此处泛指边塞。 ⑮万里扫尘烟：万里之外扫尽狼烟。意谓使祖国西北再无敌人强占。 ⑯三边：古称幽州、并

州、凉州与敌临界之地为三边,后泛指边疆。无鼓鼙(pí):没有战鼓之声。意谓再也没有战争发生。鼙,古代军中使用的一种轻便小鼓。 ⑰荒鸡:三更前啼叫的鸡。旧时以其鸣为恶声,主不祥。

[解析]

这两首诗作于作者山阴家居之时,充满了老来沧桑之感,完整地表达了作者对自己没能建功异域的遗憾和对祖国能否统一的深深忧虑。

第一首开篇直言"今日我复悲,坚卧脚踏壁"。内心的悲伤令他连起床的心思都没有,宁可双脚蹬在冰冷的墙壁上。作者在想些什么?他在想着"古来共一死,何至尔寂寂"——从古到今谁没有一死,那么多的人死得悲壮,死得重如泰山,为什么偏偏轮到自己,却会死得无声无息,不能在历史上留下一个英名呢?由个人在历史上的痕迹,又回想起当年从军南郑的场景:那时的军事计划已经考虑得天衣无缝,忠臣义士也都做好了喋血疆场的准备,却只因一声"和戎",万千壮士无事可做,成了国家的摆设!作为一个立誓报国的臣民,面对此情此景,除了流下两滴清泪,还能做些什么?司马迁说:"人固有一死,或重于泰山,或轻于鸿毛。"这么浅显的道理,陆某难道不明白吗?自己不是时常想到"常恐埋山丘,不得委锋镝"吗?不也曾呕心沥血地制订克敌制胜的军事方案吗?可惜人微言轻,谁肯把陆某的建议当成一回事?到如今一事无成,幸亏还有笔墨在身边,可以畅快淋漓地宣泄胸中的块垒。

第二首慨叹自己本当是个"搴旗手",不料老来却成了"扶犁"的耕夫。然而这只是简单的表象,真正的陆游,永远是个胸怀天下、渴望立功的男子汉。"谁知蓬窗梦,中有铁马嘶。何当受诏出,函谷封丸泥。筑城天山北,开府萧关西。万里扫尘烟,三边无鼓鼙。"说得还不够明白吗?然而作者也深深意识到"此意恐不遂",这个美好的愿望,很有可能实现不了！作者不直写朝中主和派为北伐中原设置重重障碍，却巧妙地把责任推到了一只"荒鸡"身上：就因为这只该死的荒鸡中夜啼叫，将恢复大业搅得没了希望。会说的不如会听的，一只鸡就能搅黄中兴大业？鬼才相信。当今这个令人夺气的世界里，谁是荒鸡谁心里最清楚。我不说，你懂的！

中夜起出门月露浩然归坐灯下有赋

月白万瓦霜①，露重四山雨。开门忽惊叹，秋色已如许。去蜀如昨日，坐阅四寒暑②。无才屏朝迹③，有罪宜野处④。平生万里心，收敛卧环堵⑤。朱颜逝不留，白发生几缕。人言尺蠖屈⑥，要有黄鹄举⑦。功名非老事，岁晚忍羁旅⑧。

[注释]

①月白万瓦霜：月光皎洁，所有的屋瓦都好像落满了白霜。　②去蜀如昨日，坐阅四寒暑：离开蜀地就像昨天的事，细算起来已经整整四年了。　③无才屏朝迹：因自己无才，故而离开朝廷，屏迹于乡野之间。④有罪宜野处：有罪之人就应该居处于乡野。本句和上一句都是作者感叹自己不能有用于时，不得不退归乡间。　⑤平生万里心，收敛卧环堵：一生怀抱去国万里立功异域的雄心，如今却只能回到老家，蜷缩在环堵之间。环堵，四周环着每面一丈的土墙，形容狭小简陋的居室。　⑥尺蠖（huò）屈：像尺蠖一样屈身于此。尺蠖，尺蠖蛾的幼虫，行动时身体一屈一伸地前进。喻人不得志而屈身退隐。　⑦黄鹄举：喻一飞冲天的壮烈之举。

《韩诗外传》卷二:"田饶谓哀公曰:'臣将去君,黄鹄举矣。'" ⑧功名非老事,岁晚忍羁(jī)旅:建立功名不是老年人的事,到了晚年哪里还能耐受羁旅之劳。《左传·庄公二十二年》:"羁旅之臣。"杜预注:"羁,寄;旅,客也。"

[解析]

　　这首诗情绪稍嫌低沉,作者从蜀中回到江南,朝中任职也很不顺心,结果又遭人弹劾罢官而归,这一连串的打击,使作者感到十分委屈和无辜。"无才屏朝迹,有罪宜野处。"既然你们说我有罪,贬回家乡也算我罪有应得吧。我只是不明白究竟我何罪之有!也罢,用不着跟这些小人计较。可叹的是,平生以来去国万里建立边功的心迹,竟然也没人能够明白,这是最令陆某心寒的!人们常说,即使一时如尺蠖伸屈,也要怀抱一飞冲天的黄鹄之志。此话说起来容易做起来难啊,像我这样既老且病的人,即便再有走上战场的机会,还能拿得动刀枪吗?岁月真是一把无情的刀啊,它把一个豪情满怀的壮烈之士变成了如今这番模样,可这又能怪谁呢?怪老天吗?没有道理,因为老天对任何人都是那样的公允,正如唐人杜牧所云:"公道世间唯白发,贵人头上不曾饶。"那应该怪谁呢?我不说你也知道。

十月二十六日夜梦行南郑道中既觉恍然揽笔作此诗时且五鼓矣①

　　孤云两角不可行②,望云九井不可渡③。嶓冢之山高插天④,汉水滔滔日东去⑤。高皇试剑石为分⑥,草没苔封犹故处⑦。将坛坡陀过千载[8],中野疑有神物护。我时在幕府[9],来往无晨暮[10]。夜宿沔阳驿[11],朝饭长木铺[12]。雪中痛饮百榼空[13],蹴踏山林伐狐兔[14]。耽耽北山虎[15],食人不知数。孤儿寡妇仇不报[16],日落风生行旅惧[17]。我闻投袂起[18],大呼闻百步[19]。奋戈直前虎人立[20],吼裂苍崖血如注[21]。从骑三十皆秦人[22],面青气夺空相顾[23]。国家未发渡辽师[24],落魄人间傍行路[25]。对花把酒学酕醄[26],空辱诸公诵诗句。即今衰病卧在床,振臂犹思备征戍。南人孰谓不知兵[27],昔者亡秦楚三户[28]。

[注释]

①且五鼓:将近五更天了。 ②孤云两角:指环绕在秦岭上的云。西北古民谣:"武功太白,去天三百。孤云两角,去天一握。山水险阻,黄金子午。蛇盘鸟栊,势与天通。"此处即用这个典故,极言山路盘曲难行。 ③望云九井:望云滩和九井滩,均在四川广元北嘉陵江上游,是自蜀中北到秦地的必经之路。《蜀中广记》卷二十四:"九井滩,旧时有虾蟆、青牛、青追三巨石,伏水为舟楫害。淳熙间,利州路提刑张(缜)募降人冉得者,冶械如桔槔状,冶铁为杵,重千五百斤,抛掷半空而下,三石俱碎,化险为夷。有碑刻剥落其上,为七盘关,乃秦、蜀分界处。" ④嶓冢之山:古山名,在今陕西宁强县北。《尚书·禹贡》:"嶓冢导漾,东流为汉。" ⑤汉水:长江最大的支流。其水有三源:中源漾水,北源沮水,南源玉带河,均在秦岭南麓今陕西宁强县境内,流经原沔县称为沔水。 ⑥高皇试剑石为分:指嶓冢山中汉高祖刘邦的试剑石壁立中分。 ⑦草没苔封犹故处:意谓高祖的试剑石因年代久远,早已被荒草和苔藓遮蔽殆尽,但还能隐隐见到其故迹。 ⑧将坛:西汉初年刘邦拜韩信为大将的拜

坛。坡陀：山势起伏之貌。此处形容拜将坛早已变得高低不平。　⑨我时在幕府：我当时就在元帅帐下为幕僚。陆游到南郑后，担任主帅王炎的幕僚，官称是"侍从宣抚使司干办公事兼检法官"。　⑩来往无晨暮：来往无数，哪里顾得上是早是晚。意思是为了公务，没日没夜地行走于山谷之间。　⑪沔阳驿：古驿道名，故址在今陕西勉县。　⑫长木铺：古村镇名，史籍失载，当在沔阳驿附近。也有人说此地在今陕西宁强县桑树湾村一带。　⑬百榼（kē）空：言很多杯酒都已饮完。榼，古代盛酒的器具。　⑭蹴踏山林伐狐兔：脚踏着山间草木，驱赶狐狸野兔。言行路之艰难。　⑮耽耽：贪婪凶狠地注视的样子。　⑯孤儿寡妇：指被老虎伤害的孤儿寡母。　⑰行旅惧：往来的行人感到十分恐惧。　⑱我闻投袂起：我闻知后立即起身上前。投袂，挥袖。　⑲大呼闻百步：大声呼喊，声闻百步之外。　⑳奋戈直前：挺起长枪直奔虎前。虎人立：老虎受伤后像人一样两腿直立。　㉑吼裂苍崖：谓老虎号吼的声音像要把苍崖绝壁吼裂一样。血如注：受伤的老虎血流如注。　㉒从骑三十皆秦人：跟从在自己身边的三十人都是西北秦地的汉子。　㉓面青：面色铁青。气夺：志气消退。空相顾：瞪着两眼彼此相看。此句意谓自己虽然是南方人，却有不怕死的胆气；跟随自己的那些西北汉子则只剩面面相觑。　㉔国家未发渡辽师：朝廷还没有决定调发北伐之军。渡辽，渡过辽河，指北伐金国。　㉕落魄人间：流落于民间。傍行路：孤独地行走在路上。意谓自己与路上行人没什么区别。　㉖酝藉：宽和而有涵容，指文士风流。　㉗南人孰谓不知兵：谁说江南人不懂战事？宋代人认为江南人不懂战争之事，征集士卒也大多取自河北、河东及西北地区。　㉘亡秦楚三户：《史记·项羽本纪》："楚虽三户，亡秦必楚。"后因以楚三户指决心复仇报国击退敌人。

[解析]

  人们都知道武松打虎,却不知道陆游还有打虎的壮举呢。武松打虎仅仅是小说家编造的故事,未必实有其事,而陆游打虎,却是"实实在在"地记在这里。这首诗作于孝宗淳熙八年作者在老家山阴闲居时。开篇数句先写了南郑及其附近地区山环水绕,道路难行。"孤云两角不可行,望云九井不可渡。嶓冢之山高插天,汉水滔滔日东去。"看到这样的诗句,我们是不是很快联想到李白那首《蜀道难》:"噫吁嚱,危乎高哉!蜀道之难,难于上青天。……西当太白有鸟道,可以横绝峨眉巅。地崩山摧壮士死,然后天梯石栈相钩连。上有六龙回日之高标,下有冲波逆折之回川。黄鹤之飞尚不得过,猿猱欲度愁攀援。"而当年的陆游,就是在这样的地理环境中往来行走,不知传递过多少军情文书。

  中间部分是本诗的精华,它完整地记录了那次"与猛虎格斗并最终将老虎打死"的情景,真可谓惊心动魄。作者交代那次的行程最初是"夜宿沔阳驿,朝饭长木铺。雪中痛饮百榼空,蹴踏山林伐狐兔"。这些艰苦对陆游来说早已是家常便饭,不过是为下面打虎做些铺垫而已。他猛然间见到一只凶悍的老虎,这家伙不知伤害过多少人的性命。如今狭路相逢,作者刚一听到老虎的吼叫声便投袂而起,脑子里想的是为那些无辜送命的孤儿寡妇报仇雪恨。他大声呼喊,声闻百步之外,而后挺起长枪直逼老虎,一枪便将老虎刺伤,只见那受了伤的虎狂吼跳起,大股的鲜血喷涌而出射向山崖,那场景早把跟随在他身旁的士卒们惊得目瞪口呆,一个个脸色铁青、缩项吐舌,不知今夕何夕!我们不知道此时的陆游心里是何种感受,但能体会到的是一个猛士的豪情:人们都说江南人胆小怕事,那真是可恶的谣传。看看今天吧,跟在我身边的三十多人都是西北汉子,可他们哪一个敢于挺身而前?到头来还是陆某这个江南人不顾安危将老虎刺死,这还不能纠正世人对江南人的偏见吗?

由这段"打虎"经历又想到:这么多年过去了,朝廷依然没有北伐的决心,害得陆某只能回到蜀中,回到临安,继而回到家乡闲居。陆某现在能做的,只剩下"对花把酒学酝藉""落魄人间傍行路",混迹于乡间草野了,这是多么可悲可叹的结局啊。即便如此,作者在"即今衰病卧在床"之际,仍然想着"振臂犹思备征戍"。他告诉朝廷同时也告诉世人,知兵与否,善战与否,和北人、南人没有任何的关系。

说得这么有鼻子有眼,陆游真的有武松那样的本事吗?仔细审视诗题,我们发现,原来这段勇斗猛虎的壮举,其实仅仅出现在作者的梦里。难怪迄今为止,谁也不晓得陆游一介书生曾经有过打虎的经历。细细读来,恐怕是作者借这么一段梦境,来展示自己勇猛过人的战斗力吧?

怀南郑旧游

南山南畔昔从戎①,宾主相期意气中②。渴骥奔时书满壁③,饿鸱鸣处箭凌风④。千艘粟漕鱼关北⑤,一点烽传骆谷东⑥。惆怅壮游成昨梦,戴公亭下伴渔翁⑦。

[注释]

①南山南畔:终南山以南,指南郑。 ②宾主相期意气中:将帅与士卒都在为灭金杀敌互相勉励鼓舞,此处特指当时的帅臣王炎与作者之间的亲密关系。 ③渴骥奔时书满壁:意即满壁疾书时就如渴骥狂奔,谓挥毫题诗,笔墨飞腾如宝马狂奔。 ④饿鸱(chī)鸣处箭凌风:意即军训时

羽箭凌风而飞,就如饿鸱嘶鸣,谓当时刻苦练习射箭之术,意即相当精熟。鸱,鹞鹰。　⑤鱼关:古地名,故址在今陕西汉中附近。《读史方舆纪要》卷五十六载:宋乾德二年,王全斌伐蜀,下兴州,乘胜拔鱼关、白水等二十余寨。鱼关寨,或曰近兴州。宋绍兴中,贮钱帛于此以给军。⑥烽传:烽火的传递。骆谷:古道名,在今陕西周至县西南,谷长四百余里,为关中与汉中之间的交通要道。三国魏正始五年,曹爽率军自骆谷侵蜀,所经即此谷。　⑦戴公亭:古亭名,今已废。当在今浙江嵊州。宋刘黻《偕刽中诸友游明心寺》诗:"共出戴公亭下路,邑人疑是舞雩归。"

[解析]

这首诗是作者退归山阴老家后所作,内容依然是回忆当年从戎南郑时的情景和感受。作者直书在南郑时与帅臣王炎甚为相得,宾主之间互相勉励,以期大战之成功。为了那一刻,作者不知草写了多少檄文,不知付出了多少汗水参加训练。他曾为准备战事押运过粮草,也曾为传递军情奔走过山路,然而这一切,都随着主和大臣的几句空言而化为泡影,这对于当时力主抗金的将领和自己这样立誓报效祖国的士子来说,无异于当头一棒,已经振奋起来的精神瞬间被击得一蹶不振。直到老来,作者仍对朝廷不能自爱自重抗击金贼以及坐失良机而感到无比气愤。他满怀不甘地感叹道:想不到当年意气风发的壮年之士,如今只剩手把钓竿闲坐在戴公亭下了,多么可哀。

连日有雪意戏书

壮岁羁游半九州①,即今憔悴老菟裘②。狂心那复缴鸿鹄③,世事已如风马牛④。雪作未成增惨澹⑤,叶飞欲尽更飕飗⑥。聊将袖里平戎事⑦,判断千岩万壑秋⑧。

[注释]

①壮岁羁游半九州:谓少壮之年足迹踏遍半个国家,指乾道年间作者在巴蜀之时。 ②菟(tú)裘:古地名,在今山东泰安东南。《左传·隐公十一年》:"使营菟裘,吾将老焉。"杜预注:"菟裘,鲁邑,在泰山梁父县南。不欲复居鲁朝,故别营外邑。"后遂以菟裘代指隐居之地。 ③狂心:壮烈之心。缴鸿鹄:射下鸿雁。《孟子·告子》上:"使弈秋诲二人弈,其一人专心致志,惟弈秋之为听。一人虽听之,一心以为有鸿鹄将至,思援弓缴而射之。" ④世事已如风马牛:谓世间之事与自己的所思所想完全不合。《左传·僖公四年》:"君处北海,寡人处南海,唯是风马牛不相及也。" ⑤雪作未成增惨澹:眼看着天要下雪却一直没有下来,增加了天地间的惨淡阴郁之气。 ⑥飕(sōu)飗(liú):寒风凛冽之声。 ⑦袖里平戎事:装在袖中时刻准备上奏的军事奏章。 ⑧判断千岩万壑秋:用来点评秋季里的千山万壑,意即爱国无用,那些文字只能用来装点风雅抒写山水之情。

[解析]

这首诗作于作者家居山阴之时,诗题虽云"戏书",我们体会到的却是满纸愤懑不已的牢骚。首联说自己壮年时曾经走遍半个神州,如今却只能在山野闲居。颔联感慨自己一生的所作所为与俗世之情格格不入,在别人眼里,自己倒成了个不可理喻的怪物,这是多么可悲的事情。颈联写雪,这场雪怪得很,几天以来天气一直阴沉,却始终没能飘落雪花。嗨,世间的事原本就没有一定之规,老天何时高兴了再说吧,不去管它,还是说说自己吧！平生研读兵书，谋划抗金，如今这些文字一文不值，所以干脆不要再自作多情地白费劲了，若是还想挥毫，倒不如写写风花雪月、千岩万壑更加有趣。

哀叹、戏谑、调侃、自嘲，都是宣泄内心积郁的好办法，陆游可谓深谙其道。

落　魄

落魄江湖七十翁，欲持一笑与谁同①？萧萧雪鬓难藏老②，寂寂蓬门可讳穷③。好句尚来欹枕处④，壮心时在倚楼中。无涯毁誉何劳诘⑤，骨朽人间论自公⑥。

[注释]

①欲持一笑与谁同：想要笑，谁能真正会意呢？意谓谁能懂得我的内心呢？　②萧萧：稀疏之貌。雪鬓：雪白的鬓发。难藏老：难以掩盖衰老之态。　③蓬门：蓬草编成的门，指贫苦人家。可讳穷：能强说自己不穷吗？　④好句尚来欹（qī）枕处：美好的诗句都来自靠在床上静思之时。欹，斜靠。　⑤无涯毁誉：无边的是非指责。何劳诘：用得着一一诘问吗？意思是说这些指责无须记在心上。　⑥骨朽人间论自公：意谓人死了之后自有公论。即俗言"盖棺论定"之意。

[解析]

这首诗是作者退居山阴老家时所作。此时作者的内心十分孤寂，他自叹行年七十，却仍旧过着无人理解的孤独生活，故称自己"落魄"。诗中有对自己老去的感慨——"萧萧雪鬓难藏老";有对家贫的无奈——"寂寂蓬门可讳穷";也有宣泄无人倾诉的苦闷——"欲持一笑与谁同";还有对来自外界无端指斥的淡定——"无涯毁誉何劳诘,骨朽人间论自公"。他相信自己的一生是光明磊落的,即便受过很多诽谤也无须挂怀,历史会做出公正的评价,体现了一个大君子无所不包的坦然襟怀。

戏咏村居

马迹车声断已无①,邻翁笑语自相呼。衣裁大布如亭长②,船设低篷学钓徒③。愍物欲师僧施食④,畏人愁报吏催租。陈蕃壮志消磨尽⑤,一室从今却扫除⑥。

[注释]

①断已无:完全听不到了。 ②衣裁大布如亭长:衣衫非常宽大,活像汉朝的亭长之服。亭长,汉代掌管十里之内治安的小吏。汉高祖刘邦就当过泗水亭长。 ③船设低篷:船篷低矮,像隐居在水边的隐士们所乘的小船。 ④愍(mǐn)物欲师僧施食:怜悯生灵要学高僧施舍食物。愍,同"悯"。 ⑤陈蕃:字仲举,东汉名臣。曾为豫章太守,迁尚书令、大鸿胪,因上疏救李云被罢免。再拜议郎、光禄勋,因遭诬告罢官。不久,被征为尚书仆射,转太中大夫。《后汉书·陈蕃传》:"尝闲处一室,而庭宇芜秽。父友同郡薛勤来候之,谓蕃曰:'孺子何不洒扫以待宾客?'蕃曰:'大丈夫处世当扫除天下,安事一室乎?'"壮志消磨尽:谓陈蕃少有大志,但最终也没能有大的作为,而死于宦官之手。 ⑥一室从今却扫

除：这是作者自嘲的话，意思是说自己当年也是豪情万丈，如今却只能安于一室，洒扫庭除了。

[解析]

　　此诗的确是首"戏咏"之作。人到老年无奈家居，看着自己的陋室，不知该哭还是该笑。如今不当官了，车马自然与之绝缘了，好在邻居老翁十分友好，经常亲切地称他"老陆"或"陆老"。看看自己这身打扮，穿的是宽袍大袖之衣，与时俗格格不入，是不是非常可笑？小船的船篷又低又矮，活像隐士们的作秀之物，不也很有意思吗？心地嘛，还是很善良的，遇有饥寒之人，总要给他们一些施舍。最怕的是州县小吏上门催租，那声音可太不让人喜欢了。作者写到这里，不由想到了汉朝的陈蕃，那个当年自称"一室不扫何以扫天下"的有志之士，最终不但没能把天下扫干净，连自己的命都搭进去了。我陆某是不是与他有点相似？还好还好，陆某现在还活着，已经比陈蕃强多了——既然天下不归我扫，还是老老实实地回到家中，洒扫自己的小庭院吧。

　　这首小诗很有些苦中寻乐的意味，作者刻意点出自己的不合时宜，末句与陈蕃相比，大有庆幸老天眷顾的意思。其实作者的内心是非常苦恼的，他哀叹自己即便有冲天大志，也无法为国家贡献一点点的力量。

老　将

　　忆昔东都有事宜①，夜传帛诏起西师②。功名无分身空在③，犹指金创说战时④。

[注释]

①忆昔东都有事宜：回忆当年东都汴京有了战事。东都，北宋都城汴京的俗称。　②帛诏：写在绢帛上的诏书。起西师：命西北军队速到东都勤王。西师，西北军队。北宋时期，唯西北军队最善作战，当时的名将种师道、种师中以及小将韩世忠等人，都来自西北。　③功名无分身空在：没能建立功名，但是保住了性命。　④犹指金创说战时：还时时指着身上的创伤讲述当年的战斗。

[解析]

此诗虽然只有短短二十八个字，读来却能感受到满满的岁月沧桑。靖康保卫战已经过去数十年，当年参战的这位老将有幸存世，并以身上的创伤讲述当年战争的惨烈。这是一个充满矛盾的人物形象，我们究竟应该对他举手加额表示景仰呢，还是埋怨他最终没能建立功业呢？在作者看来，那场战争的根源在于徽宗荒淫腐化，用人不淑，奸臣当道，人心涣散，是人为因素所致，而绝不是因为宋金军力上的悬殊。这位老将当年可能只是个小小的士卒，至多不过是个低级校尉之类，是个必须要冲锋陷阵的小人物，可以想见，那时该有多少这样的人参与了对金人的作战，而最终因为朝廷决策失误，还是没能保住京城。这些拼了性命的军人们，也都当了败军之卒。从这个意义上说，这位老将必须得到尊重和敬仰。遗憾的是，他如今只是个默默无闻的普通人，"犹指金创说战时"，也不过是他在时时寻找着精神上的慰藉，没有人再把他放在心上了。作者出于敬重之心，记录下了这位老将的光荣历史，可惜他连个名字都没有留下，这不能不说是历史的不公。

秋日郊居三首①

山雨霏微鸭头水②,溪云细薄鱼鳞天③。幽寻自笑本无事④,羽扇筇枝上钓船⑤。

行歌曳杖到新塘⑥,银阙瑶台无此凉⑦。万里秋风菰菜老⑧,一川明月稻花香。

儿童冬学闹比邻⑨,据案愚儒却自珍⑩。授罢村书闭门睡,终年不著面看人⑪。

[注释]

①秋日郊居三首:这一组诗共有十首,本书选取其中三首。 ②霏微:雨水细小之貌。鸭头水:鸭子浮游的河水。白居易《新春江次》:"鸭头新绿水,雁齿小红桥。" ③鱼鳞天:布满卷积云或细小高积云的天空,其状如鱼的鳞片整齐排列。 ④幽寻:探幽寻芳。自笑本无事:暗笑自己煞有介事,其实什么心事都没有,无非闲行而已。 ⑤羽扇:羽毛制成的扇子。筇(qióng)枝:筇竹制成的手杖。 ⑥行歌:且行且歌。曳杖:拄着手杖。 ⑦银阙:道家称天上有白玉京,为仙人所居,名为银阙。南朝梁元帝《扬州梁安寺碑》:"白珪玄璧,饯瑶池之上;银阙金宫,出瀛州之下。"瑶台:传说中神仙所居之地。《穆天子传》卷三:"天子宾于西王母,天子觞西王母于瑶池之上。"无此凉:没有这般的凉爽。 ⑧菰(gū)菜:生在浅水中的一种多年生草本植物,俗称"茭白",可食用。 ⑨儿童冬学闹比邻:小孩子在冬学里琅琅读书,闹得邻居不得安

宁。 ⑩据案愚儒：靠在书案上的教书先生。自珍：很懂得珍爱自己。⑪终年不著面看人：一年到头都不正眼看人。这里是笑其迂腐之态。

[解析]

这几首小诗尽在描绘郊野百姓的生活场景，体现出作者亲近百姓、热爱自然之心。

第一首写自己百无聊赖时摇着羽扇、拄着手杖在河水之旁闲行，俯首看水中鸭子自在嬉游，仰头看天上布满鱼鳞般的云彩，预示着此后数日都是晴朗的好天气。大概是觉得自己的行止特殊，所以自我解嘲道：老夫本没有什么事，无非是出来走走罢了。

第二首仍在写所感所见，他慢悠悠地来到新塘，凉风徐来，备觉畅美，天上的银阙瑶台也未必能有这般清凉吧？随着秋风吹来，看地上生长的菰菜，都已变老不能再食了，可惜呀！还好，那一眼望不到边的稻田里飘过阵阵清香，想来无疑是个丰收之年了。

第三首写人。什么人呢？学堂里的孩子和教书先生。孩子们天真无邪，按照先生的叮嘱，大声地朗读着古书。再看那位先生，他可真有趣，也不管孩子们如何吵闹，他只管靠在书案上闭目养神。这位先生颇为古怪，一向低头走路，对身边的人看都不看一眼，好像这个世界上只存在他一个人。

几首诗各有各的情致和意趣，自然的，人间的，它们共同组成了这片郊野的和谐和神趣。此时作者一定心情愉快，要不然他怎么能把这些景物和人事写得如此传神？

酒熟醉中作短歌①

陆子壮已穷②,百计不救口③。蜀道如上天④,十年厌奔走。还乡困犹昨⑤,负郭无百亩⑥。虽云饥欲死⑦,亦未丧所守⑧。虚名一画饼⑨,陈迹几刍狗⑩。但思从壮士,大猎云梦薮⑪。长戈白如霜,烂漫载牛酒⑫。箭穿乳虎立⑬,车辚苍兕吼⑭。归来数禽获⑮,毛血洒户牖⑯。人生贵适意,富贵安可苟⑰?

[注释]

①短歌:即短歌行,古乐府中一种与"长歌"相对的体裁。一般都比较短小精干。　②陆子壮已穷:作者自谓从壮年时就已陷入困穷。　③百计不救口:想尽一切办法,还是不能解决温饱之需。　④蜀道如上天:李白《蜀道难》:"噫吁嚱,危乎高哉!蜀道之难,难于上青天。"　⑤还乡困犹昨:回到乡里,仍像从前一样贫困潦倒。　⑥负郭无百亩:田无百亩。上古时期以每家百亩田作为标准。负郭,近郊的田地。《史记·苏秦列传》:"且使我有雒阳负郭田二顷,吾岂能佩六国相印乎?"　⑦饥欲死:饿肚子。《汉书·东方朔传》:"臣朔饥欲死。臣言可用,幸异其礼;不可用,罢之,无令但索长安米。"　⑧未丧所守:没有丧失应有的节操。　⑨虚名一画饼:俗世虚名不过是张画饼。意谓求取名声解决不了实际问题。　⑩陈迹:指自己前半生为救国抗金奔走呐喊。几刍狗:如同刍狗。刍狗是古代祭祀时用草扎成的狗,祭祀前为受人重视的祭品,用过后即被丢弃。后喻无用之物。《老子》第五章:"天地不仁,以万物为刍

狗；圣人不仁，以百姓为刍狗。" ⑪云梦薮（sǒu）：即"云梦泽"，古属楚国，是江汉平原湖泊群的总称。薮，湖泽。 ⑫烂漫：绚烂多彩。载牛酒：车载的各种酒肉。 ⑬乳虎立：羽箭射穿了直立的幼虎，此处指虎被射中后腾起的状态。 ⑭车辚（lín）：车子碾轧、践踏。苍兕（sì）：黑色的犀牛。兕的形状似牛，黑毛，独角。《山海经》："兕在舜葬东，湘水南。其状如牛，苍黑，一角。" ⑮归来数禽获：大猎归来后细数战果。禽，通"擒"。 ⑯毛血洒户牖（yǒu）：猎物的血喷洒于窗户之上。牖，窗。 ⑰富贵安可苟：人生富贵岂能苟且而得？

[解析]

这首诗作于宁宗嘉泰元年（1201），是作者晚年的作品。作者自称此诗乃"醉中作"，还真有这点意思。全诗的跳跃性很强，用个褒义词说，颇有大开大阖的气象。开篇先说自己生计困穷，千方百计想办法，还是无法解决生计困顿。接着说自己并非不努力，乾道年间，不也奔赴前线求取功名吗？怎奈天公不作美，几乎到手的立功机会倏然间烟消云散，游宦半生，只得怏怏回到家乡。可回到家乡又怎么样呢？家里连负郭田都没有几亩，怎能过上温饱的生活？即便如此，也决不肯丧失操守去乞求别人的恩赏。回想起前半生，为了一个虚名，付出了多大的代价呀，换来什么呢？无非是一场大梦。于是作者开始描绘那场梦的美妙：他跟随壮士们到云梦泽大猎，那阵势好生壮观，长戟闪着寒光，牛酒载满车上。凡在眼中之物，概莫能逃。老虎怎么样？被我一箭射穿嗷嗷哀号。犀牛怎么样？被我的车驾碾压得狂吼乱叫。回到家中细数猎物，多得数都数不清！写到这里，这场美梦总算做完，现实还是那么冷酷，自己还是那么困穷。应该如何面对呢？只有一个办法，那就是安之若素，不再多想。因为日子只要能过得去，就不必强求什么富贵荣华，那都是需要付出代价的，什么代价呢？尊严、节操、人格、廉耻，作为一个真正意义上的读书人，能把这些宝贵的东西统统丢弃吗？

此诗表现的是作者老年后对前半生的反思：人谁无欲？就看你怎么对待这些欲望了。生为万物之灵，总要恪守自己的信仰，保有自己的情操，否则还算个人吗？

九月一日夜读诗稿有感走笔作歌①

我昔学诗未有得②，残余未免从人乞③。力孱气馁心自知④，妄取虚名有惭色⑤。四十从戎驻南郑⑥，酣宴军中夜连日。打球筑场一千步⑦，阅马列厩三万匹⑧。华灯纵博声满楼⑨，宝钗艳舞光照席⑩。琵琶弦急冰雹乱⑪，羯鼓手匀风雨疾⑫。诗家三昧忽见前⑬，屈贾在眼元历历⑭。天机云锦用在我⑮，剪裁妙处非刀尺⑯。世间才杰固不乏，秋毫未合天地隔⑰。放翁老死何足论⑱，广陵散绝还堪惜⑲。

[注释]

①走笔作歌：奋笔疾书，写成此诗。　②我昔学诗未有得：谓自己早年学习作诗未得要领。　③残余未免从人乞：写不下去时只得向别人求教。　④力孱（chán）气馁（něi）心自知：才力不够，气息软弱，心里十分清楚。孱，弱小。　⑤妄取虚名有惭色：那时写的诗受到别人夸奖，我感到十分惭愧。　⑥四十从戎驻南郑：谓四十多岁时投笔从戎来到南

郑。　⑦筑场：修筑场地。韩愈《汴泗交流赠张仆射》诗："汴泗交流郡城角，筑场千步平如削。"　⑧阅马：察看战马。列厩：成排的马厩。　⑨华灯纵博：华灯之下纵情赌博。　⑩宝钗艳舞光照席：宴席前的歌儿舞女光彩照人。　⑪琵琶弦急冰雹乱：形容歌妓弹奏琵琶的声音十分悦耳。此处取白居易《琵琶行》"大弦嘈嘈如急雨，小弦切切如私语。嘈嘈切切错杂弹，大珠小珠落玉盘"之意。　⑫羯（jié）鼓：来自古龟兹、疏勒、天竺等地的一种鼓，两面蒙羊皮，腰部纤细。手匀风雨疾：谓击打羯鼓的鼓手手法娴熟，发出的声响如同疾风暴雨。　⑬诗家三昧：作诗的真谛。三昧，佛教语，意谓止息杂念使心神平静，是佛教的重要修行方法。亦代指其他事物的要领和真谛。忽见（xiàn）前：忽然间出现在眼前，即顿然领悟。　⑭屈贾：战国时诗人屈原和汉代文学家贾谊。在眼元历历：仿佛就在眼前，即历历在目之意。　⑮天机：喻自然界之奥秘。《庄子·大宗师》："其耆（嗜）欲深者，其天机浅。"成玄英疏："夫耽耆（嗜）诸尘而情欲深重者，其天然机神浅钝故也。"云锦：朝霞彩云。《文选》木华《海赋》："若乃云锦散文于沙汭之际，绫罗被光于螺蚌之节。"张铣注："云锦，朝霞也。"用在我：全在于自己如何措置取用。　⑯翦（jiǎn）裁妙处非刀尺：谓诗歌的裁剪铺排最玄妙处，绝非人们用刀尺的道理。意思是说作诗之妙在于感悟其精髓，像裁剪师和木工师傅那样中规中矩是没有用的。翦，同"剪"。　⑰秋毫未合天地隔：谓诗歌裁剪时即使有一丝一毫的误差，结果便会相差如天上地下。　⑱放翁老死何足论：我陆游老死无足重轻。　⑲广陵散：古代琴曲名。据传魏晋时期的嵇康最善弹奏此曲，后嵇康被处极刑，临刑前慨然长叹："《广陵散》于今绝矣！"

[解析]

　　这是一首阐述如何作诗的夹叙夹议之作，也是作者学习作诗的心得体会。开篇毫不掩饰地说自己原来作诗并没有得其要领，大有邯郸学步的意味。正因为如此，难免有黔驴技穷的困惑。怎么办？继续向别人求教吧。为什么会造成这种局面呢？究其根本，无非是学养不深，急于成名罢了。即便得到不少人的夸赞，可自己心里明白，这些所谓的诗根本不值一提，甚至称不上是"诗"。

接下来说自己写诗的转机，那还是从军南郑时，在军中饮宴连日，心情放松，更重要的是亲自参加了修筑场地、巡查马厩等种种工作。闲暇时在楼上赌博，吆五喝六。又屡屡观看歌妓们的精彩表演，听那琵琶声声，宛如冰雹骤下，急而不乱；羯鼓阵阵，就如狂风暴雨，狂而有节。这些实实在在的感受令他感到眼前一亮：任何事情都有其内在的规律和玄妙，作诗也是一样，只有"发于心而应于手"，才能才思滚滚、自然天成。古代那些大文豪如屈原、贾谊，原来都是这样写诗作文的，难怪他们的诗文娓娓而出，不见斧凿痕迹。确乎如此，大自然中有取之无尽用之不竭的美，而且对每个人都是公平展示的，关键在于自己如何裁剪运用这些元素，这大概就是所谓的"诗家三昧"吧？自从悟出了这番道理，自己的诗作才算进入了一个全新的境界。

最后两句意味深长，作者说：陆某费了几十年的时间才领悟了这番道理，真希望好诗者能够共享。日后陆某死了没什么，但这些道理若是失传，才是真正可悲的呢。

中华文化强调的就是"神韵"，写诗作文如此，书法、绘画、雕塑种种艺术之三昧莫不如此。苏轼曾写过一篇《文与可画筼筜谷偃竹记》，说的是一套绘画理论："竹之始生，一寸之萌耳，而节叶具焉。自蜩腹蛇蚹以至于剑拔十寻者，生而有之也。今画者乃节节而为之，叶叶而累之，岂复有竹乎？故画竹必先得成竹于胸中，执笔熟视，乃见其所欲画者，急起从之，振笔直遂，以追其所见，如兔起鹘落，少纵则逝矣。与可之教予如此。予不能然也，而心识其所以然。夫既心识其所以然而不能然者，内外不一，心手不相应，不学之过也。故凡有见于中而操之不熟者，平居自视了然，而临事忽焉丧之，岂独竹乎？"此论或可作为陆游诗论的绝佳注脚。

感　旧

当年书剑揖三公①，谈舌如云气吐虹②。十丈战尘孤壮志③，一簪华发醉秋风④。梦回松漠榆关外⑤，身老桑村麦野中。奇士久埋巴峡骨⑥，灯前慷慨与谁同？

[注释]

①当年书剑揖三公：谓当年携书佩剑来到京城谒见公卿。三公，泛指朝廷高官。　②谈舌：话锋。韩愈《病中赠张十八》诗："谈舌久不掉，非君亮谁双？"气吐虹：气吐虹霓，言气势宏壮。　③十丈战尘孤壮志：谓当年战云密布，很快就要北伐中原，不料中途夭折，辜负了自己的凌云壮志。孤，通"辜"。　④一簪华发醉秋风：满头白发醉看秋风。簪，古人用来绾定发髻或冠的竹针或银针。华发，花白的头发。　⑤松漠：唐代羁縻都督府名。太宗贞观二十二年（648）以契丹部落置。治所在今内蒙古巴林右旗南。榆关：即古海关，古称渝关、临榆关、临渝关，其地古有渝水，县与关均以水而得名。在今河北秦皇岛。松漠榆关，此处均代指金国之地。　⑥奇士：勇于抗金的豪杰之士。久埋巴峡骨：枯骨在巴峡埋葬很久了。意谓与金国的战争已经过去很多年了。巴峡，巴蜀地区。

[解析]

　　这是一首怀旧诗。作者闲居后,对南郑那段军旅生活始终无法忘怀,写了很多此类的诗词,本诗就是其中之一。全诗采用了对比的手法,将"当年"和"当下"一一作了比较。第一联写当年意气风发来到京城,面对高官高谈阔论气势如虹。随后进入今昔对比:乾道末年,也曾在前沿战地风餐露宿,时刻准备上阵杀敌,如今只剩满头白发孤零零站立在秋风之中;当年做梦都能梦到攻入了金境,杀得敌人丢盔卸甲、狼狈窜逃,而今却只能在桑村麦野中度过余生;当年那些不顾生死为国捐躯的烈士们已经长眠地下,而今的自己只能面对孤灯一声叹息,还有谁能与陆某共谈恢复大计呢?全诗句句流淌着作者对金人的痛恨和对朝廷一味与金媾和不思恢复的无奈。

二月一日夜梦

　　梦里遇奇士,高楼酣且歌。霸图轻管乐①,王道探丘轲②。大指如符券③,微瑕互琢磨④。相知殊恨晚,所得不胜多。胜算观天定⑤,精忠压庑和⑥。真当起莘渭⑦,何止复关河⑧?阵法参奇正⑨,戎旃相荡摩⑩。觉来空雨泣⑪,壮志已蹉跎。

[注释]

　　①霸图轻管乐:对管仲、乐毅的霸业表示不屑。管仲,春秋时期齐国宰相,辅佐桓公,最终九合诸侯,一匡天下,使齐国成为春秋五霸中最强的一国。乐毅,战国后期燕国杰出的军事家。公元前284年,他统率燕国

等五国攻打齐国,连下七十余城,创造了古代战争史上以弱胜强的辉煌战例。 ②王道:王业。探丘轲:探讨大圣人孔丘、孟轲的学说。 ③大指:即"大旨",主要的宗旨。如符券:相合如同符信契券一样,意思是十分相合。古代兵符和契约都分为两半,两半如能合上,才说明是真的。 ④微瑕互琢磨:细微的意见不合可以互相切磋。 ⑤胜算:取胜的计谋,此处指取胜的可能性。 ⑥精忠压房和:以精忠之气迫使金贼向大宋求和。 ⑦起:起用。莘渭:指耕于莘野的伊尹和钓于渭滨的吕望。伊尹,商代著名贤相。相传他出生后,被有莘庖人收养。成年后耕于莘野。后被商汤封官为尹,世称伊尹。伊尹辅助商汤灭掉夏朝,为商朝的建立立下卓越功劳。伊尹历事商汤、外丙、仲壬、太甲、沃丁五代君主五十余年,居功至伟。吕望,即俗称的姜太公,商末周初人。姓姜,名尚,字子牙。相传他七十多岁时在渭水之滨的磻溪垂钓,遇到了求贤若渴的周文王,辅佐周武王讨伐商纣,建立了周朝。 ⑧何止复关河:岂止是收复关河一带。关河,指关中地区和黄河流域沦陷区。 ⑨阵法:战阵兵法。奇(jī)正:正规与非正规。古代打仗既可以按照常规排兵布阵,也可以采用诡谲之策出奇制胜。 ⑩戎旃(zhān):军中的大旗。荡摩:飘扬摩擦。 ⑪觉来:醒来。雨泣:泪下如雨。

[解析]

这首诗作于宁宗开禧二年(1206),当时作者已经是八十二岁高龄。诗中记录的是一个梦境,作者梦见自己偶然间遇到一位奇人,与之交谈,发现其见解大都与自己十分吻合,两个人越谈越投机,从王道大业说到作战用兵,无不如契券般相合。作者太欣赏这番交谈,于是详详细细地将梦中的情景记录下来:"霸图轻管乐,王道探丘轲。"二人都认为,当年管仲、乐毅成就的仅仅是侯国之霸业,不足称奇,真正的贤人,可以成就再造大宋皇朝的丰功伟绩。二人同时认为，孔子、孟子的学说是永恒的真理，必须认真研究琢磨。在有些方面，两人的见解互有不同，但那仅仅是枝节问题，主旨却惊人地相合，这才是能够继续探讨的最坚实基础。"胜算观天定，精忠压房和。"二人认为，庙谟胜算应该是"谋事在人成事在天"，其中人的力量是绝不能小觑的，因为决策的正确与否，直接影响到战争的胜负。要想做到胜券在握，必当起用真正的贤才，也就是像伊尹、姜尚那样的人。有了那样的贤人，就不是仅仅收复关河一带，而是要彻底消灭金国，把他们赶回老巢去。在作战谋略方面，万不可拘于兵书生搬硬套，必要时完全可以采取灵活机动的战略战术，更加有效地打击消灭敌人。这是个多么令人荡气回肠的美梦啊，可惜它只是一个梦！大概是过于失落吧，作者惊醒之后，忍不住涕泗滂沱，他在哀叹为什么成功和喜悦永远都只出现在梦里，不能成为现实？难道堂堂大宋，真的没有伊尹、姜尚那样的贤臣，真的没有韩信那样运筹帷幄之中、决胜千里之外的良将吗？有的，你看，梦里就能遇见如此奇人，更不用说现实之中了。人才自古都有，"在用与不用耳"！

九月二十三夜小儿方读书而油尽口占此诗示之①

彻骨贫来累始轻②，孤村月上正三更。汝缘油尽眠差早③，我亦尊空醉不成④。南陌金羁良自苦⑤，北邙麟冢半无名⑥。书生事业期千载⑦，得丧从来未易评。

[注释]

①小儿：陆游的幼子陆子遹，生于孝宗淳熙五年（1178）。历溧阳县令，绍定元年（1228）任严州知州，改平江知府。在任时曾因结交权相史弥远而声名不佳。口占：随口而吟，未经修改的诗词。　②彻骨贫：一贫如洗，赤贫。累始轻：牵挂累赘很少。　③眠差早：睡得稍嫌过早。 ④尊空醉不成：杯中酒尽不能畅饮大醉。　⑤南陌：南面的道路。金羁：金饰的马络头。三国曹植《白马篇》："白马饰金羁，连翩西北驰。"此处指宝马。良自苦：白白地自叹不得志。　⑥北邙：山名，即邙山。因在洛阳之北，故又名北邙。东汉、魏晋以后的王侯公卿多葬于此。麟冢：麒麟冢的简称，指名臣贵人的坟墓。梅尧臣《夕发阳翟》诗："麒麟冢相望，霹雳碑下立。"周密《武林旧事·湖山胜概》："路傍多少麒麟冢，过眼无人赠纸钱。"半无名：一半以上都已湮灭无闻。　⑦书生事业期千载：读书人的事业期于千载之后，意谓读书人不图当世扬名，渴求的是名垂青史。

[解析]

这是一首即兴小诗，某天其子子遹正在读书，忽然间灯油将尽，只得罢休赶快睡觉。作者对此忽生感慨，于是对其子叹道：为父一贫如洗，是坏事也是好事，为什么这么说呢？你看那些家财万贯的大户，整日里生怕破财，几乎没有不紧张的时候。穷人虽然生活拮据些，但心里坦然，就算有贼光顾，也偷不走什么东西。如今你因没了灯油不得不早睡，为父也因为买不起那么多酒不得兀然大醉，那又怎么样？无非是早睡、不醉而已，并没有给我父子带来多大的伤害嘛。这几句还停留在具象的描述中，接下来四句则就此生发出一番道理：南陌头的宝马因得不到主人欣赏痛苦不已；北邙山那些贵人的坟墓，一半以上姓名都已湮灭。汲汲于当世之闻达,那不是书生应有的期待,真正有胸怀的读书人,应该把眼光放得更远,究竟什么是得什么是失,需要后人做出评价,正所谓盖棺方论定。

五鼓不得眠起酌一杯复就枕

栖冷鸡声咽,窗深烛焰明。流年容易过,华发等闲生①。浊挹连醅酒②,香搓带叶橙。残骸付蝼蚁③,汗简更须名④。

[注释]

①华发:花白头发。等闲生:很轻易地长了出来。 ②挹(yì):用器物舀出。连醅(pēi)酒:连同酒渣一起饮用的浊酒。宋代以前的酒与现代工艺的烧酒和勾兑酒不同,实际上更像今天的米酒。所谓连醅酒,就是不过滤酒渣的浑酒。 ③残骸付蝼蚁:死后的遗骸交给蝼蚁。意谓人死后尸体无法长久保存。 ④汗简更须名:史册上必须要留下姓名。汗简,被火烤过的竹简。古人以火炙竹简,简会出汗,故称。杀过青的竹简不会腐烂,可供书写所用,故称史书为汗简。

[解析]

这首诗作于作者晚年归隐山阴之后。全诗并无奇巧之处,说的都是些大实话。作者心事太重,以至五更天还没睡着,于是起身斟酒,饮了一盏后继续躺倒。他感慨人的一生十分短暂,不知不觉间便白了头发。几十年光景倏忽而逝并不值得大惊小怪,能不能青史留名,才是作者更为关心的。中国古人很看重身后的名声,俗话说"人过留名雁过留声"。司马迁《报任安书》说:"人固有一死,或重于泰山,或轻于鸿毛。"文天祥《正气歌》说:"人生自古谁无死,留取丹心照汗青。"这些诗句都是这个意思。作者是个自珍自重的读书人,当然渴望留下身后的美名。

从写作手法上看,此诗的中间两联是颠倒着写的,这或许是因牵于平仄之需,又或许是作者想把平淡的话语说得更耐人寻味一些。

村舍杂书五首

舍北作蔬圃①,敢辞灌溉劳?轮囷瓜瓠熟②,珍爱敌豚羔③。晨飧戒厨人④,全项净去毛⑤。虽云发客笑⑥,亦足慰老饕⑦。

舍南种胡麻⑧,三日幸不雨。晨起亲按行⑨,已见青覆土⑩。穷人如意少,喜色漏眉宇。儿童勿惰偷,造物不负汝⑪。

逢人乞药栽⑫,郁郁遂满园。玉芝来天姥⑬,黄精出云门⑭。丹苗雨后吐⑮,绿叶风中翻。活人吾岂能⑯?要有此意存⑰。

读书乃一癖,我亦不自知。坐书穷至老,更欲传吾儿。吾儿复当传,百世以为期。君看北山公,太行尚可移⑱。

爵禄九鼎重⑲,名义一羽轻⑳。人见共如此,吾道何由行㉑?湖山有一士㉒,无人知姓名。时时风月夕,遥闻清啸声。

[注释]

①舍北作蔬圃:屋舍的北面开辟了一块菜地。 ②轮囷(qūn):硕大。瓜瓠(hù):即瓠瓜,民间俗称瓠子,长圆形,可食。今北方人用它做软饼,名叫"瓠塌子"。 ③珍爱敌豚(tún)羔:此句意谓可别小看

这些瓜,它的味道堪比嫩猪肉。豚羔,小猪。 ④晨飧(sūn):早饭。戒厨人:告诫厨师。 ⑤全项净去毛:瓜颈处一定要保留不可切掉,只需要洗干净刮去茸毛就能吃了。 ⑥虽云发客笑:虽然说自己絮絮叨叨、指手画脚令客人发笑。 ⑦亦足慰老饕(tāo):也足以让我这个老饕高兴。老饕,贪吃的人。 ⑧胡麻:即芝麻。相传汉代张骞得其种于西域,故以胡名之。葛洪《抱朴子·仙药》:"巨胜一名胡麻,饵服之不老,耐风湿补衰老也。" ⑨晨起亲按行:早晨起来亲自来到地里仔细查看。 ⑩青覆土:青苗已经把地上的土遮住了。意谓青苗长得茂密可爱。 ⑪儿童勿惰偷,造物不负汝:孩子们千万不可懒惰偷闲,(只要努力了)天公是不会辜负你们的。 ⑫逢人乞药栽:见到人就向人家祈求草药苗。药栽,药材的秧苗。 ⑬玉芝:草药名,又名鬼白。作者《过邻家戏作》诗:"醅瓮香浮花露熟,药栏土润玉芝新。"自注云:"玉芝谓鬼白,山家多有之。"天姥(mǔ):山名,在今浙江嵊州与新昌之间。李白有《梦游天姥吟留别》诗,即指此山。 ⑭黄精:药草名。多年生草本,根茎可入药。嵇康《与山巨源绝交书》:"又闻道士遗言,饵术黄精,令人久寿。"李时珍《本草纲目·草一·黄精》:"黄精为服食要药,故《别录》列于草部之首,仙家以为芝草之类,以其得坤土之精粹,故谓之黄精。"云门:山名,在今浙江绍兴市南。《读史方舆纪要》卷九十二:"云门山在(绍兴)府南三十里,亦谓之东山。齐永明中,何胤去国子祭酒还东山隐居教授。梁天监四年,选学生往云门从胤受业是也。" ⑮丹苗雨后吐:意谓雨后药苗已开出红色的花。苗,植物生长出来的样子。 ⑯活人吾岂能:治病救人、使人起死回生岂是我能做到的? ⑰要有此意存:关键是必须要有这份善心。(能做多少就做多少,尽心而已。) ⑱君看北山公,太行尚可移:即今人熟知的愚公移山故事。最早见于《列子·汤问》。 ⑲爵禄九鼎重：把官位爵禄看得比九鼎还重。爵禄，古代贵族及官员的爵位和俸禄。　⑳名义一羽轻：把声名道义看得比一根羽毛还轻。　㉑人见共如此，吾道何由行：如果人人都持这般卑微的见识，大道还能从何振兴。㉒湖山有一士：湖山之间有这样一位士子，此处是作者自指。

[解析]

　　这几首诗作于作者回归山阴闲居之后。原组诗共十二首，这里选录五首。这些诗代表了作者另一种风格，整体看来清新别致，且带有十分浓厚的乡土气息，是作者回归家乡后思想经过沉淀的真实反映。

　　第一首写乡居后不甘寂寞，于是在自家北面开辟了一个菜畦，并躬自浇灌。大概是工夫不负有心人吧，地里果然结出了大大的瓠瓜，令他欣喜异常，忍不住请客人前来品尝。摘下瓜要吃之前，作者婆婆妈妈地叮嘱厨娘：千万可别把瓜脖子扔掉，那个部分也是可以吃的，只要把上边的茸毛刮干净，一样很好吃。惹得客人偷偷发笑。笑什么？我说的不对吗？这样的描写，不仅将作者的童心童趣表现出来，还隐含着他对于劳动成果的珍惜和绝不暴殄天物的天然本性，让我们看到了一个既可笑又可爱的书生老头儿。

　　第二首紧接上首，写自己在舍南开了片地，专门种芝麻。见到芝麻已经长得绿油油，作者喜不自胜。此时走过来几个孩子，于是老头儿又开始絮叨了：看见没？只要你不偷懒，上天就不会辜负你。我老头儿下了功夫，芝麻长得多好？毫无疑问陆游的本意是好的，只是不知道孩子们能不能听得进去，或者喜不喜欢听。

　　第三首写自己的药圃。这老翁也算是个好事的，逢人便向人家讨要药材苗子，你猜怎么样？真不错，天姥山来的玉芝、云门山来的黄精都长得花红叶绿，一派喜人的景象。作者感叹：其实为人看病本不是我的长项，但古语云"不为良相则为良医"嘛。我没有起死回生的大本事,给人治点小病总还是绰绰有余,反正咱大宋朝又不要什么行医执照,只要有一颗行善之心就可以了。

第四首回到读书上。作者自言,自己读了一辈子书,虽然没当吃没当喝,可精神得到了升华,晓得了做人的大道理,这不比金银珠宝更加珍贵吗?作者希望自己的子孙世世代代都不要把读书废弃,只要认真苦读,总会大有收获。

第五首是对当世恶俗的感叹。作者认为眼下是个颓废自私的时代,很多人都把精力放在钻营当官发财上面,却把仁义道德和良知丢到了脑后,只要能达到当官发财的目的,什么缺德事都能干出来。人心不古如此,圣人提倡的大同、小康何时才能实现?为了证明这个世上的人还没都坏透,作者特别提示:江海之间还有一个姓陆的老人家,每每向天长啸,呼唤着人们的向善之心。

初夏杂咏

昔日江湖上①,飘然无定居。频倾京口酒②,亦食武昌鱼。北首心空壮③,东归愤不摅④。岂知齿牙落,送老一茆庐⑤。

[注释]

①昔日江湖上:这是作者自称大半生都处在游宦之中。作者故意称之为"江湖",隐含了对官场的厌倦。 ②京口酒:《晋书·郗超传》:"时愔在北府,徐州人多劲悍,温恒云:'京口酒可饮,兵可用。'"此处谓自

己也曾痛饮名酒，满腔豪情。　③北首：举头北望，隐指希望收复北方失地的心情。心空壮：空有一腔热血。　④东归：年老归乡。山阴在国之东方，故言东归。摅（shū）：抒发，表达。　⑤送老一茆（máo）庐：为自己送终的只有一间茅草屋。茆，同"茅"。

[解析]

　　这首诗是作者归隐后的几句牢骚。一开篇便把朝廷官场说成"江湖"，既表明作者对朝廷的轻蔑，又表达出对那些朝臣无能无耻的由衷愤恨，同时也表达出当年自己的天真：那时候抛家舍业为光复旧疆四处奔走，到现在才明白，那只是些徒劳无益的瞎忙和一厢情愿的傻干而已，朝廷里那些主和大臣哪有一天真正想过北伐中原收复失地？

　　作者不由感慨，即便如此也决不后悔，至今仍然有北首之心，可惜只能是"北首之心"而已，距离真正成为现实，还有十万八千里，甚至根本就没有那一天。奋斗啊，煎熬啊，到头来得到的只是"东归"闲居，怎不令人义愤填膺？自己无私地贡献了毕生精力，如今老来发秃齿缺，为自己送老的还是那间简陋的茅屋。功名呢，在哪里？事业呢，在哪里？光复中原的美梦呢，在哪里？一成不变的对外屈膝求和，让这位热血老人情何以堪？

即　事

　　万里山河拱至尊①，羽林铁骑若云屯②。群公先正不复作③，故国世臣谁尚存④？河洛可令终左衽⑤，秾荛何自达修门⑥。王师一日临榆塞⑦，小丑黄头岂足吞⑧！

[注释]

①拱：环绕，朝向。至尊：皇帝。万里山河拱至尊，意谓大好河山都拱卫至尊无上的帝王。　②羽林：汉代禁卫军名。后世禁军亦常以"羽林"代称。　③群公先正：指前朝诸公。《诗经·大雅·云汉》："群公先正，则不我助。"孔颖达疏："群公亦是雩祀所及，即《月令》注云'上公'是也。"不复作：不能再生。　④故国世臣：有功勋的旧臣。　⑤河洛：黄河洛水，泛指中原地区。可令终左衽（rèn）：难道可以让他们永远穿戴金酋的服装吗？意谓决不能让中原遗民永远沦为金人的奴隶。古代上衣为交领斜襟，中原人习惯于衣襟右掩，称为右衽。北方少数民族恰恰相反，惯于衣襟左掩，故称"左衽"。后以左衽代指北方少数民族。　⑥穄（jì）：一年生草本植物，即不黏的黍类，又名"糜子"，去壳后称为穄米。荛（ráo）：柴草。修门：《楚辞·招魂》："魂兮归来！入修门些。"王逸注："修门，郢城门也。"后泛指京都的城门。此处代指故都汴京。穄荛何自达修门，意谓大宋的粮米柴草什么时候才能送到故国百姓手中。　⑦榆塞：边关。《汉书·韩安国传》："蒙恬为秦侵胡，辟数千里，以河为竟。累石为城，树榆为塞，匈奴不敢饮马于河。"后多以"榆塞"指边塞。　⑧黄头：即黄头女真，指金国侵略者。陆游《出塞四首借用秦少游韵》之二："当时《王会图》，岂数汝黄头。"自注云："所谓黄头女真。"

[解析]

　　这首诗依然保持了作者一贯慷慨激昂的情绪，首联和尾联写宋朝大军的威武雄壮，体现了作者必胜的决心和勇气。在陆游看来，大宋并不是没有光复中原的能力，缺乏的只是必胜的信心和决心而已。倘若在朝大臣与军民百姓同仇敌忾，小小金贼何足挂齿？中间两联写对朝廷迟迟不敢发兵抗金的遗憾和夺气：当年那些力主抗金的耿耿大臣再也难得出现，数十年蹉跎岁月，那些有血气有骨气的前朝英烈们早已不复存在，真令人欲哭无泪。作者用了整整一联十四个字来写当年辉煌的不再，意在影射当今在朝大臣的猥琐和无能。皇帝身边围绕的尽是些全躯保妻子之流，指望他们，什么时候"才能回到我那可爱的故乡"？我们从中看到的是作者无比的心痛。最末一联除了对上一联的抱憾之外，又寄托了深深的祈愿：但愿上苍能可怜故国遗民之倒悬，为大宋派来决心恢复的良臣和能征善战的猛士，一旦这一天出现，便是那些黄头侵略者遭受灭顶之灾的时候！

全诗写得如忠臣泣血，令人扼腕叹息。可惜无论作者如何疾呼，也打动不了上起帝王、下至百官苟且偷生的懦弱之心。

醉　歌

不痴不聋不作翁，平生与世马牛风①。无材无德痴顽老，尔来对客惟称好②。相风使帆第一筹③，随风倒柂更何忧④？亦不求作佛，亦不愿封侯。亦不须脱裘去换酒⑤，亦不须卖剑来买牛⑥。甲第从渠餍粱肉⑦，貂蝉本自出兜鍪⑧。燮理阴阳岂不好⑨？才得闲管晴雨如鹁鸠⑩。辛苦筑垒拂云祠⑪，不如吟啸风月登高楼。尔作楚舞吾齐讴⑫，身安意适死即休。

[注释]

①平生与世马牛风：平生所为与时俗格格不入，风马牛不相及。

②尔来：近来。对客惟称好：面对宾客只说好好。意即再无争论，尽量随

俗。　③相风：观察风向。使帆：调整风帆。第一等：一把好手。　④随风倒柂（duò）：顺着风向调整船舵。柂，同"舵"。　⑤脱裘去换酒：李白《将进酒》："五花马，千金裘，呼儿将出换美酒，与尔同销万古愁。"　⑥卖剑来买牛：放下武器，从事耕种。《汉书·龚遂传》："民有带持刀剑者，使卖剑买牛，卖刀买犊。曰：'何为带牛佩犊？'春夏不得不趋田亩，秋冬课收敛，益蓄果实菱芡。劳来循行，郡中皆有畜积，吏民皆富实。狱讼止息。"　⑦甲第从渠餍（yàn）梁肉：即"从渠甲第餍梁肉"的倒装，意谓任凭他朱门酒肉臭（与我何干）。渠，他。餍，饱足。梁肉，精美的膳食。　⑧貂蝉：貂尾和附蝉，汉代为侍中、常侍等贵近之臣的冠饰。《后汉书·舆服志下》："侍中、中常侍加黄珰，附蝉为文，貂尾为饰。"辛弃疾《水调歌头》词："头上貂蝉贵客，花外麒麟高冢，人世竟谁雄？"本自出兜鍪（móu）：意谓高官大爵是血战沙场换来的。兜鍪，古代战士戴的头盔。秦汉以前称胄，后称为兜鍪。　⑨燮（xiè）理阴阳：调理阴阳，使之和谐平衡，各归其位。这个词通常用于治理国家的范畴，谓宰相三公要在大政方针的制定、用人设官的决策方面尽量做到阴阳平衡，顺畅和谐。此处作者反其根本，意谓自己退隐山林，来调和山山水水，决不再管朝廷官府那些闲事。　⑩鹁鸠（bó jiū）：鸟名。天将雨时其鸣甚急，俗又称为水鹁鸪。　⑪拂云祠：唐代朔方中受降城的神祠。《旧唐书·张仁愿传》："朔方军与突厥以河为界，北崖有拂云祠，突厥每犯边，必先谒祠祷解，然后料兵度而南。"辛苦筑垒拂云祠，意谓与其辛辛苦苦修筑受降城（不如吟啸风月登高楼）。　⑫楚舞：楚地舞蹈。齐讴：齐地歌谣。唐杨巨源《古意赠王常侍》诗："欲学齐讴逐云管，还思楚练拂霜砧。"

[解析]

　　这首诗可称为怨愤诗，大概是作者酒后吐真言的缘故，从一开篇便话锋有偏：老子年纪虽大，既不耳聋也不眼花，全然没有老翁的弱态，还能痛饮斗酒呢！为何要如此？就因为白活了大半辈子，与时俗格格不入，自认为慷慨爱国，在别人眼里简直就是个另类白痴。那好吧，老子算是服了！自认无才无德，既痴且顽，也要尽量做出个样儿来，免得人家更拿我耍笑。拿出什么样儿来呢？唯一能做的就是见人三分笑，打躬又作揖：你好我好大家好，你对他对只有我不对，这总行了吧？别的事干不了，你们也不让我干，那我回家玩耍还不行吗？论使船，老子天下第一，看风使舵你们还差得远呢。我一不求佛二不求官，既不要像李白那样脱下皮裘呼儿换美酒，又不愿像鹁鸪那样本来没人待见偏偏自作多情大呼天要下雨。高门大第的酒肉爱臭不臭，与我无关。达官显贵的战功也轮不到我，剩下还能干什么？就只有哈哈大笑着"燮理阴阳"了。细细想来，辛辛苦苦修筑拂云祠捍边御敌有什么用啊，还不如吟啸风月登高楼来的畅快。你跳你的楚地舞，我唱我的齐国歌，求他个天昏地暗快乐无比，啥时候死也值了！

陆游是这样的性格吗？是这样的庸俗人吗？不是啊。可他又为什么如此放浪？答案只有一个，那就是全篇都在正话反说，借以宣泄平生大志难酬的苦闷。您看是不是？

五月七日拜致仕敕口号①

黄纸东来墨未干②，孤臣恩许挂朝冠③。小儿扶出迎门拜，邻舍相呼拥路观。白首奉身归畎亩④，清宵无梦接鹓鸾⑤。从今剩把花前酒，忧患都空量自宽⑥。

[注释]

①拜致仕敕：面对恩准致仕的圣旨而拜。口号：随口吟成未加修饰的诗。 ②黄纸东来：恩准致仕的圣命自东而来。 ③孤臣：孤立无助不受重用的远臣，此为作者自谦之词。恩许：得到皇帝的恩准。挂朝冠：解官致仕。《后汉书·逢萌传》："时王莽杀其子宇，萌谓友人曰：'三纲绝矣！不去，祸将及人。'即解冠挂东都城门归，将家属浮海，客于辽东。" ④白首奉身归畎（quǎn）亩：白头后回到田亩之中。 ⑤无梦接鹓（yuān）鸾：再也不做与官员相交往的梦。即今所谓"无官一身轻"之意。鹓鸾，喻朝官。 ⑥忧患都空量自宽：内心所存的忧患全都放下，成了个心大量宽的闲人。

[解析]

此诗作于作者致仕之后。得到朝廷允许致仕的圣旨，作者登时百感交集，喜的是"白首奉身归畎亩，清宵无梦接鹓鸾"——终于可以踏踏实实地睡几个好觉，不必再为官场上的尔虞我诈绞尽脑汁了。然而这份惊喜中，却隐含着作者于心不甘的深深遗憾，要知道他毕生为恢复中原奔走呐喊，尽管收效甚微，毕竟尽了臣子的一份心意。如今解官闲居，用现在的话说，就是被"边缘化"了，再说什么，人家连听都不带听了。这还称不上是一份遗憾吗？

不过总体看来，本诗的基调还是欢快的，这也正是历代官员共通的一种心理，虽然有些失落，有些于心不甘，毕竟安然着陆，还自己一个自由身，不是什么坏事。从今以后，再也用不着向朝廷献计献策、说长道短，说也没人理你了。那好，索性就看看花、饮点酒，做个自在闲人吧。

雪中寻梅

幽香淡淡影疏疏①,雪虐风饕只自如②。正是花中巢许辈③,人间富贵不关渠④。

[注释]

①影疏疏:谓梅花的树影疏疏落落。北宋林逋《疏影》有"疏影横斜水清浅,暗香浮动月黄昏"之语,此句盖化用林诗而成。 ②雪虐风饕(tāo):冰雪残虐,狂风吹打。饕,猛烈摧残。韩愈《祭河南张员外文》:"岁弊寒凶,雪虐风饕。"陆游是直取韩愈原语用在诗中。 ③巢许:远古高士巢父和许由。晋皇甫谧《高士传》载:尧让天下于许由,许由不受而逃去,遁耕于颍水之阳,箕山之下。尧又召他为九州长,许由不欲闻,洗耳于颍水之滨。时其友巢父牵犊欲饮之,见许由洗耳,问其故。许由对曰:"尧欲召我为九州长,恶闻其声,是故洗耳。"巢父曰:"子若处高岸深谷,谁能见之?子故浮游,欲闻求其名声,污吾犊口!"牵犊上流饮之。 ④不关渠:与他无关。

[解析]

这首小诗的立意与他的《卜算子·咏梅》(见本书词的部分)大致相同,都是赞美梅花品格高洁的作品,表现的是作者立誓不与世俗同流合污的决心。起首二句作者化用宋人林逋、唐代韩愈的诗文,加重了对梅花歌咏的深度。末二句采用反喻手法,以梅比人。作者认为在百花之中,梅花的凌霜傲雪,就如同人间高士许由和巢父那样纤尘不染,笑傲王侯,人间所谓的富贵对它来说毫不相关，这也正是作者毕生追求的最高境界。陆游还有一首《梅花》诗说："欲与梅为友，常忧不称渠。从今断火食，饮水读仙书。"同样认为想要与梅花为友，必须断了人间烟火，凡夫俗子根本不配侈谈什么与梅花为伍。

这首诗用语平淡而立意高远，读之有种荡涤心灵的畅快。元人韦居安《梅磵诗话》说："陆放翁《雪后寻梅》诗，……意高语爽，真不苟作。"

农家叹

有山皆种麦，有水皆种粳①。牛领疮见骨②，叱叱犹夜耕。竭力事本业，所愿乐太平。门前谁剥啄③？县吏征租声。一身入县庭，日夜穷笞搒④。人孰不惮死⑤？自计无由生。还家欲具说⑥，恐伤父母情。老人俛得食，妻子鸿毛轻⑦。

[注释]

①粳（jīng）：一种黏性不大的稻米。今仍称粳米。 ②牛领疮见骨：耕牛脖子上已经磨得鲜血淋漓，甚至见到了骨头。 ③剥啄：敲门的声音。 ④笞搒（chī péng）：鞭抽棍打。 ⑤人孰不惮（dàn）死：人谁不怕死？惮，惧怕。 ⑥还家欲具说：回到家里本想把今天的遭遇全都讲给家人听。 ⑦老人俛得食，妻子鸿毛轻：如果家中父母有吃的，妻子儿女又算得了什么。这是古人行孝之道，对父母必须尽孝，妻子儿女必须要排在父母之后。

[解析]

  这首诗作于宁宗庆元元年（1195），表现的是当时农民的艰难生活。作品以一个家庭的主要劳力为主人公，缕述了他一年到头辛勤劳作却依然无法解决一家温饱的悲惨境遇。耕牛都累得磨破了脖颈，还在日夜不停地耕作。即便如此，依然得不到基本的温饱，于是作者笔锋转换，写一群催租的吏人打上家门，不停声地索要租米，主人公拿不出米，吏人们不由分说便将他带到了县衙。那时的县衙活像一座地狱，谁进来都没有好果子吃，这位主人公自然不能例外，没日没夜地遭受隶卒们的鞭抽棍打，已经非常绝望。人谁不怕死呢？主人公被迫答应尽早还清官府的租税，才得以脱身回家。他本欲将自己的遭遇讲出来，转念一想，又怕惹得父母感伤，只得憋了回去。望着垂老的父母双亲，主人公狠下心来想到：只要父母不挨饿，妻子儿女也顾不得了！正是最后这两句，可谓摧人心肝：哪个父母不疼爱自己的孩子，哪个丈夫不疼爱自己的妻子？然而官府无情，完全不顾百姓的死活，这位主人公接下来有何举动，作者未说，只留下一个悬念，任凭读者自去想象了。

  南宋时期，地方官府为了完成上面压下的租税定额，大都不顾一切地向百姓勒索催逼，哪里还顾得百姓如束湿？南宋名臣辛弃疾在镇压茶寇赖文政之后，又到湖北去平定李金之乱。辛弃疾到了那里，很快给朝廷上了一封奏疏，说道："比年李金、赖文政……皆能一呼啸聚千百，杀掠吏民，死且不顾，至烦大兵翦灭。良由州以趣办财赋为急，吏有残民害物之状，而州不敢问，县以并缘科敛为急，吏有残民害物之状，而县不敢问。田野之民，郡以聚敛害之，县以科率害之，吏以乞取害之，豪民以兼并害之，盗贼以剽夺害之，民不为盗，去将安之？"可以作为那个时代百姓无法存活的一个实录。

山村经行因施药①

驴肩每带药囊行,村巷欢欣夹道迎。共说向来曾活我②,生儿多以陆为名③。

[注释]

①施药:给村里得病的百姓送药。 ②曾活我:曾经治好了我的病,使我得到了重生。 ③生儿多以陆为名:生儿子多以"陆"字作为名字,表示对他的纪念和感谢。

[解析]

这首小诗作于宁宗开禧元年(1205),一共五首,这里选取其中一首。此时作者已是八十岁的老翁,但身体健朗,经常外出。本诗写的就是作者经过某个山村时与村里百姓水乳交融的一个剪影。全诗尽用俗语,几乎没有文字修饰,也没有什么前后段落的间隔与衔接,娓娓道来,给人的感觉非常平易:陆老只要骑驴出行,必然会带上一个药囊,走到村落,便与村里的百姓说说笑笑,其乐融融。从中能看出作者一以贯之的亲民情怀。

感昔二首①

曾从征西十万师,白头回顾只成悲。云深骆谷传烽处②,雪密嶓山校猎时③。

少时失脚利名间，寸步何曾不险艰？造物恐人浑忘却④，梦中忧患尚如山。

[注释]

①感昔二首：这组诗一共七首，这里选取其中两首。 ②骆谷：古地名，在今陕西周至县西南。《读史方舆纪要》卷五十二："（终）南山西接岐州，东抵陕虢。其谷之大者有五，曰子午谷、斜谷、骆谷、蓝田谷、衡岭谷也。"传烽：传递烽燧，即传递军书。 ③嶓（bō）山：即嶓冢山，在今陕西勉县境内。《读史方舆纪要》卷五十六："嶓冢山在（沔）州东北四十里，即《禹贡》之嶓冢也。汉水出焉。"校（jiào）猎：用栅栏把禽兽围住而猎取之。此处泛指狩猎。 ④造物：造物主，上天。浑忘却：糊里糊涂全都忘记了。

[解析]

这两首诗作于嘉泰四年（1204）作者在山阴老家闲居时。此时作者已是八十岁高龄的老人，自认为来日无多，经常处在回忆之中。

第一首回忆的是作者乾道末年前往南郑从军的事。那时他豪情满怀，立誓要为洗雪靖康之耻马革裹尸。然而这个愿望并没有实现，数月后朝廷改变了北伐计划，他只得回到蜀中。如今回想起来，很多场景还历历在目，比如数度马行几百里传达军书，又比如隆冬大雪时在山中狩猎，那些日子的生活条件虽然艰苦，他却过得甘之如饴，况且那一切都是为战场杀敌所做的热身，还有比这更能振奋精神的吗？

第二首写的是作者对官场生涯的厌恶和鄙薄。少年时为了求取功名，不得不踏进官场，然而在那个泥潭中，无论作者如何战战兢兢、如履薄冰,仍然是动辄得罪他人,那份压抑,那份肮脏,令他终生难忘。脱离官场至今已经数年,回想起来仍感到愤懑不平。作者开玩笑说:老天好像担心我把那些岁月忘记,故而时时刻刻在梦中提醒。其实那些刻骨铭心的排陷和伤害,不但不可能轻易忘却,每每想起,反而愈加沉重:大宋朝廷里如果永远都是这样的官员,还有什么希望?

夏日杂题二首①

憔悴衡门一秃翁②,回头无事不成空③。可怜万里平戎志,尽付萧萧暮雨中④。

衰疾沉绵短鬓疏⑤,凄凉圯上一编书⑥。中原久陷身垂老,付与囊中饱蠹鱼⑦。

[注释]

①夏日杂题二首:这组诗一共七首,这里选取其中两首。 ②衡门:横木为门,指简陋的居处。《诗经·陈风·衡门》:"衡门之下,可以栖迟。"毛亨传:"衡门,横木为门,言浅陋也。"郑玄笺:"贤者不以衡门之浅陋则不游息于其下。" ③回头无事不成空:意谓回首往事,没有一件不成泡影。 ④可怜万里平戎志,尽付萧萧暮雨中:此句与辛弃疾"可怜万字平戎策,换做东家种树书"意思相同。 ⑤沉绵:疾病缠绵,经久不愈。 ⑥圯(yí)上一编书:用圯上老人的典故。《史记·留侯世家》:"(张)良尝闲从容步游下邳圯上,有一老父,衣褐,至良所,直堕其履圯下,顾谓良曰:'孺子,下取履!'良鄂然,欲殴之。为其老,强

忍,下取履。父曰:'履我!'良业为取履,因长跪履之。父以足受,笑而去。……五日,良夜未半往。有顷,父亦来,喜曰:'当如是。'出一编书,曰:'读此则为王者师矣。后十年兴。十三年孺子见我济北,谷城山下黄石即我矣。'遂去,无他言,不复见。旦日视其书,乃太公兵法也。" ⑦付与囊中饱蠹鱼:装入囊中去喂蠹鱼,表示派不上用场。蠹鱼,又叫衣鱼、白鱼、壁鱼、书虫,一种怕光无翅的昆虫,身体呈银灰色,嗜食糖类及淀粉等。书纸也是蠹鱼喜欢啃食之物。

[解析]

　　这两首诗作于嘉泰元年(1201)。夏日炎炎,作者不由有感而发。第一首是作者对自己一生的总结:从少年时便立志报效国家,怎奈每行一步,不是受阻就是上天不佑,几乎没有一件事能遂心愿。当然,作者主要指的还是抗金复国的大志不能得遂,一想起南郑那段可歌可泣的峥嵘岁月他便感慨万端,到如今年事已高,国家仍处在风雨飘摇之中,赶走金贼复国雪耻似乎离自己越来越远了。

　　第二首也是作者对报国无门的深深哀叹:手握兵书却不能报效国家,只能用它去喂蠹鱼了。诗作虽然短小,内中的感情却炽热无比,可以想见这位爱国老人垂暮之年想到的,仍然是期盼祖国统一和遗民的回归。

书　戒

　　我幼事父师,熟闻忠厚言。治身接物间,要使如春温。鞭扑不可弛,此语实少恩①。但能交相爱,余亦何足论?家贫赖奴婢,炊汲与应门②。余力具茗药③,夕饭或至昏④。有过尚当贳⑤,况可使烦冤⑥？出仕推此心，所乐在平反。宁坐软弱废⑦，促归驾丘园⑧。吾老死无日⑨，作诗遗子孙。

[注释]

①鞭朴（pū）不可弛，此语实少恩：人们常说对待下人鞭抽棍打绝不能少，这话实在是缺少恩义。鞭朴，用作刑具的鞭子和棍棒，泛指用鞭子或棍棒抽打。　②炊汲：炊饭打水。应门：照应门户、守候和应接叩门的人。　③余力具茗药：有余力时才考虑饮茶和吃药（没余钱就算了）。　④夕饭或至昏：晚饭经常拖到黄昏才吃。古人每天两餐，下午饭一般在四五点左右。至黄昏才吃这顿饭，意谓已经很晚，这本应是奴仆的过错，但仍应持原谅的态度。　⑤有过尚当贳（shì）：确实有错尚且主张宽赦。贳，宽纵，赦免。　⑥况可使烦冤：更何况使他们受到委屈。烦冤，烦躁愤懑。　⑦宁坐软弱废：宁可被上司指责理政懦弱而遭到处分或罢免。⑧促归驾丘园：被赶出官府驾车回到家乡闲居。　⑨吾老死无日：我已十分衰老，很快就要死去了。

[解析]

这首诗是作者垂老之年留给子孙的几句训诫，也是他一生为人处事的经验总结。全诗分成两部分，前一部分说对待家人和奴仆，后一部分说为官之道。开篇讲到自己自小受到父母及师长的教诲，经常听到他们教人忠厚的言谈，这些教导成为他毕生待人接物的准则：对待别人态度上一定要和暖如春，切不可盛气凌人。有人说家长对儿女奴仆必须要严厉管教，鞭抽棍打是绝不可免的。这样的话实在是少恩寡德，令人气愤。不论是谁，与之相交都要首先充满爱心，至于其他，都可以不做考虑。就拿为父来说，炊饭汲水、看家护院不都是靠奴婢们吗？若对他们颐指气使，他们还能真心实意地为老父尽职吗？为人处事一定要严于律己、宽以待人，确实有了过错尚且要原谅他们，更何况有时候他们本无过错，怎么能横加鞭朴呢？

"出仕推此心，所乐在平反。"作者告诉子孙们：你们出外做官，也要本着这样的原则，要把给人行方便、平冤屈作为第一要务。被上司指责理政懦弱而遭到处分或罢免也不必挂心，大不了回家闲居。

这些话看似娓娓道来，却体现了作者充满仁爱的一颗金子般的心。儒家一向提倡仁爱，这类的训导比比皆是。《论语·学而》："子曰：'弟子入则孝，出则弟，谨而信，凡爱众而亲仁。行有余力，则以学文。'"孔子提倡孝悌、爱众而亲仁是做人的根本，如果还有余力，也可以读些书，他是把读书放在第二位的。《孟子·离娄下》："君子以仁存心，以礼存心。仁者爱人，有礼者敬人。爱人者人恒爱之，敬人者人恒敬之。"孟子说，只有爱别人，才能得到别人的爱；只有待人以礼，才能得到别人的尊重。《礼记·大传》："重社稷故爱百姓，爱百姓故刑罚中，刑罚中故庶民安，庶民安故财用足，财用足故百志成，百志成故礼俗刑，礼俗刑然后乐。"是说为王为官者，必须把对百姓的仁爱放在首位，没有百姓之安，一切都是空谈。从这首诗里，我们不仅看到一位可爱可敬的老人形象，更听到了他发自肺腑的谆谆教诲。看看这些做人之道，我们扪心自问：我做得如何？在当今这个人人互疑、人人互害的时代里，太需要彼此间互敬互爱、将心比心了。让我们都来听一听千年以前陆游老人的做人之道吧。

老马行

老马虺隤依晚照①,自计岂堪三品料②?玉鞭金络付梦想③,瘦稗枯萁空咀噍④。中原蝗旱胡运衰⑤,王师北伐方传诏⑥。一闻战鼓意气生,犹能为国平燕赵⑦。

[注释]

①虺隤(huī tuí):《诗经·周南·卷耳》:"陟彼崔嵬,我马虺隤。"毛亨传:"虺隤,病也。"晚照:夕阳之下。 ②自计岂堪三品料:自己也知道根本就不是当大官的材料。三品,宋代翰林学士、六曹尚书等高官的品级。 ③玉鞭金络:手执玉鞭马戴金络头的排场,即高官的排场。 ④瘦稗(bài):枯瘦的稗子。稗,一年生草本植物,长在稻田或低湿之处,形状像稻。果实可食,也可酿酒、做饲料。枯萁(qí):干枯的豆茎。咀噍(jǔ jiào):即咀嚼。 ⑤中原蝗旱胡运衰:闻听中原地区遇到了旱蝗之灾,这正是金国国运衰败之象。 ⑥王师北伐方传诏:大宋军队北伐抗金的诏命已经传下。 ⑦燕赵:战国时的燕国和赵国。燕国都城在今北京,赵国都城在今河北邯郸,故古称今北京及河北地区为燕赵之地。此处代指金人强占的中原及河朔地区。

[解析]

这首诗作于作者晚年,开篇作者自称是一匹斜阳照耀下既老且病的马。回顾一生,作者终于清醒地认识到,像他这样的秉性,是绝对不可能当高官的。能当高官者,第一要有较深的根蒂,第二要有很厚的脸皮,第三要会看风使舵。自己这一生,父亲是个普通的官吏,还早早就死了;自打成人起,便傻乎乎一味地想喋血疆场,岂不是大大地不识时务?到如今"玉鞭金络付梦想,瘦稗枯萁空咀嚼"是再正常不过的结果,能怨谁呢?

不说这些了!作者的思想不由自主地回到主题上来:虽然已是一匹老马,却依然痴心不改。如今朝廷不是再传北伐之诏了吗?只要听到战鼓咚咚,精神立刻振作起来,我这把老骨头还能为国出力,北击燕赵啊!这种数十年不渝的志气,的确感动了一代又一代人。不过也有些人认为,陆游这是在故作姿态。对此清人赵翼深感不平,他在《瓯北诗话》卷七中说:"《老马行》云:'中原旱蝗胡运衰,王师北伐方传诏。一闻战鼓意气生,犹能为国平燕赵。'则此心犹耿耿不忘也。"

农　家

吴农耕泽泽①,吴牛耳湿湿②。农功何崇崇③,农事常汲汲④。冬休筑陂防⑤,丁壮皆云集。春耕人在野,农具已山立。房栊鸣机杼⑥,烟雨暗蓑笠。尺薪仰有取⑦,断屦俯有拾⑧。洪水昔滔天,得禹民乃粒⑨。食不知所从,汝悔将何及⑩?孩提同一初⑪,勤惰在所习⑫。周公有遗训⑬,请视《七月》什⑭。

[注释]

①吴农:吴地的农夫。泽泽(shì shì):分解离散之貌。泽,通"释"。《诗经·周颂·载芟》:"载芟载柞,其耕泽泽。"孔颖达疏:"待其土气丞达然后耕之,其耕则释释然土皆解散。"　②吴牛耳湿湿:谓耕

牛因劳累,耳朵都已湿漉漉的了。　③农功:农耕之事。汉晁错《论贵粟疏》:"一曰主用足,二曰民赋少,三曰劝农功。"何:多么。崇崇:连绵广大之貌。梅尧臣《依韵和持国新植西轩》诗:"开地临广衢,崇崇十余亩。"　④汲汲:心情急切之貌。《礼记·问丧》:"望望然,汲汲然。"孔颖达疏:"汲汲然者,促急之情也。"此句意谓农时不等人,必须要抓紧。　⑤冬休筑陂(bēi)防:冬季农闲时要整修筑牢堤坝。陂,水岸或斜坡。　⑥房栊(lóng)鸣机杼:家家户户响着机杼之声,意思是说家家女人都在抓紧纺线织布。栊,窗,借指房屋。　⑦尺薪:长一尺的柴火,言其短。仰有取:也要仰给于山林。意思是不去打柴,一尺长的柴也不可能白白得到。　⑧断屦(jù):磨穿了的鞋子,表示微贱之物。俯有拾:也要俯身拾起。　⑨洪水昔滔天,得禹民乃粒:远古时代洪水滔天,有了大禹治水,人民才有了粮食吃。粒,粮食。《孟子·滕文公》上:"当尧之时,天下犹未平,洪水横流,泛滥于天下,草木畅茂,禽兽繁殖,五谷不登,禽兽逼人,兽蹄鸟迹之道交于中国。……禹疏九河,瀹济、漯而注诸海,决汝、汉,排淮、泗而注之江,然后中国可得而食也。当是时也,禹八年于外,三过其门而不入,虽欲耕,得乎?"赵岐注:"疏,通也。瀹,治也。排,壅也。于是水害除,故中国之地可得耕而食也。"　⑩食不知所从,汝悔将何及:不晓得食物怎么得来,将来后悔都来不及。意谓人只有懂得粮食的珍贵,才能珍惜食物。　⑪孩提同一初:小孩子刚生下来都是一样的。　⑫勤惰在所习:勤劳或懒惰都取决于后天的学习。　⑬周公:周武王的弟弟姬旦,曾辅佐成王。《史记·鲁周公世家》:"武王既崩,成王少,在强葆之中。周公恐天下闻武王崩而畔,周公乃践阼,代成王摄行政当国。……恐成王壮,治有所淫佚,乃作《多士》,作《毋逸》。《毋逸》称:'为人父母,为业至长久,子孙骄奢忘之,以亡其家,为人子可不慎乎!'"遗训:即上言《毋逸》篇。 ⑭《七月》什:《诗经·豳风·七月》的篇章。《七月》诗中"同我妇子,馌彼南亩""八月剥枣,十月获稻""九月筑场圃,十月纳禾稼。黍稷重穋,禾麻菽麦。嗟我农夫,我稼既同,上入执宫功。昼尔于茅,宵尔索绹;亟其乘屋,其始播百谷"等诗句,都是记录周代农人辛勤劳动的场景。

[解析]

  这是一首劝诫孩子如何立身成人的诗,其后半部分大有李绅《悯农》"谁知盘中餐,粒粒皆辛苦"的意味。为了讲清这点道理,作者从开篇便不厌其烦地讲述百姓劳作的不易:看看农夫们的耕种吧,耕牛尚且累得两耳汗湿,农夫的劳苦可想而知。这一切究竟为什么呢?因为农时不等人,必须抓紧时间将一年的种子尽快种到地里,秋天才能有所收获。秋收后照样不得闲,还得不失时机地修整堤坝,为第二年的耕种做好准备。男人如此,女人们呢?你听,家家户户传出纺线织布的声音,没有她们的劳动,哪里来的身上衣裳脚上鞋?

  后半部分转入到讲道理上,作者告诉孩子们,哪怕是一根柴火、一双草鞋,都不会平白得来,凡事一定要懂得珍惜。孩子们刚出生都是一样的,关键是在慢慢成人的过程中一定要培养他们珍惜一切劳动果实、珍惜每一粒粮食的好品质。如果大手大脚、铺张浪费,成人后后悔都来不及。不知道谋生之艰辛,看看《七月》诗就全明白了。

  作者虽然是位封建官吏,但对劳动人民一直有着深厚的感情,也深知劳动果实的来之不易,对子孙后人的要求十分严格,不厌其烦地告诫他们,务必要从小养成勤俭节约的好习惯。其实这种品质任何时候都不会过时,就是在今天,难道我们就有理由铺张浪费、暴殄天物吗?对那些从来不知道盘中餐从何处来的人来说,真该好好听听陆游是怎么说的。

致仕后述怀二首

弹冠绍兴末①,解组庆元中②。滟滪危途过③,邯郸幻境空④。闲传相牛法⑤,醉挟斗鸡翁⑥。冲雨归来晚⑦,山花满笠红⑧。

壮岁江湖去⑨,还朝六十余⑩。辈流俱已尽⑪,勋业固知疏⑫。遽走宁黔突⑬,长闲只荷锄⑭。如今更何憾,终作爱吾庐⑮。

[注释]

①弹冠:做官。北齐颜之推《古意》诗:"十五好诗书,二十弹冠仕。"绍兴末:作者绍兴二十四年(1154)参加礼部会试时,因受到秦桧压制没有得中,直到绍兴三十年(1160),才得官敕令所删定官。 ②解组:解下印绶,谓辞去官职。庆元中:作者于宁宗庆元六年(1200),以直华文阁致仕,这一年作者七十六岁。 ③滟滪(yàn yù)危途过:像滟滪堆那样危险的水路都已走过。作者乾道六年从山阴赴夔州通判任,沿长江西行,经过又高又险的滟滪堆,也算是人生中一段不同寻常的经历。 ④邯郸幻境空:意谓黄粱美梦毕竟已经成空。唐沈既济《枕中记》说卢生在邯郸旅店住宿,入睡后做了一场享尽荣华富贵的美梦。醒来时黍饭还没有熟,因而大彻大悟。 ⑤闲传相牛法:闲来无事可以向乡邻们传授《相牛经》。《相牛经》,中国古代专论相牛术的著作,相传为齐国大夫宁戚所撰,全称为《齐侯大夫宁戚相牛经》,后成为相牛的圣典之作。 ⑥醉挟斗鸡翁:趁醉可以把斗鸡老翁叫来玩斗鸡的游戏。 ⑦冲雨:赶上下雨被雨水冲刷。 ⑧山花满笠红:头上戴的斗笠上沾满了鲜艳的花瓣。

⑨壮岁江湖去：壮年时曾经步入比江湖还险恶的仕途。　⑩还朝六十余：回朝为官时已经六十有余。作者于孝宗淳熙十六年由军器少监擢升为礼部郎中兼实录院检讨官，是为回朝为官之始。此时作者已经六十五岁。　⑪辈流俱已尽：同辈之人绝大部分已经去世。　⑫勋业固知疏：深知功勋事业已经无望，意思是不大可能再得到擢升。　⑬遽（jù）走宁黔突：终日奔走操劳甚过，此句言为官时的忙碌。班固《答宾戏》："是以圣哲之治，栖栖遑遑，孔席不暖，墨突不黔。"黔突，因炊爨（cuàn）而熏黑了的烟囱。《文子·自然》："孔子无黔突，墨子无暖席。"　⑭荷锄：肩扛锄头。　⑮爱吾庐：陶渊明《读山海经》诗："孟夏草木长，绕屋树扶疏。众鸟欣有托，吾亦爱吾庐。"

[解析]

　　这组诗一共六首，都是写致仕后生活的。这里选录两首，可以窥见作者当时不恋官场的心怀和休致后精神生活的轻松。

　　第一首作者回顾大半生的经历，从绍兴末年三十多岁入仕为官，到庆元末年退休归田，滟滪堆也走过，黄粱梦也作过，不过这些仅仅成为回忆。现在作者面对的，是全然不同的另一种生活状态：我可以为百姓讲讲《相牛经》，也可以赖着邻家老翁一块儿斗鸡。兴致盎然时还可以外出小游一番，偶尔遇上雨，虽然被浇得透心凉，心情也是愉快的，看我一边抖着斗笠上的落英，一边大笑不止呢！

　　第二首写自己壮年远行，六十五岁回朝担任京官，情知这把年纪不可能再有升迁之望，却还庆幸老天有意留我常在人间，知足知足！"如今更何憾，终作爱吾庐"，这便是奔走一生终于安静下来的陆游给自己最大的安慰和庆贺。

对酒作

齿落不废嚼,足跛尚能履①。书生之所遭②,侥幸有如此。自知穷事业,元不直杯水③。徒行若车安④,蔬食如肉美⑤。或时得斗酒,亦复招邻里。不肯歌乌乌⑥,行矣呼起起⑦。

[注释]

①齿落不废嚼,足跛尚能履:牙虽然掉了一些还可以咀嚼,脚虽然跛了还能行走。 ②书生之所遭:读书人的遭际。 ③自知穷事业,元不直杯水:自己心里很清楚,一生追求的所谓事业,其实连一杯水都不值。 ④徒行若车安:徒步行走比乘车还要安稳。 ⑤蔬食如肉美:吃菜蔬的感觉如同吃肉一样备感鲜美。 ⑥不肯歌乌乌:不肯唱什么呜呀呜呀的歌。乌乌,哀哀唱歌的声音。 ⑦行矣呼起起:若要出行,必大呼:"起!""起!"

[解析]

这是一首老人家自立自强而自幸的诗歌。此时作者已经在家乡闲居甚久,年齿也越来越高。作者认为人活着应该满足,不能奢求太多。比如自己吧,牙齿掉了好几颗,幸运的是还能正常咀嚼;脚有些跛,还能正常走路。对一介书生来说,能有如此晚年境况的委实不多,你说该不该知足?没有轩车,完全可以步行嘛;没有肉食,完全可以把菜蔬当成肉嘛。有时候偶尔得到些酒,也一定会招呼邻居一起享用。日常里咱也没那么多烦愁,用不着唱那些哀怨之声,想走动走动时,一定要自己鼓励自己:"起来!""起来!"

其实人活着就应该有这种乐观的态度和知足的心理。俗话说"知足常乐",绝不是没有道理的。人生一世,眼睛不能总盯着别人。张三家有车,我为什么没有?李四家吃肉,我为什么不能?这实际上是一种变态心理。还有句俗话叫"气人有,笑人无",说的也是这种人。咱们能不能把陆游当成一面镜子,学学人家怎么面对人生?

示 儿

死去元知万事空[①],但悲不见九州同[②]。王师北定中原日,家祭无忘告乃翁[③]。

[注释]

①元知:原本就明白。万事空:一切都烟消云散。 ②但悲:唯独感到悲愤的。九州同:指祖国山河完整,四海归一。九州,全国。大禹治水时将天下分为九州,详载于《尚书·禹贡》篇。此后文人称天下,往往用九州代指。此句意谓临死之前唯一挂怀的,是祖国还没有实现统一,淮河以北还处在金人的占领之下。 ③家祭:自家举行的祭祀先人之典。无忘,即勿忘,不要忘了。乃翁:你的老父亲。

[解析]

这首诗作于宁宗嘉定二年(1209),这一年作者八十五岁。这是作者留给世人的最后一首诗,写完此诗后不久,作者便辞世了。作者毕生致力于祖国的统一,不遗余力地为抗击金人奔走呼号,然而直到临终,这个愿望也没能实现。就是这样一位长者,临终之前什么都放下了,只有山河破碎这件事，成了他无法释怀的永久大憾。令人肃然起敬的是，这位高龄长者坚信：金贼是不可能永远霸占大宋领土的，总有一天，大宋朝能够赶走侵略者，收复失地，他对此毫不怀疑。他唯一的希望就是：等到祖国山河一统的那一天，儿子千万不要忘记把这件喜事告诉九泉之下的老父，让老父能够安心瞑目！本诗虽然短小，却堪称是作者一生伟大爱国主义精神的浓缩，为他毕生的追求画上了一个完整而有力的句号。古往今来多少人读到此诗，都忍不住热泪盈眶，它就像一支永不熄灭的火把，无时无刻不在鼓舞着华夏子孙为保卫家园不惜付出一切的坚定决心。

　　清人翁方纲《石洲诗话》说："忠孝之诗，不必问工拙也。如陆放翁晚年作诗与儿云云。盖伤南宋不能复汴也。及宋亡后，林景熙等收宋帝遗骨埋之，树以冬青。景熙乃题一绝于放翁诗后云：'青山一发愁蒙蒙，干戈况满天南东。来孙却见九州同，家祭如何告乃翁？'二诗率意直书，悲壮沉痛，孤忠至性，可泣鬼神。"

陆游词选

卜算子（咏梅）

驿外断桥边①，寂寞开无主②。已是黄昏独自愁，更著风和雨③。　无意苦争春，一任群芳妒。零落成泥碾作尘④，只有香如故。

[注释]

①驿：驿站，古代官道旁设置的供行人休憩的客栈。　②无主：指没有人观赏和培护。　③著：经受，遭受。　④碾作尘：指驿边梅花飘落于路，被往来的车辆碾成了尘泥。

[解析]

这是一首托物言志词。作者赋予梅花以人的性格和品德，在赞美梅花的同时，也道出了自己的人生追求和高洁的品质，从这个意义上说，此词就是作者以梅自况，与屈原的《橘颂》用意相同。作者毕生希望喋血疆场，为光复国家贡献力量，但由于掌权者一味主和，他的愿望始终没能实现。作者在词中把那些主和派人物比作"群芳"，尽管自己屡屡遭受他们的妒忌和排挤，但始终不改初衷，不与他们同流合污。

小词用语浅近，形象十分生动。作者把孤介高洁的梅花安排在"驿外断桥边"的背景之下，意在表明自己的志趣不容于时，用现在的话说，就是个被边缘化了的角色，剩下的唯有孤芳自赏。"已是黄昏"，点明自己已是烈士暮年，来日无多。在这种情况下，仍然难免遭受雨打风吹。上阕共四句，作者把当时政治的险恶和内心的孤独表达了出来，可谓善炼词语。下阕表明自己的志向：梅花先于百花开放，但它却不为百花所容。尽管如此，梅花并不以此为意，她宁可化作路边的尘泥，也不愿置身于百花丛中而从俗献媚。作者深信：即便是被践踏成泥，那缕缕幽香也永远不会消散。

这首词以其短小精致、内涵丰富、志趣高雅而备受人们的喜爱。古往今来，很多重视自我修养的人都把它当成座右铭，不愧是咏梅词中的一首杰作。

钗头凤（红酥手）

红酥手，黄縢酒①，满城春色宫墙柳②。东风恶③，欢情薄。一怀愁绪，几年离索④。错、错、错！　春如旧⑤，人空瘦，泪痕红浥鲛绡透⑥。桃花落，闲池阁⑦。山盟虽在⑧，锦书难托⑨。莫、莫、莫⑩！

[注释]

①黄縢（téng）酒：又叫黄封酒。宋代官酿的酒都用黄罗帕或黄油纸封口，故称。此处代指美酒。縢是缄封的意思。《尚书·金縢序》孔安国传："藏之于匮，缄之以金，不欲人开之。"　②宫墙：帝宫的墙。绍兴在南宋为临安陪都，故称此处的墙为宫墙。　③东风恶：喻作者母亲对妻子唐婉儿的态度十分凶恶。东风本该是和暖温润的象征，但陆游家中这位代表东风的角色，却凶神恶煞，毫无温暖可言。　④离索：离群索居，指陆游与爱妻唐婉儿分手。陆游大约在绍兴十四年（1144）与唐婉儿结

婚,而此诗作于绍兴二十五年(1155)。宋人周密《齐东野语》卷一载:"陆务观初娶唐氏,闳之女也,于其母夫人为姑侄。伉俪相得,而弗获于其姑。既出而未忍绝之,则为别馆,时时往焉。姑知而掩之,虽先知挈去,然事不得隐,竟绝之,亦人伦之变也。唐后改适同郡宗子士程。尝以春日出游,相遇于禹迹寺南之沈氏园。唐以语赵,遣致酒肴。翁怅然久之,为赋《钗头凤》一词,题园壁间云云。实绍兴乙亥岁也。"据此可知,陆游与婉儿离婚之后在很长一段时间里依然有所来往,直到两人秘密同居的事情被其母发现,才被迫彻底分手,所以此处说"几年离索",应该不足十年。 ⑤春如旧:春天还是原来的春天。 ⑥红浥(yì):血泪沾湿。浥,湿。东晋王嘉《拾遗记》载:"文帝所爱美人,姓薛名灵芸。……时文帝选良家子女以入六宫。……灵芸闻别父母,歔欷累日,泪下沾衣。至升车就路之时,以玉唾壶承泪,壶则红色。既发常山,及至京师,壶中泪凝如血。"后代文人遂以美人久久啼哭的眼泪为"红泪"。鲛绡(jiāo xiāo):传说中鲛人所织的绡。任昉《述异记》卷上:"南海出鲛绡纱,泉室潜织,一名龙纱。其价百余金,以为服,入水不濡。"后亦借指薄绢或轻纱。此处代指唐婉儿的绢帕。 ⑦闲:闲静。池阁:池苑楼阁。 ⑧山盟:指山为盟,多用于男女之间表示互相忠诚的誓言。 ⑨锦书难托:书信也无法传递。《晋书·列女传·窦滔妻苏氏》:"滔,苻坚时为秦州刺史,被徙流沙,(妻)苏氏思之,织锦为回文旋图诗对赠滔。宛转循环以读之,词甚凄惋。"锦书即锦字书,代指书信。 ⑩莫、莫、莫:犹今言算了吧,算了吧。

[解析]

  这首词是陆游第一段不幸婚姻的真实写照,也是他个人生活中遭受第一次挫折的悲苦自诉。陆游二十岁左右时,娶了表妹唐婉儿为妻,婚后二人甚为相得,却引起了其母的厌憎,逼迫陆游与婉儿离婚另娶。陆游对婉儿非常爱恋,又不敢违抗母亲之命,只得忍痛将婉儿安排在别馆中,暗中仍时时有所来往。可惜此事不久被其母发现,一对相爱的人最终只得被迫分开。唐婉儿后来改嫁给同郡宗室赵士程。事有凑巧,数年后陆游闲游绍兴沈园,无意间与婉儿邂逅。婉儿将她与陆游这段婚姻如实告诉了赵士程,并命人为陆游送去了酒肴。陆游感慨万端,写下了这首情丝凝结的千年名篇。由于这首词人尽皆知,这里也就不再做什么"解析"了。

  陆游的爱情生活很不完美,他与唐婉儿这段婚姻,几乎折磨了他整整一生。直到晚年再过沈园,又写下两首绝句:"城上斜阳画角哀,沈园非复旧池台。伤心桥下春波绿,曾是惊鸿照影来。""梦断香消四十年,沈园柳老不吹绵。此身行作稽山土,犹吊遗踪一泫然。"明人瞿佑《归田诗话》称这两首诗"意极哀怨""盖终不能忘情焉尔"。宋人韩世崇《随隐漫录》又载,陆游在蜀中时,有一次在驿站歇宿,见墙壁上有题诗云:"玉阶蟋蟀闹清夜,金井梧桐辞故枝。一枕凄凉眠不得,呼灯起作感秋诗。"陆游打听到此诗的作者乃一个驿卒的女儿,于是纳她为小妾。不到半年,小妾又被陆游继室赶出了家门。小妾临行时作《生查子》词云:"只知眉上愁,不识愁来路。窗外有芭蕉,阵阵黄昏雨。晓起理残妆,整顿教愁去。不合画春山,依旧留愁住。"清人陈廷焯《白雨斋词话》卷六感慨道:"放翁词'山盟虽在,锦书难托。莫莫莫',放翁伤其妻之作也。'不合画春山,依旧留愁住',放翁妾别放翁词也。前则迫于其母而出其妻,后者迫于后妻而不能庇一妾,何所遭之不偶也。至两词皆不免于怨,而情自可哀。"

诉衷情（当年万里觅封侯）

当年万里觅封侯①，匹马戍梁州②。关河梦断何处③？尘暗旧貂裘④。　胡未灭⑤，鬓先秋⑥，泪空流。此生谁料，心在天山⑦，身老沧洲⑧。

[注释]

①万里觅封侯：奔赴万里之外的疆场，建功立业以求功名。《后汉书·班超传》："大丈夫无它志略，犹当效傅介子、张骞立功异域，以取封侯，安能久事笔研间乎？"　②戍：戍守。梁州：古代州名，指以今陕西汉中为中心的一带地区。《宋史·地理志》："兴元府，梁州，汉中郡，山南西道节度。"　③关河：边关的山河。　④尘暗旧貂裘：貂裘上布满了尘土，显得十分灰暗。《战国策·秦策》："（苏秦）说秦王书十上而说不行。黑貂之裘弊，黄金百斤尽，资用乏绝，去秦而归。"　⑤胡未灭：还没有击败金国侵略者。胡，古代对北伐夷狄的称呼。　⑥鬓先秋：鬓发已经稀疏花白。秋，喻鬓发不再光鲜，如同秋天的草木开始衰败。　⑦天山：代指宋金西北边境。　⑧沧洲：水中小洲，古人常代指隐居之处。

[解析]

此词作于作者晚年退居山阴老家之时。乾道八年（1172），孝宗立志进兵中原，并在西北地区部署重兵，命副相虞允文前往督军经营，形势一片喜人。陆游应四川宣抚使王炎之邀前往南郑军中供职，度过了半年多的军旅生涯。这期间他的官衔是"四川宣抚司干办公事兼检法官"，在南郑和前线间频繁往来,先后到过仙人原、黄花驿、定军山、大散关等地。作者一直把那段日子看作一生中最有意义的时光。不幸的是,孝宗这次的备战,最终以虞允文病逝、主和派阻挠无果而终,陆游也只能离开南郑回到成都,担任了蜀州通判。淳熙十六年(1189),作者被罢官回到山阴,仍非常怀念那段可歌可泣的峥嵘岁月,写下了不少追忆往昔的诗词,这首《诉衷情》就是其中之一。

上阕起手二句直入主题,抒写当年怀着满腔热血奔赴疆场的飒爽英姿和万丈豪情。作者以古人班超自比,认为大丈夫就应该投笔从戎、立功异域,以取封侯,实现自己的人生价值。初读这两句,会令人精神为之一振,然而接下来作者笔锋陡转,很快回到了冰冷的现实中:看看如今,那喋血疆场的壮烈场景只能是一场梦了,当年从军时穿过的战袍因年岁太久,已变得灰暗不堪了。下阕继续这种悲凉的情绪,作者扼腕叹息道:金贼还没有被赶走,山河还没有一统,而自己却已渐入老年,这是何等的无奈!此处用一个"先"字点染,随后引出"泪空流"的悲愤。有学者评论说:"'胡未灭,鬓先秋,泪空流'三句说尽平生不得志。放眼西北,神州陆沉,残虏未扫;回首人生,流年暗度,两鬓已苍;沉思往事,雄心虽在,壮志难酬。沉痛的感情越转越深。"点评得相当准确。

谢池春（壮岁从戎①）

壮岁从戎,曾是气吞残虏②。阵云高③、狼烟夜举④。朱颜青鬓⑤,拥雕戈西戍⑥。笑儒冠、自来多误⑦。　　功名梦断,却泛扁舟吴楚⑧。漫悲歌⑨、伤怀吊古。烟波无际,望秦关何处⑩?叹流年、又成虚度⑪。

[注释]

①壮岁从戎：壮年时投笔从戎。　②残虏：凶残的金敌。　③阵云：战阵上空的浓云。　④狼烟夜举：指兴元前线的戍楼上时不时会点起烽火。狼烟，烽火。　⑤朱颜青鬓：指当时作者尚在壮年，满面红光，鬓发乌亮。　⑥雕戈：刻绘花纹的戈。《国语·晋语三》："穆公衡雕戈出见使者。"韦昭注："雕，镂也。"西戍：戍守西陲。指乾道八年作者在兴元从军之事。　⑦儒冠：书生所戴的冠。自来多误：杜甫《奉赠韦左丞丈二十二韵》："纨袴不饿死，儒冠多误身。"　⑧泛扁舟吴楚：驾着一叶扁舟游历吴楚之地。　⑨漫悲歌：徒然唱着悲凉的歌曲。　⑩秦关：秦时修筑的关塞，代指西北大散关等关隘。此句感叹不知何时还能回到边关为国效力。　⑪流年：逐渐消失的年华。

[解析]

这首词当作于淳熙十六年（1189）作者罢官归乡之后，其立意与上首《诉衷情》完全相同，都在追忆当年"匹马戍梁州"的壮烈情怀。有学者称此词"上阕点出镇江及南郑两度从军事"，根据是"三十曰壮。此句指隆兴元年（1163）陆游通判镇江府事发表的那一年"（朱东润《陆游选集》）。此说恐怕不妥。从词面上看，作者所写的内容都是西北从军时的场景，仅仅靠一句"壮岁从戎"就断定指隆兴元年之事，未免太过拘泥。更何况那一年陆游所任为镇江通判，是地地道道的文职官员，当时他只是看到宋朝的舰船列队待发，自己并没有参与其中，故与"从戎"完全不沾边。

上阕写对以往那段如火如荼的军旅生涯深深的感喟。遥想当年，作者曾是那样地意气风发，那样地胸怀大志，豪情万丈，何等振奋。下阕情绪急转直下，作者又在感慨自小读书，为儒家之说所误，没能自幼从军喋血疆场，以至年纪老大仍一事无成，更没有为祖国做出应有的贡献。垂老之年，只能泛扁舟于吴楚，即便还有报国之心，也只能沉浸在伤怀吊古的悲歌中。这种无奈与悲凉，时时咬啮着他的内心。全词写得沉痛哀婉。"当年"与"而今"的冰火之异形成鲜明对照，感人至深。

破阵子（仕至千钟良易）

仕至千钟良易①，年过七十常稀②。眼底荣华元是梦，身后声名不自知。营营端为谁③？　　幸有旗亭沽酒④，何妨茧纸题诗⑤。幽谷云萝朝采药⑥，静院轩窗夕对棋。不归真个痴！

[注释]

①仕至千钟良易：仕宦达到千钟之禄很容易。千钟，指高官优厚的俸禄。　②年过七十常稀：杜甫《曲江二首》之二："酒债寻常行处有，人生七十古来稀。"　③营营：追求奔逐。端为谁：到底是为了谁。　④旗亭沽酒：到旗亭买酒。古代酒楼前面张挂酒旗招徕顾客，故称旗亭。⑤茧纸：用蚕茧制作的纸。唐韩偓《红芭蕉赋》："谢家之丽句难穷，多烘茧纸。"　⑥云萝：又名藤萝，今称紫藤。因其藤茎屈曲攀绕如云之缭绕，故称。

[解析]

　　这首词的基调是开解烦愁。作者认为，人活一世想要谋求高官厚禄并不算难，只要肯耍流氓手段，肯昧天地良心，总会得到大大的"收获"。但是有一点，"世间公道唯白发，贵人头上不曾饶"，你想长生不死是做不到的。秦始皇怎么样？汉武帝又怎么样？阎王叫你三更死，你绝对熬不过五更天。到那时你才会明白，眼前的一切荣华富贵只不过是一场梦而已，咽气时什么也带不走。想青史留名？那也不是谁说了就能算数的，后来人怎么评价你，那是后人的事。这个想法一出现，作者马上想到自己大半生的经历：少年时意气昂扬，恨不得立刻就能指点江山，挥斥方遒，结果连个进士都考不取！壮年时豪情万丈，不远万里来到南郑，恨不得明天就把金贼消灭干净，结果朝廷一纸文书，只能灰溜溜地回到蜀中，做那些自认为不屑一顾的俗事。由此而言，无论一个人如何抱负远大，如何热血沸腾，都是一厢情愿罢了。能自作主张的，只有喝酒题诗、采药下棋。这番道理想通了，解决的办法就有了：离开蜀中，回山阴去，因为只有那里才是能够见到自我的地方！作者如此说，说的其实都是反话，他只是在为自己的宏大愿望得不到别人的理解而备感苦恼，过过嘴瘾罢了。

桃源忆故人 _(题华山图①)

　　中原当日三川震②，关辅回头煨烬③。泪尽两河征镇④，日望中兴运⑤。　　秋风霜满青青鬓⑥，老却新丰英俊⑦。云外华山千仞，依旧无人问⑧。

[注释]

①华山：五岳之西岳，即太华山。《读史方舆纪要》卷五十二："太华山在西安府华州华阴县南十里，即西岳也。……《山海经》：太华之山，削成而四方，高五千仞，广十里，远而望之，若华然，故曰华山。"
②三川：西周时三条河流的合称。《国语·周语》上："幽王二年，西周三川皆震。"韦昭注："三川，泾、渭、洛，出于岐山。"意谓泾水、渭水和洛水均发源于岐山。　③关辅：关中三辅地区。关指的是函谷关，三辅指的是关中平原一带。汉代在长安左近设左冯翊、右扶风，连同长安，合称三辅。煨烬：被烧成灰烬，指遭到金人的烧杀变成了一片灰烬。　④两河：宋代以河北、河东地区为两河。《宋史·李纲传》："莫若于河北置招抚司，河东置经制司，择有材略者为之使，宣谕天子恩德，所以不忍弃两河于敌国之意。"征镇：魏晋以来将军、大将军的称号，有征东、镇东、征西、镇西之类，监临军事，守卫地方，总称为征镇。《三国志·魏志·高贵乡公髦传》："四方征镇宣力之佐，皆积德累功，忠勤帝室。"后亦称地方长官为征镇。此处指征镇统辖的地区和人民。《新唐书·狄仁杰传》："宽征镇之徭，省不急之务。"　⑤中兴运：光复旧疆重新振兴国家的时运。　⑥霜满青青鬓：白霜染尽头上的乌发，指头发变白。　⑦新丰英俊：指唐代马周。《旧唐书·马周传》："马周字宾王，清河茌平人也。少孤贫，好学。……宿于新丰逆旅，主人唯供诸商贩而不顾待周，遂命酒一斗八升，悠然独酌，主人深异之。至京师，舍于中郎将常何之家。贞观五年，太宗令百僚上书言得失，何以武吏不涉经学，周乃为何陈便宜二十余事，令奏之，事皆合旨。太宗怪其能，问何，何答曰：'此非臣所能，家客马周具草也。每与臣言，未尝不以忠孝为意。'太宗即日召之，未至间，遣使催促者数四。及谒见，与语甚悦，令直门下省。六年，授监察御史，

奉使称旨。帝以常何举得其人,赐帛三百匹。"此处作者以马周自比,慨叹遇不到常何那样的慧眼之人推举自己。　⑧依旧无人问:仍然无人过问。意谓眼看着华山被金贼划入版图,却没有人想着要收复其地。

[解析]

这首词作于作者自南郑回成都前后。上阕回忆靖康之祸,使中原关辅大片领土沦于敌手,那些曾是大宋黎民的百姓,日日切盼着王师北伐收复旧疆。下阕感慨自己空有一颗报国之心,却得不到大臣们的青睐,自己也已从壮年走向老年。更可浩叹的是,这么多年过去,沦陷的国土依然没有回归的可能,这些国仇家恨,何时才能有个了结?全词充满了忧国忧民的悲怆、怀才不遇的遗憾和渴望祖国统一的热切愿望。

鹧鸪天（葭萌驿作①）

看尽巴山看蜀山②,子规江上过春残③。惯眠古驿常安枕,熟听《阳关》不惨颜④。　慵服气⑤,懒烧丹⑥。不妨青鬓戏人间⑦。秘传一字神仙诀,说与君知只是顽⑧。

[注释]

①葭(jiā)萌驿:古驿道名,在今四川剑阁附近,西傍嘉陵江,是古代蜀道上最著名的古驿之一。　②看尽巴山看蜀山:看完了巴山再看蜀中之山。作者曾在夔州当过通判,夔州属古巴地,故云。　③子规江上过春残:子规鸟飞过嘉陵江时,已是暮春将尽。子规,又叫杜宇、杜鹃,多在五六月间鸣叫,昼夜不止,发出的声音极其哀切。　④《阳关》:古曲

名,源自唐人王维《渭城曲》:"渭城朝雨浥轻尘,客舍青青柳色新。劝君更尽一杯酒,西出阳关无故人。"惨颜:内心悲伤,面色凄惨。 ⑤慵:懒怠。服气:道家修炼方式之一,吸收大自然灵气,吞服自然精华之气,即所谓吐故纳新。 ⑥烧丹:炼丹,是古代道家的一种内服型修炼之术。因其主要成分是水银,所以很多人服用后中毒而死。 ⑦青鬓戏人间:满头黑发游戏人间。 ⑧说与君知只是顽:告诉你吧,我的神仙秘诀就是一个字——顽。

[解析]

　　这首词作于作者从南郑回到蜀中时。陆游入蜀最早在乾道六年(1170),那时到夔州只是一次再寻常不过的地方官任命。乾道八年(1172),政局发生了颠覆性的变化,朝廷决意与金人开战,作者以极大的热忱继续北上,来到地处前线的南郑,可惜没过多久,朝廷又放弃了北伐计划,于是作者只能回到蜀中。前后四五年间,作者的情绪起伏非常之大,这种完全由外界造成的变化,很长一段时间里令他深感无法适应,甚至干脆找不到自己应在的位置。本词表达的,正是这种情绪的真实写照。"看尽巴山看蜀山",陆某究竟是该看巴山呢,还是该看蜀山?既然不知所以,索性来个"惯眠古驿常安枕,熟听《阳关》不惨颜",反倒过得踏实些。那些所谓的养生之道,他根本不感兴趣,想来想去如今能调节身心的,只有随俗取乐,既省心思又过得快活。想当神仙吗?那就跟我学,不要想什么国家大事,那是庙堂之事,跟小官黎民没什么关系。也不要想什么报效国家抗击金人的事,那也不是谁说报效就能报效的,你想报效,人家给不给你机会不是你说了算。想长寿吗?灵丹妙药都是胡扯,最好的长寿秘诀只有一个字——顽。啥叫顽?看到小孩子了吗?想玩就玩,想睡就睡,想吃就吃,想喝就喝。没得吃喝可以大哭一场耍耍无赖。睡到日上三竿有啥了不起，只要自己高兴。不知您看了他这些胡言乱语后有何感想？您相信他的话吗？

长相思（云千重）

云千重，水千重。身在千重云水中。月明收钓筒①。　头未童②，耳未聋。得酒犹能双脸红③。一尊谁与同？

[注释]

①月明收钓筒：垂钓到月亮升起才将钓竿收起。意谓在水边流连甚久。　②头未童：头顶还没有秃。童，头秃。　③得酒犹能双脸红：饮酒之后还能脸红耳热。谓自己还是个能做事情的正常人。

[解析]

这首小词作于作者从蜀中回到家乡之后。上阕言"云千重，水千重。身在千重云水中"，从字面上看，是说自己遭到罢免后回到了山重水复的绍兴老家，真正要表达的则是内心的苦闷。作者一向主张抗击金贼，好不容易得到了奔赴前线的机会，却只有短短半年多的时间，而且一事无成便莫名其妙地受到了"山重水复"的困扰，大志难酬，如今能做的只剩下临溪垂钓，虚耗时光。下阕直言自己还没到头秃齿缺、耳聋眼花的年纪，饮酒时还能酒酣胸胆、两颊发红。可惜即便有着昂扬的斗志和健康的体魄，也找不到报国的机会了。举目之间，还有几个人能与自己志同道合？全词哀怨中满含无法排解的忧闷，读来令人惋叹。

诉衷情（青衫初入九重城①）

青衫初入九重城，结友尽豪英。蜡封夜半传檄②，驰骑谕幽并③。　时易失，志难成。鬓丝生。平章风月④，弹压江山⑤，别是功名⑥。

[注释]

①青衫初入九重城：年轻之时来到帝王所在的都城求取功名。古代天子所居有城九重，故以九重代指帝都。《楚辞·九辩》："君之门以九重。"　②蜡封：为保密封在蜡丸里的军书。　③谕幽并：将军书传谕到边城重镇。幽并，古九州中的幽州和并州。幽州指今河北北部一带，并州指今山西北部一带。此处代指北方临敌的前沿地区。作者乾道末年在南郑从军时，曾多次到过大散关、大安军等前线州郡。　④平章风月：作者曾写过一首《予十年间两坐斥，罪虽擢发莫数，而诗为首，谓之"嘲咏风月"。既还山，遂以"风月"名小轩》的诗，说他两度遭贬的缘由是喜好作诗嘲咏风月，可为此句注脚。平章，品评，撑阖。　⑤弹压江山：描绘江山胜景，此处指写诗填词抒写对自然的感受。　⑥别是功名：是另一种寻求功名的途径。

[解析]

这首词作于作者晚年遭贬之后，在写作上作者采取了前后对比的手法。上阕作者回忆年轻时的万丈豪情，而且是从"初入九重"写起，那时曾是多么意气风发，结交了很多志同道合的朋友，彼此间互相激励，为抗击金贼做过实实在在的努力，把军书传递到千里之外的前沿重镇，那种生活是何等的酣畅淋漓，何等的振奋人心。下阕回到现实，作者感慨时光易逝、壮志难酬的苦闷之情，他甚至不敢面对镜子，生怕看到自己从一个热血男儿变成两鬓斑白的老者。如今的自己还能做什么？恐怕只剩写诗填词来表达对祖国的忠贞和对金人的憎恨了。即便如此，还有人别有用心地指责陆某不务正业，醉心于"平章风月，弹压江山"。作者不无愤慨地申辩道：用文章诗词表达爱国之情，难道不是另一种情怀吗？他坚信这些"平章风月，弹压江山"的作品是另一种功名，而绝非纯粹的风花雪月，它们的价值一定会得到后世的认可，让后人明白，宋朝那个陆游一生都在为光复中原高声呐喊，直到生命的最后一息。

蝶恋花（桐叶晨飘蛩夜语①）

桐叶晨飘蛩夜语，旅思秋光②，黯黯长安路③。忽记横戈盘马处④，散关清渭应如故⑤。　　江海轻舟今已具⑥，一卷兵书，叹息无人付。早信此生终不遇⑦，当年悔草《长杨赋》⑧。

[注释]

①蛩（qióng）：蟋蟀的别名。南朝宋鲍照《拟古》诗之七："秋蛩扶户吟，寒妇晨夜织。"　②旅思：羁旅的愁思。南朝齐谢朓《之宣城出新林浦向板桥》诗："旅思倦摇摇，孤游昔已屡。"　③黯（àn）黯：昏黑之貌。长安路：通往帝都之路。长安，汉唐都城，在今陕西西安，后多用来代指当朝的都城。　④盘马：骑在马上驰骋回旋。　⑤散关：大散关，

南宋与金交界的重要关隘。清渭：清澈的渭水。渭水是黄河最大的支流。发源于甘肃渭源鸟鼠山，流经今甘肃天水和陕西宝鸡、咸阳、西安、渭南等地，至潼关汇入黄河。南宋时为宋、金交界处的河流。　⑥江海轻舟今已具：赋闲家居泛舟江海已成事实。江海，指隐士所居之处。《庄子·刻意》："就薮泽，处闲旷，钓鱼闲处，无为而已矣。此江海之士，避世之人。"　⑦不遇：得不到当权者的重视。　⑧《长杨赋》：西汉扬雄写的一篇大赋。此赋以田猎为主要内容，讽刺了成帝背离祖训，不顾民生的荒淫生活。内中又涉及汉高祖为民请命、文帝节俭守成、武帝解除边患等历史事件，用对比的方法颂古鉴今。此处代指作者曾多次上书，讽劝帝王当以抗金复国为要务，却没能得到应有的重视。早知如此，还要写那些章奏干什么？

[解析]

　　这首词或作于作者自南郑前沿回到内地之时。乾道末年，作者满怀激情地参加了王炎大军，担任王炎的幕僚，谁知好景不长，不到一年的时间，这场准备了很久的北伐计划便宣告流产，他不得不离开南郑回到成都等待新命。这一路作者思绪万千，那些曾经"横戈盘马"的去处，那些可以见证作者豪情的关隘流水，宛如还在眼前一样无法忘怀，表现了一个有志于国的壮烈之士内心的苦痛与无奈。下阕说到自己的前景：除了抗金大业，还能做些什么呢？随后是一连串的牢骚：早知大志难成，当初还那么满怀激情地为朝廷献策，岂不是太幼稚了？这几句都是正话反说，表达的是当今朝廷里主战的人少而主和的人多，即便自己再有激情，也很难成就千载功名。

谢池春（七十衰翁）

七十衰翁，不减少年豪气。似天山、凄凉病骥①。铜驼荆棘②，洒临风清泪。甚情怀、伴人儿戏。　　如今何幸，作个故溪归计③。鹤飞来、晴岚暖翠。玉壶春酒，约群仙同醉。洞天寒④、露桃开未⑤？

[注释]

①凄凉病骥：孤独凄凉而有病的老马。　②铜驼荆棘：形容国土沦陷后的残破景象。这里指旧京汴梁如今仍在金贼手中，早已变得破败不堪。《晋书·索靖传》："靖有先识远量，知天下将乱，指洛阳宫门铜驼，叹曰：'会见汝在荆棘中耳！'"　③作个故溪归计：做好回到故乡垂钓清溪的规划。　④洞天：道教称神仙所居之处，意谓洞中别有天地。后亦常指风景胜地，此处指的是家乡"故溪"。　⑤露桃：桃花。《乐府诗集·相和歌辞三·鸡鸣》："桃生露井上，李树生桃旁。"后代文人常用"露桃"称桃树或桃花。

[解析]

据作者自称"七十衰翁"，此词当作于光宗绍熙末年，作者在礼部郎中兼实录院检讨官任上遭到罢免、提举武夷山冲祐观归乡闲居的路上。上阕写得很有意思，初入笔时，作者高声大呼"七十衰翁，不减少年豪气"，读之令人心头一震：这位老人年已七十，还那么有豪气，实在是可敬可佩。谁知这仅仅是虚晃一枪，用现在的话说是在故意"咋呼"，接下来就完全不是这种情绪了：唉，可惜我这匹又老又病的马，如今只能明里张狂暗里垂泪了。故都汴京的残破，还用细细去考察吗？城门前那匹铜驼，一定在不停地抛洒着悲凉的清泪。"洒临风清泪"五个字，可以理解为汴京铜驼，也可以理解成作者自己，其实不管铜驼如何，身为大宋臣民的作者不也在日复一日地抛洒着悲凉的眼泪吗？"甚情怀、伴人儿戏"的意思是，在这样的局面中，哪个还有情绪陪伴别人玩那些无谓的游戏？这话里既有作者的无奈，更有其无法排抑的愤懑不平。

下阕进入自我开解的状态：既然报国无门，索性回家隐居吧。如同一只白鹤，总还有"晴岚暖翠"可以栖身吧？故乡不是还有些亲朋故旧嘛，可以无拘无束地约他们一醉方休。最后一句表现作者急于回到家乡的急切心情：不知那寒冷的仙乡里，桃花是否已经开了？人总要活下去嘛，在朝无所作为，回乡还可以欣赏满山的鲜花，也算是另类的陶醉吧。

极相思（江头疏雨轻烟）

江头疏雨轻烟，寒食落花天①。翻红坠素②，残霞暗锦③，一段凄然。　惆怅东君堪恨处④，也不念、冷落尊前。那堪更看，漫空相趁⑤，柳絮榆钱。

[注释]

①寒食：古代节日名，在每年清明前一两天。相传春秋时晋文公负其功臣介之推。介愤然隐于绵山之中。后文公悔悟，烧山逼令介之推出仕，介抱树焚死。后人同情他的遭遇，相约于其忌日禁火冷食，以为悼念，故

谓之寒食。 ②翻红坠素：红花在风中翻动，有些已经凋谢的花瓣则落在了地上。 ③残霞暗锦：如同织锦的残霞渐渐暗去。 ④东君：传说中的太阳之神，指太阳。 ⑤漫空：满空中。相趁：相伴相随。

[解析]

这首词作于成都，作者抒写的是因朝廷罢战而引发的愁闷之情。上阕写寒食之时，江上一片烟霭，百花纷纷凋谢，这些景象加重了作者本已凄然的心境，于是下阕继续写道：可恨的东君，你难道不懂得把酒临风的陆某内心是何等凄凉吗？为什么如此无情，将满园春色一扫而光？看看满空中乱飞的柳絮榆钱，作者却认为这是东君肆无忌惮的恶作剧，好像在故意戏耍他。然而不管是无情还是戏耍，作者只能接受和忍受，因为"东君"的力量是强大而且无限的，身为一介书生，除了牢骚之外，什么力量也没有。

全词很少出现人的影像，主要是通过一系列的外界景物来烘托作者内心的愁苦，写得如泣如诉，婉转动人。

水龙吟（春日游摩诃池①）

摩诃池上追游路，红绿参差春晚②。韶光妍媚③，海棠如醉，桃花欲暖。挑菜初闲④，禁烟将近⑤，一城丝管⑥。看金鞍争道⑦，香车飞盖⑧，争先占、新亭馆⑨。　　惆怅年华暗换。暗销魂、雨收云散。镜奁掩月⑩，钗梁折凤⑪，秦筝斜雁⑫。身在天涯，乱山孤垒⑬，危楼飞观⑭。叹春来只有，杨花和恨⑮，向东风满⑯。

[注释]

①摩诃（hē）池：后蜀宣华苑内的池塘，始建于隋代。后蜀孟昶即位后大加疏凿，又在其旁广筑亭榭，遂成为皇家园囿。后蜀灭亡后，此地仍为著名的游览胜地。　②红绿参差春晚：绿叶红花参差交互，已经到了暮春的季节。　③韶光：美丽的春光。妍媚：娇美可爱。　④挑菜：挖野菜。　⑤禁烟将近：寒食节即将到来。寒食，古节日名，参看上一首《极相思》注①。　⑥一城丝管：整个成都城内到处飘荡着丝竹之声。　⑦金鞍争道：戴有金鞍的宝马互相争抢着官道。　⑧香车飞盖：古代女子所乘之车称为香车。飞盖，车子疾驰时飘动的伞盖。　⑨争先占、新亭馆：都在抢占新落成的亭馆（行乐）。　⑩镜奁（lián）掩月：意谓镜奁的珠光宝气把月光都掩盖了。镜奁，盛放梳妆用具的匣子。即"镜箱"，又称"镜匣""妆奁"。　⑪钗梁：女子钗上的横梁。折凤：一本作"拆凤"。此处指女子钗梁上的凤饰倒挂在梁上，像是从钗梁折下一般。　⑫秦筝：筝是古代秦地的主要乐器，故称秦筝。斜雁：筝上面拴系丝弦的小柱，因其斜着排列，其状如雁，故称斜雁。唐李远《赠筝妓伍卿》诗："一行哀雁十三声。"　⑬乱山：蜀中多山，故称乱山。孤垒：本指孤立的堡寨。此处指远在天涯的一座城市，如同孤垒一般令人感到寂寞。　⑭危楼：高楼。飞观：高翘屋檐的楼馆。　⑮杨花和恨：杨花带着恨。此句化用苏轼《水龙吟·次韵章质夫杨花词》之意："春色三分，二分尘土，一分流水。细看来，不是杨花，点点是、离人泪。"　⑯向东风满：满满地飘荡在东风里。

[解析]

这首词作于作者自南郑回到成都之后。上阕描写成都春游的盛况，整体格调是欢快的，作者对此也持欣赏态度。"追游"二字，写出了当时士民对春游摩诃池近乎痴狂的心情,随后用"红绿参差"概括出成都暮春的景色,又用"海棠如醉,桃花欲暖"八个字进行了补充性描写,这样反复的渲染,可以让读者对当时的美景有更全面的感受,甚至产生亲临其境的感觉。景色写完后,作者将笔端迅速转移到"声"上来,你听那"一城丝管"是多么热闹。这样的点染,使整个画面既有景又有声,显得更加丰富多彩。到此为止还没有人的出现,于是作者不失时机地说道:哪能没有人?他们才是春游的主角嘛。你看到处是"金鞍争道,香车飞盖",这些人像小孩子玩耍一般,极富童趣地"争先占、新亭馆",好像稍迟一步就没有插足之地了!

下阕陡然间换了场景,虽然自己仍处在热闹非凡的环境中,心情却迥然不同了。面对"雨收云散",他感到的却是"销魂",想到的更是"乱山孤垒",刚才还好端端的心情顿时变得忧郁哀伤,甚至忽略了眼前美景,把苏轼那首《水龙吟》词中的感受搬了过来。苏轼说:"春色三分,二分尘土,一分流水。细看来,不是杨花,点点是、离人泪。"而作者说:"叹春来只有,杨花和恨,向东风满。"岂不是互为注脚的语句吗?清黄氏《蓼园词评》说:"放翁一生忧国之心,触处流出,无非一腔忠爱。此词辞虽含蓄,而意极沉痛。盖南渡国步日蹙,而上下安于逸乐,所谓'一城丝管'争占亭馆也。次阕自叹年华已晚,身安废弃,流落天涯,不能为力也。结句'恨向东风满',饶有沉雄郁勃之致,跃跃纸上。"真不愧是陆游的知音。

汉宫春（初自南郑来成都作）

羽箭雕弓，忆呼鹰古垒①，截虎平川②。吹笳暮归野帐③，雪压青毡。淋漓醉墨，看龙蛇、飞落蛮笺④。人误许、诗情将略⑤，一时才气超然。　　何事又作南来，看重阳药市⑥，元夕灯山⑦。花时万人乐处，欹帽垂鞭⑧。闻歌感旧，尚时时、流涕尊前。君记取，封侯事在⑨，功名不信由天⑩。

[注释]

①呼鹰：呼鹰以逐兽，指行猎。《新唐书·姚崇传》："帝曰：'公知猎乎？'（姚崇）对曰：'少所习也。臣年二十，居广成泽，以呼鹰逐兽为乐。'"古垒：旧时的营垒。　②截虎平川：打虎的平川。此二句均在言在南郑时的豪情。　③吹笳：吹响胡笳。笳，我国古代北方民族的管乐器，由张骞从西域带进中原，故称胡笳。野帐：临时在野外扎下的军帐。④看龙蛇、飞落蛮笺：指草写军书时文不加点如龙飞凤舞。龙蛇，喻草书的笔力遒劲。蛮笺，唐时高丽纸的别称，此处泛指纸张。　⑤人误许、诗情将略：别人都赞赏陆某既有诗情又有武略，是个文武双全的人才。⑥重阳药市：古时成都有各种专门市场。曹学佺《蜀中广记》卷五十五："九月初九日药市。"又："九月九日玉局观药市，宴监司宾僚于旧宣诏堂，晚饮于五门，凡三日。官为幕帝棚屋，以事游观。"　⑦元夕灯山：元宵节的灯山。宋人扎起架子，在架子上安放很多盏灯，灯同时亮起，宛如灯山。　⑧欹（qī）帽垂鞭：斜戴着帽子低垂着马鞭，形容人懒散随意

之态。　⑨封侯事在：作者追求的建功异域以求封侯的愿望。　⑩功名不信由天：不相信求取功名一定要有天助。

[解析]

　　这首词作于孝宗乾道九年（1173）。作者自南郑回到成都以后，情绪还没有特别低落。上阕作者回忆南郑那段军旅生活的畅快，写得豪情满怀，用语也极尽夸张之能事。"呼鹰古垒，截虎平川"，都是猛士所为，作者自诩就是这样的猛士。如果仅仅如此，他还不至于那样满足，更有旁人不能而自己擅长的作文功夫——越是趁酒，才思就越是敏捷，以至于龙蛇飞动，文不加点，落在蛮笺之上。这不是文武双全又是什么？这难道还称不上"诗情将略，才气超然"吗？那段岁月在陆游的人生中永远是最珍贵的记忆，以至他的很多诗词中，包括老年回到山阴家乡后，十之三四都含有那段时光的影子。

　　与之形成鲜明对照的是，一个马上就要一展雄才的觅封侯者，鬼使神差又回到了花团锦簇的成都，过起与南郑截然不同的闲散日子。如今的生活内容是"看重阳药市，元夕灯山"，当满都市的人欢声笑语冶游踏青时，他只能歪戴着帽子跟着起哄。人们的歌声非但没有给他带来欢快，反而令他因感旧而流泪。词的最后一句，情绪由低落转为激扬，他在努力鼓励自己：我就不信这辈子再也没有觅得封侯的机会，就看上天如何安排了！表现出作者与命运抗争的勇气和决心。

乌夜啼（檐角楠阴转日①）

　　檐角楠阴转日，楼前荔子吹花②。鹧鸪声里霜天晚③，叠鼓已催衙④。　乡梦时来枕上⑤，京书不到天涯⑥。邦人讼少文移省⑦，闲院自煎茶⑧。

[注释]

①楠阴转日：楠木的树荫随着阳光的挪移而改变。　②荔子吹花：荔枝已经吐出花蕊。　③霜天：本指深秋的天空，此处仅指天色。　④叠鼓：小声连续击鼓。《文选》谢朓《鼓吹曲》："凝笳翼高盖，叠鼓送华辀。"李善注："小击鼓谓之叠。"催衙：催促衙门中的官吏下班。　⑤乡梦时来枕上：时不时会做回到故乡的梦。　⑥京书不到天涯：京城的文书极少传到这个远在天涯的小州郡。此时作者在蜀中的小州为官，故称此郡远在天涯，很少受到朝廷关注。　⑦邦人：本州的百姓。讼少：没有多少诉讼案件。文移省：省去了很多往来文书。旧时知州最要紧的两件事，一是催租，二是断案。断案后需将初步结论呈报到上级路分长官，这种文书称为文移。　⑧煎茶：古代的茶都是煮熟才能饮用的，如同今青海、内蒙古草原地区的煮茶砖，故称煮茶或煎茶。

[解析]

这首词作于作者在蜀中担任知州时。作者从南郑回到蜀中后，乾道九年（1173）曾授通判蜀州，临时代理嘉州（今四川乐山）知州事。次年淳熙元年冬天（1174），又被命临时担任荣州（今四川荣县）知州。此词所指，应该是这几个州郡当中的一个。

这首词作者以十分闲适的笔墨描写了为官的一天：刚上班时看了看衙前楠木的树荫，又看了看刚刚开花的荔枝。不知不觉间，一天即将过去，轻而急的小鼓声报出了下班的信号。再看楠木的树荫，已经转了方向。下阕作者很明显把自己当成客居之人，所以说乡愁时时袭入梦中。与家乡数里相隔的都城临安,也基本上不可能有什么文书圣旨传到这里。好在此州百姓彼此相安,很少诉讼,他落得个自由自在,免去了多少文书之累?无事可做也不行,干什么呢?就在清清闲闲的小院里烹煮茗茶,也算是件有趣的事吧。

全词看似闲适,内中却隐含了作者浓浓的乡思之情。古往今来,大凡有大志者,决不会安于墨守一个小小官职。陆游也是一样,他的志向是马革裹尸、效死疆场,像这样毫无激情、半死不活的日子,怎么能拴住他那颗激烈跳荡的心?

乌夜啼(纨扇婵娟素月①)

纨扇婵娟素月,纱巾缥缈轻烟②。高槐叶长阴初合③,清润雨余天④。 弄笔斜行小草⑤,钩帘浅醉闲眠⑥。更无一点尘埃到,枕上听新蝉。

[注释]

①纨扇婵娟素月:像纨扇一样美好的明月。纨扇,用细绢制成形如满月的扇子,多为宫中女眷使用。婵娟,仪态美好之貌。按,此句与下句都是反喻,即用纨扇喻明月,用薄纱喻轻烟。 ②纱巾缥缈轻烟:像薄纱巾笼罩着的轻烟。 ③阴初合:树荫刚好遮满地面。 ④清润雨余天:雨过之后既清凉又潮润的天气。 ⑤弄笔:握笔写字。斜行:故意歪斜着书写。小草:指草书之字形小巧者。唐怀素有《小草千字文》。作者另有《村圃》诗:"小草临池学,新诗满竹题。"也是指这种字体。 ⑥钩帘:

把帘子钩起来。古代的帘子分为两体，两门旁各有一只钩，可以将帘子钩起透风透亮，也可以将帘子放下遮挡风雨。浅醉：微醉。

[解析]

　　这首小词描述的是作者闲居时的状态，由于作者使用了大量的描摹状语，所以写情写景、写静写动都很传神，比如："纨扇婵娟素月"，像纨扇一样的、美好的、皎洁的月；"纱巾缥缈轻烟"，像薄纱巾一样的、笼罩着的、轻薄的烟；"清润雨余天"，清润的、雨后的天；"弄笔斜行小草"，握笔斜写的、很小的草书；"钩帘浅醉闲眠"，钩起帘子之后的、微微的醉和闲适的眠；"枕上听新蝉"，躺在枕上听的、刚刚爬上树的蝉发出的叫声。整首词的意境空灵剔透，宛如仙境却又实在人间，体现出作者高超的造意能力，读来令人心旷神怡，甚至会不自觉地沉醉其中。

双头莲（呈范至能待制①）

　　华鬓星星②，惊壮志成虚，此身如寄③。萧条病骥④，向暗里⑤，消尽当年豪气。梦断故国山川，隔重重烟水。身万里⑥。旧社凋零⑦，青门俊游谁记⑧？　　尽道锦里繁华⑨，叹官闲昼永⑩，柴荆添睡⑪。清愁自醉。念此际，付与何人心事？纵有楚舵吴樯，知何时东逝⑫。空怅望，鲙美菰香，秋风又起⑬。

[注释]

　　①范至能：四川制置使范成大，字至能。孝宗淳熙二年（1175）出任四川制置使，此时陆游在其帐下为属僚。待制：宋代学士官名。《宋

史·范成大传》:"知静江府。……除敷文阁待制、四川制置使。"宋代制度,每位帝王崩逝之后,下一代帝王便新建一阁,用于收藏前代帝王在位时的文献资料。宋代最初修建的是龙图阁,阁成之后,朝廷安排学士、直学士、待制担任主要官员。初时这些学士官需到阁中公务,后来因这些学士官备受荣宠,故而朝廷也将这些官称授予朝野相应的官员,以为荣宠。故宋代官员彼此称呼时,大多以其学士官为首。学士官中,学士最高,直学士次之,待制又在其下。　②华鬓:花白鬓发。星星:头发白的样子。③如寄:如同寄居在外,言自己漂泊不定。　④萧条:孤独寂寞之貌。病骥:有病的马,此为作者自喻之词。　⑤向暗里:私下里。　⑥身万里:去家万里之遥。陆游家乡在今浙江绍兴,距成都万里之远。　⑦旧社:家乡的故人。古代每年有两个社日,是本地百姓祭祀当方土地神并相聚庆贺的节日。立春后第五个戊日为春社,立秋后第五个戊日为秋社。此处以家乡之社代指家乡故旧。凋零:死亡的婉称。　⑧青门:汉代长安东门,此处代指都城临安。俊游:昔日交游的旧友。　⑨锦里:本指成都城南锦江一带,后亦用作成都的别称。《蜀中广记》卷六十七:"锦城在笮桥东流江南岸,昔蜀时锦宫也,号锦里。城墉犹在。"　⑩官闲昼永:为官清闲,倒显得白天十分漫长。　⑪柴荆添睡:柴门之内徒增睡意。　⑫何时东逝:什么时候沿江东下返回浙江。　⑬鲙(kuài)美菰(gū)香,秋风又起:用晋代张翰辞官东归的典故。《世说新语·识鉴》:"张季鹰辟齐王东曹,在洛见秋风起,因思吴中菰菜羹、鲈鱼脍,曰:'人生贵得适意尔,何能羁宦数千里以要名爵?'遂命驾便归。"鲙,通"脍",把鱼肉切细。菰,菰米。

[解析]

此词作于孝宗淳熙二年(1175)秋,当时作者在成都帅臣范成大府中为幕僚。虽然作者与范成大私交甚好,但因其刚从南郑前线回来不久,为朝廷突然取消北伐深感郁闷,眼见得北伐大业遥遥无期,现任官职又闲散无聊,遂沉湎于诗酒之间,很多时候觉得待在蜀中,倒不如返回家乡更有意义。这首词就是在这种背景下写给范成大的。

上阕慨叹自己已非壮年,俨然成了一匹患病的老马流落在此。作者心中是充满怨气的:好端端的北伐大计,说取消就取消了,这让矢志报国的陆某情何以堪?如今这匹老马完全没有了它的价值,还赖在这里干什么?既然归兴已生,作者很自然想到山阴父老,或许已有不少人再也见不到了;临安豪俊,更不知他们今在何方。念及于此,作者的归心变得更加强烈。

下阕感叹眼下的日子过得毫无意义,官府无事可做,白天是那么漫长,回到柴门,也只是个倒头便睡。既然如此,何不向老友范待制言明心迹,让他放我陆某一马,允许我回到江南?末句用晋代张翰见秋风起命驾归家的典故,表明自己去意已决。有人说这首词虽然反复陈述壮志消沉之心和怀旧思乡之情,看似消极,却满含悲愤。此话不无道理。

秋波媚 (七月十六日晚登高兴亭望长安南山①)

秋到边城角声哀,烽火照高台②。悲歌击筑③,凭高酹酒④,此兴悠哉⑤! 多情谁似南山月,特地暮云开。灞桥烟柳⑥,曲江池馆⑦,应待人来⑧。

[注释]

①高兴亭：古亭阁名。据作者自注，此亭在南郑子城西北，与终南山相对。长安南山：长安以南的终南山。　②烽火照高台：烽火将高台照得通明。高台，烽火台。古代军中的烽火有两种用途，如有军情，则三举火；如果一切平静，则一举火。　③筑：古代弦乐器名，形似筝，一般为十三弦，弦下有柱。演奏时左手按住弦的一端，右手执竹尺击弦发音，故曰击筑。　④凭高：登高。酹酒：以酒浇地，表示祭奠。此处指登高畅饮。　⑤悠哉：悠闲之貌。　⑥灞桥：古桥名，故址在今陕西西安东二十五里。唐代长安人送别时，一般至此为止，折柳以赠远行之人。《三辅黄图》卷六："灞桥在长安东，跨水作桥。汉人送客至此桥，折柳赠别。"⑦曲江池馆：曲江一带的清池馆阁。曲江池故址在今陕西西安东南。秦为宜春苑，汉称乐游原。以其水流曲折，故称曲江。唐开元中大加疏凿，遂为胜景，是时人常去的游赏胜地。　⑧应待人来：应该是在等待我们的到来。

[解析]

这首词作于乾道八年（1172），作者时在南郑军中。当时的形势一片大好，朝廷上下都在积极备战，地处前线的南郑更是一派热火朝天的气象，所以此词也洋溢着即将取胜的欢欣和畅快。

上阕"角声哀"并非表示凄哀，而是在说南郑地区时时能听到呜咽的画角之声，说明宋朝军队一直处在紧张的战备状态。"烽火照高台"一句，也是在描写战前的状态。随后作者把笔端转向人，这里的军人们包括自己，人人思奋，个个慷慨，尽情饮酒，肆意高歌，那情景令人振奋，令人备受鼓舞。

下阕写到再寻常不过、几乎日日可见的"南山月"，它好像理解了人们的欢喜，竟将乌云拨开，露出一片皎洁。在这样的背景下，作者的思绪继续北移，他似乎看到那等待了几十年的灞桥烟柳、曲江池馆，正在焦急地恭候着王师的到来。全词慷慨激昂，此战必胜已经成了作者不打问号的坚定信念。

南乡子（早岁入皇州[①]）

早岁入皇州，樽酒相逢尽胜流[②]。三十年来真一梦，堪愁。客路萧萧两鬓秋[③]。　蓬峤偶重游[④]，不待人嘲我自羞。看镜倚楼俱已矣[⑤]，扁舟[⑥]。月笛烟蓑万事休[⑦]。

[注释]

①皇州：京城帝都，此处指临安。　②胜流：名流。《魏书·张纂传》："纂颇涉经史，雅有气尚，交结胜流。"　③客路：旅途，此处指人生的旅途。萧萧：冷落凄清之貌。两鬓秋：两鬓斑白。　④蓬峤（qiáo）：蓬莱仙山，此处代指皇都临安。峤，尖而高的山。　⑤看镜倚楼俱已矣：照镜登楼都已经成为往事，意思是现在既不照镜子又不登楼抒怀。⑥扁（piān）舟：小船。　⑦月笛烟蓑万事休：将世间万事都交付给月光笛声、蓑衣烟雨之中。

[解析]

这首词写作者晚年闲居的生活，颇有历尽沧桑的感慨。开篇作者回忆早年来到都城求取功名，当时正值年轻气盛，结交者大都是志同道合的豪侠之辈，每每所谈，都是如何抗击金贼光复旧京，那日子过得何等畅快。

一晃三十年过去，山河还是那半壁山河，京城还是那个"行在所"，这些年里，自己没能做成一件大事，只落得两鬓如霜而已。下阕写到自己偶然间再游临安，反觉得在任何人面前都很没面子，大有"破帽遮颜过闹市"的尴尬，不用别人讥笑，自己都感到深深的羞愧。以后千万不要再把自己当成什么重要角色了，连镜子都用不着去照，更别说登楼赋诗了！怎么活下去呢？只能避开他人，独自躲到僻静无人的地方消磨时光去。我们可以体会到，字面上虽然一派颓唐懒散，但作者心里的苦，都通过字里行间渗漏了出来：一切的尴尬，一切的无颜，都来自一个原因——终此一生，竟连个报效国家的机会都寻不到。

南乡子（归梦寄吴樯①）

归梦寄吴樯，水驿江程去路长。想见芳洲初系缆②，斜阳。烟树参差认武昌③。　　愁鬓点新霜④，曾是朝衣染御香⑤。重到故乡交旧少，凄凉。却恐它乡胜故乡。

[注释]

①吴樯：来往于吴地的船只。　②芳洲：指武昌的鹦鹉洲。唐崔颢《黄鹤楼》："晴川历历汉阳树，芳草萋萋鹦鹉洲。"系缆：停泊。缆，系船的绳索。　③烟树：烟霭笼罩的树木。参差：依稀。武昌：在今湖北武汉市武昌区。　④愁鬓点新霜：本已愁白了的鬓发上又增添了白发。⑤曾是朝衣染御香：这身官服也曾熏染过御香。作者入蜀前曾为枢密院编修官，属于京朝官序列，故称此衣上留有天子香炉中的香气。

[解析]

这首词作于作者自蜀中返回故乡山阴的途中。作者自孝宗乾道六年（1170）到达夔州，就算入川了。乾道八年（1172）从夔州去到南郑，仍在蜀地，乾道九年（1173）回到成都，直至淳熙五年（1178）受召回到临安府，前后共计九年之久。这些年里，他无时无刻地怀念着故乡，特别是北伐搁浅回到成都后，他的意志不可能不消沉，而人们每当消沉时，最先想到的就是故乡。如今终于得到了出川的圣命，作者自然百感交集，一方面舍不得蜀中故友，另一方面又急切地渴望回到阔别已久的故乡，体现了作者最真实的乡愁情结。

开篇直言数年以来"归梦寄吴樯"，给人归心似箭的强烈感觉。但路途漫漫，想要回到故乡，却不是一朝一夕的事。你看，走了这么久，还没到一半呢。好在前面不远就是武昌了，可以想象和估算，照此速度抵达武昌系船上岸，肯定已是夕阳西下的时分。下阕写作者内心复杂的愁情。一是愁自己年岁越来越大，白发不可遏止地日日增加。二是愁这次离开蜀中，只恐再度返回是难上加难了，这些年在蜀中走过的山山水水是那样地难忘，特别是在蜀中交往的好友，何时能再重逢，更是无法预料。由此作者的感情发生了逆转：那早已陌生了的故乡还有几个故交？即便回到故乡，内心也会因缺少知心好友而感到凄凉。从这个意义上说，他乡蜀地反倒胜过故乡山阴了。

鹧鸪天（懒向青门学种瓜[①]）

懒向青门学种瓜，只将渔钓送年华[②]。双双新燕飞春岸，片片轻鸥落晚沙。　歌缥渺,橹呕哑③,酒如清露鲊如花④。逢人问道归何处,笑指船儿此是家。

[注释]

①青门学种瓜:《三辅黄图·都城十二门》:"长安城东,出南头第一门曰霸城门。民见门色青,名曰青城门,或曰青门。门外旧出佳瓜,广陵人召平为秦东陵侯,秦破,为布衣,种瓜青门外。"青门,汉长安城的东南门。　②只将渔钓送年华:只以垂钓的方式打发岁月。　③呕哑(ōu yā):摇橹发出的声音。　④鲊(zhǎ):用盐和红曲腌制的鱼。

[解析]

这首小词意态闲散,尽管作者仍然对中原未能收复深感忧虑,但因年岁老大,又被排斥于朝廷之外,成了个货真价实的闲散人员,也只能强颜欢笑,过起渔钓生活。前两句像在开玩笑:我可不学召平种瓜于青门之外,我选择的方式是垂钓,一边钓鱼一边欣赏着燕子飞过春天的水岸,成片的鸥鸟降落在水边的沙滩。下阕写得更加美妙:歌声缥缥缈缈,橹声吱吱呀呀,斟上小酒摆上鲊鱼,就在这船上消遥度日。每当有人问起我要回哪里时,我便笑呵呵地回答他说:"这条小船就是我的家。"全词不仅把外物描写得栩栩如生,同时将声响刻画得如同在耳,形成一幅有景有声、有情有趣的写生画,而作者的形象和感情,也都包含在画中了。

夜游宫（记梦寄师伯浑）

雪晓清笳乱起①,梦游处、不知何地。铁骑无声望似水②。想关河,雁门西③,青海际④。 睡觉寒灯里⑤,漏声断月斜窗纸。自许封侯在万里⑥。有谁知,鬓虽残,心未死。

[注释]

①雪晓:下雪的清晨。清笳乱起:到处都是吹奏胡笳之声。 ②铁骑无声望似水:铁骑无数,看上去像是江河之水。意谓战马都被闲置,没有起到应有的作用。 ③雁门:雁门关,又名雁门塞,在今山西代县,是古代非常重要的军事关塞。 ④青海:湖泊名,我国最大的咸水湖。古时又名鲜水、西海,北魏时始名青海。《北史·吐谷浑传》:"青海周围千余里,海内有小山。"杜甫《兵车行》:"君不见青海头,古来白骨无人收。" ⑤睡觉(jué):睡醒。寒灯里:面对孤灯。 ⑥自许封侯在万里:自己曾立下誓言,一定要达到"万里觅封侯"的宏伟目标。

[解析]

这首词里提到的"师伯浑",可能是作者在南郑时的旧友。小词写得语意深沉,读罢能让人恍惚间看到作者"鬓虽残,心未死"的人生状态。陆游写梦的诗词不在少数,这首词相对来说格调更沉浑,情感也更加沧桑。全词没有隐晦也没有婉曲,从头到尾直抒胸臆。开篇别具一格地提到"梦游处、不知何地",这就很有韵味。他究竟梦见到了何处呢?看看他梦中所见就明白了。他看见了成千上万的战马,只是这些战马整整齐齐地排列在一起,气势不可谓不壮观,但却"无声"。你说这是什么地方?什么阵势?成群的战马,给作者的感觉是大宋朝并非没有击败金贼的能力,"无声",却又令作者万分无奈,于是作者展开想象的翅膀,告诉读者:凭着大宋的军事实力,不管是雁门西还是青海际,都能够扫尽狼烟,打败敌人!

下阕写梦醒,眼前再也见不到成群的战马,只有滴漏声有节奏地传来,惨淡的月光斜照着窗纸,这种景象的凄凉,读者完全可以想象得到。此时他回想起"当年万里觅封侯,匹马戍梁州"的豪情壮志,不由悲从中来,眼看着年轮更替,岁月蹉跎,至今一事无成,谁能无动于衷?于是他再次由衷地表白心迹:尽管如今已是两鬓如霜,当年那份豪气却丝毫没减,这是一个臣子对朝廷、对百姓的耿耿忠心,也是一个爱国者永远不变的初心。

夜游宫(宫词①)

独夜寒侵翠被②,奈幽梦不成还起③。欲写新愁泪溅纸。忆承恩④,叹余生,今至此。簌簌灯花坠⑤,问此际、报人何事⑥?咫尺长门过万里⑦。恨君心,似危栏,难久倚。

[注释]

①宫词:以后宫生活为基本内容的小词。 ②独夜:孤独的夜晚。意谓已被帝王冷落独眠。翠被:绣有翡翠纹饰的被子。南朝梁简文帝《绍古歌》:"网户珠缀曲琼钩,芳茵翠被香气流。" ③幽梦不成还起:难以成眠,索性起身。幽梦,本指忧愁之梦,此处泛指睡梦。 ④承恩:得到帝王的宠幸。白居易《长恨歌》:"侍儿扶起娇无力,始是新承恩泽时。" ⑤簌(sù)簌:飘落之貌。灯花坠:表示没有喜兆。灯花,灯芯余烬结成的花状物。俗以灯花凝结为喜兆。杜甫《独酌成诗》:"灯花何太喜?酒绿正相亲。" ⑥此际:此时。报人何事:能有什么消息报给我。

⑦咫尺长门过万里：意谓长门宫距帝王所居的未央宫近在咫尺，如今却好像隔着万里之遥。长门，汉代宫名，汉武帝陈皇后幽居之宫。《文选》司马相如《长门赋》："孝武皇帝陈皇后时得幸，颇妒。别在长门宫，愁闷悲思。"李善注："陈皇后者，长公主嫖女也。……武帝得立为太子，长公主有力，取主女为妃。及帝即位，立为皇后，擅宠骄贵，十余年而无子。闻卫子夫得幸，几死者数焉。元光五年，坐女子楚服等为皇后巫蛊祠祭咒诅，罢退归长门宫。"

[解析]

　　这是一首以宫怨为题材而言自身不得恩遇的小词。从字面上看，作者写的是一位被帝王冷落的嫔妃。孤独的夜里，她独拥翠被辗转难眠，不得不起身下榻，想写一首言愁的诗，谁料还没下笔，却早已泪湿香笺。她只好坐下来，回忆起当年深得帝王恩幸的一幕幕，又感叹此后余生不知如何度过。她呆呆地看着灯花坠落，心头一紧，不知道将会有什么不祥的事情发生。她的心早已碎成片段，再也经受不起无情的打击了！幽居在这不见天日的长门宫里，望一眼近在咫尺的未央宫，却像远在天涯般不可企及。帝王之心啊，就像是高处的栏杆，实在靠不住，稍不留神就可能栽下去粉身碎骨。

　　其实作者真正想表达的，是自己类似的经历。想当初不远万里来到南郑，就是想效忠君王，建立功勋而得到君王的赏识。谁知君心难料，本来说好的北伐中原，倏忽间就改变了，自己连同主帅王炎都被无情地抛弃，这与嫔妃被打入冷宫有什么区别？作者不便直抒胸臆，只能用这种婉曲的方式疏泄心中的委屈。

沁园春（三荣横溪阁小宴①）

粉破梅梢②，绿动萱丛③，春意已深。渐珠帘低卷，筇枝微步④，冰开跃鲤，林暖鸣禽。荔子扶疏⑤，竹枝哀怨⑥，浊酒一尊和泪斟。凭栏久，叹山川冉冉⑦，岁月骎骎⑧。　　当时岂料如今，漫一事无成霜鬓侵。看故人强半⑨，沙堤黄阁⑩，鱼悬带玉⑪，貂映蝉金⑫。许国虽坚⑬，朝天无路⑭，万里凄凉谁寄音⑮？东风里，有灞桥烟柳⑯，知我归心。

[注释]

①三荣：宋代蜀中荣州的俗称。荣州在今四川荣县。横溪阁：在荣州之西。《蜀中广记》卷十一："（荣州）城北有横溪阁。务观阁上小宴，《沁园春》词引云。横溪阁者，跨于双溪之上也。一自西来，其水浊；一自东来，其水清。二水合流于城下，为阁以俯之。"　②粉破梅梢：即"梅梢粉破"的倒装，意谓梅蕊的香粉已经开始剥落。　③绿动萱（xuān）丛：绿色已经悄然将萱草丛染得葱绿。萱，草本植物名。叶条状披针形，花黄色或橘黄色，可食，名"金针菜"，今北方称为"黄花菜"。　④筇（qióng）枝微步：拄着竹杖慢慢散步。筇枝，筇竹制成的手杖。　⑤荔子扶疏：荔枝也已枝繁叶茂。荔子，即荔枝。　⑥竹枝哀怨：竹丛在风中发出飒飒的声响，仿佛哀怨之声。有学者将"竹枝"解释为《竹枝词》，误。《竹枝词》是古代流传于湖北、重庆交界处的一种民间小调，不在荣州流传。且《竹枝词》风格通常欢快，没有哀怨之说。

⑦冉冉：缓缓移动之貌。 ⑧骎（qīn）骎：本指马跑得很快，此处喻时光飞逝。 ⑨故人强半：故交当中有一大半都已经身居高位。 ⑩沙堤：唐代专为宰相通行车马所铺筑的沙面大路。李肇《唐国史补》卷下："凡拜相，礼绝班行，府县载沙填路。自私第至于子城东街，名曰沙堤。"黄阁：汉代丞相、太尉和汉以后三公官署厅门涂为黄色，称为黄阁。汉卫宏《汉旧仪》卷上："（丞相）听事阁曰黄阁。"《宋书·礼志》二："三公黄阁，前史无其义。……三公之与天子礼秩相亚，故黄其阁，以示谦不敢斥天子，盖是汉来制也。"后遂以黄阁代指宰相或宰相官署。 ⑪鱼悬带玉：鱼袋悬在腰间，玉佩挂在带上。古代高官佩戴金鱼袋，佩戴玉鱼，作为等级的标志。凡"鱼悬带玉"者，均指高官贵族。 ⑫貂映蝉金：貂蝉冠闪耀着黄金之色。汉代侍中冠上加黄金珰，状如水貂。 ⑬许国：报国。 ⑭朝天无路：没有门路接近天子。 ⑮万里凄凉谁寄音：身在万里之外的蜀地，谁肯寄来音书。 ⑯灞桥烟柳：汉代长安人送别时，往往送到灞桥而止，折柳以赠行人。此处指的是都城临安，意谓只有临安的烟树懂得我的归心。

[解析]

作者于淳熙元年（1174）任蜀州通判，年底被命权知荣州，随后授官成都府路安抚司参议官兼四川制置使司参议官，于淳熙二年初离开荣州到成都赴任。这首词就是作者淳熙二年初离开荣州前的作品。

实事求是地说，陆游是个比较热衷功名的人，事实上却又一生困顿，这给他的情绪带来的负面影响是不言而喻的。按照当时的标准，陆游第一个像样的官职是夔州通判，但这也要看是谁、什么时候当这个官。陆游赴夔州任时已经四十六岁，这个年龄莫说是在宋朝，就是今天，对一个士子来说也已经年纪太大了，所以他得到这个官职时，情绪并不激动，反而感到阵阵凄凉：四十六岁的老者，被抛到人迹罕至的夔州去当通判，这算什么荣光？还有一点就是，陆游一直以报效祖国、沙场歼敌为最大的荣耀，对于普通的州郡小官，他向来不看在眼里。从他大量的诗文可以看出，令他最感兴奋的还是南郑从军那段时光。可惜上天有意不满足他的抱负，没多久他便回到蜀中。报国之志无由实现，剩下的只能以官爵高低论成败了。荣州这个小小的州郡，岂能令他志得意满？所以在这首词里，面对满园春色，作者的情绪依然不高："浊酒一尊和泪斟。"何以至此？因为此时他正在感叹"山川冉冉，岁月骎骎"。

下阕由隐晦转入直白，作者接着感慨："当时岂料如今，漫一事无成霜鬓侵。"是啊，当年意气风发之时，怎么会想到至今一事无成？他怀着羞愧之心同时怀着不平之气言道：同年等辈之人，一大半都已经官居高位，甚至蹿升到宰辅之位了，再看自己，虽然许国之心未泯，可惜有再好的建议和良谋，也难以上达天听！如今倒好，身在万里之外，临安故旧都忙着升官，连个音信都没有了。面对仕途蹭蹬、人情冷淡，与其在这里挨日子，还不如回家乡做个鱼钓之徒，心里反而会清净许多。

这首词让我们读到了陆游内心深处的另一面：他矢志报国，很大程度上也是希望通过边功来取得"封侯"——这一点他没有丝毫的遮掩。边功无望，他当然还渴望得到像样的官职，这点心思在本词中也显露无遗。但我们并不能因此便说他是个热衷功利的俗人，渴望当更大的官，最终也是想把自己报国之志落到实处，更加顺畅地实现自身的抱负，这并没有什么不妥。

沁园春（孤鹤归飞①）

孤鹤归飞，再过辽天，换尽旧人。念累累枯冢②，茫茫梦境，王侯蝼蚁③，毕竟成尘④。载酒园林，寻花巷陌，当日何曾轻负春⑤？流年改，叹围腰带剩⑥，点鬓霜新⑦。　　交亲散落如云⑧，又岂料，如今余此身⑨。幸眼明身健，茶甘饭软⑩，非惟我老，更有人贫。躲尽危机⑪，消残壮志，短艇湖中闲采莼⑫。吾何恨，有渔翁共醉，溪友为邻。

[注释]

①孤鹤归飞：此句连下面两句，用的是丁令威化鹤的典故。陶潜《搜神后记》卷一："丁令威，本辽东人，学道于灵虚山，后化鹤归辽，集城门华表柱。时有少年举弓欲射之，鹤乃飞，徘徊空中而言曰：'有鸟有鸟丁令威，去家千年今始归，城郭如故人民非，何不学仙冢累累！'遂高上冲天。"　②累累枯冢：成片的野坟。即前面注释中的"何不学仙冢累累"。谓人们应该学仙，才能避免成为累累枯冢。　③王侯蝼蚁：那些王侯贵人，死后也同样会被蝼蚁啃噬。　④毕竟成尘：最终化为尘土。　⑤当日何曾轻负春：少年时并没有辜负青春。意思是说自己当年也曾"载酒园林，寻花巷陌"，什么都享受过。　⑥围腰带剩：谓身体羸瘦，腰带都显得太宽了。南朝梁沈约《与徐勉书》："百日数旬，革带常应移孔。"　⑦点鬓霜新：鬓发星星点点增加了不少白霜。意谓白发日渐增多。　⑧交亲散落如云：亲朋故旧死的死、亡的亡，如同天上的浮云飘忽

不定说没就没了。　⑨如今余此身：到如今我却还有幸留在世间。　⑩茶甘饭软：饮茶觉出甘甜，吃饭觉出柔软。意谓身体尚健，一切如常。⑪危机：潜伏的祸害或危险。三国魏吕安《与嵇茂齐书》："常恐风波潜骇，危机密发。"　⑫短艇：小船。采莼（chún）：采摘莼菜。莼，多年生水草，浮于水面，叶椭圆形，开暗红色小花。茎和叶背面都有黏液，可以食用。

[解析]

　　这首词作于作者晚年闲居山阴之时，也是作者历尽沧桑后的一些人生感悟。上阕用丁令威化鹤归辽的典故告诉人们：这世上除神仙外，不管是王侯将相还是寻常百姓，最终都要死去，变成一抔黄土。然而所谓的神仙，又有谁真正见过？这是真理，只不过很多糊涂人不愿承认，甚至连听见"死"字都忌讳得很。古人如此，今人也是如此。既然"人固有一死"，那就要对自己的生命加以反思。作者站在世俗的立场上说：我陆游也是凡人，我少年时也曾醉心于酒宴花间，日子过得有声有色。可惜的是"世间公道唯白发，贵人头上不曾饶"，倏忽间便成了一个老翁，满头的白发还在日日增多。

　　下阕回到眼前，数十年过去，亲朋故旧很多都已死去，我竟然还健健康康地存活在世间，眼不花耳不聋，吃饭觉得香喝茶觉得甜，这不是天赐之福吗？做人不应该总是不知足，我现在虽然年老，可还有比我年轻却更加贫穷的人嘛。人到了这把年纪，不要再谈什么抱负，什么大志，能躲过一支支暗箭活到今天，已经是大幸中之大幸了。看我老陆，还有渔翁与我同醉，还有溪友与我为邻，此乐何及？

　　有人说这首词是陆游正话反说，意在抒发自己怀才不遇、报国无门的遗憾。我倒不这样看。作为一个社会人，本该有世间一切的喜怒哀乐和七情六欲,不如此那可真成神仙了。其实古人比我们今天的人更加坦荡,更不虚伪。一部《乐章集》,写尽柳永畅游花街柳巷的旖旎之态,人家并没觉得这是什么见不得人的丑事。陆游也是一样,喜好女色斗鸡走马,并不影响他热爱自己的祖国,渴望杀敌立功,所以我们还是不要把陆游看得过于高大全,那反倒不是真正的、有血有肉的陆游了。

陆游文选

烟艇记①

陆子寓居②,得屋二楹③,甚隘而深,若小舟然,名之曰"烟艇"。客曰:"异哉!屋之非舟,犹舟之非屋也。以为似欤④?舟固有高明奥丽逾于宫室者矣⑤,遂谓之屋,可不可耶?"

陆子曰:"不然。新丰非楚也⑥;虎贲非中郎也⑦。谁则不知?意所诚好而不得焉⑧,粗得其似⑨,则名之矣⑩。因名以课实⑪,子则过矣,而予何罪⑫?予少而多病,自计不能效尺寸之用于斯世⑬,盖尝慨然有江湖之思⑭,而饥寒妻子之累劫而留之⑮,则寄其趣于烟波洲岛苍茫杳霭之间⑯,未尝一日忘也。使加数年⑰,男胜锄犁⑱,女任纺绩⑲,衣食粗足,然后得一叶之舟,伐荻钓鱼而卖芰芡⑳,入松陵㉑,上严濑㉒,历石门㉓、沃洲而还㉔,泊于玉笥之下㉕,醉则散发扣舷为吴歌㉖,顾不乐哉㉗?虽然㉘,万钟之禄与一叶之舟㉙,穷达异矣㉚,而皆外物㉛,吾知彼之不可求,而不能不眷眷于此也㉜。其果可求欤?意者使吾胸中浩然廓然㉝,纳烟云日月之伟观,揽雷霆风雨之奇变,虽坐容膝之室㉞,而常若顺流放棹,瞬息于千里者,则安知此室果非烟艇也哉!"

绍兴三十一年八月一日记。

[注释]

①烟艇:烟波笼罩之中的小舟。 ②陆子:作者自称。寓居:客居。

这一年作者在临安租房居住,故称。 ③二楹(yíng):两排房屋。古代以一列屋室为一楹。 ④以为似欤:你以为它们很像吗? ⑤高明:高敞明亮。奥丽:深邃典丽。逾于宫室:超过宫殿。 ⑥新丰:汉代地名,故址在今陕西西安市临潼区。非楚也:不是楚国之地。汉高祖刘邦本是楚地丰县人,后建汉朝,定都于长安,为故秦地。刘邦之父思念丰县故旧,终日闷闷不乐,于是刘邦乃作新丰(新的丰县),将丰县故旧悉数搬到这里,其父乃乐。 ⑦虎贲非中郎:据《后汉书·孔融转》载,东汉名士蔡邕曾官中郎将,后被王允所杀。其友人孔融见到一个虎贲士相貌与蔡邕十分相似,于是饮酒时引为同座,叹道:"虽无老成人,且有典型。" ⑧意所诚好而不得:心里非常喜爱却难以得到。 ⑨粗得其似:大致上有些像。 ⑩名之:为它取名。 ⑪因名以课实:因其名而求其实。 ⑫而予何罪:陆某有什么过错? ⑬自计:自己寻思。效尺寸之用于斯世:对社会贡献出微薄之力。尺寸,言其微小。 ⑭江湖之思:隐于江湖的愿望,即退居乡野的想法。 ⑮饥寒妻子之累劫而留之:只是迫于要养活妻子儿女的压力而留在朝中为官。 ⑯寄其趣于烟波洲岛苍茫杳霭之间:寄托自己的情趣在烟波洲渚的缥缈高远之中。 ⑰使加数年:假如能再后推数年。 ⑱男胜锄犁:儿子长到能扶犁耕田的年岁。 ⑲女任纺绩:女儿长到能纺线织布的年龄。本句和上一句在言儿女成人自立。 ⑳伐荻:砍伐荻草。荻,多年生禾本科草木,生于水边或潮湿之地,可编织席子等日用之物。芰芡(jì qiàn):菱角和鸡头,皆可食用。 ㉑松陵:吴淞江的古称,为太湖支流三江之一,自今江苏苏州市吴江区东流与黄浦江汇合,出吴淞口入海。陆广微《吴地记》:"松江,一名松陵,又名笠泽。" ㉒严濑(lài):又名严陵濑,是东汉初高士严子陵垂钓隐居之处,在今浙江桐庐县南。 ㉓石门:山名,在今浙江青田县西七十里。 ㉔沃洲:山名,在今浙江新昌县东。 ㉕玉笥(sì):山名,在今浙江绍兴东南。 ㉖扣舷:击打着船舷。为吴歌:唱着吴地的歌曲。 ㉗顾不乐哉:难道不是乐陶陶吗? ㉘虽然:即便如此。 ㉙万钟之禄:优厚的俸禄。钟,古代量器。《孟子·公孙丑》下:"我欲中国而授孟子室,养弟子以万钟。" ㉚穷达异矣:谓士子是穷是达完全不同。穷达,困顿与显达。 ㉛外物:身外之物。 ㉜眷眷:中意,酷爱。 ㉝浩然廓然:浩然之气与清净的胸怀。《孟子·公孙丑》上:"我善养吾浩然之气。"赵岐注:"我能自养育我之所有浩然之大气也。"东方朔《答客难》:"今世之处士,时虽不用,块然无徒,廓然独居。" ㉞容膝之室:只能容人屈膝而坐的窄小屋室。

[解析]

　　本文作于绍兴末年,当时作者任敕令所删定官,居于临安,没有自己的住所,故需要赁屋而居。所谓"烟艇",就是作者在临安租赁的小屋。作者通过问答的形式,把自己对眼下生活中的矛盾想法写了出来。

　　初入仕途的陆游,也是个食人间烟火的人,所以他说,为了养活一家老小,我不得不出来为官(尝慨然有江湖之思,而饥寒妻子之累劫而留之)。但就其本心而言,并不喜欢过这种日子,为了讨好上峰使自己十分委屈,有多憋闷?如果没有家小的牵累,我肯定要过那种放浪形骸、寄情山水的逍遥日子(寄其趣于烟波洲岛苍茫杳霭之间),而且这种想法没有一天会被忘在脑后(未尝一日忘也)。于是他开始联想:"使加数年,男胜锄犁,女任纺绩,衣食粗足,然后得一叶之舟,伐荻钓鱼而卖菱芡,入松陵,上严濑,历石门、沃洲而还,泊于玉笥之下,醉则散发扣舷为吴歌,顾不乐哉?"怎么才能调和这对矛盾呢?作者别出心裁地将赁来的小屋取名叫"烟艇",也就是航行在浩渺烟波中的小艇。这样一来,自己渴望的生活状态虽然没有改变,但心境却改变了:我现在不就是在水中自由往来吗？这种自欺欺人的想头儿，也真算是奇了。

古代的读书人，特别是那些心怀正义感的书生，心理上总有一些无法开解的矛盾存在，一方面他们为了证实自己的能力，必须主动投入统治者设计的游戏规则当中，苦苦读书，去考进士，美其名曰"求取功名"；另一方面又深感仕途的险恶，不甘心一辈子陷在尔虞我诈的无谓角逐中，这就形成了一个怪圈，总也跳不出来。本文正是这种怪圈的形象体现，只不过陆游说得十分有趣罢了。

庐帅田侯生祠记①

开禧二年八月，诏以开封田侯琳为淮南西路安抚使兼知庐州、节制淮西军马②。时虏方入塞③，侯既受命④，谓庐州为淮西根本⑤，而古城又为州之襟要⑥。坚守庐州，则淮西有太山之安⑦；修复古城，则庐州有金城汤池之固⑧。异时议者知守南城而已⑨，古城不复缮治，一日有警，如有太阿之利而不持镡柄⑩，七尺之躯而授人腰领⑪，几何其不败也⑫？古城虽不甓⑬，而其实峭坚⑭，利以御寇。且西北坚城，多止用土⑮，虽潼关及赫连氏统万城⑯，亦土尔。乃躬临视之，芟夷草棘⑰，则城果屹如石壁，戈戟皆废⑱，众始骇服⑲。于是增陴浚濠⑳，大设楼橹㉑。又有月城㉒，亦得地利而卑不可恃㉓，则又为筑羊马城㉔，厚六尺，高倍之㉕，且为重堑㉖，设钓桥㉗，而月城亦不可复犯矣。然自兴役至讫事，不三阅月㉘，将士争奋，民不与知㉙，一旦巍然，若役鬼神㉚，可谓奇伟不世之功矣。

城甫毕，虏果大入，道执乡民㉛，问知侯在是，相顾曰："殊不知乃铁面将军也。"盖虏自王师攻蔡州时㉜，已习知侯名，未战，气先夺矣㉝。乘城拒守甚力㉞，夜遣偏将自屯所攻其营㉟，杀伤数千人，万户死者二人㊱。侯闻捷，曰："是且伏兵东门，夜攻吾水栅㊲，以幸一胜。"乃提亲兵随所向御之㊳，莫不摧破。虏知庐州不可近，遂解而趋和州㊴。侯又亟遣亲信间道督光州戍将㊵，断桥梁，烧贼舰，绝其饷道，夺俘虏，复取安丰军㊶。又遣万骑由梁县援和州㊷，会和州亦坚壁，虏穷，乃尽遁。侯又出兵濠州㊸，以战车败虏屯兵。战车久不用，侯以意为之，果取胜。策勋㊹，真拜达州刺史㊺，且以车制颁之诸军㊻。侯犹不敢自以为功，方益修水门之备㊼，浚河深二丈㊽，乃得昔人撒星桩㊾，横亘两城间。始知昔固有此举，遂益植新桩而城之。其崇五丈有奇㊿，楼橹称焉㉛。

将吏士民聚而谋曰："侯之所立如此，郡人无以报万一，则不可。"相与筑生祠于城中，而移书于予㉜，请书岁月。予以衰疾辞。比书复来㉝，则侯捐馆舍矣㉞。请既益坚，予亦痛若人之不淑㉟，而不获卒大勋业也㊱，故采之佥论㊲，以叙其始末。昔刘沪城水洛㊳，赵立城山阳㊴。沪所遇非坚敌，立虽死事而不能全其城，犹皆庙食㊵，载在祀典㊶。况如侯之功，光明卓绝如此，则祀典之请，必有任其事者㊷。尚继书之，以垂示后世，为忠义之劝云。

嘉定元年春二月己巳谨记。

[注释]

①庐帅：庐州帅臣。庐州在宋朝为淮南西路安抚使所在地，在今安徽

合肥。田侯：田琳。《宋史》无传。《宋史·宁宗纪》载："（开禧二年六月）建康副都统田琳复寿春府。"又："（开禧二年十一月）戊子，金人犯庐州，田琳拒退之。丙申，金人去庐州。"生祠：地方官员生前有惠爱于一方百姓，百姓为他修建祠庙以致怀念，叫作生祠。　②淮南西路安抚使兼知庐州：据《景定建康志》卷二十六载："田琳，武翼郎，建康府驻扎御前军统制。开禧二年七月十二日差兼知庐州。开禧三年十月十六日致仕。"节制淮西军马：因田琳以武官知庐州，例兼节制淮南西路军马。意思是田琳此时既为文官知州，又为武官节制淮南西路军马。　③时虏方入塞：此时正当金兵南下越过边境。《宋史·宁宗纪》："（开禧二年十月）丙子，金人自清河口渡淮，遂围楚州。"　④受命：接受朝廷的任命。　⑤庐州为淮西根本：庐州是淮南西路最关键的重镇。　⑥古城又为州之襟要：庐州的古城又是阻击金兵的重中之重。襟要，要害之地。　⑦淮西有太山之安：整个淮南西路便安如泰山。太山，即泰山。　⑧金城汤池：金属的城墙，沸水的护城河。喻城池坚固无比。　⑨异时议者知守南城：此前驻扎庐州的官员只知道固守南城。　⑩有太阿之利而不持镡（zūn）柄：拥有太阿宝剑却不懂得紧握剑柄挥舞宝剑。太阿，古宝剑名。相传为春秋时欧冶子、干将所铸。《文选》李斯《上书秦始皇》："垂明月之珠，服太阿之剑。"李善注："《越绝书》曰：楚王召欧冶子、干将作铁剑二枚，二曰太阿。"镡，刀枪下端的圆锥形金属套。此处代指剑柄。　⑪七尺之躯而授人腰领：有七尺的身躯不去反抗，却将腰和脖项交给敌方任其攻击。　⑫几何其不败：怎么可能不败？　⑬甓（pì）：本意是砖，此处指用砖垒砌。　⑭峭坚：峭拔坚固。　⑮止用土：只用土来修筑。　⑯潼关：古关隘名，在今陕西潼关县北，北临黄河，南踞山腰。赫连氏统万城：十六国时期大夏国赫连勃勃的都城叫统万城，在今陕西靖边县北一百里处的红墩界镇白城子村。它是中国西北地区较早的都城。　⑰芟（shān）夷草棘：铲除杂草荆棘。　⑱戈戟皆废：戈矛长戟都派不上用场。意谓非常坚牢，刀枪不入。　⑲骇服：惊骇钦服。　⑳增陴（pí）：增筑女墙。浚濠：开挖护城河。　㉑楼橹：古代军中用以瞭望、攻守的无顶盖高台，建在地面或车船之上。《后汉书·南匈奴传》："初，帝造战车，可驾数牛，上作楼橹，置于塞上，以拒匈奴。"　㉒月城：即瓮城。城外所筑的半圆形小城，作掩护城门、加强防御之用。　㉓卑不可恃：地势低洼不可凭恃。　㉔羊马城：古代为御敌而在城外筑的类似城圈的工事。《通典·兵》五："于城外四面壕内，去城十步，更立小隔城，厚六尺，高五尺，仍立女墙，谓之羊马城。"　㉕厚六尺，高倍之：指羊马城宽六尺，高十二尺。　㉖重堑：两重堑壕。　㉗钓桥：即吊桥，古代城门外护城河上的桥，可随时吊起或放下。宋陈规《守城录·守城机要》："城门外壕上，旧制多设钓桥，本以防备奔冲，遇有寇至，拽起钓桥，攻者不可越壕而来。"　㉘不三阅月：没到三个月。　㉙民不与知：没有惊扰城中的百姓。　㉚若役鬼神：如同役使鬼神般不声不响地修筑而成。　㉛道执乡民：指金兵在行进途中抓到的百姓。　㉜王师攻蔡州：宋朝军队进攻蔡州。《宋史·宁宗纪》："（开禧二年五月）丙戌，江州都统王大节引兵攻蔡州，不克，军大溃。"蔡州，南宋时为金国所有，在今河南上蔡。　㉝未战，气先夺矣：还没开战，气势上已经处在下风。　㉞乘城：守城。《汉书·陈汤传》："数百人披甲乘城。"颜师古注："乘谓登之备守也。"　㉟夜遣偏将自屯所攻其营：连夜派遣偏将从屯驻之地进攻敌人的营垒。　㊱万户：金军中高级将领名，金初设置，为世袭军职。统领千户（猛安）、百户（谋克），隶属于都统。　㊲水栅：修建在水中的栅栏，用于防止敌方通过水道进入城中。　㊳亲兵随所向御之：亲军根据敌人的踪迹有目标地进行抵抗。㉟解而趋和州：谓金兵撤去，转而进攻和州。《宋史·宁宗纪》："（开禧二年十一月）戊戌，金人围和州。"和州在今安徽和县。㊵间道：便道，小路。光州：宋代州名，在今河南潢川。戍将：指在光州戍守的将领。㊶安丰军：南宋军名，属淮南西路，在今安徽寿县。《宋史·宁宗纪》："（开禧二年十一月）是月，濠州、安丰军及边屯皆为金人所破。"㊷梁县：宋代县名，属庐州，在今安徽肥东县东北。㊸濠州：宋代州名，在今安徽凤阳。㊹策勋：记录功勋于策书之上。《左传·桓公二年》："舍爵、策勋焉，礼也。"杜预注："既饮置爵，则书勋劳于策，言速纪有功也。"㊺真拜：实授。达州刺史：宋代刺史官名，泛称节钺，并不实际赴任。宋朝官员被授予刺史之节，其地位便有了极大的提高。㊻以车制颁之诸军：将田琳所用的车子规制颁发给各军仿制。㊼益修水门之备：再度加固水门的防御。水门，修建在水上的闸门，功能与水栅相类，都是防止敌人由水路进攻。不过水栅是中空的栅栏，水门则是可以开闭的门。㊽浚（jùn）河深二丈：挖河两丈深。浚，深挖、疏通。㊾乃得昔人撒星桩：得到此前守卫庐州者埋设的撒星桩。撒星桩，埋设在护城河下面用以拦截敌军船只的暗桩，因其如众星遍布，故名。㊿崇五丈有奇（jī）：高约五丈。奇，表示差一点不到。五丈有奇，相当于说四丈多，不足五丈。㈤楼橹称焉：谓楼橹多寡与之相匹配。㈥移书于予：写信给我。㈦比书复来：前些天书信再次传来。㈧捐馆舍：抛弃自家馆舍，是古人称死亡的婉辞。㈨痛若人之不淑：为此人（田琳）年寿不永而深感悲恸。㈩不获卒大勋业：没能最终成就其丰功伟业。㈦佥（qiān）论：众人的议论。㈧刘沪城水洛：北宋神宗时名将刘沪在西北边界地区修建了一座军垒，取名水洛城。该城在今甘肃庄浪县境内。㈨赵立城山阳：南宋高宗时，将领赵立修建山阳城以拒金兵，后被金兵攻破，赵立战死。山阳城故址在今江苏淮安。　⑥庙食：谓死后立庙受人奉祀，享受四时的祭飨。　㉑祀典：记载祭祀礼仪的典籍。《国语·鲁语》上："凡禘、郊、祖、宗、报，此五者国之典祀也。……非是，不在祀典。"此处指进入国家层面的祭奠。　㉒必有任其事者：一定要有承担这个任务的人。

[解析]

宋宁宗即位之后，重用外戚韩侂胄，而韩侂胄则是手握实权又力主北伐光复旧疆的难得之臣。在韩侂胄的鼓舞下，宁宗决意北伐，并颁布了对金作战的诏书。大战从开禧二年（1206）正式拉开，初时宋军取得了几场战斗的胜利，比如开禧二年四五月间，镇江都统戚拱遣忠义人李全焚涟水县；镇江都统制陈孝庆复泗州；江州统制许进复新息县；光州忠义人孙成复褒信县；陈孝庆再复虹县，等等。但韩侂胄长期用人不当，致使前沿不少将领贪生怕死，见到金兵便夺路而逃，遂使局面迅速转为被动并最终大败。朝廷不得不再次与金人讲和，并应金人之逼，将韩侂胄的首级交给了金人。在这次北伐中，也涌现了不少奋勇杀敌、保家卫国的英雄，如襄阳的赵淳，死守襄阳数十日，最终将金兵逼退。这里所说的田琳，也是一位奋勇抗金的英雄人物。

全文几乎没有文字上的修饰，基本上属于实话实说，然而就是这样一篇纯天然的记文，给读者留下了深刻的印象。作者详细描述田琳抵死抗金的种种细节后，又特地强调了他深得当地百姓的尊敬，百姓执意为他建立生祠的感人场景。文中对田琳大战之际不幸去世表示了沉痛的哀悼，可以看出，这些文字虽然浅近易懂，却是作者满含深情写出来的。

居室记

陆子治室于所居堂之北,其南北二十有八尺,东西十有七尺。东、西、北皆为窗,窗皆设帘障,视晦明寒燠为舒卷启闭之节①。南为大门,西南为小门。冬则析堂与室为二,而通其小门,以为奥室②,夏则合为一,而辟大门以受凉风。岁暮必易腐瓦③,补罅隙④,以避霜露之气。朝晡食饮⑤,丰约惟其力⑥,少饱则止⑦,不必尽器⑧。休息取调节气血,不必成寐;读书取畅适性灵,不必终卷。衣加损⑨,视气候,或一日屡变。行不过数十步,意倦则止。虽有所期处,亦不复问⑩。客至,或见或不能见。间与人论说古事,或共杯酒,倦则亟舍而起。四方书疏,略不复遣,有来者,或亟报⑪,或守累日不能报,皆适逢其会,无贵贱疏戚之间。足迹不至城市者率累年。少不治生事⑫,旧食奉祠之禄以自给⑬。秩满⑭,因不复敢请⑮,缩衣节食而已。又二年,遂请老⑯。法当得分司禄⑰,亦置不复言⑱。舍后及旁皆有隙地,莳花百余本⑲。当敷荣时⑳,或至其下,方羊坐起㉑,亦或零落已尽,终不一往。有疾,亦不汲汲近药石㉒,久多自平㉓。家世无年㉔,自曾大父以降㉕,三世皆不越一甲子㉖,今独幸及七十有六,耳目手足未废㉗,可谓过其分矣。然自记平昔,于方外养生之说㉘,初无所闻,意者日用亦或默与养生者合㉙,故悉自书之,将质于山林有道之士云㉚。

庆元六年八月一日,山阴陆某务观记。

[注释]

①晦明：白天和黑夜。寒燠（yù）：冷天和暖天。舒卷启闭：卷起展开启用关闭。　②奥室：内室。　③必易腐瓦：一定要把朽坏的瓦片替换下来。　④罅（xià）隙：裂缝。　⑤朝晡（bū）食饮：上午饭和下午饭。古人一天吃两顿饭，上午九点左右那顿饭叫作朝食，下午四五点钟那顿饭叫晡食。　⑥丰约惟其力：饭菜丰盛或简单，都要量力而行。　⑦少饱则止：稍稍感到饱了就不再吃。　⑧不必尽器：不一定非要把盛器里的饭菜都吃光。意谓有钱了就吃点好的，没钱时就凑合些。　⑨衣加损：衣服的增减。　⑩虽有所期处，亦不复问：即便有自己很想去的地方，也不再坚持。　⑪或亟报：有的人会很快回复。　⑫少不治生事：自小没有学习过耕稼之事。　⑬奉祠之禄：宋代有祠禄官职，最初是王安石变法中安置那些没有过错但政见不合的官员的一种特殊官，朝廷命他们离开原职赋闲，但给予其一定的俸禄。以后慢慢成为一种制度，称为祠禄官。宋代文献中常见的提举武夷山冲祐观、提举临安府洞霄宫、提举中岳庙等名目，都是祠禄官的官称。　⑭秩满：宋代祠禄官也和正常任命的官员一样，有固定的任期，一般为三年。秩满，指的是一任祠禄官期限已满。　⑮不复敢请：不敢再次请求朝廷给予宫祠待遇。宋代官员授予祠禄后，虽然不再有具体的职事，但还给其半俸。　⑯请老：请求致仕。　⑰法当得分司禄：按照规定可以得到分司的俸禄。宋代有分司官，最初是安置较高级退休官员的一种待遇，即"分管"之意。较高的分司官一般有分司西京、分司南京之类。南宋时分司官渐及一般官员，像陆游这样较低级官员也应该能够享受分司官的俸禄。　⑱置不复言：放在一边不再申诉。⑲莳（shí）花百余本：种植了一百多株花。莳，移植、栽种。　⑳敷荣

时:开花之时。 ㉑方羊坐起:徜徉徘徊,时起时坐。 ㉒不汲汲近药石:不整日里关注治病喝药。 ㉓久多自平:时间长了病自然会好起来。 ㉔家世无年:家族世代没有长寿之人。 ㉕自曾大父以降:从曾祖父以下。古人称爷爷为祖父,爷爷的父亲为曾祖父,即曾大父。 ㉖三世皆不越一甲子:三代祖先的年命都没有超过六十岁。古人以六十年为一个甲子。 ㉗耳目手足未废:耳不聋眼不花,手脚也都利索。 ㉘方外养生之说:道家所说的养生之说。 ㉙意者日用亦或默与养生者合:考虑到自己的日常起居可能正与道家养生的学说暗合。 ㉚质于:就教于。山林有道之士:隐居的高士。

[解析]

这篇文章作者作于庆元六年(1200),是一篇叙述自己日常起居的记叙性散文,没有很强的政治意味。此时作者年事已高,于是以平和的心态讲述了简单朴素的生活状态,带有"留档"的色彩。

文章先从自己的居室结构说起,而且说得十分详细:在原来所居堂室之北新建了一室,南北长二十八尺,东西宽十七尺。东、西、北三面都是窗户,均装有窗帘,根据不同的气候条件决定是否开启或关闭。室之南为大门,西南为小门。一到冬天,便将原住堂与这间新室隔为两处,只有一个很小的门相连接,那间新室就成了间隐秘的内室。到了夏天再将其打通,敞开大门让凉风尽可能顺畅地吹进来。每年年终一定要把坏瓦替换下来,再将开裂的缝隙进行修补。以上所言为"居",也是本文扣题的关键部分。

接着说的是"饮食":一天两顿饭,不必特别讲究,有什么就吃点什么,也无须吃得太饱,更不必强迫自己把碗里锅里的剩饭剩菜吃干净。

随后说的是"起":正确认识何为休息——躺在榻上未必一定要熟

睡，只要能达到调和气血的目的就可以了。

接着说"学"：不要强求什么读书破万卷，读书本是为颐养精神，舒畅性灵，哪怕连一卷都没读完也没关系，该放下就放下，没什么可遗憾的。

还有"穿"：衣裳的增减一定要根据气候变化而变化，一天之内如果气温屡变，衣服的增减也应随之改变，不能贪懒。

又说到"行"：懒得走了就不要再走，即使有特别想去的地方，也不要勉强自己。

再及"待人接物"：遇到可见可不见的客人，要根据当时的心情和状态决定。

接着说的是"处事态度"：遇事不要强求，见到利益也不必眼红，该舍弃的必须要舍弃，切不可耿耿于怀，那样做只能伤害自己的身心，别无任何意义。

又谈到"对待疾病"的态度：没必要稍有一点不舒服就大惊小怪，很多病忍上一时通过自身调节就能自愈。也没必要轻信道士们所说的仙丹妙药，那都是些夸大其词的宣传而已。有了健康的生活态度和生活习惯，就能与道士们宣扬的养生学说暗自相合，何必还要汲汲于仙药？

就是这样一篇家常话语，对今天的我们来说，依然有着很强的借鉴意义。当今之时，很多人以大嚼为乐，这实际上是在糟践自己。很多人每时每刻都在绞尽脑汁去赚钱甚至骗钱，没有好的身体，要钱有什么用？还有些老人，稍有不适便大把吃药，结果反而把自己吃得百病缠身，于是乎转向迷信仙方妙药，殊不知那些骗子正是抓住了人们希图永葆健壮无疾的妄想，大肆赚取不义之财。一个人能保持冷静的头脑和健康的心态，不贪不燥，待人接物顺其自然，就能免去很多不必要的烦恼和焦虑。这些话说得都很中肯,可惜未必能警醒当今那些可怜又可恨的糊涂虫。

盱眙军翠屏堂记^①

国家故都汴时^②,东出通津门^③,舟行历宋、亳、宿、泗^④,两堤列植榆柳槐楸^⑤,所在为城邑^⑥。行千有一百里,汴流始合淮以入于海。南舟必自盱眙绝淮,乃能入汴^⑦;北舟亦自是入楚之洪泽,以达大江^⑧。则盱眙实梁、宋、吴、楚之冲^⑨,为天下重地尚矣^⑩。粤自高皇帝受命中兴^⑪,驻跸临安^⑫,岁受朝聘^⑬,始诏盱眙进郡^⑭,除馆治道^⑮,以为迎劳宿饯之地^⑯。而王人持尺一牍^⑰,怀柔殊邻者^⑱,亦皆取道于此^⑲。于是地望益重,城郭益缮治,选任牧守^⑳,重于曩岁^㉑。

及吴兴施侯之来为知军事也^㉒,政成俗阜^㉓,相地南山^㉔,得异境焉^㉕。前望龟山^㉖,下临长淮^㉗,高明平旷,一目千里,草木蔽亏^㉘,凫雁翔泳^㉙,盖可坐而数也^㉚。乃筑杰屋^㉛,衡为四楹^㉜,纵为七架^㉝,前为陈乐之所^㉞,后有更衣之地,而傍又有丽牲击鲜^㉟,与夫吏士更休之区^㊱。翼室修廊^㊲,以陪以拥^㊳,斩削髹丹^㊴,皆极工致,最二十有六间而堂成^㊵。既取米礼部芾之诗^㊶,名之曰"翠屏",且疏其面势于简^㊷,绘其栋宇于素^㊸,走骑抵山阴泽中,请记于予。

侯与予故相好也^㊹,予闻方国家承平时^㊺,其边郡游观^㊻,有雅歌之堂、万柳之亭^㊼,以地胜名天下。虽区脱间^㊽,犹能咏叹,以为盛事(49)。然尝至其地者，皆谓不可与淮水南山为比，翠屏之盛，又非雅歌、万柳可及，则亦宜有雄文杰作以表出之(50)，而予之文不足称也。虽强承命(51)，终以负愧。侯名宿(52)，字武子，于是为朝散郎、直秘阁(53)。

开禧元年春正月癸酉记。

［注释］

①盱眙（xū yí）军：南宋军名，治所在今江苏盱眙。宋朝的“军”大部分属于州郡一级的中级行政机构。盱眙军即是“同下州”的中级政区。 ②国家故都汴：宋朝旧都汴京，在今河南开封。 ③通津门：汴京汴河上的水门。《宋史·地理志》一：“汴河（水门），南曰上善，北曰通津。”水门，建在水中控制船只进出的闸门。 ④宋：北宋宋州应天府，在今河南商丘。亳：亳州，在今安徽亳州。宿：宿州，在今安徽宿州。泗：泗州，在今江苏盱眙。 ⑤楸（qiū）：落叶乔木名，干高叶大，木材质地致密。 ⑥所在为城邑：沿途随人口增加而形成城市。 ⑦南舟必自盱眙绝淮，乃能入汴：南方来的船一定要在盱眙离开淮河，才能进入汴河。 ⑧北舟亦自是入楚之洪泽，以达大江：北方南行的船只也从这里进入楚地的洪泽湖，才能抵达长江。盱眙上古时属于楚国之地，故称其为楚。 ⑨梁：上古梁国之地，即以汴京为中心的地区。宋：上古宋国之地，即以南京（今河南商丘）为中心的地区。吴：上古吴国之地，即以苏州为中心的地区。楚：上古楚国之地，即以徐州为中心的地区。冲：要冲之地。 ⑩为天下重地尚矣：作为天下重镇由来已久了。 ⑪粤：古发语词，无义。高皇帝受命中兴：指高宗赵构南渡重建南宋王朝。古人以为人间大事莫不是受命于天。 ⑫驻跸（bì）临安：临时行幸驻在临安。古

代帝王出行临时歇宿,称为驻跸。高宗赵构被金人驱赶来到江南,将临时首都定在临安。为了凸显大国气象,并从理论上不承认汴京的失陷,故称居于临安为临时性的"驻跸"。 ⑬岁受朝聘:每年都要接受诸侯朝拜。南宋定都临安后,金国等国使节每年都要前来进行各种访问。此处仍以大国而自居,称为受异国之朝聘。 ⑭盱眙进郡:谓将原来的盱眙县提升为州郡级政区。盱眙县升为军在南宋高宗绍兴十二年(1142)。《宋史·地理志四》:"(盱眙)军,本泗州盱眙县,建炎三年升军,四年为县,隶濠州。绍兴二年,复隶泗州。十二年,复升军。" ⑮除馆治道:修建馆舍,整治道路。 ⑯迎劳宿饯之地:迎来送往休息吃饭的地方。意谓盱眙乃是当时宋、金两国使节来往的必由之路,这些人都需要在这里休息饮食。 ⑰王人:大宋的使臣。持尺一牍:带着一尺长的简牍。这是拟古的说法,实际意思是宋朝使节带着国书。 ⑱怀柔殊邻:对金国这个特殊的邻邦进行抚绥,意即出使金国。 ⑲皆取道于此:都要从这里经过。 ⑳选任牧守:朝廷拣选盱眙的郡守。汉代郡里的最高长官称为"牧"。 ㉑重于曩(nǎng)岁:比往昔更加慎重。曩,从前的,过去的。 ㉒吴兴施侯之来为知军事:吴兴人施宿来到盱眙担任知盱眙军之职。 ㉓政成俗阜:施政有成,百姓和乐,风俗醇美。 ㉔相地南山:在南山一带相度考察。南山,盱眙南面的小山。 ㉕得异境焉:发现了一处异于他处的好地方。 ㉖龟山:山名,在今江苏盱眙北面。《读史方舆纪要》卷一二七:"汴水自河南境流经泗城东而合于淮汴水,亦谓之汴口。宋时以此为漕运要冲。由泗城而东三十里,龟山峙焉。" ㉗下临长淮:俯瞰则是长长的淮河。 ㉘草木蔽亏:谓草木因遮蔽而半隐半现。 ㉙凫(fú)雁:野鸭和大雁。 ㉚可坐而数:意谓眼前的草木鸭雁多寡,可以坐在堂上数得清清楚楚。 ㉛杰屋:高大的楼宇。 ㉜衡为四楹:衡即"横",指南北向。四楹，四间正屋。楹，厅堂前部的柱子。亦为古代计算房屋的单位。 ㉝纵为七架：纵向为七架的结构。七架的意思是梁上共有七根檩条。是古代房屋建筑中最标准的一种架构。 ㉞陈乐（yuè）之所：举行歌舞活动的场所。 ㉟丽牲击鲜：此处指广义的厨房。丽牲，古代祭祀的程序，代指祭祀活动。《礼记·祭义》："祭之日，君牵牲，穆答君，卿大夫序从。既入庙门，丽于碑。"击鲜，宰杀活的牲畜禽鱼充作美食。此处特指宰杀牲畜。 ㊱更休之区：轮流休息的处所。 ㊲翼室：正堂两边的左右室。修廊：长长的廊庑。 ㊳以陪以拥：即"又是陪又是拥"。陪，指左右室的陪衬。拥，指廊庑的环绕。 ㊴斩削髹（xiū）丹：指建筑材料的修整和漆的涂饰。髹丹，朱漆涂抹。 ㊵最二十有六间而堂成：共建二十六间房屋而翠屏堂最终落成。 ㊶米礼部芾之诗：即米芾的诗。米芾《盱眙第一山》诗："京洛风尘千里还，船头出汴翠屏间。莫论衡霍撞星斗，且是东南第一山。"米芾，字元章，北宋书法家、画家、书画理论家。曾任校书郎、礼部员外郎。《宋史》《东都事略》均有传。 ㊷疏其面势于简：将翠屏堂的面貌形制写成书简。 ㊸绘其栋宇于素：将翠屏堂的结构样式画在绢帛上。本句和前面几句提到的文字和图画，都是施宿为陆游写记文所提供的必要资料。 ㊹侯与予故相好：施侯和本人一向交好。 ㊺国家承平时：国家太平安宁之时。 ㊻边郡游观：边境州郡的观览胜地。 ㊼雅歌之堂、万柳之亭：乾隆《盱眙县志》载：雅歌堂在本县西山下淮水之滨；万柳亭在雅歌堂下。 ㊽区脱：匈奴语，汉时与匈奴连界的边塞所立的土堡哨所。后代指边境工事。 ㊾盛事：风流雅事。 ㊿宜有雄文杰作以表出之：理应有雄浑的杰作来彰扬此堂。 (51)强承命：勉强接受其请求。 (52)侯名宿：施侯名叫宿。施宿，长兴人，宁宗庆元二年任余姚县令，有政绩，擢绍兴府通判，又知盱眙军。所著有《嘉泰会稽志》，并曾注苏轼诗。《盱眙县志稿》卷七上："施宿字武子，吴兴人。嘉泰三年知盱眙军。"㊓于是：此时。朝散郎：宋代散官名。直秘阁：宋代学士官名，也是地方官所带的学职名。

[解析]

本文作于开禧元年（1205），此时作者已经八十高龄，但为了表彰盱眙知军施宿的爱民之政，也为了表示对老朋友恳请的回报，写下此文。

文章无论从时间上还是空间上，都采取了由远及近的铺写方式，给读者以渐入佳境的感觉。从时间上说，作者从"国家故都汴时"说起，那时候，从汴河南行的舟船出了通津门，便可直抵应天府、亳州、宿州和泗州，千余里的水路上，时不时能看到河岸两边的城镇村落，还有遮护河流的榆柳槐楸。安然到达盱眙，汴河也就到头了。这些看似寻常的描述，暗中包含了作者对故国的深情，不过是隐而未发，一切由读者自去体味罢了。南行如此，北行的船只也必须经过盱眙，才能抛开淮河进入汴水，可见盱眙这个不大的县城，承载了大宋朝一半的水路过往。从这个意义上说，淮水之北的中原、淮水以南的吴楚，无一不与盱眙有着无法开解的密切关系。接着出现在文章里的，已经是高宗南渡之后了：此时的盱眙，地理位置依然是那么重要，可惜它的重要性已经不再是转输南北货物，而是成了大宋与金国的交界之邦，承载的是两国之间的外交往来。再说明白一点，它似乎在默默承担着大宋的安危。不须多说，作者写到这里，心情一定会有巨大的转变。

从空间上说，作者很有章法地先写汴京，接着伸展到宋、亳、宿、泗，这还只是四个州郡的概念。更后一点，作者进而将目光扩展到梁、宋、吴、楚，更加凸显盱眙的重要，因为所谓梁、宋、吴、楚，几乎已经涵盖了大宋的一半。再从盱眙的重要性上说，也同样采取了由面到点的聚焦法：盱眙从原来的水路枢纽变成了政治枢纽，这个变化，只由"高皇帝受命中兴，驻跸临安，岁受朝聘"三句便完成了转移，于是生发出盱眙由县升为军的最根本原因。

后半部分用了相当的篇幅，进入对盱眙军今天的描绘。自打施侯来到这里，面貌可谓日日新、又日新，以至不长时间里便达到了"政成俗阜"的状态。这又为施侯修建翠屏堂提供了合情合理的铺垫，于是作者展开生花之笔，将翠屏堂的来龙去脉一五一十地做了交代，彰显了施侯能文能武、爱国佑民的美好品格。全文写得波澜不惊，读罢却能给人留下深刻的印象：施侯的善政通过作者的歌咏展示出来，作者的爱憎则通过施侯在盱眙的所作所为无声无响地展示出来。

铜壶阁记①

天下郡国②，自谯门而入③，必有通逵④，达于侯牧治所⑤，惟成都独否。自剑南西川门以北，皆民庐、市区、军垒。折而西，道北为府⑥，府又无台门⑦，与他郡国异⑧。考其始，盖自孟氏国除⑨，矫霸国之僭侈而然⑩。至蒋公堂来为牧⑪，乃南直剑南西川门西北，距府五十步，筑大阁曰铜壶，事书于史。崇宁初⑫，以火废。政和中，吴公拭因其矩复侈大之⑬，雄杰闳深，始与府称。

淳熙二年夏六月，今敷文阁直学士范公以制置使治此府⑭。始至，或以阁坏告。公曰："失今不营，后费益大。"于是躬自经画⑮，趣令而缓期⑯，广储而节用⑰，急吏而宽役⑱。一旦崇成⑲，人徒骇其山立翚飞[20]，巍然摩天[21]，不知此阁已先成于公之胸中矣。夫岂独阁哉？天下之事，非先定素备，欲试为之，事已纷然，始狼狈四顾，经营劳弊，其不为天下笑者鲜矣。方阁之成也，公大合乐[22]，与宾佐落之[23]。客或举觞寿公曰："天子神圣英武，荡清中原。公且以廊庙之重[24]，出抚成师[25]，北举燕、赵[26]，西略司、并[27]，挽天河之水[28]，以洗五六十年腥膻之污[29]，登高大会，燕劳将士，勒铭奏凯[30]，传示无极[31]，则今日之事，盖未足道。"识者以此知公举大事不难矣，其可阙书？

四年四月己卯，朝奉郎、主管台州崇道观陆某记。

[注释]

①铜壶阁：故址在今成都城西。《蜀中广记》卷一："蜀太守治少城，故昔之郡治因焉。西门直街鼓楼，即宋铜壶阁也。陆游记云：'阁南直西川门西北，距府五十步。'乃蒋堂知益州伐江渎庙材所创，吴栻、范成大相继而侈张之，为成都巨观，书于史。" ②天下郡国：普天之下的各个州郡。汉代采用的是郡县与分封并存的制度，故而《后汉书》的地理专志称为《郡国志》。此处指的是天下所有州郡。 ③谯（qiáo）门：建有瞭望楼的城门。 ④通逵：通达的街道。 ⑤侯牧治所：州府长官的办公衙门。 ⑥道北为府：大道以北为府衙。 ⑦台门：古代天子诸侯宫室的门，因以土台为基，故称。亦泛指高大的门。此处是说成都府衙前没有高大的具有标志性的门。 ⑧与他郡国异：与其他州郡的衙门形制不同。 ⑨孟氏国除：指后蜀孟昶被宋太祖征服，归降宋朝。孟昶，后蜀高祖孟知祥第三子，五代十国时期后蜀末代皇帝，在位三十二年（934—965）。广政二十七年（964），宋太祖赵匡胤派大将王全斌、曹彬等伐蜀。次年，

孟昶降宋，被俘至汴京，封秦国公，几天后卒。 ⑩矫霸国之僭侈而然：矫正偏国的奢侈而采取如此态度。 ⑪蒋公堂来为牧：蒋堂到成都担任郡守。蒋堂，字希鲁，常州宜兴人，进士及第。历知泗州，召为监察御史。再迁侍御史、判三司度支勾院，出为江南东路转运使，徙淮南转运兼江淮发运事。知洪州，改应天府、杭州，以枢密直学士知益州。《宋史》有传。据本人编撰的《宋川陕大郡守臣易替考》，蒋堂知益州（成都）在仁宗庆历四年（1044）。 ⑫崇宁：宋徽宗年号，公元1102年至1106年，共五年。 ⑬政和中，吴公栻因其矩复侈大之：政和年间，成都知府吴栻在其原有的基础上进一步增广规模。政和，徽宗年号，公元1111年至1118年，共八年。据本人编撰的《宋川陕大郡守臣易替考》，吴栻于政和元年至二年知成都府。吴栻《铜壶阁记》："政和元年三月，栻承乏尹事。"《会要·选举》九之二五："政和二年二月十一日，知成都府吴栻奏事云云。"吴栻第二次知成都府在政和三年至四年。按，吴拭，当作"吴栻"，字顾道，瓯宁人。神宗熙宁六年进士。徽宗崇宁二年（1103），以给事中名义与户部侍郎刘逵出使高丽。 ⑭敷文阁直学士：宋代学士官名。宋代传统，每位帝王崩逝后，后代帝王便建立一阁，收藏前代帝王在位时的文书档案，以备修史之用。宋代第一个阁叫龙图阁，以下依次为天章阁、宝文阁、显谟阁、徽猷阁、敷文阁、焕章阁、华文阁、宝谟阁、宝章阁、显文阁。文官带学士官职，表示其地位之尊崇。范公：范成大，字至能，苏州人，高宗绍兴二十四年（1154）进士，累官礼部员外郎兼崇政殿说书。乾道七年（1171）知静江府。淳熙二年（1175），出任四川制置使。淳熙五年拜参知政事。绍熙四年（1193）卒，年六十八。以制置使治此府：以四川制置使的身份兼知成都府。 ⑮躬自经画：亲自为此阁进行规划。 ⑯趣令而缓期：发令甚严却屡屡延期。 ⑰广储而节用：储备甚足却强调节约使用。 ⑱急吏而宽役：对吏人催督严厉，对役夫们相当宽和。 ⑲崇成：建成。一般指高大的建筑修建完成。 ⑳人徒骇其山立翚（huī）飞：意思是说人们都为此阁的修建犹如矗起一座高山而感到惊诧。山立，像高山一样屹立不动。翚飞，《诗经·小雅·斯干》："如翚斯飞。"朱熹集传："其檐阿华采而轩翔，如翚之飞而矫其翼也。"后多以"翚飞"形容宫室高峻壮丽。 ㉑業（yè）然摩天：巍峨耸立，高与天齐。 ㉒大合乐：举行盛大隆重的歌舞宴会。 ㉓与宾佐落之：与宾客僚佐一道举行落成大典。 ㉔廊庙之重：朝廷重臣的资格。廊庙，正殿下屋和太庙，指代朝廷。 ㉕出抚成师：离开京城督帅蜀中威武的军队。成师，大军。 ㉖北举：向北燕赵之地发兵。燕，指今河北及北京地区。赵，指今河北南部及河南北部中原地区。 ㉗西略司、并：向西征讨司州和并州。司州，晋代所设州名，大致在今河南洛阳一带；并州，古州名，大致相当于今山西全境。 ㉘挽天河之水：汲取银河的水。杜甫《洗兵马》："安得壮士挽天河，洗净甲兵长不用。" ㉙洗五六十年腥膻之污：洗雪五六十年以来金国侵略者占据中原的耻辱。 ㉚勒铭：《后汉书·窦宪传》："（窦宪率）精骑万余，与北单于战于稽落山，大破之，虏众崩溃，单于遁走，追击诸部，遂临私渠比鞮海。斩名王已下万三千级，获生口马牛羊橐驼百余万头。……遂登燕然山，去塞三千余里，刻石勒功，纪汉威德，令班固作铭。"奏凯：凯旋归奏。 ㉛传示无极：流传到后世永远。

[解析]

　　本文作于孝宗淳熙四年（1177），当时作者在成都，从南郑回到成都已经四年多。这是一篇很有深意的记文，内容主要是记录范成大修建铜壶阁的过程，而这个过程写得十分详细，能看出作者写这类文章得心应手。

全文明显地分为两个部分，前半部分是记述范成大来成都之前铜壶阁的变迁情况，以及范成大要修铜壶阁的原因。作者娓娓讲述道：成都的府衙与全国各大州郡的府衙都不相同，历史形成的这种格局，造成成都这么大一个都市，府衙前竟然没有像样的标志物。其实早在北宋时期，就有蒋堂、吴栻两位太守动过脑筋，也亲自修建过铜壶阁的前身，可惜崇宁年间一把大火把这座阁烧毁殆尽。于是政和年间，郡守吴栻在原有基础上重新修建，而且增大了原有的规模，使之成为成都的一处景观。

后半部分主要记录范成大修建新阁的过程。从北宋徽宗政和年间到如今孝宗淳熙之初，已经过了近六十年，铜壶阁早已不是曾经的模样，很多处都遭到了毁坏。范成大的理论是：如今不抓紧修建，日后再修起来会更加麻烦，耗费也会更多，这就是范成大下决心重修铜壶阁的起因。随后数句，全在歌颂范成大如何爱惜民力，如何不愿扰民，等等。我们为什么说本文"很有深意"呢？它的深意具体表现在这部分文字的最后一段："客或举觞寿公曰：'天子神圣英武，荡清中原。公且以廊庙之重，出抚成师，北举燕、赵，西略司、并，挽天河之水，以洗五六十年腥膻之污，登高大会，燕劳将士，勒铭奏凯，传示无极，则今日之事，盖未足道。'识者以此知公举大事不难矣。"这里的"客"指的是谁？当然是作者自己。按理说范成大修建铜壶阁，与宋朝北伐抗金本没有任何关系，范成大仅仅是为了使成都府衙更加壮观而已，然而作者抓住这个机会，以祝酒的方式把话题引到了抗金事业上来。他由衷地希望范成大来到成都绝不仅仅是重修一座铜壶阁，更希望他能够不负众望，担当起北出剑关，收复长安，进一步挥师东向，收复中原，建立奇勋的神圣使命。陆游这么说是有根据的，孝宗在位的前几年，曾定下北伐中原的规划：一路渡过淮河，从正面进攻金国；另一路由西北进攻，先收复关中再进攻中原。南郑固然是前敌之地，而成都则是南郑向前推进的最重要后援，这就把四川与抗金大业有机地联系在一起。这一段才是作者真正的用意所在，否则的话，他不会强调"识者以此知公举大事不难矣，其可阙书"。一个铜壶阁有那么重要吗？陆游之所以敢这么说，一是因为范成大与他私交甚好，二是因为范成大也主张抗击金人，反对一味投降议和。然而范成大却没有明确的抗金策略和必胜信心，可以说他的抗金，更多是停留在口头上的。在这种情况下，陆游借机推他一把，应该并非只是闲话。

姚平仲小传①

姚平仲字希晏，世为西陲大将②。幼孤，从父古养为子③。年十八，与夏人战臧底河④，斩获甚众，贼莫能枝梧⑤。宣抚使童贯召与语⑥，平仲负气不少屈⑦。贯不悦，抑其赏⑧，然关中豪杰皆推之⑨，号"小太尉"⑩。睦州盗起⑪，徽宗遣贯讨贼⑫，贯虽恶平仲，心服其沉勇，复取以行⑬。及贼平，平仲功冠军⑭，乃见贯曰："平仲不愿得赏，愿一见上耳⑮。"贯愈忌之，他将王渊⑯、刘光世皆得召见⑰，平仲独不与⑱。钦宗在东宫⑲，知其名。及即位，金人入寇，都城受围⑳，平仲适在京师，得召对福宁殿㉑，厚赐金帛，许以殊赏㉒，于是平仲请出死士㉓，斫营擒虏帅以献㉔。及出，连破两寨，而虏已夜徙去㉕。平仲功不成㉖，遂乘青骡亡命㉗，一昼夜驰七百五十里，抵邓州㉘，始得食。入武关㉙，至长安㉚，欲隐华山㉛，顾以为浅㉜，奔蜀，至青城山上清宫㉝，人莫识也。留一日，复入大面山㉞,行二百七十余里,度采药者莫能至㉟,乃解纵所乘骡㊱,得石穴以居。朝廷数下诏物色求之㊲,弗得也。乾道㊳、淳熙之间始出㊴,至丈人观道院㊵,自言如此。时年八十余,紫髯郁然㊶,长数尺,面奕奕有光,行不择崖堑荆棘㊷,其速若奔马。亦时为人作草书,颇奇伟,然秘不言得道之由云。

[注释]

①姚平仲:西北名将姚古的养子,《宋史》无传。其事迹除本文所述之外,《宋史·钦宗纪》《宋史·李纲传》等处均有片段记载,大都是记其保卫汴京之事,但与本文所记有颇多出入。《宋史·钦宗纪》载:"(靖康元年)二月丁酉朔,命都统制姚平仲将兵夜袭金人军,不克而奔。" ②西陲:西北边陲。北宋时主要指今陕西、甘肃一带地区,是与西夏交界之处。 ③从父:叔父。古:姚古,北宋西北名将。因屡立边功,官至西河路经略使。靖康元年,与秦凤路经略使种师中及河东名将折彦质、折可求等勒兵勤王。《宋史》有传。 ④与夏人战臧底河:政和五年(1115)春,童贯谋取清水河(在今宁夏境内)北界与卓罗城(今甘肃永登南),派熙河路经略使刘法领步骑十五万出湟州,秦凤路经略使刘仲武领兵五万出会州,自率中军于兰州策应。九月,刘仲武、王厚会合鄜延、泾原、环庆、秦凤诸路大军攻打臧底河城(今陕西志丹县北),大败而还。吴广成《西夏书事》卷三十二:"政和四年春三月,(西夏)筑臧底河城。保安军之北界上有湍流曰臧底河,(西夏主)乾顺遣兵据山筑城,为进取计。徽宗命宦官童贯为陕西河东、河西经略使讨之。夏五月,进兵据天都砦,拒鄜延将刘延庆兵于臧底河,却之。天都自元符中为中国所取,筑砦其上。乾顺既城臧底,遣众复之。延庆率兵攻围,城守严,不能破。裨将韩世忠

夜登城，斩二级，割护城毡以还。夏兵从佛口岭赴援，世忠力战，过藏底河。夏兵追及之，世忠不胜而退。"按："臧""藏"相通。　⑤枝梧：又作"支吾"，招架的意思。　⑥宣抚使：宋代临时性的军事官名。《宋史·职官志》七："宣抚使，不常置，掌宣布威灵、抚绥边境及统护将帅、督视军旅之事。……政和中，遣内侍童贯为陕西、河东宣抚使，又兼河北。宣和三年（1121），睦寇方腊作乱，移贯宣抚淮浙。"童贯：北宋徽宗时的大宦官，《宋史》有传。　⑦负气不少屈：使气任性，没把童贯放在眼里。意谓对童贯甚为蔑视。　⑧抑其赏：压抑了对他的奖赏。　⑨推之：推举拥戴他为将帅。　⑩小太尉：类似于今天所谓"少帅"之类的称呼。宋代边关将帅立有军功，往往被朝廷加授太尉之职。这里说姚平仲被称为"小太尉"，应该是其父姚古曾被授予太尉之职，但现存史书中找不到此类记载。　⑪睦州盗起：指睦州（今浙江淳安）方腊起事。徽宗宣和三年，睦州人方腊揭竿起事，声势很大，震动江南，朝廷不得不派遣大批官军前往镇压。《宋史·童贯传》："方腊者，睦州青溪人也。世居县堨村，托左道以惑众。……时吴中困于朱勔花石之扰，比屋致怨，腊因民不忍，阴聚贫乏游手之徒。宣和二年十月起为乱，自号圣公，建元永乐。……不旬日，聚众至数万。"　⑫徽宗遣贯讨贼：《宋史·童贯传》："方腊起睦州，势甚张，（童贯）改江浙淮南宣抚使，即以所聚兵帅诸将讨平之。"　⑬复取以行：还是带上姚平仲前往睦州杀贼。　⑭功冠军：战功为全军第一。　⑮一见上：拜见皇帝一面。　⑯王渊：北宋后期西北将领，《宋史》有传。此人字几道，熙州人，后徙环州。善骑射。应募击夏国，屡有功，累迁熙河兰湟路第三将部将。后又参加平定方腊之战。靖康元年（1126），为真定府总管，就迁为都统制官。　⑰刘光世：北宋后期西北将领，《宋史》有传。此人字平叔，保安军（今陕西志丹）人，累升为鄜延路兵马都监。方腊反，为宣抚司都统，授耀州观察使，升鄜延路兵马钤辖。　⑱不与：没能参与其中。　⑲钦宗在东宫：指钦宗赵桓当太子之时。东宫，太子所居之宫。据《宋史·钦宗纪》载，赵桓立为太子在政和五年（1115）。　⑳及即位，金人入寇，都城受围：《宋史·钦宗纪》载，赵桓于徽宗宣和七年（1125）十二月庚申日即皇帝位，此时金兵已经攻破河北、河东大片领土。至靖康元年（1126）正月，金兵已攻到汴京城下。《宋史·钦宗纪》："（靖康元年正月癸酉）金人犯京师。……是夜，金人攻宣泽门，李纲御之，斩获百余人，至旦始退。……乙亥，金人攻通津、景阳等门，李纲督战，自卯至酉，斩首数千级，何灌战死。"　㉑福宁殿：北宋汴京皇城宫殿名。《宋史·地理志》载，福宁殿原来叫作延庆殿，仁宗明道元年改为福宁殿。　㉒殊赏：极高规格的特殊奖赏。李纲《靖康传信录》卷二："姚平仲者，（姚）古之子，屡立战功，在道君朝为童贯所抑，未尝朝见。至是，上以骁勇，屡召见内殿，赐予甚厚，许以功成有茅土、节钺之赏。"　㉓死士：视死如归的猛士。　㉔斫（zhuó）营擒虏帅以献：偷袭劫取金兵营帐，生擒金国将帅献给皇帝。虏帅，此处指金国大元帅斡离不。　㉕连破两寨，而虏已夜徙去：陆游这段文字与其他史书记载大不相同。他书载姚平仲没有遵照事先的约定，为抢头功而提前杀出汴京，结果没能成功，只身而逃。李纲《靖康传信录》载："平仲武人，志得气满、勇而寡谋，谓大功可自有之。先期于二月一夜，亲率步骑万人以劫金人之寨，欲生擒所谓斡离不（金国元帅）者，取今上皇帝以归。种师道宿城中，弗知也。……平仲者前一夕劫寨为虏所觉，杀伤相当，所折不过千余人，既不得所欲，恐以违节制为种师道所诛，即遁去。"　㉖功不成：没能建立大功。　㉗亡命：逃命。　㉘邓州：宋代州名，治所在今河南邓州。　㉙武关：古代秦、楚交界处的关隘，在今陕西丹凤县东

陆游诗文选　｜255

武关河北岸，关城建在峡谷间一处较平坦的高地上。关城周长1.5千米，东西各开一门。其地崖高谷深，狭窄难行，自古为兵家必争之地。《读史方舆纪要》卷五十二："武关在西安府商州东百八十里，东去河南内乡县百七十里，旧为秦楚之衿要。" ㉚长安：北宋重镇之一，在今陕西西安。 ㉛隐：隐居。华山：五岳之一的西岳，即今陕西的华山。 ㉜顾以为浅：只觉得（华山）距离尘世太近。意谓此处容易被人发现，不太适合隐居。 ㉝青城山：即今四川青城山，为蜀中名山之首。《读史方舆纪要》卷六十六："青城山在成都府灌县西南五十里。山当益州之西南，一名青城都，山形如城，北接岷岭，南连峨眉。《唐六典》为剑南道名山之一；《道书》以为第五洞天。一名丈人山。山高三千六百丈，周匝百五十里，蜀山之望也。"上清宫：青城山上的道观名。 ㉞大面山：在青城山以西，为青城山之余脉。《读史方舆纪要》卷六十六："青城山左连大面，右接鹤鸣。……大面山在三溪之北。青城山前号青城，后曰大面，实一山耳。" ㉟度采药者莫能至：猜想采药的人也无法到达这里，即绝对的荒无人烟之地。 ㊱解纵所乘骡：将乘坐骡子的缰绳解开，把它放走。 ㊲物色：访求，寻找。 ㊳乾道：南宋孝宗年号，公元1165年至1173年，共九年。 ㊴淳熙：南宋孝宗年号，公元1174年至1189年，共十六年。 ㊵丈人观道院：《读史方舆纪要》卷六十六："丈人观在青城山北二十里，后唐同光三年，蜀王衍游青城山，历丈人观、上清宫是也。" ㊶紫髯郁然：紫黑色的鬓发十分浓密。 ㊷行不择崖堑荆棘：行走时完全不顾及悬崖峭壁和脚下的荆棘。

[解析]

关于姚平仲的事迹，宋代史书中记载非但不详，且多有与实情不符之处，致使这位靖康名将一直受着世人的误解。陆游对他的境遇深感不平，故而专门写了这篇小传为他正名。此后出现的笔记小说《大宋宣和遗事》依据陆游这篇文章,对姚平仲事迹进行了更为详细的记载,这里不妨全录于此,以供读者参考:"姚平仲者,世为西陲大将,幼孤,从父姚古养为子,年十八,与夏人战臧底河,杀彼甚众。宣抚童贯召与语,平仲不少屈。贯不悦,抑其功赏。睦州方腊作乱,道君曾遣童贯讨贼。贯虽不喜平仲,但心服其勇,复取平仲偕行。及贼平,平仲之功冠军,不愿推赏,乃谓贯曰:'平仲不求官赏,但愿一见主上耳。'贯愈忌之。他将如王渊、刘光世者,皆得召见,独平仲不得召,贯忌其功故也。钦宗是时在东宫,知其名。及即位,金人围京城,平仲以勤王之兵来,乃得召见。赐见福宁殿,厚赐金帛,许功成之日,有不次之赏。平仲请出死士夜劫虏营,生擒斡离不,奉康王以归。及出,连破两寨。奈机事已泄,虏已夜徙去,平仲之志未遂。姚古选精锐五万人自滑州进屯虏营之后,克日并力攻击,有必胜之道。奈李邦彦力主和议,恐其功成,遂废亲征行营使,罢李纲已谢金虏,欲坚讲和之议也。姚平仲愤恨朝廷无用兵意,遂乘一青骡亡命,一昼夜驰七百五十里,抵邓州,方得食。入武关,至长安,欲隐华山,顾以为浅;奔入蜀,至青城山上清宫,留一日,复入大面山,行二百七十余里,度采药者不能至,乃解纵所乘骡,得石穴以居。朝廷屡下诏求之,弗得也。至于乾道、淳熙之间,始出至丈人观,自言年八十余,紫髯郁然长数尺,其行速若奔马。陆放翁为《题青城山上清宫壁诗》云:'造物困豪杰,意将使有为。功名未足言,或作出世贤。姚公勇冠军,百战起西陲。天方覆中原,殆非一木支。脱身五十年,世人识公谁?但惊山泽间,有此熊豹姿。我亦志方外,白头未逢师。年来幸废放,倘遂与世辞。从公游五岳,稽首餐灵芝。金骨换绿髓,欻然松杪飞。'"赵与时《宾退录》卷八在这段记载之后又有几句补充:"(陆游)后守新定,再作诗托上宫道人寄之云：'太尉关河杰，飞腾亦遇时。中原方荡覆，大计易差池。素壁龙蛇字，空山熊豹姿。烟云千万迭，求访因难知。'"从中不难发现，无论是赵与时还是《大宋宣和遗事》的作者，都完全赞同陆游对姚平仲的看法，认为当朝对姚平仲的评价是不公正的，是歪曲和丑化了的，应该为他恢复名誉。

陆游这篇传记采用的是史学家的春秋笔法，没有夸饰，没有渲染，尽可能遵照史家本于客观的态度，这与陆游本人就是一位史学家有直接的关系。一般人都认为陆游只是位伟大的爱国诗人，其实他独立完成的史学名著《南唐书》，一直是后人研读南唐历史很重要的参考书，与欧阳修的《新五代史》、马令的《南唐书》齐名于世。

当然，即便是所谓的"春秋笔法"，也不可能不将作者本人的史观和爱憎掺入进去，这与司马迁写《史记》对项羽给予相当高的评价道理相同。陆游这篇小传，同样把自己对这位抗金英雄的景仰之情痛快淋漓地勾勒出来。文章初起数语，就已经把姚平仲的性格特征刻画得惟妙惟肖："与夏人战臧底河，斩获甚众，贼莫能枝梧。宣抚使童贯召与语，平仲负气不少屈。贯不悦，抑其赏，然关中豪杰皆推之，号'小太尉'。"寥寥几笔，读者便能看出，这是个不媚权贵、不把个人得失记挂在心的硬汉。接下来写他参与平定方腊之战，又是功居第一，但在奸臣童贯的压制下，竟连陛见的请求都没能如愿。两相对比，童贯是什么样的货色，姚平仲又是什么样的人，还用细细品读吗？

以上这些缕述可以看作是铺垫，作者真正要强调的，是靖康年间的姚平仲，他究竟是个英雄呢，还是个败坏大计的小人？作者忽略了姚平仲提前出城、夜袭金营的种种细节，仅仅说他"功不成，遂乘青骡亡命"而已。或许有人会问，这能叫作春秋笔法吗？在陆游看来，姚平仲的大节绝对不亏,他所做的一切,都是为了击败金人保卫汴京,即便是战术上略有失误,抑或是指挥上有些失当,也不能因此将他看成是抗金的绊脚石。更何况如果较起真来,这次劫营失败的主要原因是城内出现了叛徒,为什么有些大臣偏偏要过分强调姚平仲的失误,却忽略叛徒的可耻行径呢?换言之,如果没有叛徒的出卖,姚平仲可能真的能成功。但这不符合那些一味主张向金人求和的卑鄙大臣心意,所以他们宁可颠倒黑白,也必须把主张抗金的大臣李纲和将领姚平仲抹黑,放罪。在金人兵临城下的危急关头,这是何等令人夺气的可耻决策呀!陆游怎么可能不了解这些史实呢?只不过他写此文的时候,主和派还把持着朝政,他敢写得太直白吗?

随后作者把笔触伸到了姚平仲"亡命"的阶段:为了避祸,他不得不"昼夜驰七百五十里,抵邓州,始得食。入武关,至长安,欲隐华山,顾以为浅,奔蜀,至青城山上清宫,人莫识也。留一日,复入大面山,行二百七十余里,度采药者莫能至,乃解纵所乘骡,得石穴以居"。作者为何如此不厌其烦地描写姚平仲的行踪?就不能一笔带过吗?在陆游看来,这些行踪还是写出来好,只有这么写,读者才能领悟到他当时的窘迫和惊惧——一个为抗金不惜献出一切的大英雄,被逼得狼狈而逃,这样的大宋朝能打胜仗才怪呢!从这个意义上说,这段文字才是画龙点睛之笔,决不可少也决不可略。至于其后写到姚平仲得道出山,精神矍铄,已经显得不那么重要了,甚至这些情景究竟是真是假都很难断定。不管真假,作者所寄托的都是对英雄的祝愿和景仰,他认定好人必得好报。

南园记

　　庆元三年二月丙午①，慈福有旨②，以别园赐今少师平原郡王韩公③。其地实武林之东麓④，而西湖之水汇于其下，天造地设，极湖山之美。公既受命，乃以禄入之余⑤，葺为南园⑥，因其自然，辅以雅趣。方公之始至也，前瞻却视⑦，左顾右盼，而规模定⑧。因高就下⑨，通窒去蔽⑩，而物象列⑪。奇葩美木，争效于前。清流秀石，若拱若揖。于是飞观杰阁⑫，虚堂广厅⑬，上足以陈俎豆⑭，下足以奏金石者⑮，莫不毕备。高明显敞，如蜕尘垢而入窈窕⑯，邃深疑于无穷⑰。既成，乃悉取先侍中魏忠献王之诗句而名之⑱。堂最大者曰"许闲"，上为亲御翰墨⑲，以榜其额⑳。其射厅曰"和容"㉑，其台曰"寒碧"，其门曰"藏春"，其阁曰"凌风"。其积石为山曰"西湖洞天"，其潴水艺稻为"囷场"㉒，为牧羊牛、畜雁鹜之地曰"归耕之庄"㉓。其他因其实而命之名。堂之名则曰"采芳"，曰"豁望"，曰"鲜霞"，曰"矜春"，曰"岁寒"，曰"忘机"，曰"照香"，曰"堆锦"，曰"清芬"，曰"红香"。亭之名则曰"远尘"，曰"幽翠"，曰"多稼"。自绍兴以来㉔，王公将相之园林相望，皆莫能及南园之仿佛者㉕。然公之志，岂在于登临游观之美哉？始曰"许闲"，终曰"归耕"，是公之志也。公之为此名，皆取于忠献王之诗，则公之志，忠献之志也。与忠献同时，功名富贵略相埒者岂无其人㉖？今百四十五年，其后往往寂寥无闻。

而韩氏子孙，功足以铭彝鼎㉗、被弦歌者㉘，独相踵也㉙。迄至于公，勤劳王家㉚，勋在社稷，复如忠献之盛。而又谦恭抑畏，拳拳于忠献之志不忘如此。公之子孙，又将嗣公之志而不敢忘，则韩氏之昌将与宋无极㉛，虽周之齐、鲁㉜，尚何加哉㉝！

或曰㉞："上方倚公若济大川之舟㉟，公虽欲遂其志㊱，其可得哉？"是不然㊲。知上之倚公，与公之自处，本自不侔㊳。惟有此志，然后足以当上之倚，而齐忠献之功名。天下知上之倚公，而不知公之自处；知公之勋业，而不知公之志，此南园之所以不可无述�439。游老病谢事㊵，居山阴泽中，公以手书来示曰："子为我作《南园记》。"游窃伏思：公之门，才杰所聚也，而顾以属游者，岂谓其愚且老，又已挂冠而去㊶，则庶几其无谀辞㊷，无侈言㊸，而足以道公之志欤？此游所以承公之命而不获辞也。

中大夫㊹、直华文阁致仕㊺、赐紫金鱼袋陆游谨记㊻。

[注释]

①庆元三年：宁宗年号，公元1197年。 ②慈福：指高宗吴皇后。因其所居宫为慈福宫，故以宫室之名代称。高宗吴皇后崩逝于庆元五年（1199）。

③别园：皇城之外的另一处园苑。此时吴老太后居住在后宫，故称所赐之园为别园。今少师平原郡王韩公：指韩侂胄。据《宋史·宁宗纪》载，庆元五年"九月庚寅朔，加韩侂胄少师，封平原郡王"。本文作于庆元三年，文中何以出现庆元五年以后的事呢？这是因为古人作文，在最后编辑成集之前，还要再次做出修改，尤其像韩侂胄加官封爵这样的大事件，作者最终须以其最高的官爵写入文中，以示对韩侂胄的敬重。也就是说，陆

游写此文时,还没有这一句话,是后来修改时加入进去的。 ④武林:山名,又名灵隐。叶绍翁《四朝闻见录》甲集:"钱唐有武林山。《旧图经》云:'在县西十五里,高九十二丈,周回一十二里,又名曰灵隐。'"钱唐令刘道真《钱唐记》、太子文学陆羽《灵隐记》、夏竦《灵隐寺舍田记》、翰林院学士胡宿《武林寺记》,皆云武林山即灵隐山。《旧图经》云:武林山在钱塘县旧治之北半里,今钱塘门里太一宫道院高士堂后土阜是也。 ⑤禄入之余:俸禄所余之钱。 ⑥葺(qì)为南园:修整为今天的南园。葺,泛指修理屋室庭院。 ⑦前瞻却视:前看后看。却,后退。 ⑧规模:规划,设计。 ⑨因高就下:遵循着原来的地形,高处仍高,低处仍低,因势而成。 ⑩通窒去蔽:开通阻滞,去除壅蔽。 ⑪物象列:各种景物一一罗列在眼前。 ⑫飞观:高耸的宫阙。《文选》王延寿《鲁灵光殿赋》:"阳榭外望,高楼飞观。"杰阁:高阁。 ⑬虚堂广厅:堂室深奥而大厅宽敞。 ⑭陈俎豆:陈列祭品。韩侂胄南园之内建有韩氏家庙,每祭祀时需要陈列祭品。 ⑮奏金石:奏乐宴客。金石,金钟石磬,代指各种乐器。 ⑯蜕尘垢而入窈窕:褪去俗世的尘垢,进入深邃美妙的境地。 ⑰邃深疑于无穷:其深邃似乎无穷无尽。 ⑱先侍中魏忠献王:韩侂胄的曾祖父韩琦。韩琦字稚圭,相州安阳(今河南安阳)人,北宋著名政治家。仁宗朝,他与范仲淹共同防御西夏,军中称为"韩范"。韩琦一生历经仁宗、英宗和神宗三朝,为相十载,忠心许国,为北宋繁荣发展做出了巨大贡献。据本人整理《韩琦年表》,韩琦大中祥符元年(1008)出生于福建泉州。天圣八年(1030)考取进士第二名。又据《韩魏公家传》载,英宗驾崩后,"治平四年正月,充英宗山陵使。是月,拜守司空兼侍中"。同月封魏国公。同书:"(韩琦薨逝之后)有司考行应忧国忘家文贤有成之法,谥曰忠献,神宗乃亲制神道碑以赐之,题碑额曰

'两朝顾命定策元勋之碑',葬于相州安阳县丰安村祖茔之西北原。"　⑲上为亲御翰墨:皇帝亲自挥毫书写。　⑳榜其额:题写其匾额。　㉑射厅:供射箭的大厅。古代王室及贵族很看重射艺,为六艺之一。　㉒潴(zhū)水:蓄水。艺稻:种植水稻。囷(qūn)场:粮仓和晒场。囷,古代一种圆形的谷仓。　㉓雁鹜:大雁和野鸭,此处泛指水禽。　㉔绍兴以来:自从高宗绍兴纪年以来。绍兴,高宗年号,公元1131年至1162年,共三十二年。　㉕莫能及南园之仿佛者:没有哪家的园林可以望南园之项背。　㉖相埒(liè):等同。　㉗功足以铭彝(yí)鼎:功勋足以刻在鼎彝之上。鼎和彝都是春秋时期青铜器具名,鼎为烹饪之器,彝为盛酒之器。商周时期,天子对于那些有功之臣,往往赐以鼎彝,并将其功业刻在上面,以示永久流传。　㉘被弦歌:加上乐谱以便传唱。弦歌,能用于歌唱的诗歌。　㉙相踵(zhǒng):接踵,谓祖孙数代功业相续,犹如前脚接后脚一般。踵,脚后跟。　㉚勤劳王家:兢兢业业地为皇家操劳。　㉛韩氏之昌将与宋无极:韩氏一门的昌盛必将与大宋相伴,直到永远。　㉜周之齐、鲁:西周时期的齐国和鲁国。特指齐国受封的开国之君姜尚和鲁国受封的开国之君姬旦。二人皆有大功业于周。　㉝何加:哪能盖过韩氏的功业?　㉞或曰:有人说。这是古人写文章时常用的假定设问之语。　㉟若济大川之舟:喻朝廷倚重的大臣。《尚书·说命》:"若济巨川,用汝作舟楫;若岁大旱,用汝作霖雨。"孔安国注:"渡大水待舟楫。"　㊱欲遂其志:想要遂了"始曰'许闲',终曰'归耕'"的志向。　㊲是不然:事情不是这样的。　㊳上之倚公,与公之自处,本自不侔(móu):皇帝对韩王的倚重与韩王自己的志向并不相同。此句是在赞扬韩侂胄既深为宁宗所倚重,个人的品格又非常谦逊,表示最终还是要归耕田亩,决不会赖在朝廷。侔,相等。　㊴此南园之所以不可无述:这正是南园不能没有记载的原因。　㊵谢事：致仕离朝，不再任官。　㊶挂冠：辞官。《后汉书·逢萌传》："逢萌字子康，北海都昌人也。……遂去之长安学，通春秋经。时王莽杀其子宇，萌谓友人曰：'三纲绝矣！不去，祸将及人。'即解冠挂东都城门，归，将家属浮海，客于辽东。"后遂以"挂冠"为辞官的代称。　㊷庶几：或许。无谀辞：没有阿谀谄媚之词。　㊸侈言：夸大不实的言辞。　㊹中大夫：宋代阶官名，为文官三十七阶之第十二阶，对应正五品。　㊺直华文阁：宋代学士官名。参上《铜壶阁记》注⑭。致仕：退休。　㊻赐紫金鱼袋：宋代官员的一种佩鱼制度。《宋史·舆服志》五："中兴，仍元丰之制，四品以上紫，六品以上绯，九品以上绿。服绯、紫者必佩鱼，谓之章服。"

[解析]

　　这篇文章作于宁宗庆元五年（1199），当时作者七十五岁。南宋自孝宗时大臣虞允文去世后，敢于公开倡扬抗金北伐的人，只有韩侂胄一人。这个人究竟有什么根蒂呢？第一，他是北宋最著名的宰相韩琦之曾孙。第二，他的母亲是高宗赵构吴皇后的亲妹妹，也就是说，高宗吴皇后是韩侂胄的大姨。而吴皇后不仅活到宁宗即位的庆元年间，而且一直操纵并掌控着朝廷的绝对权力，甚至光宗赵惇患病后，其子宁宗赵扩得以继承皇位，也都是吴皇后一手导演的，足见其政治能量有多么大。而韩侂胄似乎真的传承了其先祖韩琦的基因，将当时执政的枢密使赵汝愚整垮后，便开始积极倡导北伐，并最终说服了宁宗。但因当时百官大臣中很少有主战派，韩侂胄不得不用党禁的办法将朱熹等人斥出朝廷，安插了自己大批的亲信掌握重要机构。宁宗开禧初年，韩侂胄认为时机已到，敦促宁宗发下了对金宣战的诏书。战争开始后，宋朝曾打了几场胜仗，终因将帅不和彼此掣肘、军队骄纵缺乏战斗力、最高指挥者指挥失当等种种原因，宋朝军队接连失败，情势越来越不利。此时另一个主和派官员史弥远为了平息战争，与宁宗皇后杨桂枝相互勾结，将韩侂胄杀死在玉津园，并将韩侂胄的头颅献给了金人，许以更多的岁币讲和，最终达成和议，金人撤兵。

究竟应该如何评价韩侂胄北伐，至今仍是众说纷纭。当初宋朝将韩侂胄的首级献给金人时，金人居然封其为"忠缪侯"，并将其尸体安葬在安阳韩琦墓之侧。据说宋使询问此事时，金人回答说，他们认为韩侂胄本质上是忠于大宋的，只不过忠得不是时候，不是地方，忠而不得其人。就凭他对大宋的愚忠，金国也该对他表示尊敬，故而封侯安葬。陆游一贯主张抗击金人，闻知韩侂胄的主张，当然表示极力赞同。韩侂胄恰好借用了他的文士大名，与之相得甚欢，说陆游曾是韩侂胄的座上客，也是事实。韩侂胄建好南园后，请陆游写篇记文，陆游自然满口答应，以表示对韩侂胄力主抗金的高度赞赏。然而历史有时候很难说得清，韩侂胄的死，在当时便被认定是逆贼之行，后人编撰《宋史》时，也把他列在了奸臣传里。这个结论对陆游也产生了很不利的影响，不少人指斥陆游是逆贼韩侂胄的同党，甚至要求惩罚他，只因当时陆游年事已高，才没有受到太严厉的惩处。

认定韩侂胄是逆贼只是一面之词，尽管这一面之词的分量在当时占了压倒性优势，毕竟还有不同的声音。除金人为韩侂胄封侯安葬外，宋朝不少人也提出自己的见解，如南宋周密《齐东野语》卷三就说："值金虏浸微，于是（韩侂胄）患失之心生，立功之念起矣。殊不知时移事久，人情习故，一旦骚动，怨嗟并起。而茂陵乃守成之君，无意兹事，任情妄动，自取诛僇，宜也。身陨之后，众恶归焉；然其间是非，亦未尽然。若杂记所载，赵师𥲲犬吠，乃郑斗所造以报挞武学生之愤。至如许及之屈膝、费士寅狗窦，亦皆不得志抱私仇者撰造丑诋，所谓僭逆之类，悉无其实。李心传蜀人,去天万里,轻信纪载,疏舛固宜。而一朝信史,乃不择是否而尽取之,何哉？当泰、禧间,大父为棘卿,外大父为兵侍,直禁林,皆得之耳目所接,俱有家乘、日录可信。用直书之,以告后之秉史笔者。"我们把这段话梳理一下,意思是说韩侂胄没有考虑到人情皆贪图安逸,不想打仗,故而战争一败,所有的罪责都推到他一个人身上,也是必然的。然而韩侂胄的是是非非,并不像后来人说的那样。当时有些记载,如赵师䍐所言,如同狂犬吠日,挟私报复,根本不能轻信；再如许及之、费士寅污蔑韩侂胄是僭逆之类,完全没有事实依据,这些人或是金人的走狗,或是因没得到韩侂胄的奖赏恶意报复；再比如号称史学大家的李心传,本是蜀人,根本不了解中原大战的内情,仅凭道听途说便把韩侂胄说得一无是处,这哪里是一个负责任的史学家所为？嘉泰、开禧时期,本人的祖父在御史台供职,外祖父当着兵部侍郎,对韩侂胄的所作所为都有耳闻目睹,且都有家传和日记可以为证。今天把这些话说出来,目的是想给后来编撰宋史者提个醒,不要仅凭某些别有用心者胡说八道就编写史书。

史学家邓之诚《中华二千年史》说韩侂胄并无不臣之心,其所行事,亦善恶互见,不尽如宋史所诋。如果尽以奸臣目之,不免门户道学之见。本人创作的长篇小说《南宋宁宗》(《赵宋王朝》第九部,江苏文艺出版社),正是按照邓先生的思路来刻画此人的。不管怎么说,韩侂胄当时力主北伐,而且能付诸实施,完全符合陆游毕生的向往和追求。因此为韩侂胄写这篇记文,我认为不但不是他的耻辱,恰恰相反,应该看成是陆游最得意最称心之作,这才符合当时历史的真实,也符合爱国诗人陆游的初心。

书巢记

陆子既老且病，犹不置读书①，名其室曰"书巢"。客有问曰："鹊巢于木，巢之远人者②；燕巢于梁，巢之袭人者③。凤之巢，人瑞之④；枭之巢⑤，人覆之⑥。雀不能巢，或夺燕巢，巢之暴者也⑦；鸠不能巢⑧，伺鹊育雏而去，则居其巢，巢之拙者也。上古有有巢氏⑨，是为未有宫室之巢。尧民之病水者⑩，上而为巢⑪，是为避害之巢。前世大山穷谷中，有学道之士，栖木若巢，是为隐居之巢；近时饮家者流，或登木杪⑫，酣醉叫呼，则又为狂士之巢。今子幸有屋以居，牖户墙垣，犹之比屋也，而谓之巢，何邪⑬？"

陆子曰："子之辞辩矣⑭，顾未入吾室。吾室之内，或栖于椟⑮，或陈于前，或枕藉于床⑯，俯仰四顾，无非书者。吾饮食起居，疾痛呻吟，悲忧愤叹，未尝不与书俱。宾客不至，妻子不觌⑰，而风雨雷雹之变有不知也。间有意欲起，而乱书围之，如积槁枝⑱。或至不得行，则辄自笑曰：'此非吾所谓巢者耶？'"乃引客就观之。客始不能入，既入又不能出，乃亦大笑曰："信乎其似巢也。"客去，陆子叹曰："天下之事，闻者不如见者知之为详，见者不如居者知之为尽。吾侪未造夫道之堂奥⑲，自藩篱之外而妄议之⑳，可乎？"因书以自警。

淳熙九年九月三日，甫里陆某务观记㉑。

[注释]

①不置读书：没有放弃读书之事。　②巢之远人者：将巢建到距离人很远的地方。　③巢之袭人者：将巢建在能够接近人的地方。　④凤之巢，人瑞之：凤凰之巢，人们都认为是祥瑞之物。　⑤枭（xiāo）之巢：猫头鹰的巢。枭，一种类似猫头鹰的鸷鸟，人们认为此鸟乃不祥之禽。⑥人覆之：人们（见到猫头鹰的巢）会千方百计将它打落。　⑦巢之暴者：以暴力夺取别人巢穴的。　⑧鸠：斑鸠，一种野生鸠鸽，体色灰褐，颈后有黄褐或白色斑点。不能巢：不会建巢。　⑨有巢氏：远古部落名，生活在仰韶前文化时期，开创了巢居文明。《庄子·盗跖》："且吾闻之，古者禽兽多而人少，于是民皆巢居以避之。昼拾橡栗，暮栖木上，故命之曰有巢氏之民。"《韩非子·五蠹》："上古之世，人民少而禽兽众，人民不胜禽兽虫蛇。有圣人作，构木为巢以避群害，而民悦之，使王天下，号曰有巢氏。"　⑩尧民之病水：帝尧那个时代的黎民深受水害之苦。《孟子·滕文公上》："当尧之时，天下犹未平，洪水横流，泛滥于天下，草木畅茂，禽兽繁殖，五谷不登，禽兽逼人，兽蹄鸟迹之道交于中国。尧独忧之，举舜而敷治焉。"　⑪上而为巢：《孟子·滕文公下》："当尧之时，水逆行，泛滥于中国，蛇龙居之，民无所定，下者为巢，上者为营窟。"赵岐注："水生蛇龙，水盛则蛇龙居民之地也。民患水，避之，故无定居。埤下者于树上为巢，犹鸟之巢也。上者，高原之上也。凿岸而营度之，以为窟穴而处之。"　⑫木杪（miǎo）：树梢，此处指树的最高处。　⑬何邪：什么原因呢？　⑭子之辞辨：你的话十分犀利。　⑮或栖于椟（dú）：意谓书籍摆放在柜子上。椟，柜子、匣子。　⑯枕藉于床：凌乱重叠地摆放在床上。　⑰妻子不觌（dí）：与妻子儿女不相见。　⑱槁（gǎo）枝：枯枝。　⑲吾侪（chái）：我辈。未造夫道之堂奥：没有领会大道的深奥之

理。　⑳自藩篱之外而妄议之：站在篱墙外面妄加议论。表示没有弄清其精髓便胡乱评论。　㉑甫里：地名，在今江苏苏州市吴中区东南十五里。陆游的祖籍在甫里。

[解析]

　　这篇文章以自己的书房为对象，讲述了一个浅显而又实在的真理：没有深入事物的内部，没有对事物有根本性的了解就发表议论，十有八九会出现偏差。

　　文章开始点破主题，因为自己爱看书，于是就爱藏书，于是就有了书屋，于是又有了书屋的名字叫"书巢"。别人家的书房要么叫书屋，要么叫书室，要么干脆就叫书房，我为什么偏偏叫"书巢"这么个怪名字呢？这就引出了关于"巢"的解释，而且是以问答的形式。来客问道："喜鹊之巢建在远离人群之处，那是因为它们惧怕人的伤害；燕子之巢建在接近人的地方，那是因为它们喜欢人们对它们的喜欢；凤凰之巢人人爱，鸱枭之巢人人憎；还有些巢是抢来的或强占的。就拿人世来说，有巢氏是为了躲避水患，道士栖木为巢是为了隐居，近来的狂饮酗酒者是为了显示与众不同的张狂。如今你陆某人所居之处异于以上各种巢，凭什么把书房叫作书巢？"

　　作者当然不否认来客的见解，但他告诉客人说："吾室之内，或栖于椟，或陈于前，或枕藉于床，俯仰四顾，无非书者。吾饮食起居，疾痛呻吟，悲忧愤叹，未尝不与书俱。宾客不至，妻子不觌，而风雨雷雹之变有不知也。间有意欲起，而乱书围之，如积槁枝。或至不得行，则辄自笑曰：'此非吾所谓巢者耶？'"接着又说："你还是眼见为实才能明白。"于是带着客人来到书房。"客始不能入，既入又不能出，乃亦大笑曰：'信乎其似巢也。'"作者由此而生发出一番感慨：凡事都要深入考察，才能得出中肯的结论,仅凭道听途说或者主观臆断而下结论,没有不出问题的。我辈对于圣贤之说,仅仅读过几遍就认为如何如何,怎么能行?所以读书就要把书读懂读透,读出原汁原味,才能真正领会圣贤的本心。我们说这是一个浅显而又实在的真理,就是因为这点道理谁都明白,关键是如何落到实处。这个道理对今天的人们来说,似乎更有现实意义。

放翁自赞二首①

皮葛其衣②,巢穴其居③。烹不糁之藜羹④,驾秃尾之蹇驴⑤。闻鸡而起,则和宁戚之牛歌⑥;戴星而耕⑦,则稽氾胜之农书⑧。谓之瘠则若腴⑨,谓之泽则若癯⑩。虽不能草泥金之检⑪,以纪治功⑫;其亦可挟兔园之册⑬,以教乡闾者乎⑭?

进无以显于时,退不能隐于酒,事刀笔不如小吏⑮,把锄犁不如健妇。或问陈子何取而肖其像⑯,曰:是翁也⑰,腹容王导辈数百⑱,胸吞云梦者八九也⑲。

[注释]

①自赞:为自己的画像题写的文字。 ②皮葛其衣:指极简陋而未经裁制的衣服。《韩非子·五蠹》:"冬日麑裘,夏日葛衣,虽监门之服养,不亏于此矣。" ③巢穴其居:所居之处与巢穴无异。《韩非子·五蠹》:"尧之王天下也,茅茨不翦,采椽不斫。" ④不糁(sǎn)之藜(lí)羹:没有掺米的野菜粥。《韩非子·五蠹》:"粝粢之食,藜藿之羹。"糁,米

粒。蘩，一年生草本植物，嫩时茎叶可食。　⑤蹇（jiǎn）驴：跛驴。
⑥和宁戚之牛歌：与宁戚饭牛歌相唱和。宁戚，春秋时期卫国人，早年贫困，替人拉牛车运送货物。后得齐桓公任用，拜为相国。刘向《新序·杂事》："宁戚欲干齐桓公，穷困无以自进，于是为商旅，赁车以适齐，暮宿于郭门之外。桓公郊迎客，夜开门，辟赁车，执火甚盛，从者甚众。宁戚饭牛于车下，望桓公而悲，击牛角，疾商歌。桓公闻之，执其仆之手曰：'异哉！此歌者非常人也。'命后车载之。桓公反，至，从者以请。桓公曰：'赐之衣冠，将见之。'宁戚见，说桓公以治境内。明日复见，说桓公以为天下。桓公大说，将任之。群臣争之曰：'客，卫人也。去齐五百里，不远，不若使人问之，固贤人也，任之未晚也。'桓公曰：'不然，问之，恐有小恶，以其小恶亡人之大美，此人主所以失天下之士也。且人固难全，权用其长者。'遂举，大用之，而授之以为卿。当此举也，桓公得之矣，所以霸也。"　⑦戴星而耕：头顶着星星便开始耕种，言起身下地时间甚早。　⑧稽：研究。氾（fán）胜之：西汉末氾水（今山东曹县）人，著名农业专家。汉成帝时为议郎，官至黄门侍郎。他曾以轻车使者的身份在关中平原指导农业生产，并使该地区获得丰收。农书：即《氾胜之书》。氾胜之总结黄河流域的农业生产经验，创造区田法、溲种法、穗选法、嫁接法等。著有《氾胜之书》两卷共十八篇。　⑨谓之瘁（cuì）则若腴：说我病瘁却还丰腴。瘁，疾病或劳累。　⑩谓之泽则若癯（qú）：说我红光满面身体却显得清瘦。癯，瘦。　⑪泥金之检：写在泥金纸上的圣命。泥金纸，用金箔和胶水制成的金色颜料装饰成的纸。古代某些重要圣旨使用这种纸书写。检，本指书匣上的标签。此处代指装在书匣中的泥金圣草。　⑫以纪治功：以此记录圣皇治理天下的大功。
⑬兔园之册：唐五代时期私塾教授学童的课本。《新五代史·刘岳传》：

"（刘）岳曰：'遗下《兔园册》尔。'《兔园册》者，乡校俚儒教田夫牧子之所诵也。" ⑭乡闾（lǘ）：故里，家乡。 ⑮事刀笔不如小吏：论写官样文书，比不上州县里的刀笔小吏。 ⑯或问陈子何取而肖其像：如果有人问陈子选取了他的什么特征为他画像。或问，无指性假设语。陈子，为作者画像的画师。 ⑰是翁：此翁，指作者自己。 ⑱腹容王导辈数百：《世说新语·排调》："王丞相枕周伯仁膝，指其腹曰：'卿此中何所有？'答曰：'此中空洞无物，然容卿辈数百人。'" ⑲胸吞云梦者八九：《文选》司马相如《子虚赋》："吞若云梦者八九于其胸中，曾不蒂芥。"云梦，古代大泽名，大致在今湖北长江两岸。本句和前一句意谓此老看上去并无奇异，但其胸怀极为阔大。

[解析]

  这两篇赞文作于宁宗开禧三年（1207），此时作者已经八十三岁，且正值韩侂胄用兵北伐失败后被杀、朝廷已经决意向金人屈服之际。作者一向坚决主张北伐，在这种背景下，他仍然认为北伐大计并没有错，错只错在朝廷准备不够充分，任用将帅及战略战术上还有欠缺。胜败乃兵家常事，因为打了几场败仗便一蹶不振，屈辱地向金人求和，实在太不可取。然而作者已在暮年，又已致仕家居，不可能再有什么作为，即便如此，他也必须亮明自己的观点。

  第一首作者嬉笑怒骂，意在告诉读者，如今的陆游老人再也没心思管什么祖国统一、中原光复之类的闲事，专心一意地做好自己比什么都有用。你看这位老者，虽然八十开外，住的是巢穴，穿的是裘葛，吃的是野菜，骑的是跛驴，但照样该种田就种田，该唱歌就唱歌。你说我精神憔悴、面色苍老？不，我好着呢！朝廷不用我草写圣治的文书，我还可以拿着《兔园册》教孩子们读书认字嘛。透过这些自嘲、解颐的话语，我们还是能深深感觉到作者矢志不渝的爱国之心,他是在为朝廷的无能感到无奈啊。

第二首作者对着画像兴发感慨。这辈子过得真是有趣:想进身仕途吧,却没能掌握当官的诀窍,至今默默无闻;想要退隐当个高士千古流芳吧,又没有一饮千钟的能耐。论笔力,自己这点本事还比不上刀笔小吏;论耕耘,扶犁耕种比不上健壮的农妇,真是百无一用的书生啊。不不,老陆不能就这么自轻自贱,不信你问问画师,他究竟看出了我哪一点不凡?画师会告诉你,这老儿可不一般,看上去虽然风吹就倒,可他的腹中他的胸中,却与常人迥然不同,他是个胸容王导数百、气吞云梦八九的人。可惜这样的人才一辈子沉沦下层,得不到朝廷的重用罢了!

傅给事外制集序①

国家自崇宁来②,大臣专权③,政事号令不合天下心,卒以致乱。然积治已久④,文风不衰,故人材彬彬⑤,进士高第及以文辞进于朝者⑥,亦多称得人⑦,祖宗之泽犹在。党籍诸家为时论所贬者⑧,其文又自为一体,精深雅健,追还唐元和之盛⑨。及高皇帝中兴⑩,虽披荆棘⑪,立朝廷⑫,中朝人物⑬,悉会于行在⑭。虽中原未平,而诏令有承平风⑮,识者知社稷方永⑯,太平未艾也⑰。

故给事中傅公以是时典西省文书⑱,得名尤盛。公天资忠义绝人。自东夷寇逆滔天⑲,建炎中大驾南渡⑳,虏吞噬不遗力㉑,几犯属车之尘㉒。公眇然书生㉓,位未通显,独涕泗感激,请提孤军㉔,

横遏房冲，卫乘舆㉕，论功埒诸大将㉖。及驻跸会稽㉗，公遂为浙东帅㉘，始隐然有大臣望㉙，虽摈斥不容㉚，而士论愈归㉛。及在东省㉜，御史力诋去之㉝，然犹知公为一代大儒，盖公论不可掩如此。

公遗文百余卷，嗣孙稚贫甚，手自钞录，以传后世。未能竟㉞，乃先缉外制数百篇，属某为序。公之文，固天下所愿见而取法㉟。某未成童时，公过先少师㊱，每获出拜侍立，被公教诲㊲，讵今七十余年，幸犹后死㊳，得论序公文，亦幸矣。某闻文以气为主㊴，出处无愧㊵，气乃不挠㊶，韩柳之不敌㊷，世所知也。公自政和讫绍兴㊸，阅世变多矣，白首一节㊹，不少屈于权贵，不附时论以苟登用㊺。每言房㊻，言畔臣㊼，必愤然扼腕裂眦㊽，有不与俱生之意。士大夫稍有退缩者，辄正色责之若仇㊾。一时士气，为之振起。今观其制告之词㊿，可概见也。公讳崧卿，字子骏。於乎贤哉！

开禧元年九月某日，太中大夫㉛、充宝谟阁待制致仕㉜、山阴县开国子㉝、食邑五百户㉞、赐紫金鱼袋陆某谨序。

[注释]

①傅给事：傅崧卿。《宋史翼》卷二十七《傅崧卿传》载，傅崧卿，字子骏，山阴人，高宗初年任太平州知州，升直龙图阁、知越州，改知婺州，召为秘书监兼户部侍郎。终于中书舍人。外制集：专门收集制词的文集。宋朝的圣旨一般由两类人撰写，一类叫翰林学士，另一类叫中书舍人。翰林学士草拟的圣旨叫作内制，中书舍人草拟的圣旨叫作外制。外制集，即傅崧卿担任中书舍人时所写的制词。　②自崇宁来：自从徽宗崇宁以来。崇宁，宋徽宗第二个年号，公元1102年至1106年，共五年。

③大臣专权：指以蔡京为首的奸臣执掌了朝廷大权。《宋史·宰辅表三》："（崇宁元年）七月戊子，蔡京自守尚书左丞加通议大夫、守尚书右仆射兼中书侍郎。"此为蔡京第一次入为宰相。　④积治已久：谓北宋的仁政圣治年代甚久。　⑤人材彬彬：谓当时的人才尚能称得上文质兼备。　⑥进士高第及以文辞进于朝者：唐宋时期，国家选拔人才主要有两种方式，一是科举考试，二是进言献策。科举考试称为常科，进言献策称为制科。常科考试有固定的规制和考试时间，制科考试则是帝王根据当前国情临时拟定考试题目，不定期举行，要求考生们拿出切实解决问题的方案。　⑦得人：选拔出了真正的人才。　⑧党籍诸家：指北宋哲宗朝中，绍述派章惇、蔡京等人将所有不赞成王安石变法以及追随过司马光的官员统统定为"元祐党人"，对他们进行残酷的迫害，绝大部分别流放到偏远州郡，任其毁灭。这些官员本没有罪，却受到如此不公的对待，写出的诗文当然满含着愤懑和抗争，很少有无病呻吟之作。　⑨追还唐元和之盛：指这些受迫害的元祐党人所作诗文，接近甚至超越了唐代元和年间文以载道的优良文风。元和，唐宪宗的年号，公元806年至820年，共十五年。这个时期，以韩愈、柳宗元为首的散文大家大力提倡文以载道、陈言务去、言之有物，遂使当时文风为之一变，文学史上称之为"古文运动"。苏轼曾赞扬韩愈"匹夫而为百世师，一言而为天下法"。他在《潮州韩文公庙碑》中说："自东汉以来，道丧文弊，异端并起，历唐贞观、开元之盛，辅以房、杜、姚、宋而不能救。独韩文公起布衣，谈笑而麾之，天下靡然从公，复归于正，盖三百年于此矣。文起八代之衰，而道济天下之溺；忠犯人主之怒，而勇夺三军之帅：此岂非参天地，关盛衰，浩然而独存者乎？"　⑩高皇帝中兴：指高宗赵构于国家危难之际力挽狂澜，中兴宋朝，使大宋社稷得以延续。　⑪披荆棘：披荆斩棘，喻克服一切艰难困苦。　⑫立朝

廷：立身于朝堂之上。此处指那些旧臣追随赵构，在江南建起了新的宋朝。 ⑬中朝人物：中原王朝的故旧大臣，此处指当年汴京朝廷的旧臣。 ⑭悉会于行在：全都集结于行在所。行在，古称皇帝出行歇宿之地。 ⑮诏令有承平风：谓当兵荒马乱之际，学士们所写的诏旨圣命，仍然保有太平盛世的蔼然之风和醇厚之气。承平，太平。 ⑯识者：有见识的人士。知社稷方永：明白大宋朝社稷能够延续到久远。意谓大宋不会很快灭亡。 ⑰太平未艾：太平盛世并没有衰亡。 ⑱典西省文书：掌管中书省草写文书圣命的工作，即官为中书舍人。西省，中书省的别称。中书舍人是中书省的属官，故称。 ⑲东夷寇逆滔天：东北夷狄（金国）进犯中土，罪恶滔天。 ⑳建炎中大驾南渡：建炎年间赵构南行避乱。建炎，高宗赵构的第一个年号，公元1127年至1130年，共四年。靖康二年（1127），天下兵马大元帅赵构在众官员及将帅的拥戴下，在南京（今河南商丘）即皇帝位，改靖康二年为建炎元年。因当时金兵势头正盛，赵构不得不离开南京继续南下，先后辗转于扬州、金陵（今江苏南京）、温州等地，后来到杭州，并将此郡定为"行在所"，即中兴宋朝（南宋）的临时都城。 ㉑虏吞噬不遗力：金贼进攻劫掠不遗余力。 ㉒几犯属车之尘：几乎将天子赵构俘获了。属车，本指跟从帝王出行的副车，此处代指赵构。 ㉓眇然书生：小小一个书生。 ㉔孤军：独力出战没有援兵的军队。 ㉕乘舆：特指天子的车驾。 ㉖论功埒（liè）诸大将：论其功劳，与诸位大将不相上下。大将，指当时抗击金兵的韩世忠、张俊、张浚、吴玠、岳飞等人。 ㉗驻跸会稽：指赵构临时在越州（今浙江绍兴）歇脚。会稽，绍兴的旧郡名。据《宋史·高宗纪》载，赵构到越州在建炎三年十月壬辰。至十一月癸酉，因金人进犯，逃往明州（今浙江宁波）。"（绍兴四年二月）庚寅，帝（赵构）次温州。浙东防遏使傅崧卿入越州。"

㉘浙东帅：两浙东路安抚使兼知越州。据《嘉泰会稽志》郡守题名："傅崧卿，建炎四年二月以朝奉郎、直龙图阁知（越州），四月移婺州（今浙江金华）。" ㉙隐然有大臣望：士大夫间的舆论认为傅崧卿很可能被擢拔为辅相。 ㉚摈斥不容：受到小人的排挤，不能见容于朝廷。 ㉛士论愈归：士大夫间的舆论反而更加为他感到不平。赵构从温州回到越州后，傅崧卿上奏请求朝廷供给一切从简，于是便有人指斥他对天子不恭。但士大夫们则认为他的举措并没有什么错。 ㉜东省：宋代秘书省的俗称。《宋史翼·傅崧卿传》："改知婺州。召，拜秘书监兼权户部侍郎。"此时傅崧卿的主官为秘书监，故称其在东省。 ㉝御史：宋代御史台官员，包括御史中丞、侍御史知杂事、侍御史、监察御史等。力诋去之：极力弹劾将其逐出朝廷。 ㉞未能竟：没能完成。 ㉟天下所愿见而取法：天下之人都希望见到傅崧卿的文集并以其文笔为典范。 ㊱公过先少师：傅公来拜访我父亲。先少师，指作者父亲陆宰，死后赠官少师。 ㊲被公教诲：聆听傅公的教诲。 ㊳讵今七十余年，幸犹后死：到如今已经七十多年，有幸还活在人世。讵，当是"距"的讹字。后死，长寿的另一种表达方式。古人云"人过七十古来稀"，此时陆游已经七十五岁，故称"后于古稀而未死"。 ㊴文以气为主：文章以气节为本。 ㊵出处无愧：为人行事问心无愧。 ㊶气乃不挠：志气不为权势所屈。 ㊷韩柳之不敌：韩愈、柳宗元也未必强于傅公。 ㊸政和讫绍兴：政和年间至绍兴中。政和，徽宗年号，公元1111年至1118年，共八年；绍兴，高宗年号，公元1131年至1162年，共三十二年。据《萧山傅氏家谱》载，傅崧卿于政和五年（1115）中进士出仕，绍兴中致仕。又据本人编撰的《宋代京朝官通考》，傅崧卿绍兴七年十月丁巳，由中书舍人改官给事中。其卒或当在绍兴十年以后。 ㊹白首一节：年纪虽老而志节不衰。《后汉书·吴良

传》："窃见臣府西曹掾齐国吴良资质敦固，公方廉恪，躬俭安贫，白首一节。" ㊺不附时论以苟登用：不肯违心地阿附权臣之见而苟且获得重用。 ㊻言虏：说起金贼之暴虐。 ㊼言畔臣：谈到叛臣的无耻。这里叛臣主要指张邦昌、刘豫等人。畔，通"叛"。 ㊽扼腕裂眦（zì）：拳头攥得紧紧，眼眶都瞪裂了。极言奋激之状。 ㊾正色责之若仇：正颜厉色地斥责他们，就像是对待仇敌一般。 ㊿制告之词：指傅崧卿所写的这些圣命。 (51)太中大夫：宋代阶官名，在中大夫上一阶。 (52)宝谟阁待制：宋代学士官名。参看前面《铜壶阁记》注⑭。 (53)山阴县开国子：宋代爵位名。古代官爵分为五等，分别为公、侯、伯、子、男。开国子为较低的子爵。 (54)食邑五百户：古代分封制度中，以食邑多寡论尊卑。先秦时期食邑是实际存在的，汉代以后仅为一种荣誉称号，不再有实际的封地。

[解析]

本文是为傅崧卿的《外制集》所写的一篇序文，所以行文质朴无华，言之凿凿。又因傅崧卿所处的年代战事频仍，国家处在动荡之际，所以本文时时透出激愤慷慨之气，非如此不可能将傅崧卿的为人行事和终始一节的美德缕述清楚。作者在序文中态度鲜明地讲述了傅崧卿当靖康多难之时，紧紧跟随车驾尽其所能的忠诚之心，堪称是傅崧卿的一篇小传。

作者很善于铺排，开篇先从大宋朝为何衰败写起，直言"自崇宁来，大臣专权，政事号令不合天下心，卒以致乱"。这无疑是对徽宗皇帝的尖锐批评，即使是再忠君的人，也无法回避如此惨痛的事实：大臣何以能专权？身为帝王者在做些什么？同时作者又换个角度说，即便奸臣们把半个大宋都弄丢了，毕竟从太祖开国到仁宗以仁爱治国，"祖宗之泽犹在"。为了特别强调傅崧卿的文风雅健，作者还有意提及韩愈、柳宗元以及元祐党人，以便作为揄扬傅崧卿制词的基础。从这个意义上说，陆游这篇序文可谓既有主从，又做到了面面俱到。

第二段进入对傅崧卿人生仕履的介绍。当时高宗南渡，国事日蹙，傅公向高宗请求提一支孤军前往北方抗击金寇，事实上傅公也确以实际行动保卫了处境甚危的流亡皇帝，其功并不在诸大将之下。然而即便在那样艰苦卓绝的环境里，邪佞小人仍然不忘攻讦忠臣，傅崧卿就是受害者之一。按照傅崧卿的资历和功业，他完全有可能跃升于宰辅之列，但小人们怎么可能容得下他？故而傅公屡屡受到政敌的弹劾，不得不长久地抑于下流，最终致仕归家。

随后作者继续记录傅公致仕之后的情况："每言房，言畔臣，必愤然扼腕裂眦，有不与俱生之意。士大夫稍有退缩者，辄正色责之若仇。"这些话语并不多，但透过纸面，能让我们看到一位终身许国、爱憎分明的老人在挥拳怒喝的英伟之躯。同时还能真切地感到，作者对傅公如此赞许和崇敬，也完全代表了他自己的心志，这也就是人们常说的"惺惺相惜"吧。

跋李庄简公家书①

李丈参政罢政归乡里时②，某年二十矣。时时来访先君③，剧谈终日④。每言秦氏⑤，必曰"咸阳"⑥，愤切慷慨，形于色辞。一日平旦来⑦，共饭⑧，谓先君曰："闻赵相过岭⑨，悲忧出涕。仆不然⑩，谪命下⑪，青鞋布袜行矣⑫，岂能作儿女态耶⑬？"方言此时，目如炬，声如钟，其英伟刚毅之气，使人兴起。

后四十年，偶读公家书，虽徙海表⑭，气不少衰，丁宁训戒之语，皆足垂范百世，犹想见其道"青鞋布袜"时也。淳熙戊申五月己未，笠泽陆某题⑮。

[注释]

①李庄简公：李光，字泰发，上虞人，徽宗崇宁中进士。高宗时为吏部尚书，擢参知政事，因反对向金人称臣纳贡，曾当着高宗的面怒斥秦桧而被罢官。居琼州（今海南海口）八年而死。后谥庄简。《宋史》有传。　②李丈：李光为陆游长辈，南方人用"丈丈"来表达对长辈的尊敬，这里是对李光的尊称。参政：副丞相参知政事的简称。罢政归乡里：李光于绍兴八年（1138）升为参知政事，九年罢政归乡。　③先君：作者的父亲陆宰。徽宗政和中为淮西提举常平。宣和六年，为淮南东路转运判官，迁京西路转运副使、淮南路计度转运副使等职。绍兴十八年（1148）卒，年六十一。　④剧谈：言辞热烈的交谈。　⑤秦氏：指高宗朝宰相秦桧。他曾被金人掳往北方，建炎四年（1130）逃回南宋。绍兴元年（1131）擢参知政事，后拜相，次年被劾。绍兴八年（1138）再度为相，前后执政十九年，力主向金纳贡求和。绍兴二十五年（1155）病逝。　⑥咸阳：秦朝都城，在今陕西咸阳。因秦始皇以暴虐著称，故以秦始皇喻秦桧。　⑦平旦：早晨。　⑧共饭：一起吃饭。　⑨赵相：南宋宰相赵鼎，河东（今属山西）人。高宗时两度短暂为相，因与秦桧议论不和遭到贬谪，最终死在海南。过岭：指赵鼎南迁过五岭。　⑩仆：古汉语中的谦称词，相当于"我"。不然：不像他那样。　⑪谪命：贬谪的圣命。　⑫青鞋布袜：平民的装束。杜甫《奉先刘少府新画山水障歌》："吾独胡为在泥滓，青鞋布袜从此始。"　⑬儿女态：小孩子之态。　⑭徙海表：转徙到海南。此处指李光被拘管的琼州。李光罢相在绍兴九年（1139），

十一年（1141）被安置在藤州（今广西藤县），绍兴十六年（1146），再谪琼州，居八年而死。　⑮笠泽：太湖的别称。陆游祖籍在甫里，濒临太湖，故称。

[解析]

　　这篇文章作于孝宗淳熙五年（1178），当时作者五十四岁，其父和李光都已作古。据《老学庵笔记》卷一载：李光初罢相时仅仅是守宫祠，住在新河。陆宰曾修建了一座小亭名叫千岩亭，李光经常到此与陆宰聚谈。一次李光来座上，举酒对陆宰说："李某马上就要远谪了。秦桧最忌恨的两个人，一是李某，二是赵鼎。赵鼎已经过了五岭，李某哪能得免？然而听说赵鼎听到南迁的消息时，涕泣别子弟。李某绝不会那样做。"陆宰送李光到诸暨，回来后说道："李泰发谈笑慷慨，一如平日。问其得罪之由，曰不足问，无非是痛斥秦桧误国而已。"

　　全文寥寥百余字，不仅将李光不畏强权、刚毅凛然的性格表现出来，还与同时遭贬的赵鼎做了个小小的对照，更加突出了李光的英伟无畏。全文述说娓娓，没有慷慨激昂的言辞，人物形象却刻画得栩栩如生。文章最后落在了偶读李光家书上，熨帖而自然，既读李光书信，当然不可能没有感喟，于是作者说："李大人贬谪海南，依然面不改色心不跳，真英雄也！见到他书信里对后人的叮咛嘱咐，自然记起当时他'青鞋布袜'昂然而行的壮烈。"到此为止，李光的英伟已无须再言，他留给后人的，无疑是一个坚决抗金、至死不渝的可敬老人形象。如此处理文字，看似娓娓而谈，实则振聋发聩，大有"于无声处听惊雷"的效果。

跋傅给事帖①

绍兴初,某甫成童②,亲见当时士大夫相与言及国事,或裂眦嚼齿③,或流涕痛哭。人人自期以杀身翊戴王室④,虽丑裔方张⑤,视之蔑如也⑥。卒能使虏消沮退缩,自遣行人请盟⑦。

会秦丞相桧用事,掠以为功,变恢复为和戎⑧,非复诸公初意矣。志士仁人抱愤入地者⑨,可胜数哉⑩?今观傅给事与吕尚书遗帖⑪,死者可作⑫,吾谁与归⑬?

嘉定二年七月癸丑,陆某谨识。

[注释]

①傅给事:傅崧卿。陆游有《傅给事外制集序》,见前。　②绍兴初,某甫成童:陆游出生于徽宗宣和七年(1125),至高宗绍兴元年(1131)时七岁。此处指绍兴初年作者刚刚懂事的那段时间。　③裂眦:眼眶瞪裂,形容极度气愤。《史记·项羽本纪》:"(樊哙)瞋目视项王,头发上指,目眦尽裂。"嚼齿:紧咬牙齿。　④翊(yì)戴:辅佐拥戴。　⑤丑裔:丑虏,对金人的蔑称。方张:势焰正盛。　⑥视之蔑如:看他们如细微之物,意思是并没有把他们放在眼里。　⑦行人:使者。请盟:请求与宋朝订立盟约。　⑧变恢复为和戎:改变了抗击金人恢复中原的正确方针,变成了向金人求和。　⑨抱愤入地:怀抱悲愤而死。　⑩可胜数哉:能数得过来吗?　⑪吕尚书:此人究竟指谁,历来有不同说法。朱东润《陆游选集》称其为吕祉,绍兴七年(1137)为兵部尚书。四川大学所编

《宋文选》称其为吕好问,建炎初为尚书右丞,曾数次建议抗击金兵。笔者认为以上两说均误,这位吕尚书当指绍兴初年的尚书左仆射吕颐浩。《宋史翼·傅崧卿传》称,尚书左仆射吕颐浩都督江淮荆浙诸军事时,傅崧卿自户部侍郎为吕颐浩充督府参议官,成为吕颐浩的直接部下,而这篇书帖,正是此时写给吕颐浩的。遗帖:传流至今的书帖。吕颐浩乃高宗初期最坚决的抗金名臣。《宋史》有传,以其文长不录。　⑫死者:指在抗金战斗中战死的英雄们。可作:可以复生。　⑬吾谁与归:我能归服谁呢?

[解析]

这是一篇短小的跋文,作于宁宗嘉定二年(1209)的夏天。此时距陆游过世已经没有多久了。清赵翼《瓯北诗话》卷七《陆放翁年谱》载:"(嘉定)二年己巳,先生年八十五,终于家。是年有《自笑》一首。自注:'腊月五日,汤沐按摩几半日,是早,第一牙脱去。'此后尚有诗七首。则先生之卒,在腊底也。然不详何日。"

然而我们丝毫看不出这是作者临终之前的作品,文章以深沉的情感和激昂的笔触,通过傅崧卿写给吕尚书的一封短札,追忆了自己从少年时起就矢志抗金的漫长历史,歌颂了国家危难之时奋起抗击金贼的仁人志士,还有他们不惜牺牲生命的英雄事迹,同时毫不留情地鞭挞了卖国求荣的奸臣秦桧,正是他极力主张与金人讲和,才使大好的抗金战果白白断送。

陆游毕生主张抗金,他为什么要在垂暮之年写这么一篇短文呢?究其深意,大有"醉翁之意不在酒"的意味。从字面上看,作者写的是数十年前的一段历史,真正郁结于心的,却是嘉定初年的冷酷现实:一向主张积极抗金的韩侂胄被力主投降的宰相钱象祖、礼部尚书史弥远等人残忍地杀害,随后史弥远窃取了朝廷大权,而此时的金国国内一片混乱,又受到新崛起的蒙古人攻打，自顾不暇。在这样的形势下，史弥远竟以每年增加岁币十万缗、割让淮南部分州县为条件再次提出与金人讲和，使得刚刚振起的抗金激情被彻底浇灭。此后的南宋，更陷入了内忧外患的促狭之中，直到灭亡，再也没有恢复的可能。陆游与韩侂胄是心心相通的，而与史弥远格格不入。他亲眼看到史弥远重蹈当年秦桧的覆辙，深感痛心疾首却又无能为力，只得以文章的形式表达自己对向金求和的坚决反对，这才是本文所要表现的精髓所在。

跋曾文清公奏议稿①

绍兴末，贼亮入塞②，时茶山先生居会稽禹迹精舍③。某自敕局罢归④，略无三日不进见⑤，见必闻忧国之言。先生时年过七十，聚族百口，未尝以为忧，忧国而已。后四十七年，先生曾孙黯以当日疏稿示某。于今某年过八十，仕忝近列⑥，又方王师讨残虏时⑦，乃不能以尘露求补山海⑧，真先生之罪人也⑨。开禧二年岁在丙寅五月乙丑⑩。门生山阴陆某谨书。

[注释]

①曾文清公：曾幾，字吉甫，徽宗时曾任校书郎。靖康初，提举淮东茶盐。高宗即位，改提举湖北茶盐，徙广西运判、江西提刑、浙西提刑。其兄礼部侍郎曾开反对秦桧与金人议和，遭到罢免，曾幾也随之罢官。后为广西运判，不赴，侨居今上饶七年。自号茶山先生。秦桧死后，任为浙

西提刑、台州知州。死后加谥号为文清。《宋史》有传。　②绍兴末，贼亮入塞：高宗绍兴三十一年（1161），金主完颜亮调集数十万大军南下，发誓要灭掉南宋。当时形势十万火急，赖有名将刘锜、虞允文等拦截，金兵未能迅即南下。就在完颜亮聚兵扬州准备渡江的前一天，被其部将杀死，金人随后撤军。　③茶山先生：曾幾的号。会稽：越州绍兴府，即今浙江绍兴。禹迹精舍：即禹迹寺，在绍兴城南。精舍，古代对寺庙的别称。此处指曾幾住在禹迹寺旁。　④某自敕局罢归：敕局，即敕令所。赵翼《瓯北诗话》卷七《陆放翁年谱》载："（绍兴）三十年，先生年三十六。以荐者除敕令所删定官，迁大理司直，兼宗正簿。……（绍兴）三十二年，先生年三十八，自敕令所罢归。"　⑤略无三日不进见：几乎没有三五天不去拜见曾文清公。　⑥仕悉近列：做着能接近皇帝的朝官。　⑦方王师讨残虏时：宁宗开禧年间，在韩侂胄的鼓动下，南宋正式向金国宣战。《宋史·宁宗纪》："（开禧二年五月）丁亥，下诏伐金。癸巳，以伐金告于天地、宗庙、社稷。"　⑧以尘露求补山海：以尘土之小而填补高山，以滴露之微而汇入大海。意谓为祖国贡献最微薄的力量。　⑨先生之罪人：在先生面前我真是个罪人，即今所谓非常愧对先生。　⑩开禧二年：公元1206年。

[解析]

开禧二年（1206），陆游八十二岁，闲居于山阴。之所以写这篇短文，是因为陆游老师曾幾的曾孙曾黯将高祖父当年所写的奏议稿送给了陆游。陆游看罢浮想联翩，为这部奏议稿写了一篇跋文。

文章从高宗绍兴三十一年（1161）写起，那时正值金国主完颜亮大举入侵，发誓要"立马吴山第一峰"的关头。那段时间曾幾居住在山阴禹迹寺，与已经罢官归家的陆游相隔不远。于是作者回想起当时的情景，由于志向相同，作为晚辈兼学生的陆游经常去拜望曾幾。每次见面，曾幾都会因当时宋朝的国势濒危而备感焦虑，忧国之心溢于言表。那些发自肺腑的言论，深深感动着陆游。如今四十七年过去，陆游已经成了八十余岁的皤然老者，仍对当年聆听曾幾教诲的往事记忆犹新。此时正当宋朝正式向金国宣战，作者感喟时光易逝，再也无力为光复旧京贡献力量。这几句发自肺腑的言语，既表现出了作者对朝廷终于下决心恢复中原的欣喜之情，又表达了自己已到垂暮之年，没有精力再上前线英勇杀敌的遗憾之情。读罢文本，我们似乎看到了一位白发苍苍的老人手捧书稿，流着悲喜交集的眼泪，真是感人至深。

跋周侍郎奏稿①

某生于宣和末，未能言而先少师以畿右转输饷军②，留泽潞③，家寓荥阳④。及先君坐御史徐秉哲论罢⑤，南来寿春⑥，复自淮徂江⑦，间关兵间⑧，归山阴旧庐，则某稍长矣。一时贤公卿与先君游者，每言及高庙盗环之寇⑨，乾陵斧柏之忧⑩，未尝不相与流涕哀恸，虽设食，率不下咽引去。先君归，亦不复食也。伏读侍郎周公论事榜子⑪，犹想见当时忠臣烈士忧愤感激之余风。於乎！建炎、绍兴间，国势危蹙如此，而内平群盗，外捍强虏，卒能披草莽、立社稷者，诸贤之力为多。某故具载之以励士大夫。傥人人知所勉，则北平燕赵⑫，西复关辅⑬，实度内事也⑭。

开禧丁卯岁正月丁亥，故史官陆某谨书⑮。

[注释]

①周侍郎：周葵，字立义，常州人，徽宗宣和六年（1124）进士。历官监察御史、殿中侍御史。秦桧死后，权礼部侍郎兼国子祭酒。孝宗即位，除兵部侍郎兼侍讲，改兼权户部侍郎，未久任权知枢密院事。　②先少师：陆游父陆宰，字符钧，徽宗政和中，为淮西提举常平。宣和六年（1124），为淮南东路转运判官，迁京西路转运副使。少师，陆宰死后追赠的官名。以畿右转输饷军：陆宰宣和末靖康初为京西路转运副使，故称畿右转输。　③泽潞：泽州和潞州，都在今山西东南部地区。泽州在今山西晋城，潞州在今山西长治。　④荥阳：宋代县名，属郑州，在今河南荥阳。　⑤御史徐秉哲：《宋史》无传。据《靖康要录》卷九载："（靖康元年）十一月一日，谏议大夫徐秉哲为御史中丞谏议大夫。"徐秉哲任御史中丞没几天，便擢升为开封府尹。孙觌《鸿庆居士集》卷二十四有《御史中丞徐秉哲可开封尹》，为靖康元年末所草制书。徐秉哲弹劾陆游之父陆宰，当在靖康元年末。　⑥寿春：宋代府名，在今安徽凤台。　⑦自淮徂（cú）江：从淮河向南渡越长江。徂，往。　⑧间关：谓旅途艰辛，崎岖辗转。兵间：兵火之中。　⑨高庙盗环：汉文帝时，有盗贼盗取汉高祖庙座前的玉环。《史记·张释之传》："有人盗高庙坐前玉环，捕得，文帝怒，下廷尉治。释之案律盗宗庙服御物者为奏，奏当弃市。"⑩乾陵：唐高宗的陵墓，在陕西乾县西北。斧柏：用斧子砍伐乾陵的柏树。据说乾陵的柏树与其他地方的柏树完全不同，其花纹尽是云气、鸟兽之瑞象。有人曾盗伐一株，价值万钱。以上两句在言祖宗陵寝遭到盗取，是对祖宗的大不孝。　⑪论事榜子：议论朝政国事的札子。　⑫燕赵：战国时期的两个国名，燕国都城在今北京市，赵国都城在今河北邯郸，故古称今北京及河北地区为燕赵之地。　⑬关辅：关中三辅地区。关指的是函

谷关，三辅指的是关中平原一带。汉代在长安左近设左冯翊、右扶风，连同长安，合称三辅。　⑭度内事：意料之内的事。　⑮史官：史馆官员。宋以史馆与昭文馆、集贤院为三馆，在这里供职的官员称为馆职。南宋初罢史馆，置国史院与实录院。陆游于淳熙十六年曾官实录院检讨官，属于北宋时的史馆官员，故自称"前史官"。

[解析]

　　本文作于宁宗开禧三年（1207），此时作者已经八十三岁。见到周葵的奏稿，不免心生感慨，写下这篇跋文。文章先叙述了自己生于宣和末年，孩提时便遭遇战火，跟随父亲辗转万里九死一生回到了故乡的悲惨往事，随后说到当时有志节的士大夫们相与为国深忧的感人场景。完成了这些铺垫，作者将笔触拉回周葵的奏稿，点明在那场惨烈无比的战争中，很多有志之士为朝廷献言献策，周葵仅仅是其中之一。作者没有具体交代，是因为那些具体而详尽的奏疏，都已在这本奏稿之中了。他只说了一句：看了这些奏稿，"犹想见当时忠臣烈士忧愤感激之余风"，此言足矣。接着感叹道："建炎、绍兴间，国势危蹙如此，而内平群盗，外捍强房，卒能披草莽、立社稷者，诸贤之力为多。"《宋史·周葵传》说他担任了殿中侍御史后，"在职仅两月，言事至三十章，且历条所行不当事凡二十条，指宰相不任责。高宗变色曰：'赵鼎、张浚肯任事，须假之权，奈何遽以小事形迹之？'葵曰：'陛下即位，已相十许人，其初皆极意委之，卒以公议不容而去，大臣亦无固志。假如陛下有过，尚望大臣尽忠，岂大臣有过，而言者一指，乃便为形迹，使彼过而不改，罪戾日深，非所以保全之也。'高宗改容曰：'此论甚奇。'"可以想见此人的确是个敢怒敢言的直臣。其传又载秦桧为相后胡作非为，周葵上奏言："愿陛下以仁祖为法，大臣以杜衍为法。"矛头直指秦桧，难怪"桧始不乐"。不久，周葵便因附和李光遭到弹劾罢免。史载他担任平江知府时"金使络绎于道，葵不为礼"，表现出了一个爱国官员应有的民族气节。

文章最后，作者仍坚持固有的态度称："傥人人知所勉，则北平燕赵，西复关辅，实度内事也。"这不仅是对当朝宰辅们的轻蔑，更表达了作者内心殷殷的期望：如果大臣们都能以周葵为榜样，何愁中原不复，夷狄不灭！

书渭桥事①

中大夫贾若思②，宣和中知京兆栎阳县③。夏夜，以事行三十里至渭桥，夜漏欲尽，忽见二三百人驰道上，衣帻鲜华④，最后车骑旌旄⑤，传呼甚盛。若思遽下马，避于道傍民家，且使从吏询之。则曰："使者来按视都城基。汉唐故城，王气已尽，当求生地。此十里内已得之，而水泉不壮，今又舍之矣。"语毕，驰去如飞。时方承平⑥，若思大骇。明日还县，亟使人访诸府⑦，则初无是事也。若思河朔人⑧，自栎阳从蔡靖辟⑨，为燕山安抚司管勾机宜文字⑩。靖康中自燕遁归，入尚书省，为司封郎而卒⑪。

陆某曰：河渭之间⑫，奥区沃野⑬，周、秦、汉、唐之遗迹隐辚故在⑭。自唐昭宗东迁⑮，废不都者三百年矣⑯。山川之气，郁而不发。艺祖、高宗皆尝慨然有意焉⑰，而群臣莫克奉承⑱。予得此事于若思之孙逸祖。岂关中将复为帝宅乎？虏暴中原积六七十年，腥闻于天⑲。王师一出，中原豪杰必将响应。决策入关，定万世之业，兹其时矣。予老病垂死，惧不获见，故私识若思事以示同志[20]。安知士无脱挽辂以进说者乎[21]？

[注释]

①渭桥：渭水上的桥。渭河是黄河最大的支流，发源于甘肃渭源鸟鼠山，经今甘肃天水和陕西咸阳、西安，在渭南潼关汇入黄河。 ②中大夫：宋代文散官名，从四品。 ③宣和：宋徽宗朝的最后一个年号，公元1119年至1125年。京兆：北宋永兴军府名，指长安，即今陕西西安。栎（yuè）阳：北宋京兆属县，在今陕西西安市阎良区武屯镇一带。 ④衣帻（zé）鲜华：衣帽华丽。帻，裹头发的巾帕。 ⑤最后车骑旌旗：队伍最后面是车马旗帜。意谓官员头目在队伍的最后。 ⑥时方承平：当时还在和平安定之时。 ⑦亟使人访诸府：急忙命人到京兆府打探。访诸府，即"访之于府"。 ⑧河朔：古指黄河以北地区，此处指河北平原地区。 ⑨从蔡靖辟：遵从蔡靖的征辟。《续宋编年资治通鉴》："（宣和五年）九月六日乙巳，知河间府蔡靖同知燕山府。" ⑩燕山安抚司管勾机宜文字：燕山府路安抚使司主管机宜文字，即燕山府军府的秘书长。燕山府原为契丹所有，徽宗宣和年间收复。治所在今北京市。 ⑪司封郎：宋代尚书省郎官名，属尚书吏部。 ⑫河渭之间：黄河渭水一带地区。 ⑬奥区：腹地，深处。 ⑭隐辚（lín）：车马杂沓。作者还有《上之回》诗说："云霄一路蟠青冥，车声隐辚驰雷霆。"这里指旧时帝王的车马之声。故在：指此地还有王气。 ⑮唐昭宗东迁：唐天祐元年（904），昭宗迁都于洛阳。 ⑯废不都者三百年：荒废而不再建都已经三百年了。按，唐朝灭亡在公元907年，此后进入五代十国时期，长安就不再是都城。宋代建都于汴梁，长安只作为西北重镇而已。 ⑰艺祖、高宗皆尝慨

然有意焉：谓宋太祖、高宗都曾有心继续在长安定都。艺祖，太祖或高祖的通称。此处指太祖赵匡胤。 ⑱群臣莫克奉承：大臣当中没有人赞成。 ⑲腥闻于天：腥膻之气上达于天，指金人对中原的残暴统治。古代东北、西北民族喜欢吃羊肉，故称其为"腥膻"之族。 ⑳同志：志同道合的人。 ㉑脱挽辂（lù）以进说：《史记·刘敬叔孙通列传》："刘敬者，齐人也。汉五年，戍陇西，过洛阳，高帝在焉。娄敬脱挽辂，衣其羊裘，见齐人虞将军曰：'臣愿见上言便事。'"娄敬见到刘邦，力劝其建都关中。刘邦大喜，赐姓刘。脱挽辂，即跳下车。挽辂，古时车上供牵引用的横木，代指车。

[解析]

本文作于淳熙十六年（1189），也是孝宗赵昚传位给太子赵惇的那一年，作者六十五岁。这年十一月，作者在礼部郎中兼实录院检讨官任上遭到罢免，回到山阴老家闲居。

文章记述的是一个很久以前的故事，说宣和年间栎阳知县贾若思夏夜公干至渭桥，忽遇一行人马，为首者告诉他说，长安很可能再度成为中原帝都。贾若思深感疑惑，回到县里，派人到上级京兆府去打听此事，府里却说根本没有此事。随后简单交代了贾若思的仕履，便戛然煞笔。

接下来的文字皆由这个故事生发而来：作者认为凡事都不会是空穴来风，于是进一步分析道：长安乃是自古以来很多王朝建都之地，王气甚郁。自打唐昭宗迁都洛阳之后，这里便再也没有做过首都了。虽然如此，此地的王气依然很盛，谁敢说故事里那位"勘察家"所言不会成为事实？自从靖康之变到如今，已经六七十年之久，中原遗民日日遭受着夷狄的摧残，每每想来都感到痛心疾首。其实敌人并没有那么可怕，只要朝廷一声令下，大宋军民都会浴血杀敌，把失地重新夺回，且当今正是最佳的时机。自己虽然久病将死,还是要把这件事记录下来留给后人,说不定哪一天遇到像汉朝刘敬那样有卓识的人,就会把我这份记录上报给朝廷。

故事情节并不复杂,作者的心境也还平和,行文稳健而淡定。然而读罢此文,我们仍会感觉到内中隐含着作者太多的爱国情结,哪怕是做梦,也要梦到被金人掠夺的腥膻之地重回故国。这种至死不移的爱国之情,在作者很多诗文中都能见到,只不过有的激昂、有的冷静罢了。

张芸叟《渔父》诗[①]

张芸叟作《渔父》诗曰:"家住耒江边[②],门前碧水连。小舟胜养马[③],大罟当耕田[④]。保甲元无籍[⑤],青苗不著钱[⑥]。桃源在何处[⑦]?此地有神仙。"盖元丰中谪官湖湘时所作,东坡取其意为《鱼蛮子》云[⑧]。

[注释]

①张芸叟:名舜民,芸叟是他的字。邠州(今陕西彬州)人,王安石变法期间,他上书称:"便民所以穷民,强内所以弱内,辟国所以蹙国。以堂堂之天下,而与小民争利,可耻也。"当时人称其勇壮。神宗元丰五年,朝廷分五路征讨西夏,环庆帅臣高遵裕辟他为掌机密文字。王师无功而返,张舜民在灵武诗有"白骨似沙沙似雪",及官军"研受降城柳为薪"之句,被王安石亲信李察告发,谪监邕州盐米仓,又追赴鄜延诏狱,改监郴州酒税。《宋史》有传。 ②耒江:又叫耒水,古江河名,是湖南湘江最长的支流,全长四百余里。春秋战国时期称为雷水,汉朝之后称为

耒水。按，此时张舜民贬官郴州，而耒水并不流经郴州，此处当指耒水的又一条支流郴水。　③小舟胜养马：在小船上生活比在陆地上为朝廷养马强多了。　④大罟（gǔ）当耕田：打鱼为生权且当作在陆地上耕田，不是也很好吗？罟，打鱼的网。　⑤保甲：王安石变法时确立的一部法典。参下解析部分。元无籍：根本就没有这些渔人的登记名册。　⑥青苗：王安石变法时确立的一部最重要法典。参下解析部分。不著钱：不用缴纳青苗钱。　⑦桃源：桃花源，出自陶渊明《桃花源记》，后人遂以桃源代指没有烦恼的仙境。　⑧东坡取其意为《鱼蛮子》：苏轼取其意写了一首《鱼蛮子》诗。

[解析]

　　本文及以下数篇均取自陆游的笔记《老学庵笔记》，题目为作者所加，特此说明。

　　这篇小文中，作者明确表示了对王安石变法的鄙视。不过作者采用的不是单纯的议论，而是通过一个苦中带笑的事例来体现新法的害民之处。把诗梳理一下，意思是说张舜民到了郴州贬所，写过一首《渔父》诗说，这些人住在耒水旁边，一开门就能看到碧绿的江水。生活在船上岂不比在家乡为朝廷养马更惬意？撒网打鱼也能果腹养家。没有户籍，自然也没有保甲的制约，没有户籍，更无须平白缴纳青苗钱。这样一来什么保甲法、保马法、青苗法，不都与我无关了吗？此诗作于张舜民谪官郴州时，苏轼读过后，仿其意写了一首《鱼蛮子》。

　　要弄明白这段话的深意，首先要知道它的来龙去脉：张舜民遭贬前往郴州时，苏轼正被贬在黄州，张舜民顺路到黄州拜访了苏轼。到郴州后，张舜民给苏轼寄来此诗，苏轼被深深触动，于是写了一首《鱼蛮子》。

　　那么文中提到的几部新法又有什么内容呢？为什么农民宁可抛家舍业

到船上谋生，也不愿再留在田地里耕种呢？"小舟胜养马"一句，说的是新法中的保马法，神宗熙宁五年（1072）颁布。北宋的军马需求量很大，朝廷自行养马和买马所需费用过大，于是将养马的任务交到农民手中。办法规定：农民可以承包养马，每户一至两匹。所需费用，从应税款项中扣除并加以适当的补偿和奖励。但如果马匹丢失或死去，则要由养马户负责赔偿。结果是官府只做赚钱的买卖，风险全由农民承担。"保甲元无籍"一句，说的是新法中的保甲法，此法的目的是增强地方自卫能力，节约军费，防范地方骚动。办法规定：相邻十家为一保，设保长；十保为一大保，设大保长；十大保为一都保，设都保正、副都保正。每户两丁抽取一丁集中训练。所需锣鼓、弓箭等均由各户自备，官府只负责派军官按时集训。凡保内出现盗贼等事，全保之内均须连坐受罚。"青苗不著钱"一句，说的是新法中的青苗法，此法本意在于缓解农民在青黄不接时向富户借高利贷而造成的严重贫富不均，并抑制钱财流入富户手中而国家无所得。具体方法为：由官府借给农民种子，待夏收、秋收后，农民须按所借数目的百分之二十，连同应缴税费一并交给官府。但这只是纸上的条文，实际操作当中弊端极多，故而反对此法的呼声也最高。试想一个普通农民，须面对如此之多的法律，怎能应对得来？所以有人便想出了一个办法：我们不再耕种，到水上生活，不就可以不再受种种新法的盘剥了吗？张舜民苦中带笑地说：人们不是总找不到桃花源吗？我这里就是！

苏轼读后感慨万千：郴州这种现象，在黄州同样存在，于是奋笔写了首《鱼蛮子》："江淮水为田，舟楫为室居。鱼虾以为粮，不耕自有余。异哉鱼蛮子，本非左衽徒。连排入江住，竹瓦三尺庐。于焉长子孙，戚施且侏儒。擘水取鲂鲤，易如拾诸途。破釜不著盐，雪鳞芼青蔬。一饱便甘寝，何异獭与狙？人间行路难，踏地出赋租。不如鱼蛮子，驾浪浮空虚。空虚未可知，会当算舟车。蛮子叩头泣，勿语桑大夫。"较之张舜民的诗，《鱼蛮子》写得更加细腻和详尽。诗中把那些离开土地被迫上船的农民写得既真切又鲜活，读之令人酸鼻，你看：他们的装束已经与蛮夷差不多了，经过长时间与陆地隔离，他们"何异獭与狙"？

作者为何要写这么一段文字呢？用意很简单，他很同情北宋时期深受新法残害的无辜百姓，故而毫无遮拦地通过两位前贤的诗歌明确表达出自己的立场和态度。

王子溶陵侮长官

秦太师娶王禹玉孙女①，故诸王皆用事②。有王子溶者，为浙东仓司官属③，郡宴必与提举者同席④，陵忽玩戏⑤，无所不至，提举者事之反若官属⑥。已而又知吴县⑦，尤放肆。郡守宴客初就席⑧，子溶遣县吏呼伎乐伶人⑨，即皆驰往⑩，无敢留者。上元吴县放灯⑪，召太守为客⑫，郡治乃寂无一人⑬。又尝夜半遣厅吏叩府门⑭，言知县传语，必面见。守狼狈，揽衣秉烛出问之⑮。乃曰："知县酒渴⑯，闻有咸齑⑰，欲觅一瓯⑱。"其陵侮如此。守亟取，遣人遗之，不敢较也⑲。

[注释]

①秦太师：秦桧。曾官太师。这里是讽刺的说法。娶王禹玉孙女：娶

了前朝宰相王珪的孙女。王珪字禹玉，蜀中成都人，后迁到舒州（今安徽潜山）。历官知制诰、翰林学士、知开封府。神宗熙宁三年（1070），拜参知政事。熙宁九年（1076），入相为同中书门下平章事。元丰五年（1082），拜尚书左仆射兼门下侍郎。哲宗即位，封岐国公。卒于位，年六十七。　②诸王皆用事：王氏一族的子弟大都当官掌权。　③浙东仓司：两浙东路提举常平茶盐司。宋代常平司俗称仓司。《宋史·职官志》七："提举常平司，掌常平、义仓、免役、市易、坊场、河渡、水利之法，视岁之丰歉而为之敛散，以惠农民。凡役钱，产有厚薄则输有多寡；及给吏禄，亦视其执役之重轻难易以为之等。商有滞货，则官为敛之，复售于民，以平物价。皆总其政令，仍专举刺官吏之事。"官属：属官，部下。　④郡宴必与提举者同席：州郡宴请宾客，（王子溶）一定要和提举常平官平起平坐。　⑤陵忽玩戏：欺凌轻慢，嘲谑挖苦。　⑥提举者事之反若官属：谓提举常平茶盐司主官反过来侍奉王子溶，如同他的僚属一般。　⑦已而又知吴县：没多久又当了吴县知县。吴县在今苏州市吴中区，宋代属苏州平江府。　⑧郡守宴客初就席：知府设宴请客，刚刚就座。　⑨遣县吏呼伎乐伶人：谓王子溶派县吏来招呼在场的乐伎优伶（到他那里去）。　⑩即皆驰往：即刻全班飞驰前往。　⑪上元吴县放灯：上元节吴县张灯结彩。上元，古节日名，在每年的正月十五。　⑫召太守为客：谓王子溶以县令的身份宴请知府为宾客。　⑬郡治乃寂无一人：府衙里空无一人。意思是阖府大小吏人都跑到吴县去伺候。　⑭夜半遣厅吏叩府门：半夜里派小吏来敲知府的大门。　⑮揽衣秉烛：披上衣裳举着灯烛，言其匆遽之状。　⑯酒渴：因饮酒过量而感到口渴。　⑰咸齑（jī）：细切后用盐酱等浸渍的蔬果，如腌菜、酱菜之类。齑，同"斋"。⑱一瓯：一小碗。　⑲不敢较：不敢和他计较争论。

[解析]

　　这篇小文选自《老学庵笔记》卷五。本文辛辣地讽刺了秦桧亲属依仗王珪旧族的权势横行官场的行为，实际上是在讽刺秦桧，因为秦桧的发迹，与他娶到王珪孙女有极大的关系。如果没有这一层关系，秦桧一介平民出身的小小进士，能蹿升到宰相之位，是很难想象的。王珪本人并没有太多可以指责的瑕疵，他为人低调本分，在中书舍人、翰林学士的职位上一干就是十八年，从不争权夺势。王安石变法期间，他也能较平和地处理政务。就是这样一位值得信任的大臣，其子孙却没有继承他的优良品德，变得越发张狂无忌。当年秦桧以进士之身侥幸娶到了王珪孙女，利用王珪的好名声跻身仕途，很快攀上了升迁的高枝，到靖康时，他已经官至御史中丞，相当于今天的最高法院院长。他后来被金人俘虏，又是因其夫人王氏的鼓动，彻底投降了金国，并被金人当成卧底送回了南宋。此人极有心术，在众多大臣的质疑声中，居然没受到多大影响，并很快取得了高宗赵构的信任，当上了宋朝宰相。

　　在这样的背景下，王氏一族的后生们有了秦桧这座坚牢的靠山，于是开始胡作非为，凌辱同类。本文所记的几件事，今天人们读起来，仍会感到义愤填膺。在浙东常平司里当了个小官，却强令提举大员折服在他的脚下，任其羞辱备至而不敢言。当了吴县县令，又肆无忌惮地凌辱所在府的知府，而且毫无来由，完全是有意恶作剧，弄得提举不像提举，知府不像知府，谁都不敢诘问。作者认为，秦桧在国内倒行逆施，必然会导致其亲属狗仗人势、胡作非为，甚至为害一方，这样的朝廷，还有什么威严可说？不过作者也只能说到这一层，发发牢骚罢了。此文虽然短小，说明的问题却很深刻，任何朝代、任何时候，朝廷里如果充满裙带和贪腐现象，这个王朝注定是没有前途的。这些浅显的道理，对当今之世难道就没有一点启迪作用吗?

迁省易印①

元丰间,建尚书省于皇城之西②,铸三省印③。米芾谓印文背戾④,不利辅臣。故自用印以来,凡为相者,悉投窜⑤,善终者亦追加贬削⑥,其免者,苏丞相颂一人而已⑦。蔡京再领省事⑧,遂别铸公相之印⑨。其后,家安国又谓省居白虎位⑩,故不利。京又因建明堂⑪,迁尚书省于外以避之⑫。然京亦窜死⑬,二子坐诛⑭,其家至今废⑮。不知为善而迁省易印以避祸⑯,亦愚矣哉!

[注释]

①迁省易印:升任三省首长便改换原有的印章。省,尚书、中书、门下三省。宋代宰相一般情况下都兼两省,故而此称"迁省",指的是擢升宰相。 ②建尚书省于皇城之西:把尚书省迁至皇城的西部。尚书省为宰相办公之地,原在大内中央。蔡京再度执政后,将它迁移到大内的西面。 ③铸三省印:铸造新的三省之印,即宰相印章。 ④米芾:字元章,北宋著名的书法家、金石学家和画家。此人对印篆十分在行,故而对三省之印加以评判。印文背戾:印章的文字十分悖谬。 ⑤故自用印以来,凡为相者,悉投窜:自从启用新印章以来,凡是升为宰相的人,绝大部分都遭到了流放。 ⑥善终者亦追加贬削:能得善终的宰相最后也被追加贬黜或降官。善终者,指那些没有被贬死的宰相。 ⑦其免者,苏丞相颂一人而

已：得以免除厄运的，只有苏颂一位丞相而已。苏颂，字子容，泉州人，仁宗庆历二年（1042）进士。官至刑部、吏部尚书。哲宗时拜相，累封赵郡公。建中靖国元年（1101）卒，年八十二。死后赠司空，追封魏国公。《宋史》有传。苏颂毕生痴迷于格致之学，对天文、历法、医学、数学等都有精湛的研究，成就远在沈括之上。他因在以司马光为首的保守派和以章惇为首的绍述派之间处理得温和得体，故而得以免祸。　⑧蔡京再领省事：谓蔡京再次领三省事。徽宗朝里，蔡京曾数度为相。据《宋史·宰辅表》载："（崇宁元年）七月戊子，蔡京自守尚书左丞加通议大夫、守尚书右仆射兼中书侍郎。""（大观元年）正月甲午，蔡京自安远军节度使依前司空、左仆射兼门下侍郎、魏国公。十二月庚寅，蔡京自司空、左仆射兼门下侍郎、魏国公加太尉。""（政和二年）五月己巳，蔡京落致仕，依前太师，三日一至都堂治事。十一月辛巳，进封鲁国公。"　⑨别铸公相之印：重新铸造宰相（三省）印章。　⑩家安国：北宋徽宗时人，黄庭坚曾与其有诗文往来。省居白虎位：《续资治通鉴长编拾补》卷二十七："（蔡）京恶白虎地不利宰相，尽命毁拆，收置禁中。"　⑪建明堂：蔡京主政时新修明堂。《宋史·蔡京传》："京每为帝言，今泉币所积赢五千万，和足以广乐，富足以备礼，于是铸九鼎，建明堂，修方泽，立道观，作《大晟乐》，制定命宝。任孟昌龄为都水使者，凿大伾三山，创天成、圣功二桥，大兴工役，无虑四十万。两河之民，愁困不聊生。"明堂，古代天子布政之堂。　⑫迁尚书省于外以避之：将尚书省迁移到皇城以外。此前蔡京已将尚书省由皇城中央迁到了西偏，此次干脆将尚书省迁出大内，以避灾祸。　⑬京亦窜死：蔡京也遭到流放而死。宣和末年，金人入寇，汴京之民愤而上书，请求朝廷诛杀"六贼"，其中就包括蔡京，且其被列为首恶。朝廷不得已，贬其衡州安置，又徙韶州和儋州。行至潭州（今湖南长沙）而死，年八十。蔡京，字元长，仙游（今福建仙游）人。熙宁三年（1070）进士。徽宗时曾两度入相，大倡奢靡之风，并引发了方腊之乱，进而被金人摸准脉搏，大举入寇，导致中原沦陷。　⑭二子坐诛：蔡京的两个儿子被朝廷诛杀。蔡京一共有八个儿子，其中蔡壝先死，蔡绦流放白州而死，蔡鞗因娶了帝姬免于流放；被朝廷诛杀的是指蔡攸和蔡翛，其余诸子以及诸孙都被流放到岭南。　⑮其家至今废：蔡京家族至今没有东山再起，沦为贫民。　⑯不知为善而迁省易印以避祸：不懂得多做善事，而把宰相之印进行变更来避祸（也太愚蠢了）。

[解析]

　　本文选自《老学庵笔记》卷五。这篇文章记述了北宋时期尚书省地址及其印章的沿革，文中以戏谑的笔墨缕述了自神宗元丰以来的种种荒谬之举，始作俑者竟然是大书法家米芾，他说现有的印章印文乖戾，所以大部分执政者下场都十分悲惨，不是被流放就是被贬官。蔡京当了宰相之后，认为此话有理，于是另外铸造了宰相之印。佞臣家安国又称尚书省居于白虎之位，不利大臣，于是蔡京借新建明堂之机，索性将尚书省迁出大内以避祸。尽管如此，作恶多端的蔡京依然没有逃脱被贬出京、客死湖南的命运，他的儿孙们要么被诛，要么被流放，很难重新振作起来。文章最末道出了写本文的宗旨：为丞相者不懂得多做善事，不懂得利国利民，而迷信于改铸印章、迁移省址以求保佑，岂不是太愚蠢了？

　　文章的立意非常明白，作者认为，一国之相对于国家来说，可谓至关重要，如果选相不得其人，国家所受之祸将不可胜言。本文明里说的是蔡京，实际上却是对当朝择相的侧面反映：当年秦桧为相，唯知卖国求荣，他所造成的恶果，并不比蔡京差上分毫。如今韩侂胄力倡北伐，却被钱象祖、史弥远等主和派大臣残忍杀害，遂使北伐再度成为泡影。更可浩叹的是，就是这个史弥远，竟然堂而皇之地当上了宰相。可以想见的是，这位宰相大权在握之时，必然又是大宋王朝遭受灭顶之灾之日。作者以无比深沉的笔触提醒人们，奸臣当道，大宋是绝对没有前途的。

东坡省试^①

东坡先生省试《刑赏忠厚之至论》有云："皋陶为士，将杀人，皋陶曰杀之三，尧曰宥之三^②。"梅圣俞为小试官^③，得之以示欧阳公^④。公曰："此出何书^⑤？"圣俞曰："何须出处！"公以为皆偶忘之，然亦大称叹。初欲以为魁^⑥，终以此不果^⑦。及揭榜^⑧，见东坡姓名，始谓圣俞曰："此郎必有所据，更恨吾辈不能记耳。"及谒谢^⑨，首问之^⑩，东坡亦对曰："何须出处。"乃与圣俞语合。公赏其豪迈，太息不已^⑪。

[注释]

①省试：宋代科举考试分为三个阶段，第一阶段举子们必须通过地方路府组织的初级考试，称为"乡试"。第二阶段，通过乡试取得贡士资格的举子们须在次年年初到京城参加朝廷礼部组织的考试，称为"省试"或"会试"。第三阶段，会试通过的考生，还要参加由皇帝亲自主持的考试，称为"殿试"。一般情况下，举子通过了会试，就可以称为进士了，但还不能确定最终名次，而殿试恰恰是最终排定名次的一次考试。殿试一般不再进行淘汰，但在具体名次上会有所调整。　②皋陶为士，将杀人，

皋陶曰杀之三，尧曰宥之三：这句话的意思是说：皋陶担任法官时，打算处死犯人。然而皋陶多次向帝尧汇报，帝尧却多次要求他将犯人宽赦。皋陶，尧时的法官，被后世称为中国司法的鼻祖。他与尧、舜、大禹齐名，为"上古四圣"之一。《尚书》中有《皋陶谟》一篇，具体记载皋陶的事迹。　③梅圣俞：梅尧臣，字圣俞，与欧阳修为莫逆之交，二人往来唱和甚夥。嘉祐二年（1057）欧阳修担任大主考时，聘请梅尧臣担任考官。小试官：科举考试中为主考官做具体工作的辅助考官。　④得之以示欧阳公：看到苏轼的考卷后认为此卷不凡，于是将其交给了欧阳修。　⑤此出何书：这些文字出自哪本书？古人写文章引用前人文字，必须注明出处，以示言之有据。此言梅尧臣和欧阳修看过之后，都弄不清这些话出自哪一部典籍。　⑥初欲以为魁：最初打算把苏轼列为第一。魁，为首者。⑦终以此不果：最终因为这些文字出处不明，为慎重起见，还是没敢将苏轼列为省元。　⑧揭榜：放榜，即将考试结果公开。　⑨谒谢：拜谒主考官。古代科考结束后，新科进士须拜见大主考，并称之为终生座主，进士则自称为主考官的终生门生。　⑩首问之：第一句话就问。　⑪太息不已：感叹不止。

[解析]

　　本文选自《老学庵笔记》卷八。这篇文章写得卓有情趣，而且意味深长，表现的是作者对于前贤苏轼由衷的景仰。说起苏轼，有趣的事一大堆。此人是个不拘格套的智者，也是后来千百年间为人津津乐道的大文豪。文章娓娓记录了苏轼绝顶的聪明和敢于立论的勇气。为了说明古圣贤力主刑赏、本于忠厚，他自行编造了一个"皋陶多次请求杀犯人，帝尧多次阻止杀犯人"的故事，而且说得有鼻子有眼，很能迷惑众人。谁也不能否定苏轼的用心是好的，但凡事都必须遵守游戏规则，做到言之有据。在一般人看来，苏轼这纯属拿自己的前程开玩笑。然而恰好碰到了主张不拘一格、古为今用的大主考欧阳修，这铿锵有力的表述，把副考官梅尧臣和主考官欧阳修都感动了，虽然没敢贸然将苏轼列在首位，毕竟没有因其违规而将他黜免。这个故事说明了两点，第一点是对苏轼的胆识和用心给予了充分的肯定，作者认为，大凡成大事者，就应该有苏轼这种不为格套所拘的勇气，而不是唯唯诺诺、不敢越雷池一步的墨守成规。第二点是歌咏欧阳修和梅尧臣不拘一格降人才的大气度，硬是将本该得零分的卷子列在了本场考试的前茅。这种举贤的态度，作者同样给予了充分的肯定。正是因为有了欧阳修，我们才有幸读到苏轼那么多的美文好诗，从这个意义上说，欧阳修为中华民族的文化传承立下了莫大的功劳！写到这里，笔者不得不发几句感慨：苏轼如果生在今天，百分百会被无情淘汰，甚至还要记录在案，三年内不得再参加考试！记得北京市原副市长吴晗考大学时，文科得了满分，数学却只得了零分。当时的大学校长了解了此情，竟然破格录取了他。这种事也只能发生在民国时期，若在今天，吴晗断不可能被名校录取，只能一边哭去吧！清朝龚自珍有诗云："我劝天公重抖擞，不拘一格降人才。"几乎近于呐喊，而今天，主管部门唯恐保不住自己的乌纱帽，制定了数不清的条条框框，这种教育，实在是把那些真正的天才拒之门外，录取到的，几乎都是没有棱角、没有创新精神的庸懦之徒和狡黠之辈，良可悲也！

入蜀记卷一①

乾道五年十二月六日②，得报差通判夔州③。方久病，未堪远役，谋以夏初离乡里。

六年闰五月十八日，晚行，夜至法云寺④。兄弟饯别，五鼓始决去⑤。

十九日黎明，至柯桥馆⑥，见送客。巳时至钱清⑦，食亭中，凉爽如秋。与诸子及送客步过浮桥。桥坚好非昔比，亭亦华洁，皆史丞相所建也⑧。申后，至萧山县⑨，憩梦笔驿⑩。驿在觉苑寺旁，世传寺乃江文通旧居也⑪。有大碑，叶道卿文⑫。寺额及佛殿榜，皆沈睿达所书⑬，有碑亦睿达书，尤精古。又有毗陵人戚舜臣所画水⑭，盖佛后座大壁也。卒然见之，觉涛澜汹涌可骇，前辈或谓之死水，过矣⑮。县丞权县事纪旬、尉曾盘来⑯。曾原伯逢招饮于其子盘廨中，二鼓归。原伯复来，共坐驿门，月如昼，极凉。四鼓，解舟行，至西兴镇⑰。

二十日黎明，渡江，江平无波。少休仙林寺，寺僧为开馆设汤饮。遂买小舟出北关，登漕司所假舟于红亭税务之西⑱，夜无蚊。

二十一日。省三兄。二十二日至二十四日，皆留兄家。

二十五日晚，叶梦锡侍郎衡招饮⑲，案间设矾山数盆⑳，望之如雪。

二十六日晚，芮国器司业晔招饮㉑，同集仲高兄、詹道子大著亢宗、张叔潜编修渊㉒。坐中，国器云："顷在广东作漕㉓，有提举茶盐石端义者㉔，性残忍，每捕官吏系狱，辄以石盐木枷枷之㉕，盖木之至坚重者。每曰：'木名石盐，天生此为我用也。'其后，石坐罪㉖，竟荷校云㉗。"

二十七日。

二十八日,同仲高出暗门㉘,买小舟泛西湖,至长桥寺㉙。予不至临安八年矣,湖上园苑竹树皆老苍,高柳造天,僧寺益葺,而旧交多已散去,或贵不复相通,为之绝叹。

二十九日,沈持要检正枢招饮㉚,邂逅赵德庄少卿彦端。晚出涌金门,并湖绕城,至舟中。

三十日。

六月一日早,移舟出闸,几尽一日,始能出三闸㉛。船舫栉比。热甚,午后小雨,热不解。泊籴场前㉜。

二日,禺中解舟。乡仆来言,乡中闵雨㉝,村落家家车水。比连三年颇稔,今春父老言,占岁可忧㉞,不知终何如也。过赤岸班荆馆㉟,小休前亭。班荆者,北使宿顿及赐燕之地㊱,距临安三十六里。晚,急雨,颇凉。宿临平㊲,临平者,太师蔡京葬其父准于此㊳,以钱塘江为水,会稽山为案㊴,山形如骆驼,葬于驼之耳㊵,而筑塔于驼之峰。盖葬师云:"驼负重则行远也。"然东坡先生乐府固已云:"谁似临平山上塔,亭亭,迎客西来送客行。"则临平有塔亦久矣。当是蔡氏葬后增筑或迁之耳。京《责太子少保制》云"托祝圣而饰临平之山"是也㊶。夜半解舟。

三日黎明,至长河堰,亦小市也,鱼蟹甚富。午后,至秀州崇德县㊷,县令右从政郎吴道夫㊸、丞右承直郎李植㊹、监秀州都税务右从政郎章湜来㊺。旧闻戴子微云:"崇德有市人吴隐㊻,忽弃家寓旅邸,终日默坐一室。室中惟一卧榻,客至,共坐榻上。或载酒过之,亦不拒,清谈竟日。隐初不学问,至是间与人言《易》数,皆造精微,亦能先知人吉凶寿夭,见者莫能测也。"因见吴令问之,云皆信然㊼,今徙居村落间矣。是晚行十八里,宿石门㊽,火云如山㊾,明日之热可知也。

四日,热甚,午后始稍有风。晚泊本觉寺前㊿。寺故神霄宫也,废于兵火,建炎后再修,今犹甚草创。寺西庑有莲池十余亩,飞桥小亭,颇华洁。池中龟无数,闻人声,皆集,骈首仰视㊿,儿曹惊之不去。亭中有小碑,乃郭功甫元祐中所作《醉翁操》㊿,后自跋云:"见子瞻所作未工㊿,故赋之。"亦可异也。

五日早,抵秀州,见通判权郡事右通直郎朱自求㊿、员外通判右承事郎直秘阁赵师夒㊿、方务德侍郎滋㊿。务德留饭。饭罢,还舟小憩,极热。谒樊自强主管、樊自牧教授(广、抑皆茂实吏部子㊿)、闻人伯卿教授(阜民,茂德删定子㊿)。二樊居城外,居第颇壮,茂实晚岁所筑,尚未成也。隔水有小园,竹树修茂,荷池渺弥可喜㊿。池上有堂曰读书堂。游宝华尼寺,拜宣公祠堂㊿,有碑,缺坏磨灭之余,时时可读,苏州刺史于頔书㊿。大略言秘书监陆公齐望始作尼寺于此㊿,其后灞、浐、沣兄弟又新之㊿。后又有贤妹字意者㊿,陆氏尝有女子为尼云。然不言宣公所以有祠者。(家谱沣作澧,赖此证误,讳灞者则宣公之父也。)老尼妙济、大师法淳及其弟子居白留啜茶,且言方新祠堂也。移舟北门宣化亭,晚复过务德饭。

六日。右奉议郎通判荆南吕援来㊿,援字彦能。进士闻人纲来㊿,纲字伯纪,方务德馆客,自言识毛德昭。德昭名文,衢州江山县人㊿,居于秀㊿,予儿时从之甚久。德昭极苦学,中年不幸病盲而卒㊿,无子。纲言:其盲后犹终日危坐㊿,默诵六经㊿,至数千言不已,可哀也。赴郡集于倅廨中[72]。坐花月亭,有小碑,乃张先子野"云破月来花弄影"乐章[73],云得句于此亭也。晚赴方夷吾导之集于陈大光县丞家[74],二樊、吕倅皆在。大光字子充,莹中谏议孙[75],居第洁雅,末利花盛开[76]。

七日早,遍辞诸人,赴方务德素饭。晚,移舟出城,泊禾兴馆前。馆亦颇闳壮,终日大雨不止,招姜医视家人及绚。

八日,雨霁,极凉如深秋。遇顺风,舟人始张帆。过合路,居人繁伙,卖鲊者尤众[77]。道旁多军中牧马。运河水泛溢,高于近村地至数尺。两岸皆车出积水[78],妇人儿童竭作[79],亦或用牛。妇人足踏水车,手犹绩麻不置[80]。过平望,遇大雨暴风,舟中尽湿。少顷,霁。止宿八尺,闻行舟有覆溺者。小舟叩舷卖鱼,颇贱。蚊如蜂虿[81],可畏。

九日,晴而风,舟人惩昨夕狼狈,不敢解舟,日高方行。自至崇德,行大泽中,至此,始望见震泽远山[82]。午间,至吴江县[83]。渡松江[84],风极静。瘫庵竹树益茂,而主人死矣。知县右承议郎管銃、尉右迪功郎周郷来。县治有石刻曾文清公《渔具图诗》[85],前知县事柳楹所刻也。《渔具》比《松陵倡和集》所载又增十事云[86]。托周尉招医郑端诚,为统、绚诊脉,皆病暑也。市中卖鱼鲊颇珍。晚解舟中流,回望长桥层塔,烟波渺然,真若图画。宿尹桥,登桥观月。

十日,至平江[87],以疾不入。沿城过盘门[88],望武丘楼塔[89],正如吾乡宝林[90],为之慨然。宿枫桥寺前[91],唐人所谓"半夜钟声到客船"者[92]。

十一日五更，发枫桥，晓过许市，居人极多。至望亭小憩，自是夹河皆长冈高垄，多陆种菽粟，或灌木丛筱[93]，气象窘隘[94]，非枫桥以东比也。近无锡县[95]，始稍平旷。夜泊县驿。近邑有锡山[96]，出锡。汉末谶记云[97]："有锡天下兵，无锡天下清。有锡天下争，无锡天下宁。"至今锡见辄掩之[98]，莫敢取者。

十二日早，谒喻子材郎中樗[99]。子材来谢，以两夫荷轿，不持胡床[100]，手自授谒云。知县右奉议郎吴澧来。晚行，夜四鼓，至常州城外[101]。

十三日早，入常州，泊荆溪馆[102]。夜月如昼，与家人步月驿外[103]。绚始小愈。

十四日早，见知州右朝奉大夫李安国、通判右朝奉郎蒋谊、员外倅左朝散郎张坚。坚，文定公纲之子[104]。教授左文林郎陈伯达、员外教授左从政郎沈瀛、司户右从政郎许伯虎来[105]。伯达字兼善，瀛字子寿，皆未识。子寿仍出近文一卷。伯虎字子威，余儿时笔砚之旧也[106]。至东岳庙观古桧[107]，数百年物也。又小憩崇胜寺纳凉，遂解舟。甲夜[108]，过奔牛闸。宋明帝遣沈怀明击孔觊，至奔牛筑垒[109]，即此也。闸水湍激，有声甚壮。遂抵吕城闸[110]。自祖宗以来，天下置堰军止四处[111]，而吕城及京口二闸在焉。

十五日早，过吕城闸，始见独辕小车。过陵口[112]，见大石兽偃仆道傍，已残缺，盖南朝陵墓。齐明帝时，王敬则反[113]，至陵口，恸哭而过，是也。余顷尝至宋文帝陵，道路犹极广，石柱承露盘及麒麟、辟邪之类皆在[114]，柱上刻"太祖文皇帝之神道"八字[115]。又至梁文帝陵。文帝，武帝父也，亦有二辟邪尚存。其一为藤蔓所缠,若縶缚者⑯。然陵已不可识矣。其旁有皇业寺,盖史所谓皇基寺也,疑避唐讳所改。二陵皆在丹阳⑰,距县三十余里。郡士蒋元龙子云谓予曰:"毛达可作守时,有卖黄金石榴、来禽者⑱,疑其盗,捕得之,果发梁陵所得。"夜抵丹阳,古所谓曲阿⑲,或曰云阳。谢康乐诗云⑳:"朝日发云阳,落日到朱方㉑。"盖谓此也。

[注释]

①入蜀记:作者自家乡绍兴前往蜀地夔州赴任通判途中所作的一部长篇游记,全书始自孝宗乾道六年闰五月,终于当年十月二十七日,前后历时五个多月。全书共六卷,本文选取其第一卷。 ②乾道五年:公元1169年。这一年作者四十五岁。 ③得报差通判夔州:接到朝廷任命,出任夔州通判。夔州在今湖北秭归,是西行入蜀后的第一个州郡。通判,宋代州郡中的官名,在知州之下,但具有监察知州及其他所属官员的职责。《宋史·职官志》卷七载:"宋初惩五代藩镇之弊,乾德初,下湖南,始置诸州通判,命刑部郎中贾玭等充。建隆四年,诏知府公事并须长吏、通判签议连书,方许行下。时大郡置二员。余置一员。州不及万户不置,武臣知州,小郡亦特置焉。其广南小州,有试秩通判兼知州者,职掌倅贰郡政,凡兵民、钱谷、户口、赋役、狱讼听断之事,可否裁决,与守臣通签书施行。所部官有善否及职事修废,得刺举以闻。" ④法云寺:在绍兴府东北。《嘉泰会稽志》:"(大中祥符寺)在府东北三里二百步,唐中和二年僧可瑢建号中和水陆院。……开宝七年改法云寺,大中祥符元年改今额。"此时法云寺已经改名为大中祥符寺,这里是作者沿袭旧称。 ⑤五鼓:五更。决去:分手而去。 ⑥柯桥馆:绍兴府馆驿名,在法云寺旁。《嘉泰会稽志》:"(灵秘院)在县西三十里柯桥馆。" ⑦巳时:上午

九时至十一时。钱清：河流名，又名西小江、浦阳江。 ⑧史丞相：南宋高宗、孝宗时的丞相史浩。乾道四年四月至六年六月曾为绍兴府知府。 ⑨萧山县：即今浙江杭州市萧山区。 ⑩梦笔驿：《嘉泰会稽志》卷四："梁金紫光禄大夫江淹宅。又萧山县东北一百三十步有江淹故宅，今为觉苑寺，寺前有梦笔驿，亦以文通得名。" ⑪江文通：南朝梁江淹，字文通。相传他在当浦城县令时，有一天漫步城外，歇宿时做了一个梦，梦见神人授他一支五彩神笔，自此文思如涌，遂成为一代文章魁首，当时人称"梦笔生花"。 ⑫叶道卿：北宋仁宗时期中书舍人，宋祁、范仲淹等人都与他有交往。 ⑬沈睿达：北宋沈辽，字睿达，钱塘（今浙江杭州）人。沈括的同族兄弟。此人无意功名，后经三司使吴充举荐官监内藏库。 ⑭毗陵：今江苏常州的旧称。戚舜臣：北宋仁宗时期人，曾官尚书虞部郎中。 ⑮前辈或谓之死水，过矣：以前的人说这幅画里的水画得死板，没有神趣，也太过分了。 ⑯县丞权县事：谓纪旬原官萧山县丞，因新县令暂缺，故临时代理县令处理一县之事。权，临时代理。县丞，一县的副职。尉：县尉，县里的主要属官，掌管治安、盗贼之事。 ⑰西兴镇：《嘉泰会稽志》："西兴镇在（萧山）县西一十二里。" ⑱漕司：宋代路分中转运使司的俗称。所假舟：所借的舟船。红亭税务：设在红亭的税务机构。 ⑲叶梦锡侍郎衡：叶衡，字梦锡，南宋名臣。《宋史》有传。此时叶衡在秀州（今浙江嘉兴）。《宋史·叶衡传》："知秀州。……除户部侍郎。" ⑳砚山：宋代士大夫暑月宴客，堆明砚于盘中，置席上以像冰雪，称为"砚山"。 ㉑芮国器司业晔：芮烨，字国器，乌程（今浙江湖州）人，绍兴十八年（1148）进士。乾道五年（1169），除国子司业，不久升为国子祭酒。《宋史翼》卷十三有传。 ㉒大著：著作郎的美称。编修：国史院编修官的简称。 ㉓顷在广东作漕：此芮烨自言前不久担任广南东路转运使（或副使、判官）。据《宋史翼·芮烨传》载，芮烨在广东时任官为广东提刑，而不是转运司官员，或许是在任广东提刑时兼任过转运司官职。　㉔提举茶盐：全称为"广南东路提举常平茶盐公事"，即俗称的常平官，为宋代路分四司之一，神宗熙宁间王安石变法时所设官。石端义：此处可能有误。据本人编纂的《宋代路分长官通考》，此人应该叫"石敦义"。《广东通志·常平题名》："石敦义，隆兴元年任提举常平。"《宋会要·选举》二十三之一八："（隆兴）二年六月五日，广南东路提举常平茶事石敦义言。"说的就是此人。　㉕石盐：树木名，产于我国南方，其质地坚实，不易为虫蛀蚀。苏轼《两桥》诗引："栖禅院僧希固筑进两岸，为飞阁九间，尽用石盐木，坚若铁石。"　㉖其后，石坐罪：后来石敦义犯了罪。　㉗荷校：颈上戴枷。意思是说石敦义遭到报应，也戴上了石盐木枷。　㉘暗门：古代凿于城壁的秘密出入口，以备出兵袭敌。㉙长桥寺：故址在杭州涌金门内。据《咸淳临安志》卷七十六载，此寺是一座废寺。　㉚沈持要检正枢：中书门下检正诸房公事官沈枢。　㉛三闸：杭州水上的闸门。《咸淳临安志》卷三十八："清湖上、中、下三闸，在余杭门外。"　㉜籴场：临安场圃名。《咸淳临安志》卷三十八："籴场在德胜桥东。"　㉝闵雨：为没有雨水而感到忧虑。　㉞占岁：占卜一年的吉凶。《史记·天官书》："夫自汉之为天数者，星则唐都，气则王朔，占岁则魏鲜。"　㉟赤岸班荆馆：临安赤岸港旁边的馆舍，是专门接待外国使臣起居之所。《咸淳临安志》后注："班荆馆在赤岸港。《系年录》：'绍兴三年二月庚寅，诏以法惠寺为同文馆。'《梦粱录》载都亭驿在候潮门里泥路西侍从宅侧次，为馆伴外国使人之地也。"　㊱北使：北方使者。主要指金国来的使臣。宿顿及赐燕之地：歇息和赐宴的地方。　㊲临平：临安镇名。《咸淳临安志》卷二十："临平镇在（临安）府之东四十五里。” ㊳太师蔡京葬其父准于此：北宋宰相蔡京把他父亲蔡准安葬在这里。太师，徽宗时加给蔡京的三公之号。 ㊴以钱塘江为水，会稽山为案：古代选择葬地有一套专门的理论，讲究地势前后高低，有无山水。古人以葬地有山依靠为贵象，有水弯环为富象。案，墓地前类似香案的高地。 ㊵葬于驼之耳：葬在骆驼的耳部。 ㊶京《责太子少保制》云“托祝圣而饰临平之山”：蔡京被贬谪为太子少保的圣命。《宋大诏令集》卷二百一十二《蔡京降太子少保制》：“门下政事所寄，尤严误国之诛。人臣之奸，莫重欺君之罪。我有常宪，扬于大廷。具官蔡京，顷以时才，荐膺柄任。两冠台衡之峻，三登公衮之崇。庶图尔庸，以弼予治，而总秉众务，出入八年。事浸紊于复来，谋悉违于初议。擅作威福，妄兴事功。轻爵禄以市私恩，滥锡予以蠹邦用。□借恩戚，密布要途。援引凶邪，合成死党。以至假吏民以决兴化之水，托祝圣以饰临平之山。岂曰怀忠？殆将邀福。……可降授太子少保致仕。依前楚国公，在外任便居住。”这是大观四年五月二十六日徽宗责降蔡京的圣旨。 ㊷秀州：宋代州名，在今浙江嘉兴。崇德县：在今浙江桐乡西南长安镇。 ㊸右从政郎：宋代低级官阶名。 ㊹丞右承直郎：宋代低级官阶名。 ㊺监秀州都税务：管理秀州税务的主管官员，相当于今税务局局长。 ㊻市人：市井小民。 ㊼信然：的确如此。 ㊽石门：秀州地名。《至元嘉禾志》卷十三：“石门在（崇德）县北一十八里。越王垒石为门，以为限界之所。” ㊾火云如山：火烧云浓密得像大山一样。火烧云出现预示着第二天天气炎热。 ㊿本觉寺：秀州寺庙名。《至元嘉禾志》卷十三：“三过堂在（嘉禾）县西二十七里本觉寺方丈之东偏。宋苏东坡与文长老游，三过于此。” (51)骈（pián）首：头挨着头并排而视。 (52)郭功甫：北宋诗人郭祥正，字功父，一作功甫，自号谢公山人。当涂人。仁宗皇祐五年（1053）进士。历官汀州通判等。所著有《青山集》三十卷。元祐中所作《醉翁操》：哲宗元祐年间所作《醉翁操》诗。《醉翁操》，乐府题名。　㊼见子瞻所作未工：谓郭祥正见到苏轼写的《醉翁操》，认为不甚工稳。苏轼《醉翁操》原诗："琅然，清圜。谁弹，响空山。无言，惟翁醉中知其天。月明风露娟娟，人未眠。荷蕢过山前，曰有心也哉此贤。醉翁啸咏，声和流泉。醉翁去后，空有朝吟夜怨。山有时而童巅，水有时而回川。思翁无岁年，翁今为飞仙。此意在人间，试听徽外三两弦。"陆游认为郭祥正口气太大，所以说他"可异也"。　㊽通判权郡事：通判秀州、临时代理知州。宋代前任知州离任后，若新知州没有到位，便由通判或主簿临时兼任。右通直郎：宋代文散官官阶名。　㊾员外通判：南宋时期官多位少，有些官员无法安置，故以"员外"的名义安置。员外指正员以外临时充任的官员，待遇与员内相同，但一般不过问政务。右承事郎：宋代文散官官阶名。直秘阁：宋代三馆学士官名，属于带官序列。　㊿方务德侍郎滋：方滋，字务德，当时官侍郎。　㊼广、抑皆茂实吏部子：此句意谓广、抑都是吏部郎官茂实的儿子。茂实为何人，不详。　㊽阜民，茂德删定子：此句意谓阜民是删定官茂德的儿子。茂德为何人，亦不详。删定，宋代敕令所删定官的简称。　㊾渺弥可喜：水流旷远，十分可爱。　㊿宣公祠堂：唐代陆贽的祠堂。陆贽，字敬舆，嘉兴（今浙江嘉兴）人。唐德宗即位后，由监察御史升为翰林学士。贞元八年（792），为中书侍郎、同平章事。贞元十年（794），因户部侍郎裴延龄诬陷罢相。永贞元年（805）卒，谥为"宣"，世称陆宣公。新、旧《唐书》均有传。《至元嘉禾志》卷十六有《唐相陆宣公祠堂记》云："陆宣公贽，苏州嘉兴人。后晋时，吴越王允瓘奏以嘉兴置秀州，城东桥以宣公名者，先老相传公所生之地。郡学故有公祠。今郡守直显谟阁东平吕侯正己复缉而新之。……初，公事德宗，入

陆游诗文选 | 313

翰林为学士。方禁旅四出伐叛，公深以根本为虑，论居重驭轻之势，至熟悉也。未几，泾卒内讧，迨如公忧。奉天艰难之际，虽号亲近，而志实不大纾，职在书诏，因得具著天子悔过罪己之意，闻者流涕，人心已离而复合，以使事抵李怀光于立谈，顷拔李晟之军，已而平贼沘，收长安，独晟军是赖，官守所及，略见一二，已足以再造唐室。苟帝以国听焉，其所就何如哉？起建中历正元垂二十年，离合从违之变繁矣，确乎其不移，温乎其不怼，叠叠乎其不厌。所积之厚，岂世士所易窥耶？晚节为相，经世之业出之，固有次第。始建白台省长官各举其属，议辄见格，然纲条本末，载于章奏者，尚可复也。既贬忠州，合户人不识其面，专以方药自娱，盖畏天命、畏大人，负罪引慝于幽暗隐约之中，其志念深矣。虽德宗雄猜忌刻，犹劳问有加，非公之忠敬，有以发之耶？彼谓避谤不著书，殆知公之细者也。秀维公里，隽彦林立，公之精缊，列于乡论者旧矣，故于祠宇之成，诵所闻以质其中否焉。淳熙四年四月旦日，东莱吕祖谦记。" ㉑苏州刺史于頔（dí）：于頔字允元，河南洛阳人。唐德宗贞元七年（791）任湖州刺史。调任苏州刺史。在苏州时，他毁淫祠，拆庙宇，修街道，开沟洫，卓有政绩。后迁大理卿、陕虢观察使。新、旧《唐书》均有传。

㉒秘书监陆公齐望始作尼寺于此：此句谓唐代秘书监陆齐望曾在这里修建宝华尼寺。 ㉓灏、沪、沣兄弟又新之：此句意谓陆齐望的儿子陆灏、陆沪、陆沣又时有修补。 ㉔贤妹字意者：贤惠的妹妹是叫陆意的女子。

㉕右奉议郎：宋代文散官官阶名。通判荆南：荆南府通判。荆南府在今湖北江陵。 ㉖进士：此处指考中贡士尚未取得进士资格的人。因这种人离真正意义上的进士只有一步之遥，故尊称其为进士。也叫乡贡进士。

㉗衢州：宋代州名，在今浙江衢州。江山县：在今浙江江山。 ㉘居于秀：客居在秀州。 ㉙病盲而卒：因患了目盲病而死。 ㉚危坐：敬谨端

直地坐着。　㉛六经：古代《诗经》《尚书》《礼记》《周易》《乐经》《春秋》的合称。　㉜赴郡集于倅廨（cuì xiè）：到通判厅赴全郡大宴的聚会。倅廨，通判的厅署。　㉝张先子野"云破月来花弄影"乐章：张先《天仙子·时为嘉禾小倅以病眠不赴府会》："《水调》数声持酒听，午醉醒来愁未醒。送春春去几时回？临晚镜，伤流景，往事后期空记省。沙上并禽池上暝，云破月来花弄影。重重帘幕密遮灯，风不定，人初静，明日落红应满径。"张先，字子野，乌程人。天圣八年（1030）进士。历永兴军通判、知渝州、虢州。英宗治平元年（1064）致仕，元丰元年（1078）卒，年八十九。是北宋时期著名的词人。　㉞晚赴方夷吾导之集于陈大光县丞家：意谓晚间承方导之（字夷吾）之请，宴于无锡县丞陈大光家。

㉟莹中谏议：北宋后期左司谏陈瓘。《宋史·陈瓘传》："陈瓘，字莹中，南剑州沙县人。……出通判沧州，知卫州。徽宗即位，召为右正言，迁左司谏。"　㊱末利花：即茉莉花。　㊲卖鲊（zhà）者尤众：卖鲊鱼的人很多。　㊳车出积水：两岸都是用水车抽出的积水。　㊴妇人儿童竭作：妇女儿童一齐上阵。　㊵绩麻不置：手中搓麻不停。　㊶蜂虿（chài）：蜂和虿，都是长有毒刺的螫虫。《国语·晋语》九："蝤蚁蜂虿，皆能害人。"　㊷震泽：即今江苏太湖。　㊸吴江县：在今江苏苏州市吴江区。

㊹松江：吴江南连接太湖的吴淞江。　㊺县治：县衙。曾文清公：南宋名臣曾几，也是陆游的老师。　㊻《松陵倡和集》：唐人陆龟蒙所编，记录他与皮日休唱和的一部诗歌总集。增十事：增添了十件渔具。　㊼平江：宋代府名，在今江苏苏州。　㊽盘门：苏州城内门名。范成大《吴郡志》卷三："盘门，《吴地记》云：'吴尝名蟠门。'刻木作蟠龙以镇此。"

㊾武丘：即虎丘，苏州地名。《吴郡志》卷三十九："吴王阖庐墓在虎丘山剑池下。……池广六十步，黄金珠玉为凫雁，扁诸之剑、鱼肠之剑在

焉。葬之三日，金精上扬为白虎据坟，故曰虎丘。" ⑩吾乡：我的家乡，指山阴。宝林：宝林寺，故址在今浙江绍兴。《嘉泰会稽志》卷七："报恩光孝禅寺在府南二里二百二十二步。（南朝）宋元徽元年，制《法华经》《维摩经疏》，僧遗教等与法师惠基于宝林山下建宝林寺。时有皮道与舍宅，连山造寺。山之巅有石岫，岫有灵鳗，祷雨多应。" ⑪枫桥寺：苏州郭外寺庙名。《吴郡志》卷二十三："普明禅院即枫桥寺也，在吴县西十里，旧枫桥妙利普明塔院也。" ⑫唐人所谓"半夜钟声到客船"者：即唐代张继《枫桥夜泊》诗："月落乌啼霜满天，江枫渔火对愁眠。姑苏城外寒山寺，夜半钟声到客船。" ⑬丛筱（xiǎo）：茂密的小竹林。⑭窘隘：窄小。 ⑮无锡县：宋代县名，属常州，在今江苏无锡。⑯近邑有锡山：近城之处有座锡山。《无锡县志》卷："锡山，去州西七里开元乡，在惠山之东，本惠山之脉也。惠山至是中断，伏而为山冈，缺半里许，复起为锡山。至锡山而山脉始绝。" ⑰汉末谶（chèn）记：东汉末年，谶纬之风甚盛。谶是指儒家编造的预示吉凶的隐语，纬是汉代附会儒家经义衍生出来的一类书。谶纬之学就是对未来大事的预言。 ⑱掩之：将其掩埋。 ⑲喻子材郎中樗：《宋史·喻樗传》："喻樗，字子才，其先南昌人。……少慕伊、洛之学，中建炎三年进士第。……知舒州怀宁县，通判衡州，已而致仕。桧死，复起为大宗正丞，转工部员外郎、出知蕲州。孝宗即位，用为提举浙东常平，以治绩闻。淳熙七年卒。"此言"郎中"，当是"员外郎"。 ⑳两夫荷轿，不持胡床：两个役夫抬着轿子，轿上不设胡床。胡床，古代供人仰靠的一种器具。轿上不设胡床，意思是直着身子坐在轿上。 ㉑常州：宋代州名，在今江苏常州。 ㉒荆溪馆：常州馆舍名。《咸淳毗陵志》卷五："荆溪馆，旧名毗陵驿，在天禧桥东。枕漕渠以通荆溪，故名。" ㉓月驿：荆溪馆附近的驿舍。《咸淳毗陵志》卷五："南唐徐铉尝有'驿桥风月'之句。"月驿得名于此。　⑭文定公纲：张纲，字彦正，润州丹阳人。徽宗时校书郎。高宗绍兴间，历官两浙提刑、江东提刑、中书舍人、给事中。秦桧死后，召为吏部侍郎兼侍读，知婺州，致仕卒，年八十四。谥曰文定。《宋史》有传。　⑮司户：司户参军的简称。宋代州县属官名，掌户籍、赋税、仓库交纳等事。右从政郎：宋代文散官低阶官阶名。　⑯余儿时笔砚之旧：意谓是自己小时候的同学。　⑰东岳庙：常州宜兴县庙宇名。《咸淳毗陵志》卷十四："东岳行庙在县东荆溪北。"　⑱甲夜：初更时分。北齐颜之推《颜氏家训·书证》："汉魏以来，谓为甲夜、乙夜、丙夜、丁夜、戊夜；又云鼓，一鼓、二鼓、三鼓、四鼓、五鼓；亦云一更、二更、三更、四更、五更，皆以五为节。"　⑲宋明帝遣沈怀明击孔觊：《至顺镇江志》卷二："（南朝）宋泰始二年，庚业至长塘河，即与义兴太守刘延熙令于湖口夹岸筑城。制遣沈怀明等东讨，以督护任农夫助之，自延陵出长塘湖，力战大破业，遂弃城走。"至奔牛筑垒：到奔牛堰修筑城垒。　⑳吕城闸：丹阳古水闸名。《至顺镇江志》卷二："吕城堰在丹阳县东南五十四里。淳化元年二月，诏废润州之京口、吕城；常州之望亭、奔牛四堰。……元祐中复堰置（吕城）闸。"　㉑置堰军止四处：设置闸堰只有四处。见上条注。

㉒陵口：古地名，在今江苏丹阳东南。　㉓齐明帝时，王敬则反：南朝齐明帝时，王敬则反叛朝廷。王敬则，南朝射阳（今江苏射阳）人，以武艺被宋前废帝选为细铠将。后参与杀宋后废帝。齐武帝时位至司空。齐明帝疑忌旧臣，王敬则惧怕祸及自身，于是举兵造反，兵败被杀。　㉔石柱：古代帝王陵墓正前方所矗的石柱。承露盘：又叫仙人承露盘，始于汉武帝。其形状为一个扁平的盘子，金属铸成，称其可以承接天上之甘露。麒麟：古传说中的瑞兽名，多置于贵族墓道两旁。辟邪：古传说中一种形

似狮而有翼的神兽，亦多用于贵族墓道两旁。　⑮神道：墓道。古人以为乃神行之道。《后汉书·中山简王焉传》："大为修冢茔，开神道。"李贤注："墓前开道，建石柱以为标，谓之神道。"　⑯若縶缚者：好像紧紧地拴缚着的样子。　⑰二陵皆在丹阳：梁武帝、梁文帝两座陵墓都在丹阳。丹阳，在今江苏丹阳。　⑱毛达可作守时，有卖黄金石榴、来禽者：毛友任润州（即后来的镇江府）知州时，有私卖黄金制成的石榴、沙果的贼。据本人编撰的《宋两浙路郡守年表》载，毛友宣和二年至三年任润州知州。《浙江通志》卷一百七十一："毛友字达可，西安人。崇宁间守镇江。"此处有误，毛友知镇江在宣和而不是崇宁。《宋史翼》有传。来禽，即沙果，又叫花红、林檎、文林。古人称此果味甘，果林能招众禽，故名。　⑲曲阿：江苏丹阳的古称，战国时为云阳邑，秦代改为云阳县，又改为曲阿县。　⑳谢康乐：南朝宋文学家谢灵运。祖籍陈郡阳夏（今河南太康），生于会稽始宁（今浙江绍兴市上虞区）。东晋名将谢玄之孙。世袭为康乐公，世称谢康乐。　㉑朱方：春秋时吴国地名，在今江苏镇江市丹徒区东南。《史记·吴太伯世家》："吴予庆封朱方之县，以为奉邑。"裴骃集解引《吴地记》："朱方，秦改曰丹徒。"

十六日早，发丹阳，汲玉乳井水①。井在道旁观音寺，名列《水品》②，色类牛乳，甘冷熨齿。井额陈文忠公所作③，堆玉八分也④。寺前又有练光亭，下瞰练湖⑤，亦佳境，距官道甚近，然过客罕至。是日，见夜合花方开⑥。故山开过已月余⑦，气候不齐如此。过夹冈，有二石人植立冈上，俗谓之石翁石媪，其实亦古陵墓前物。自京口抵钱塘⑧，梁、陈以前不通漕⑨，至隋炀帝始凿渠八百里，皆阔十丈。夹冈如连山，盖当时所积之土。朝廷所以能驻跸钱塘，以有此渠耳。汴与此渠，皆假手隋氏，而为吾宋之利，岂亦有数邪？过新丰⑩，小憩。李太白诗云："南国新丰酒，东山小妓歌⑪。"又唐人诗云："再入新丰市，犹闻旧酒香⑫。"皆谓此，非长安之新丰也⑬。然长安之新丰亦有名酒，见王摩诘诗⑭。至今居民市肆颇盛。夜抵镇江城外。是日立秋。

十七日平旦，入镇江⑮，泊船西驿。见知府右朝散郎直秘阁蔡洸子平⑯、都统庆远军节度使成闵⑰、通判右朝奉大夫章汶、右朝奉郎陶之真⑱、府学教授左文林郎熊克⑲、总领司干办公事右承奉郎史弥正端叔⑳。

十八日，右奉议郎签书节度判官厅公事葛郯㉑、观察推官右文林郎徐务滋㉒、司户参军左迪功郎杨冲㉓、焦山长老定圜㉔、甘露长老化昭来㉕。

十九日，金山长老宝印来㉖，字坦叔，嘉州人㉗。言自峡州以西㉘，滩不可胜计，白傅诗所谓"白狗到黄牛，滩如竹节稠"是也㉙。赴蔡守饭于丹阳楼。热特甚，堆冰满坐，了无凉意。蔡自点茶㉚，颇工，而茶殊下㉛。同坐熊教授，建宁人，云："建茶旧杂以米粉㉜，复更以薯蓣㉝，两年来，又更以楮芽㉞，与茶味颇相入，且多乳，惟过梅则无复气味矣㉟。非精识者，未易察也。"申后㊱，移舟出三闸㊲，至潮闸而止。

二十日，迁入嘉州王知义船㊳，微雨，极凉。

二十一日。

二十二日，郡集卫公堂后圃㊴。比旧唯增染香亭。饮半，登寿丘普照寺终宴㊵。寿丘者，宋高祖宅㊶，有故井尚存。寺本名延庆，

陆游诗文选 | 319

隆兴中复泗州㊷，有普照寺僧奉僧伽像来归㊸，寓焉㊹，因赐名普照寺，侨置僧伽道场㊺。东望京山㊻，连亘抱合，势如缭墙㊼，官寺楼观如画，西阚大江㊽，气象极雄伟也。

二十三日，至甘露寺，饭僧。甘露，盖北固山也。有狠石㊾，世传以为汉昭烈、吴大帝尝据此石共谋曹氏㊿。石亡已久，寺僧辄取一石充数，游客摩挲太息，僧及童子辈往往窃笑也。拜李文饶祠(51)。登多景楼(52)。楼亦非故址，主僧化昭所筑，下临大江，淮南草木可数，登览之胜，实过于旧。邂逅左迪功郎新太平州教授徐容(53)。容字子公，泉州人。此山多峭崖如削，然皆土也，国史以为石壁峭绝，误矣。

二十四日。

二十五日早，以一豨、壶酒谒英灵助顺王祠(54)，所谓下元水府也(55)。祠属金山寺，寺常以二僧守之，无他祝史(56)。然榜云“赛祭猪头，例归本庙”，观者无不笑。初，绍兴末，完颜亮入寇(57)，枢密叶公审言督视大军守江(58)，祷于水府祠，请事平奏加帝号(59)。既而不果(60)。隆兴中(61)，虏再入(62)，有近臣申言之，识者谓四渎止封王(63)，水府不应在四渎上，乃但加美称而已。庙中遇武人王秀，自言博州人(64)，年五十一，完颜亮寇边时，自河朔从义军(65)，攻下大名(66)，以待王师，既归期，不见录(67)，且自言孤远无路自通(68)，歔欷不已。是晚，欲出江，舟人辞以潮不应，遂宿江口。

二十六日，五鼓发船。是日，舟人始伐鼓。遂游金山，登玉鉴堂、妙高台(69)，皆穷极壮丽，非昔比。玉鉴，盖取苏仪甫诗云(70)：“僧于玉鉴光中坐，客蹋金鳌背上行。”仪甫果终于翰苑(71)，当时以为诗谶[72]。新作寺门亦甚雄,翟耆年伯寿篆额[73],然门乃不可泊舟。凡至寺中者,皆由雄跨阁[74]。长老宝印言:"旧额,仁宗皇帝御飞白[75],张之则风波汹涌,蛟鼍出没[76],遂藏之寺阁,今不复存矣。"印住山近十年,兴造皆其力。寺有两塔,本曾子宣丞相用西府俸所建[77],以荐其先者[78]。政和中[79],寺为神霄宫,道士乃去塔上相轮而屋之[80],谓之郁罗霄台。至是五十余年,印始复为塔,且增饰之,工尚未毕,山绝顶有吞海亭,取气吞巨海之意,登望尤胜。每北使来聘[81],例延至此亭烹茶。金山与焦山相望,皆名蓝[82],每争雄长[83]。焦山旧有吸江亭[84],最为佳处,故此名"吞海"以胜之,可笑也。夜,风水薄船,鞺鞳有声[85]。

二十七日,留金山,极凉冷。印老言蜀中梁山军鹭鸶为天下第一[86]。

二十八日夙兴[87],观日出江中,天水皆赤,真伟观也。因登雄跨阁,观二岛。左曰鹘山[88],旧传有栖鹘,今无有。右曰云根岛,皆特起不附山[89],俗谓之郭璞墓[90]。奉使金国起居郎范至能至山[91],遣人相招食于玉鉴堂。至能名成大,圣政所同官[92],相别八年,今借资政殿大学士、提举万寿观、侍读为金国祈请使云[93]。午间过瓜洲[94],江平如镜。舟中望金山,楼观重复,尤为巨丽。中流风雷大作,电影腾掣,止在江面[95],去舟财丈余[96],急系缆。俄而开霁,遂至瓜洲。自到京口无蚊,是夜蚊多,始复设幮[97]。

二十九日,泊瓜洲,天气澄爽。南望京口月观[98]、甘露寺、水府庙,皆至近。金山尤近,可辨人眉目也[99]。然江不可横绝[100],放舟稍西,乃能达,故渡者皆迟回久之[101]。舟人以帆弊,往姑苏买帆,

陆游诗文选 | 321

是日方至⑩²。樯高五丈六尺，帆二十六幅。两日间，阅往来渡者，无虑千人⑩³，大抵多军人也。夜，观金山塔灯。

[注释]

①玉乳井：又名玉乳泉，在丹阳城北观音山下。《至顺镇江志》卷六："玉乳泉在丹阳县观音山废寺中。" ②名列《水品》：其名列在水品之中。意思是说这里的水十分有名。《至顺镇江志》卷六："（玉乳井）水品为第四，或以为第十一。唐张又新《水记》以丹阳井第四，李秀卿以为第十一。" ③井额：井旁的题名。陈文忠公：北宋前期名臣陈尧佐。《至顺镇江志》卷六："井上有'玉乳泉'三字，乃陈尧佐隶书。"陈尧佐，字希元，阆州阆中人。左谏议大夫陈省华次子、枢密使陈尧叟之弟、天雄军节度使陈尧咨之兄。端拱元年进士。历翰林学士、枢密副使、参知政事。景祐四年（1037）拜相。仁宗庆历四年（1044）去世，年八十二。谥号"文惠"。 ④堆玉八分：当作"堆墨八分"。谓其字体肥大，如同用墨堆砌而成。宋人董更《书录》卷中说："《类苑》云：'陈文惠公善八分书，变古之法，自成一家。虽点画肥重，而笔力劲健。能为方丈大字，谓之"堆墨八分"。凡天下名山胜处，碑刻题榜，多公亲迹。世或效之而莫能及也。'又云：'陈文惠公善八分书，点画肥重，自是一体，世谓之"堆墨书"。领郑州日，伶人戏以一大纸，浓墨涂之，中以粉笔细书四点。问曰："此何字也？"曰："堆墨书田字也。"公大笑。'"八分，八分书的简称。隶书的一种。因其字的左右撇捺尽量向两边延伸，如同八字，故名。 ⑤练湖：丹阳境内的湖泊名。《嘉定镇江志》卷六："练湖在（丹阳）县北百二十步。" ⑥夜合花：又名夜香木兰，常绿灌木或小乔木，高二至四米，树皮灰色，小枝绿色。花圆球形，直径三四厘米，花片肉

质,倒卵形。 ⑦故山开过已月余:这种花在家乡山阴已经开过一个多月了。 ⑧自京口抵钱塘:从镇江到杭州。京口,镇江的古称。 ⑨梁、陈以前不通漕:梁、陈以前不通水路。梁,南朝第三个王朝。武帝萧衍缔建。都城在建康(今江苏南京),历四帝五十六年。其最强盛时地域包括今广东、广西、海南、福建、江西、浙江、江苏、安徽、湖北、湖南、云南、贵州等省区。陈,南朝第四个王朝,陈霸先所建,都城也在建康,控制湖北江陵以东、长江以南广大地区。 ⑩新丰:古丹阳地名。《嘉定镇江志》卷六:"新丰塘在(丹阳)城东南三十五里。"新丰市镇即在新丰湖旁。 ⑪南国新丰酒,东山小妓歌:李白《出妓金陵子呈卢六四首》其二原诗:"南国新丰酒,东山小妓歌。对君君不乐,花月奈愁何?" ⑫唐人诗云:再入新丰市,犹闻旧酒香:唐陈存《丹阳作》原诗:"暂入新丰市,犹闻旧酒香。抱琴沽一醉,尽日卧垂杨。" ⑬长安之新丰:汉初,刘邦之父刘煓来到长安后,思念家乡故老,于是刘邦便在长安城东南秦骊邑基础上为其修建宫邸,并置新丰县。故址在今西安城东临潼区新丰镇西南五里的沙河村。 ⑭王摩诘:唐代大诗人王维。其原诗《杂曲歌辞·少年行》:"新丰美酒斗十千,咸阳游侠多少年。相逢意气为君饮,系马高楼垂柳边。" ⑮镇江:在今江苏镇江。 ⑯知府右朝散郎直秘阁蔡洸子平:右朝散郎、直秘阁、知镇江府蔡洸,字子平。《嘉定镇江志》卷十五:"蔡洸,端明殿学士襄之孙。乾道庚寅三月,以户部郎官总饷淮东。才数日,会复置大漕总司之,在京口者省之,就命为守。寻加直秘阁。明年总司复旧,兼摄。五月,除司农少卿,再领兵饷。又明年,升正卿。" ⑰都统庆远军节度使成闵:镇江都统制、庆远军节度使成闵。《嘉定镇江志》卷十五:"成闵,庆远军节度使、主管侍卫马军、京西河北等路制置招讨使。召拜太尉,为殿帅。"此人在绍兴年间一直在军中供职。　⑱通判右朝奉大夫章汶、右朝奉郎陶之真：宋代大郡有时会设两个通判。此时的镇江府便是如此。　⑲府学教授：镇江府学教授。左文林郎：宋代文散官官阶名。熊克：《宋史·熊克传》载："熊克，字子复，建宁建阳人。……绍兴中进士第，知绍兴府诸暨县。……入为提辖文思院。……除起居郎兼直学士院，以言者出知台州，奉祠。克博闻强记，自少至老，著述外无他嗜。尤淹习宋朝典故，有问者酬对如响。家素俭约，虽贵不改，旧所居卑陋，门不容辙，虽部使者、郡守至，必降车乃入。……人称其清介。卒，年七十三。"　⑳总领司：南宋前期朝廷设置的直属部门名，主要为应对战争环境下军队的钱粮供给，全称为"总领"。《宋史·职官志七》："总领四人。掌措置移运应办诸军钱粮，以朝臣充，仍带干阶、户部等官。朝迁科拨州军上供钱米，则以时拘催，岁较诸州所纳之盈亏，以闻于上而赏罚之。初，建炎间，张浚出使川陕，用赵开总领四川财赋，置所系衔，总领名官自此始。其后大军在江上，间遣版曹或太府、司农卿少卿调其钱粮，皆以总领为名。绍兴十一年，收诸帅之兵改为御前军，分屯诸处，乃置三总领，以朝臣为之，仍带专一报发御前军马文字。盖又使之预闻军政，不独职饷馈而已。其序位在转运副使之上。镇江诸军钱粮，淮东总领掌之；鄂州、荆南、江州诸军钱粮，湖广总领掌之；建康、池州诸军钱粮，淮西总领掌之。"此处的"总领司"，指的就是淮东总领司。干办公事：类似于今办公厅主任。右承奉郎：宋代文散官中级官阶名。史弥正端叔：史弥正，字端叔，高宗朝宰相史浩的次子、宁宗朝宰相史弥远之兄。史弥正以荫补入仕，历浙东提刑、知台州等职。　㉑右奉议郎：宋代文散官中级官阶名。签书节度判官厅公事：宋代帅府主要属僚名，位在通判之下、诸曹之上，类似于今之办公厅主任或秘书处主任。㉒观察推官：宋代帅府主要属官名。《宋史·职官志六》："时置帅在镇江府……通判二员,签书节度判官厅公事、节度推官、观察推官、观察判官、录事参军、左司理参军、右司理参军、司户参军、司法参军各一员。"右文林郎:宋代文散官低级官阶名。　㉓司户参军:宋代州郡中属僚名,又名户曹参军。《宋史·职官志七》:"户曹参军掌户籍赋税、仓库受纳。"左迪功郎:宋代文散官最低一阶的阶官。　㉔焦山长老定圜:焦山普济院住持高僧定圜。焦山,镇江对面长江中的岛屿。《嘉定镇江志》卷六:"焦山在江中,去城九里,旁有海门二山。金、焦相望,凡十五里。"㉕甘露长老化昭:甘露寺住持高僧化昭。甘露,甘露寺,镇江寺庙名。《嘉定镇江志》卷八:"甘露寺在北固山,唐宝历中李德裕建,以资穆宗冥福。时甘露降此山,因名。"　㉖金山:镇江对面长江中的岛屿。《嘉定镇江志》卷六:"金山在江中,去城七里。"金山长老宝印:金山寺住持高僧宝印。　㉗嘉州:宋代州名,在今四川乐山。　㉘峡州:宋代州名,在今湖北宜昌。　㉙白傅诗所谓"白狗到黄牛,滩如竹节稠":白居易《发白狗峡次黄牛峡登高寺却望忠州》诗:"白狗次黄牛,滩如竹节稠。路穿天地险,人续古今愁。忽见千花塔,因停一叶舟。畏途常迫促,静境暂淹留。巴曲春全尽,巫阳雨半收。北归虽引领,南望亦回头。昔去悲殊俗,今来念旧游。别僧山北寺,抛竹水西楼。郡树花如雪,军厨酒似油。时时大开口,自笑忆忠州。"　㉚蔡自点茶:知府蔡洸亲自点茶。宋人点茶法:将茶叶末放在茶瓯中,注入少量沸水调成糊状,再注入沸水,或者直接向茶瓯中注入沸水,再用茶筅搅动,使茶末上浮,形成粥面。㉛茶殊下:意谓茶叶末多数沉了底。　㉜建茶旧杂以米粉:福建茶过去是掺入米粉制成的。宋朝人最看重福建茶。　㉝更以薯蓣(yù):后来把米粉换成了薯蓣粉。薯蓣即今人所谓山药,而不是红薯。　㉞又更以楮(chǔ)芽:再往后又把薯蓣粉换成了楮树的嫩芽。楮,落叶乔木,叶似桑,树皮是制造桑皮纸的原料。楮皮、楮叶和楮实等均可入药。　㉟过梅则无复气味：过了梅雨季节就没有原本的清香了。　㊱申后：古指下午三时到五时这段时间。　㊲三闸：镇江水路出城进入长江的三个闸门。《嘉定镇江志》卷六："京口闸距江里许，又南为腰闸，又东为下、中、上三闸。下闸在转般仓东，中闸在大军北仓后，上闸在程公桥团楼北。"　㊳嘉州：宋代州名，在今四川乐山。　㊴郡集卫公堂后囿：全郡官员集合在李德裕祠堂后面的园林中。大致相当于今言全府大宴会。　㊵寿丘普照寺：《至顺镇江志》卷六："普照寺在寿邱山颠，宋高祖故宅也。至陈立寺，名慈和。宋号为延庆寺之上方。先是，泗州有僧伽塔，绍兴中寓建塔院于此，以奉僧伽像，名曰普照。"终宴：为客人饯行的告别宴会。　㊶寿丘者，宋高祖宅：寿丘乃是南朝宋高祖刘裕的旧宅。刘裕，字德舆，小名寄奴。祖籍彭城，生于丹徒京口里，两晋南北朝时期杰出的政治家、军事家，南朝刘宋开国皇帝。永初三年（422），刘裕准备出征北魏，尚未出兵而病逝，享年五十九岁。庙号高祖，谥号曰武皇帝。《嘉定镇江志》卷六："寿邱山在城中，宋武帝潜龙旧宅基也。后封今名。"　㊷隆兴中复泗州：孝宗隆兴年间宋朝收复泗州。《宋史·孝宗纪》："（隆兴元年五月）金知泗州蒲察徒穆及同知泗州大周仁降。"泗州，在今江苏盱眙。　㊸普照寺僧奉僧伽像来归：泗州普照寺的僧人带着僧伽画像逃到镇江。当时泗州尚处在宋金争夺状态，虽然金人暂时投降，但金国发誓一定要夺回泗州。在这种情况下，普照寺的僧人们认为此地实在不安全，决定护送僧伽像南逃。僧伽指僧伽大士，他从碎叶国游方到西凉地区，后继续东行，在洛阳驻锡。大士最初被安置在楚州（今江苏淮安）龙兴寺。唐中宗特地为他度脱了慧俨、慧岸、木叉三人为随身侍者，并亲笔为他所居寺院题写了"普光王"大字庙额。睿宗景云二年（711），僧伽大士圆寂，睿宗敕命将其全身归于泗州普光王寺，塑身建塔。他是唐宋时期最著名的高僧，所以泗州僧人认为有义务保护僧伽大士的画像。 ㊹寓焉：临时寓居在此寺。

㊺侨置僧伽道场：在镇江普照寺又建了一座临时道场来供奉僧伽大士。

㊻京山：京岘山的省称，镇江山名。《嘉定镇江志》卷六：“京岘山在府治东五里。《润州类集》云：‘州谓之京。镇京口者因此山。’《寰宇记》：‘梁武帝望京岘山盘纡似龙，掘其左右为龙目二湖。’” ㊼势如缭墙：其势如同环绕高墙一般。 ㊽西阚（kàn）大江：向西俯瞰长江。阚，通“瞰”。 ㊾甘露：指前甘露寺。《嘉定镇江志》卷七：“甘露寺在北固山，唐宝历中李德裕建，以资穆宗冥福。时甘露降此山，因名。”北固山：镇江山名。《嘉定镇江志》卷六：“北固山即今府治与甘露寺是。唐《元和郡县图志》：‘山在（丹阳）县北一里。下临长江，其势险固，因以为名。’”狠石：甘露寺里的一块巨石名。《至顺镇江志》卷十九：“（甘露）寺有石似羊，相传谓之狠石。诸葛孔明坐其上，与孙仲谋论曹公。《蔡宽夫诗话》云：‘润州甘露寺有块石，状若伏羊，形制略具，号狠石。相传孙权尝据其上，与刘备论曹公。’” ㊿汉昭烈：三国蜀汉第一代皇帝刘备，谥号昭烈皇帝，庙号烈祖，后遂称之为昭烈皇帝。吴大帝：三国吴大帝孙权。 (51)李文饶祠：唐代名相李德裕的祠堂。李德裕，字文饶，历任监察御史、翰林学士、浙西观察使、中书侍郎、淮南节度使等职。仕宪宗、穆宗、敬宗、文宗四朝，一度入相，因党争倾轧又多次被排挤出京。 (52)多景楼：镇江北固山上的名楼。《嘉定镇江志》卷十一：“丹徒县多景楼在甘露寺，天下之殊景也。……登者以为尽得江山之胜，盖东瞰海门，西望浮玉，江流萦带，海潮腾迅，而惟扬城堞浮图陈于几席之外，断山零落出没于烟云杳霭之间至天清日明，一目万里，神州赤县未归舆地，使人慨然有恢复意。……京口气象雄伟，殆甲东南，北固濒江而

山耸峙斗绝,在京口为最胜。而今之建楼之地,又为北固胜处。" ㊹邂逅:意外相遇。新太平州教授:新任太平州州学教授。太平州,宋代州名,在今安徽当涂。 ㊾以一豨(xī)、壶酒谒英灵助顺王祠:用一个猪头、一壶酒拜谒英灵助顺王祠。豨,猪。此处代指猪头。 ㊿下元水府:镇江杂庙名,为祭奠江水的神庙。《至顺镇江志》卷七:"下元水府庙在还京门外,宋祥符初赐额曰显济,旧在金山,元丰中,僧了元移于此。建炎庙焚,大帅刘光世重创。绍兴丁卯,都统制王胜重修,延平黄俞为记。其略曰:'上、中、下三水府,上居江州马当,中居太平州采石,下居润州金山。江南保大中,各加王封。至大中祥符二年九月,始易去伪号,赐庙额,封王爵。下府额曰显济,爵曰昭信泰江王。载在祀典。国家岁时遣中使到山,陈设醮筵,投金龙玉简。'" ㊽祝史:主管祭祀的官吏。㊾绍兴末,完颜亮入寇:高宗绍兴三十二年(1162),金主完颜亮调发重兵,企图一举消灭南宋,形势万分危急。然而当时金国许多将帅并不希望继续打仗,于是在完颜亮准备渡江南下的前一天将其杀死,金人宣布退兵,战争没有打响便结束了。㊿枢密叶公审言:叶义问,字审言,严州寿昌(今浙江建德市寿昌镇)人。高宗建炎初进士。绍兴末年,由吏部侍郎兼侍读拜同知枢密院事。督视大军守江:指孝宗皇帝派遣叶义问到前线督军。《宋史·叶义问传》:"上(孝宗)闻金有犯边意,遣义问奉使觇之,还奏:'彼造舟船,备器械,其用心必有所在,宜屯驻沿海要害备之。'金主亮果南侵。命视师。" ㊾请事平奏加帝号:请求金人退师、战事平息后为水府神灵加帝号。意即为水府神加号为水府帝。 ⑥⓪不果:没有实现。 ⑥①隆兴:宋孝宗年号,公元1163年至1164年,共两年。⑥②虏再入:金兵再次入侵宋朝。此次金兵南侵,起因是金人要求宋朝归还绍兴末年占领的淮南几个州郡。孝宗不与,故两国遂起兵端。最初时宋朝打了几场胜仗，前面提到的收复泗州就是其中之一。 (63)四渎（dú）止封王：意思是说四渎之神才仅封王爵。水府神比四渎还低，怎么能超越它们而封帝号呢？四渎，古代对四条独流入海之水的称呼，即长江、黄河、淮河、济水。 (64)博州：北宋州名，在今山东聊城。靖康后沦入金国。 (65)自河朔从义军：从河北一带参加义军。义军，指敌占区百姓自发组成的军队。 (66)大名：大名府，北宋府名，为河北路安抚使司所在地，在今河北大名，建炎后沦入金国。 (67)既归期，不见录：回归南宋后没有得到应有的录用，意思是说南宋朝廷没有承认他的抗金战功。 (68)自言孤远无路自通：自称来自北方远地，这里没有得力的人为之引荐助力。 (69)妙高台：在金山上。《嘉定镇江志》卷六："妙高台，元祐初主僧了元所立。翰林学士苏轼有诗。" (70)苏仪甫：北宋名臣苏绅，字仪甫，福建泉州人。历通判洪州、扬州，进直史馆，为开封府推官、三司盐铁判官。进史馆修撰，擢知制诰，入翰林为学士。再迁尚书礼部郎中。改龙图阁学士、知扬州，复为翰林学士、史馆修撰、权判尚书省。苏绅汲汲于进取，喜欢中伤他人。曾陷害大将王德用，称王德用貌类太祖，日后必有不祥。仁宗对他甚为反感，出其知河阳，徙河中府。未行感疾，为医者用药所误而卒。《宋史》有传。 (71)仪甫果终于翰苑：意谓苏绅果然官止于翰林学士（没能继续升迁）。 (72)诗谶（chèn）：此诗成为其官运的先兆。谶，迷信的人指将要应验的预兆。 (73)耆年伯寿篆额：当地耆旧翟伯寿题写的匾额。耆年，德高望重的老年人。 (74)雄跨阁：又名雄跨堂，金山玉鉴堂旁的堂名。《至顺镇江志》卷六："雄跨堂，乾道初，淮东总领洪适取圣制诗中词揭之玉鉴堂。" (75)旧额，仁宗皇帝御飞白：原来的匾额是仁宗皇帝亲书的飞白体。飞白，书法中的一种特殊笔法，相传汉代蔡邕受到修鸿都门的工匠用帚子蘸白粉刷字的启发而创。其笔画有的部分呈枯丝平行，转折处笔画突出，北宋黄伯思称"取其发丝的笔迹谓之白，其势若飞举者谓之飞"。　⑯张之则风波汹涌，蛟鼍（tuó）出没：只要将它（仁宗题写的匾额）张挂出来，就会波涛汹涌，且有蛟龙鼋鼍出没水中。鼍，即扬子鳄，也称鼍龙、猪婆龙。体长丈余，背部与尾部有角质鳞甲，穴居于江河岸边和湖沼底部。　⑰曾子宣丞相：北宋中后期宰相曾布，字子宣。曾巩之弟。徽宗朝任尚书右仆射，因得罪左仆射蔡京遭贬，死于润州，年七十二。《宋史》有传。用西府俸所建：用他担任枢密使时的俸禄修建而成。西府，宋代枢密院的俗称。北宋神宗熙宁中，于京师建东、西两府，西府为枢密使所居，因代称枢密使。《宋史·宰辅表三》："（绍圣四年）闰二月壬寅，曾布自同知枢密院事除太中大夫、知枢密院事。……（元符三年四月）壬寅，曾布自知枢密院事加右银青光禄大夫、守尚书右仆射兼中书侍郎。"　⑱以荐其先：用来追荐祭奠其先祖。　⑲政和：北宋徽宗年号，公元1111年至1118年，共八年。　⑳去塔上相轮而屋之：将塔上部的相轮拆除并在原处修建房屋。相轮，佛塔屋顶的金属部分，也是塔刹的主要部分。　㉑北使来聘：金国使者前来出使。　㉒皆名蓝：都是很有名的佛寺。古代佛寺又名伽蓝，故称。　㉓每争雄长：每每争夺谁为第一。　㉔吸江亭：镇江焦山上的亭名。《至顺镇江志》卷二十："金、焦两山对峙。然金山当津渡之冲，骚人墨客无不登览；焦山僻处下流，人迹罕到，气象不侔。故东坡诗云：'金山楼观何耽耽，撞钟击鼓闻淮南。焦山何有有修竹，采薪汲水僧两三。'其后梵宇浸盛，遂与金山角立，于是金山名亭曰吞海，而焦山名亭曰吸江，示不相上下也。"　㉕鞺鞳（tāng tà）：钟鼓声或与之类似的响声。唐皮日休《二游诗·任诗》："裒衣竞璀璨，鼓吹争鞺鞳。"　㉖蜀中梁山军：宋代军名，在今重庆市梁平区。鹭鹚（lù sī）：又名鸬鹚。翼大尾短，颈和腿很长的一种水鸟。　㉗凤兴：清晨醒来。　⑧⑧鹘（gǔ）山：镇江山名。《至顺镇江志》卷四："金山之东有石山，鹘常栖息其上，因名鹘山。"　⑧⑨特起不附山：独立矗起，不凭借依附其他山势。　⑨⑩俗谓之郭璞墓：当地百姓称之为郭璞墓。此句意谓小山本是座山，不是墓。因郭璞是神仙，故称此山为郭璞的墓地。郭璞，晋代人，字景纯，河东闻喜（今山西闻喜）人，是晋代最著名的方士。传说他擅长预卜先知及各种奇异方术，精通天文、历算、卜筮，被后世称为神仙。《晋书》有传。　⑨①奉使金国起居郎范至能：奉命出使金国的起居郎范成大。范成大，字至能。起居郎，宋代官名，负责记录皇帝的言行的官员，属门下省。《宋史·职官志》卷一："起居郎一人，掌记天子言动。御殿则侍立，行幸则从，大朝会则与起居舍人对立于殿下螭首之侧。凡朝廷命令赦宥、礼乐法度损益因革、赏罚劝惩、群臣进对、文武臣除授及祭祀宴享、临幸引见之事，四时气候、四方符瑞、户口增减、州县废置，皆书以授著作官。"至山：也来到此山。　⑨②圣政所：南宋官署名。高宗绍兴三十二年，由编修敕令所改置。掌修纂庆历、建中靖国编载未尽的勋臣，还有元祐、靖康、建炎以来功勋卓著的忠义之士姓名、职位、事迹，并聚集建炎、绍兴以来诏旨条例，编类高宗在位时的重要政事。提举官由宰相兼任。孝宗隆兴元年（1163）归入国史院日历所，仍由宰相提举。陆游于绍兴三十年（1160）三十六岁时曾任敕令所删定官，与范成大有过一段同僚的日子。同官：同一部门供职的官员。　⑨③借资政殿大学士、提举万寿观、侍读为金国祈请使：此句意谓范成大临时借用资政殿大学士、提举万寿观、侍读的资格出使金国。宋朝与外国互派使节时，必须在官资上与对方等同。范成大当时官职卑微，不符合出使要求，于是朝廷采用临时手段，为其加官资政殿大学士（学士官中的最高级），并以守宫祠的身份（提举万寿观）以及太子侍读官的名义出使。范成大绍兴二十四年才中进士,至今乾道六年,实际官职仅为礼部员外郎兼崇政殿说书,临时擢升为起居郎而已。 ㉔瓜洲:扬州的一个渡口,又称瓜洲渡。《嘉定镇江志》卷二十二:"润州大江本与今杨子桥对岸,而瓜洲乃江中一洲耳,故潮水悉通扬州城中。" ㉕电影腾掣,止在江面:电光闪耀,到江面而止。 ㉖去舟财丈余:离我们的船仅仅一丈有余,言其距离甚近。 ㉗设幮:(因蚊子太多)重新张挂纱幮。纱幮,古代用来遮挡蚊虫的薄纱帐子。 ㉘月观:镇江楼观名。《至顺镇江志》卷十三:"月观在谯楼之西,即古万岁楼也。楼亦王恭所创,至唐犹存。宋呼为站台,后改名月观。" ㉙可辨人眉目:连远处人的眉毛眼睛都看得一清二楚。 ㉚江不可横绝:谓这段江面水流湍急,不能横着穿过。 ㉛迟回久之:因走了不少冤枉水路耽搁很长时间。 ㉜往姑苏买帆,是日方至:作者自注:"樯高五丈六尺,帆二十六幅。" ㉝阅往来渡者,无虑千人:看来来往往渡船的,不下千人之众。

[解析]

孝宗乾道五年(1169)十二月,陆游受命担任夔州通判。当时作者正在病中,无法立即起身赴任,直到第二年闰五月,才从家乡山阴出发。熟悉中国地理的朋友可以看看地图,从今天浙江的绍兴到重庆的奉节有多么遥远。要知道那个时代里,人们出行只能靠骑马坐轿,或者走水路。不过这样落后的交通,也有它的好处,能够让行路之人饱览沿途的大好风光。作者这部《入蜀记》,正是记录沿途感受的游记文字。《入蜀记》共有六卷,本书所选为第一卷。仅这一卷,就能让我们领略到作者不同凡俗的文笔和极为丰富的史学修养。这部书里,作者将日常旅行生活、自然人文景观、世情风俗、军事政治、诗文掌故、文史考辨、旅游审美、沿革兴废错综成篇,评古论今,夹叙夹议,卓见迭出,寄慨遥深,完全不像今天某些无知的所谓"旅游爱好者"走马观花,甚至连花都看不清。

本卷从作者自山阴老家出行写起,沿途所经柯桥、梦笔驿,都做了详略得当的交代,如柯桥,丞相史浩所修,年代并不久远,故而一笔带过,可别小看这一笔,却为后人留下了一个可供查检的典故。至于梦笔驿,故事可就多了,于是作者不但亲身验证数百年前江淹梦笔的传说,而且将此驿相关的掌故悉数记下:"有大碑,叶道卿文。寺额及佛殿榜,皆沈睿达所书,有碑亦睿达书,尤精古。又有毗陵人戚舜臣所画水,盖佛后座大壁也。卒然见之,觉涛澜汹涌可骇,前辈或谓之死水,过矣。"您看,短短几句话,涉及多少文人轶事,首先是中书舍人叶道卿的文笔,其次沈辽的书法,再次又是戚舜臣的丹青,最后根据作者的观察,证明世人称戚舜臣画的水僵死不生动的看法是错误的。仅此一节,便已对读者产生了强大的吸引力,这就是人们常说的"引人入胜"。

再看二十六日晚,芮烨请作者饮酒的场面。作者交代了与会诸人后,并没有去写场面有多么热闹,因为那是不言自明的,何须浪费笔墨?作者记录的是芮烨在广东时经历的一件小事:有个叫石敦义的常平使者,生性残忍,每当捕得人犯,必用"石盐木枷枷之"。要知道石盐木相当重,犯人戴久了根本受不了。芮烨接着说:也是善有善报恶有恶报,后来石敦义犯了罪,也被戴上了这种木枷,大有"请君入瓮"的意味。这段话看似寻常,却表达了作者鲜明的爱憎——残害百姓的人,早晚有一天会得到恶报。

六月二日,又写到了临平。作者记录道,临平乃是奸相蔡京葬其父蔡准的地方,当年蔡京"以钱塘江为水,会稽山为案,山形如骆驼,葬于驼之耳,而筑塔于驼之峰",目的是想通过风水的调理保持蔡家世代荣华。这里除展现了作者丰富的地理堪舆知识外,更寄托了他本人的爱憎,任何蠹国害民的奸臣，不论其采用什么方法，都不可能逃脱历史的严惩。

作者对历史和文学典故谙熟无比，如十五日早，"过陵口，见大石兽偃仆道傍，已残缺"，便知是南朝陵墓，更是立即联想到齐明帝时王敬则谋反的故事。接着又说到梁文帝、武帝二陵："二陵皆在丹阳，距县三十余里。郡士蒋元龙子云谓予曰：'毛达可作守时，有卖黄金石榴、来禽者，疑其盗，捕得之，果发梁陵所得。'"这段话既提及了令人感慨的前朝帝王陵墓，又提供了可供参考的近代历史：毛友当知州时，曾发现有人叫卖黄金石榴和黄金来禽，抓捕审问之后方知，这些宝物果然是盗发梁帝陵墓所得。表现出作者对历史兴亡的感喟。接着又说到丹阳的历史：古时候叫作曲阿，又叫云阳。何以为证？"谢康乐诗云：'朝日发云阳，落日到朱方。'盖谓此也。"这些典故被作者储藏在记忆的宝库，只要他需要，随时都可以将它们调动出来。

似此之类，在《入蜀记》中比比皆是，如果今天我们也能把自己旅游的心得写得如此丰富多彩，那国人的素质就真的无可挑剔了。